바르비종 여인

바르비종 여인

펴 낸 날 2020년 11월 18일

지 은 이 김창식
펴 낸 이 이기성
편집팀장 이윤숙
기획편집 윤가영, 이지희
표지디자인 윤가영
책임마케팅 강보현, 김성욱
펴 낸 곳 도서출판 생각나눔
출판등록 제 2018-000288호
주   소 서울 잔다리로7안길 22, 태성빌딩 3층
전   화 02-325-5100
팩   스 02-325-5101
홈페이지 www.생각나눔.kr
이 메 일 bookmain@think-book.com

• 책값은 표지 뒷면에 표기되어 있습니다.
  ISBN   979-11-7048-158-4(03810)
• 이 도서의 국립중앙도서관 출판 시 도서목록(CIP)은 서지정보유통지원시스템 홈페이지(http://seoji.
  nl.go.kr)와 국가자료공동목록시스템(http://www.nl.go.kr/kolisnet)에서 이용하실 수 있습니다
  (CIP2020047319).

이 도서는 충청북도, 충북문화재단의 후원으로 지원금을 받아 제작되었습니다.

김창식 소설

바르비종 여인

목차

바르비종 여인

카페를 인수하기 전부터 존재하고 있었을 고개 숙인 여인을 그녀는 알지 못했다. 장 프랑수아 밀레의 모사작품을 기억하기 어려울 만큼의 횟수로 바라보았지만, 바르비종의 전원과 고개 숙여 묵도하는 여인을 발견하지 않았다. 카페 벽에 무심코 걸린 액자의 그림이 장 프랑수아 밀레가 그린 것인지 관심도 없었거니와 세심하게 바라보지 않았기 때문에 그녀는 십 년이나 가까이 두고 알지 못했다.

카페 문을 열자 갇혔던 냄새가 쏟아져 나왔다. 익숙하지 않은 후각에 멈칫 걸음을 멈추었다. 냉장고에 미쳐 넣어 두지 못한 과일과 커피 찌꺼기와 팥빵의 시금털털함과 달큼함이 뒤섞여 콧속으로 들어왔다. 걸음을 옮기면 뒤섞인 냄새의 농도가 변했다. 입구가 닫힌 한낮의 실내에서 응달처럼 웅크리고 앉았다가 기지개를 켜는 듯 냄새가 움직였다. 벽에 걸린 그림 액자가 새삼스럽게 눈에 들어왔다.

그녀는 눈을 감았다. 일부러 냄새를 들이마시지 않아도 폐부 깊숙하게 들어왔다. 콧구멍을 한껏 열고 가슴을 벌름거려 움직이는 냄새를 차례로 음미했다. 카페를 인수하러 왔던 십 년 전의 냄새를 상기했다. 그녀와 안면이 있는 사람들이 왔다가 남기고 간 기억도 회상했다. 시간과 방문객의 냄새가 더께로 차곡차곡 익고 있었음을 깨달았다. 누군가 알아주기를 오랫동안 기다리던 냄새가 척추 굽은 늙은 짐승이 되어 천천히 움직였다.

그림으로 걸어가다 걸음을 멈추었다. 열린 문으로 들어온 노을의 햇살 알갱이가 벽에 걸린 그림에 닿았다. 바르비종 전원에서 고개 숙인 여인의 목덜미를 찬찬히 바라보았다. 문으로 들어와 굴절된 황혼의 빛이 그림을 선명하게 만들었다. 종일의 가을걷이에 지친 남자의 시선은 두 손으로 쥔 모자에 닿고 있었다. 피곤을 손아귀에 쥐고 묵도하는 남자와는 달리 여자의 시선은 발 앞에 놓인 바구니로 떨어졌다. 가슴에 두 손을 모은 여자에게서 낯설지 않은 감정이 어른거림을 그녀는 본능적으로 읽었다. 교회 종소리에 기도하는 평화로움이 아닌, 그녀가 겪었음은 분명하나 지금은 빛이 바래 어렴풋해진 옛 감정을 읽었다. 온종일 햇볕에 지친 노을빛 질감의 감정이 그녀의 가슴으로 파고들었다. 원두를 갈아 커피를 내려서 손님에게 가져다주고, 그들이 남기고 간 흔적들을 설거지하고, 그들의 담소와 밀담을 카페 밖으로 털어내던 그녀만의 감정과는 생소했다.

볶은 원두를 갈아서 새까만 가루를 만드는 일을 그만두기로 했다. 그동안 카페의 주된 손님은 젊은 층이었다. 그들은 둘이 마주 앉거나 여럿이 모여 앉아 조곤조곤 담소하였는데, 그들에게서 과거의 빛바랜 질감이나 회상이나 묵도와 같은 단어를 유추할 수 없었다. 그녀는 자신이 평생 가슴에 묻고 살았던 감정과는 전혀 다른 그들에게 제공하던 것들을 멈추기로 했다. 과거의 속박이 전혀 엿보이지 않는 젊은 그들을 위해서는 커피를 내리지 않기로 했다.

그녀는 청소를 미루고 스마트폰에서 만종에 대한 정보를 검색했다. 그림 속 바구니에 담긴 것이 씨감자가 아니라는 것을 알게 되었다. 교회 종소리가 동심원으로 겹겹이 밀려와서 그녀를 에워쌌다. 뎅그렁. 종소리가 몰고 오는 동심원의 중심점에서 그녀는 까맣게 작아지는 환상에 사로잡혔다.

환기되지 않는 눅눅한 공기처럼 자신이 누군가로부터 외톨이로 앉아 있었다는 것을 알았고. 더욱이 그런 자신을 깨닫지 못했다는 자괴감에 빠졌다. 커피 향을 음미하며 사색했던 시간과 창밖의 행인을 관찰하던 순간들이 부끄러워졌다. 손님이 없을 시간에 이웃을 불러다 나누었던 담소와 웃음의 순간들이 그녀가 의도한 가식이었다는 판단도 생겨났다.

누군가가 알아주기를 오랫동안 기다리다 척추 굽은 늙은 짐승이 되어 천천히 움직였던, 곰삭은 냄새를 가두고 퇴근하곤 했다. 자정쯤 문을 잠그고 집으로 가면서 누군가를 가두고 있다는 뒷맛의 정체가 척추 굽은 늙은 짐승이었다.

사 층 연립이 밀집한 골목은 가로등 빛의 밝고 어둠의 변화가 심했다. 가로등 빛이 건물에 가려 컴컴한 곳에서 발을 헛디딘 듯 기우뚱거렸다. 골절되었던 정강이 통증에 중심을 잃고 주저앉았다. 발목으로 데구루루 굴러와 터지지 못한 불량 최루탄이 불현듯 떠올랐다. 자정에 퇴근하는 카페운영 방식을 또 바꾸어야 한다는 강박감이 생겼다. 오늘 하루도 아무 일 없었다는 안도감으로 파고드는 내일의 불확실을 의도적으로 뭉개면서 심호흡하는 자신을 바꾸고 싶었다. 즐거운 것처럼 억지로라도 웃고 재잘거려야 하는 자신이 가증스러워졌다.

그녀는 연립의 마지막 층에 살았다. 지은 지 오래되었고 허술한 관리 탓에 방음과 열 차단이 좋지 않았다. 여름에 종일 데워진 옥상 콘크리트 바닥의 열기가 실내로 내려앉았다. 창문을 열면 옆 동을 데우던 열기가 거침없이 들어왔다. 마지막 층에 사는 불리함에도 옥상에 올라갈 수 있다는 그녀만의 특권이 위안이 되었다. 생활용수를 저장한 물탱크가 있는 관계로 옥상으로 들어가는 문이 늘 잠겼었는데 용케도 열쇠를 확보했다. 아래층에서는 생각지도 못한 그녀만의 비밀이었다. 그녀만의 규칙이 있었는데, 자정이 지나지 않으면 옥상으로 향하는 문을 열지 않았다. 열리고 닫히는 소음을 감춰야 했기 때문에 문 돌쩌귀에 주기적으로 콩기름 바르는 것도 잊지 않았다.

　스무 살 딸이 결혼하겠다며 카페로 왔다. 카페 구석진 곳으로 데려가 결혼하기에는 너무 이른 나이임을 말하려다 그만두었다. 딸의 남편이 되겠다고 찾아온 남자가 한눈에 봐도 어려 보였다. 외모는 번듯했다. 가을볕을 쬐지 않은 풋사과처럼 성숙하지 못한 느낌을 받았다. 물어보지 않아도 스무 살인 딸보다 두 살쯤 많다고 직감했다.
　그가 딸의 뒤에 서 있다가 그녀에게 걸어와 묵례하고 소리 나지 않게 웃었다. 허리 굽혀 인사를 하지 않아서 버르장머리 없거나 공연히 체면치레하느라고 허세 부리는 남자로 인식되지는 않았다. 묵례하고 하얀 이를 드러내며 웃는 모습에서 폭력적이거나 여자를 업신여길 사내로 판단하지 않았다. 정장을 입지 않았지만 꾸밈이 없으며 소박한 그를 바라보았다. 딸의 사춘기 어두웠던 그늘에 빛을 밝히는 맑은 품성의 소유자면 좋을 텐데. 그녀는 다행스럽다는 표정으로 웃음을 주었다.
　첫눈에 인식한 그의 느낌에 그녀는 실망하지 않았다. 어두운 구석이나 침울함이 없이 잘 정돈된 하얀 치아를 드러내는 그의 웃음이 그녀는 무엇보다 마음에 들었다. 색색의 꽃잎이 화려했던 곳들을 데려다주지 못한 딸에게 맑고 환한 웃음이 생겼다는 것이 너무 기뻤다. 침침하고 눅눅한 지하 단칸방에 촉수 높은 전등으로 나타난 그가 고마웠다.
　딸이 그를 앞세우고 카페로 오는 날에 그녀는 망고 주스를 만들었다. 냉동실에는 노란 망고를, 냉장실에는 유산균 음료를 저장해 두었다. 얼음 조각이 된 망고와 유산균 음료를 분쇄하는 굉음에도 찡그리지 않는 그의 시선. 망고 주스가 목구멍으로 넘어가는 그의 목젖을 바라보는 딸의 시선. 딸과 그가 돌아간 카페에서 그녀는 술을 마셔야 했다. 아버지가 누군지도 모르고 자란 딸에게는 과분하게 말끔했기 때문에 그녀는 곰팡이처럼 번지는 불확실한 예감을 떨치기 어려웠다. 캄캄하게 엄습해 오는 예감을 걷어 내는 스위치를 찾아 빛을 밝혀야 하는데, 그녀는 그 스위치를 알지 못했다.

딸이 그와 같이 카페로 걸어 들어와 아이를 가졌다고 말했다. 겨우 스무 살에, 결혼식도 올리지 않은 딸이 임신을 선언했다.

이럴 수는 없어.

그와 딸이 돌아가고 그녀가 술을 마시면서 중얼거렸다.

화장실로 들어가 거울을 향해 말했다.

너를 스무 살 나이에 낳았는데. 너는 그럴 수 없어.

아프지 않으려는 노력보다 아프게 만드는 것은 낯설었지만 쉬웠다. 건강을 해치는 수단 중에 음식과 관련한 것은 극과 극이었다. 소화기 관이 감당할 수 없을 정도의 폭식과 수분 공급마저 중단하는 절식이 건강을 해치는 수단이 되었다. 카페 문을 단단하게 잠근 것처럼 음식에 대한 욕구도 싹둑 잘라냈다. 그녀의 의지는 음식 앞에서 무력화되었다. 의욕이 없어지고 급기야 식욕도 없어졌다. 점점 말라가는 자신을 아침마다 거울에서 확인하며 먹는 양을 줄였다. 서 있지 않고 누워 있기만 하면서 환자와 같은 일상을 자처했다.

정말로 그녀는 아프기 시작했다. 가슴뼈가 앙상하게 드러나고 지방이 빠져나간 가슴이 쭈글쭈글 늘어졌다. 엉덩이뼈에 붙었던 근육이 닳아 딱딱한 의자에 앉으면 통증이 척추를 타고 뒷골로 올라왔다. 팍팍한 바닥에 지팡이를 짚는 것처럼 다리가 탄력을 상실했다.

그녀는 야윈 가슴뼈를 문득 보고 놀라서 먹는 양을 늘리려 했으나 식욕이 생겨나지 않았다. 급기야 허약해져서 몸져누웠다. 기진해진 눈으로 천장을 멀거니 바라보다가 늪으로 침몰하듯 깊은 잠에 빠져들었다. 아프지 않은 멀쩡한 사람은 잠에서 일어나기가 식은 죽 먹기였으나 몸져누운 그녀가 잠에서 눈을 뜨기란 갯벌에서 몸통을 끌어내는 것만큼 힘들었다. 의식은 잠에서 깼으나 눈이 떠지지 않았고, 팔다리가 움직이지 않았다. 잠들면 가위가 눌려 악몽을 꾸어야 했으므로 잠들지 않으려 눈을 부릅떠도 온몸으로 밀물처럼 엄습하는 졸음을 참아 낼 수 없었다. 기진한 몸으로 허우적거려 잠에서 간신히 헤어나면 몸에서 빠져나온 진액이 얼굴에 끈끈하게 반질거렸다.

식은땀에 젖어 눈을 뜬 그녀의 머리맡에 언제 왔는지 딸이 걱정스러운 눈빛으로 내려다보았다. 뒤에 서 있는 그도 담담한 시선으로 그녀를 바라보았다. 그녀는 그의 담담한 시선에 묻어 있는 익숙한 감정에 눈물이 핑 돌았다.

자정이 지난 옥상을 어둠보다 더 무거운 먹구름이 짓눌렀다. 습기가 곰팡이처럼 빼곡하게 들어찬 옥상 난간에 왼손바닥을 얹고 천천히 걸어갔다. 귀퉁이를 지나 출입문이 있는 난간에 도착해서 비를 가득 머금은 도시의 하늘을 바라보았다. 네 귀퉁이를 돌아오면 비가 으르렁 쏟아질 듯 먹구름이 험악하고 무서웠다. 오른손바닥을 펴고 빗방울을 기다렸다.

딸에게 아이를 심어 준 그의 아버지가 찾아왔다. 찜통더위 한복판에서 나와 카페로 들어왔다. 더위에 지쳐 눈빛이 흐릿한 그와 맞닥뜨린 순간, 그녀는 허깨비가 된 감정에 휩싸였다. 최루탄 냄새가 콧속으로 지독하게 스며들었고, 그녀가 휘청거렸다. 정강이로 통증이 번졌고, 그녀는 쓰러지듯 주저앉아 다리를 움켜쥐었다.

예전에도 그랬듯이 그의 아버지, 순구가 지독한 갈증과 목마름으로 눈에 띄게 붉어진 목젖을 울컥거렸다. 그녀는 순구가 주문하지 않았음에도 차가운 맥주를 건네주었다. 아직은 적당한 냉기가 둘 사이에 유지되어야 할 필요성을 감지했다. 최루가스 범벅인 순구와의 버거웠던 과거를 회상하기 싫었다. 차갑고 강인한 밧줄로 순구와의 냉정을 붙들어 두고 싶었다.

맥주를 거푸 두 잔이나 마시는 동안 그녀는 허깨비가 되었던 감정을 진정시켰다. 갈증이 해소된 순구의 시선에 생기가 돌았다. 순구의 손에 잡힌 술잔이 탁자에 빙빙 원을 그렸다. 해야 할 말을 물고 머뭇거리는 중이었다.

"차가운 맥주를 생각 날 때마다 마실 수 있으니 좋겠다."

순구가 웃음을 어색하게 푸푸 쏟아냈다. 떨떨한 상황을 털어 내려는 의도였다.

"그전처럼 술…, 잘 안 마셔."

이십 년 전. 그녀는 순구 앞에서 일삼던 폭음의 장면을 떠올렸다. 소주를 맥주 글라스에 콸콸 부어 한번에 마신 것처럼 얼굴이 화끈거렸다. 탁자 위에 찔끔 흘린 술을 손가락으로 찍어 뜻도 없는 글씨를 썼다. 순구가 담뱃갑을 탁자에 놓았다. 그녀는 흡연 충동으로 손가락을 오므렸다. 허공으로 흩어지는 담배 연기가 상상되고 저절로 심호흡했다.

스무 살인 그녀에게 순구가 처음으로 담배를 건네주었다. 잠깐의 머뭇거림 후에 그녀의 흡연 인생이 시작되었다. 건네준 개비를 입에 물었을 때 골목으로 숨어들기 전 폐부를 깊숙하게 자극했던 최루탄과 느낌이 흡사했다. 시작될 흡연 습관에 대한 거부 때문에 잠깐 머뭇거린 것이 아니었다. 청산가리를 탄 생수를 한 모금 준다 해도 그것이 순구의 의도라면 그녀는 마셨을 터였다. 아스팔트 대로에서 펑펑 터지는 최루가스에 구토와 호흡곤란으로 눈물 콧물을 쏟으며 골목으로 피신해야 하는 순간마다 그녀는 필사적으로 순구의 소매를 붙들었다.

카페로 들어오는 순간부터 순구의 시선에 그녀는 긴장했다. 무엇보다 딸의 장차 시아버지 앞에서 긴장되지 않을 수 없었다. 순구가 벽에 걸린 밀레 「만종」 모사 화폭의 기도하는 여인에게 시선을 던지고 있다가 그녀가 잠깐이라도 딴 곳을 바라보는 순간에 그녀의 콩닥거리는 심장을 꺼내 손아귀에 쥐려는 듯 그녀의 전신을 깐깐하게 훔쳤다. 지금의 그녀가 아닌 이십 년 전의 그녀를 찾으려는 눈빛이었다.

"그런 눈빛으로 보지 마. 이십 년이 지났어."

그녀의 목소리가 떨렸다. 긴장과 달뜸이 버무려진 심정을 감추려는 의도로 말했으나 그녀를 새롭게 알아달란 얘기로 받아들였을 것이라는 자괴감에 빠졌다. 순구는 여전히 그녀에게 시선을 송두리째 투망하고 있었다.

그녀는 딸의 임신을 알고부터 카페가 움직이고 있다는 환상에 빠졌다. 궤도를 따라 천천히 움직이고 있다는 환각 때문에 여행을 가는 꿈을 꾸었다. 궤도가 곡선을 그리는 순간에는 꿈에서 멀미가 생겨 딸꾹질을 끄윽 토했다. 매미가 허물 벗듯 카페가 소멸로 치닫기 위해 가속되고 있다는 환각에 시달렸다.

그녀가 만나고 웃고 사색하고 커피를 내리는 카페가 매미의 허물처럼 어느 순간 바스락 부스러지고 말 것이라는, 만나고 웃고 떠들고 손을 잡아주었던 행위들이 소멸로의 환송이었음이라는, 고개를 주억거리며 눈물을 왈칵 쏟아냈다. 가슴도 먹먹해졌다.

캄캄한 터널에 갇힌 순간처럼 카페에서 걸어나갈 용기가 나지 않았다. 카페를 양도하고 나면 다시 설 자리를 찾지 못할 것이라는 확신이 그녀를 힘들게 했다. 그녀가 사는 연립과 카페를 벗어나 그녀에게 허용될 공간은 송곳날을 찌를 만큼의 어느 곳도 보이지 않았다.

그녀는 정지화면처럼 서서 바르비종 전원에 묵도하는 여인을 바라보았다. 슬픔이 목선으로 담담하게 굽어진 여인의 발끝에 놓인 바구니에서 그녀는 버겁던 젊은 시절을 회상했다.

순구가 색 바랜 질감으로 서 있었고, 순구의 팔짱을 낀 미희가 치열고른 이빨을 하얗게 드러내 웃었다.

그녀는 바르비종 전원의 여인에게서도 버겁던 시절의 눅눅한 표정을 읽었다. 바르비종 전원 여인을 바라보는 시간이 길어질수록 버거움은 눈 녹듯 없어지고 땅에 묻은 씨감자가 틔워 낼 희망이 엿보이기도 했다. 그 순간이 그녀에게 실낱같기는 했으나 안도 되었다.

그녀는 그녀를 에워싸고 있는 일상의 것들을 하나씩 점검하는 작업을 시작했다. 계속 남겨 두어야 할 것들과 벗어 내야 할 것들을 차곡차곡 정리했다. 바르비종 전원의 모자로 가린 남자의 가슴에서 최루가스와 진압 방망이에 쫓기며 거칠기만 했던 기억을 회상하기도 했다.

"미희는 잘 있고?"

그녀가 스마트폰을 손아귀에서 만지작거렸다. 미희? 순구가 눈주름을 어줍게 그리고 웃었다. 이십 년 만에 둘이 재회한 상황에서 그녀가 등장시킨 미희의 존재가 기껍지 않은 것일까? 미희의 존재가 등장했음에도 순구가 자세를 고쳐 앉지도, 입술을 깨물지도 않았다. 이십 년 전도, 지금도 그녀에게 미희는 달가울 존재가 아니었다. 미희, 걔여전히 내숭 떨어? 그녀가 말하려다 그만두었다.

갑작스럽게 그녀에게 두통이 심하게 몰려왔다. 안면이 쭈그러드는 느낌이 동반한 두통이었다. 그녀는 순구를 카페에 두고 약국으로 천천히 걸어가 타이레놀 두 알을 사 먹었다. 약국에서 카페로 오는 도중에 두통이 잦아들었다. 어째서 갑자기 두통이 몰려왔을까? 목으로 넘어간 타이레놀이 위에서 녹지도 않았을 텐데 참 웃긴다는 생각으로 그녀가 후후 웃었다.

그녀는 미희와 고만고만한 한옥이 모여 앉은 소읍에서 태어나 자랐다. 피를 나눈 남매보다 절친한 사이라고 사람들은 말을 하곤 했다. 그녀는 그렇게 생각하지 않았다. 미희와 같이 있으면 그녀의 가슴에 묵직한 것이 생겼다. 가슴에 징검돌이 첨벙첨벙 놓였다. 잠을 자다가 징검돌에 가위눌려 헛소리를 질렀다. 그녀가 놓은 징검돌이 가슴에서 응어리가 되었다. 징검돌을 모르는 미희는 남에게 맵살스러운 성격이 아니었다. 미희네 양조장에서 벌어들이는 넉넉한 돈 탓이었을까. 돈 때문에 미희와의 사이에 무거운 돌을 놓은 것은 아니었다. 그녀가 성장하면서 돈에 궁핍했던 기억은 없었다. 그녀의 엄마가 미희 아버지 홍 사장을 비롯한 읍내의 돈과 권세가 있다는 남자들에게 술을 팔았을망정 육성회비를 제때에 내지 못했거나 학습 준비물을 준비하지 못하는 경우는 없었다. 미희가 판탈롱을 입고 작은 엉덩이를 앙증맞게 삐쭉거리며 소읍을 활보하면 그녀도 입을 수 있었다.

하필 이름이 명애가 뭐야? 미희와 헤어지고 그녀가 불쑥 엄마에게 말했다. 그녀의 엄마가 외려 그녀를 호되게 나무랐다. "이년아 이름이 어째서? 밝을 명에 사랑애가 뭐 어째서?" 사랑은 밝게 해야 엄마 같은 신세를 면하는 것이다. 그녀는 성도 촌스럽고 이름도 촌스러운 것이 엄청난 불만이었다. 홍미희. 복숭아꽃처럼 화려한 홍가에 이름도 미희. 하늘에서 천사의 옷깃을 하느작거리며 내려오는 것이 홍미희였다면 김 명애는 개울가에서 기저귀나 헹구는 계집아이로 상상이 됐다.

사랑은 밝게 해야 한다고 엄마가 말했지만, 그녀는 사랑을 드러내놓고 해 본 기억이 없었다. 최루탄에 쓰러진 그녀를 겁탈한 얼굴을 그녀는 일 초도 기억해내지 못했다.

대학에 나란히 진학하여 하숙집에서 강의실로, 강의실에서 하숙집으로 가는 길에 미희가 그림자처럼 따라다녔다. 그녀는 보도블록을 내려다보며 걷는 습관이 생겼다. 그녀가 어쩌다 말을 하면 미희가 "응, 그래?"라는 화답을 박자로 끼워 주었으나 마음은 다른 곳에 있었다. 가로와 세로로 질서 있게 누운 보도블록을 헤아리면 별의별 생각이 솟아났다. 살모사 등가죽. 거미줄이 친친한 대추나무. 껍데기를 발가벗겼을 때의 초콜릿. 엄마 가게의 콘크리트 바닥. 술 썩은 냄새….

졸업할 때까지 밟아야 할 보도블록이 엄마 입술을 스쳐 간 막걸리 대접보다 더 많을까. 그녀가 뜬금없는 생각을 떠올렸다가 아찔해지는 현기증으로 퍽 주저앉았다. 문학과 사회의 교양과정을 수강하는데 보도블록이 고려 시대의 성곽으로 벌떡 일어나 앞을 가로막는 환영에 시달렸다. 미희는 팔십 년대 사회적 배경과 문학의 열강에 얼이 빠져 있었다. 사람은 배경의 껍질을 벗지 못하고 죽는 동물이야. 돼지우리에서 자라면 껍데기에 곱슬곱슬한 털을 감은 채 죽고 말 거야. 강의실 문턱을 넘으면서 흥분을 삭이지 못한 미희가 말했다. 그녀는 극심한 모멸감으로 또 주저앉을 뻔했다. 정문으로 걷는 도중에 보도블록이 싫어졌다. 정문 조형물로 시선을 두고 걸었다. 하늘로 붕붕 떠올라가는 느낌이 싫지 않았다. 그러다 발을 헛디뎌 안경을 콧잔등에서 떨어뜨렸다. 공교롭게도 곁에서 걷던 미희의 발바닥에 그녀의 안경이 와자작 밟혔다. 안경을 잃었다는 슬픔보다는 난데없는 기쁨이 그녀에게 엉금엉금 기어왔다. 그녀는 박살 난 안경알과 미희를 바라보다 심하게 기침을 해댔다. 박살 난 안경알 때문에 행동을 어찌지 못하던 미희가 옷깃으로 얼른 코를 쥐어 잡았다. 어디에도 최루탄은 터져있지 않았다. 그녀는 바닥에 주저앉아 눈물이 찔끔 솟도록 웃었다. 웃다 보니 삽시간에 뜻 모를 패배감이 생겼다. 중차대한 무엇인가를 놓고 미희에게 패배할 것이라는 강박감이 그녀를 사로잡았다. 그날 밤 잠자리에 누웠을 때 그것이 애드벌룬으로 부풀었다. 그녀에게 먼저 청혼의 승낙을 받았던 순구가 미희와 결혼을 해야겠다고 말했을 때 드디어 올 것이 왔다고 자조했다. 패배가 아니라 피해라는 개념의 성립을 덤덤하게 인정했다. 그녀에게 청혼했던 순구가 생각을 바꾸고 미희와 결혼했다.

두통이 왜 생겼을까? 타이레놀 알약이 위에서 흡수되기도 전에 두통이 없어진 현상은 무엇일까? 그녀는 카페로 들어가기 전에 두통이 왔다 간 얼굴을 확인하고 싶었다. 쇼윈도를 찾아 두리번거리는데 불자동차 두 대가 경적을 울리며 요란스럽게 지나갔다.

순구는 밀레의 만종 모사작품의 농부에 시선을 두고 있었다. 액자의 노을이 카페 조명등에 한층 농익었다.

뇌리를 녹여낼 듯 광란하던 햇덩이가 떨어졌는데도 숨통을 죄듯 바람 한 점 없다. 들불처럼 번져 가는 네온의 광란을 보며 순구가 금연딱지를 무시하고 담배를 물었다.

"저 그림이 무언가를 생각하라고 무언의 명령을 내리는 것 같아."

액자에 시선을 고정한 순구가 맥주를 천천히 마셨다.

"무언가를 생각하라는 무언의 명령? 내가 약국에 간 동안 무슨 생각 했니? 함께 부르짖던 참세상? 아니면 미희?"

이십 년 전에 갈망했던 참세상과 미희는 전혀 다른 별개였다. 그녀는 순구가 미희를 생각하고 있었을 것이라고 단정했다. 장 프랑수아 밀레의 만종 모사작품 속 기도하는 여인을 보며 미희를 떠올리고 있다고 짐작했다. 억제되어 있던 질투가 노출되었다는 자괴감이 생겼다. 순구가 말을 하지 않고 묵묵히 앉아 있었기 때문에 느슨해지는 분위기가 그녀는 탐탁하지 않았다.

"저 그림이 참세상일까?"

그녀는 어색한 상황에 동참하는 성격이 아니었다. 그림에 닿아 있던 순구의 시선이 창밖으로 옮겨졌다. 언제 보아도 네온 간판은 황홀한 것이 아니라 어지러웠다. 미희를 언급해서 순구가 시선을 회피한 것이라고 그녀는 판단했다. 그녀가 대답을 기다렸으나 순구가 대답하지 않았다.

"참세상은 이상이고, 미희는 현실이었잖아? 이십 년 전에."

그녀는 참세상과 미희를 말해 놓고 어색한 조합이라고 뉘우쳤다. 미희를 참세상과 견주기가 가당키나 할까? 차라리 밀레의 노을이 지는 화폭에서는 현실과 이상이 조화로울 수 있다고 생각했다. 가을걷이를 끝낸 바르비종의 노을과 기도하는 두 사람. 종일 고된 농사일에 고개를 숙인 남자와 허리와 등을 구부린 여자. 그녀는 남자가 이상보다는 현실일 것이라고 단정하며 여자의 숙인 표정에 시선을 두었다. 기도하는 여자의 등허리에서 그녀를 격렬하게 포옹하던 순구의 목덜미를 잡아당기던 순간을 생각해냈다. 그녀는 대담하게도 순구의 눈을 쳐다보았다. 그녀의 대담성은 곧 허사가 되었다. 순구의 고개가 부러진 국화 모가지로 꺾어졌다. 사람답게 사는 참세상이 쟁취되어야 한다던 그때의 강렬했던 눈빛이 맥주잔에서 툭툭 꺼지는 거품으로 스러졌다. 그리고 순구는 딸의 시아버지가 될 남자가 되었다.

"약국에 갔다 오는데 불자동차가 두 대나 지나가더라?"

맥주에 빠진 순구의 시선을 꺼내려는 의도로 그녀가 말했다.

"사이렌이 들렸어."

순구가 시선을 고정하고 싱겁게 대답했다.

"그해가 생각난다…. 정강이가 부러져 입원했던 날."

그해. 시민이 광주역과 도청과 금남로에서 계엄군과 맞서 싸웠다. 처음에는 단순한 항거의 의미로 행진했다. 총으로 무장한 계엄군이 진압하러 왔다. 시민에게 계엄군이 광견처럼 달려들었다. 대치하다가 붙들리면 진압봉으로 두들겨 맞았다가 총성이 울렸고, 쓰러져 피를 흘렸다.

　미희는 광견처럼 날뛰는 계엄군에 분노하고 투쟁의 필요성을 강하게 수긍하면서도 하숙방에 머물렀다. 강의실에서 내려다본 거리는 말 없이 누운 안내자였다. 막상 나섰을 땐 서로의 전진을 무력으로 합리화하기 위한 방어벽이었다. 그 방어벽을 사이에 두고 치열한 백병전이 계속됐다. 시민의 싸움 도구나 전략은 원시적이었다. 삼국시대쯤의 원시적인 백병전이 치열했던 그 날. 십 미터의 전진 탓으로 백 미터의 쫓김에서 그녀의 정강이가 부러졌다. 진압봉에 맞은 것도 아니고 발을 헛디뎌 노변 시설물에 부딪혔다. 아득해진 의식을 간신히 버티며 곰팡이처럼 번지는 고통에 다리를 쥐어짜듯 움켜쥐었다. 따다다닥― 따다다닥 최루탄 터지는 소리가 따다..다...다...아… 잦아들면서 펑 피어오르는 연기…. 아스팔트에서 조팝꽃 숲이 하얗게 피어났다. 계엄군이 달려와 에워쌌다. 꽃 무리가 하얗게 어우러진 조팝나무 숲으로 함몰이 되면서 의식을 잃었다.

　병실에서 눈을 떴을 때 머리맡에 앉은 엄마가 먼저 보였다. 광주행 버스가 들어올 수 있어서 병실에 왔다고 말했다. 그녀는 버스를 타고 왔다는 엄마의 말을 믿지 않았다. 광주로 들어오고 나가는 모든 통로를 계엄군이 장악하고 있음을 알고 있었다. 아마도 미희 아버지 홍 사장처럼 엄마의 술을 마신 소읍의 돈과 알량한 권력을 쥔 사내의 도움이 있었을 것이라고 짐작했다. 그녀는 대학생이 되어 처음으로 엄마의 얼굴을 가까이에서 바라보았다. 얼굴에 발라진 화장품이 메마른 발바

딱처럼 덕지덕지 들떴고. 입술에 칠해진 것도 헤아릴 수 없이 닿았던 막걸리 대접의 흔적을 감추지 못했다. 전화를 걸어야겠다며 엄마가 병원 현관 공중전화 부스로 갔다.

그녀는 환자복 바지 속에 손을 넣었다. 눈을 뜨면서부터 뭉글하던 통증이 엉덩이로 아릿하게 올라왔다. 얼굴을 찡그리는 중에 의사가 들어왔다.

"상처가 심해서 세척 후 처치는 했습니다만 원하시면 추출한 타액을 드리겠습니다."

젊고 예의 바른 용모처럼 의사의 목소리가 작고 친절했다. 그녀는 고개를 흔들어 의사의 제안을 거절했다. 의사가 나가고 화장실로 갔다. 문을 걸어 잠근 후 벽에 등을 기대고 환자복 바지를 천천히 벗었다. 알코올로 닦았을 살의 감각이 낯설었다. 그녀는 수돗물을 손바닥으로 움켜쥐고 처녀성을 잃은, 너덜너덜해진 꽃잎을 씻고 또 씻었다.

도로에서 고통을 쥐어짜듯 다리를 움켜쥐고 쓰러진 후 닷새 만에 그녀가 발견되었다. 트럭을 수리하다 폐업한 창고에서 발견된 그녀는 의식이 없었다. 쓰러지던 순간과 창고에 버려지던 순간에 의식이 없었다. 그녀가 발견되기까지의 사 일을 그녀는 생생하게 기억했다.

햇빛이 들어오지 않는 지하 공간에서 재갈이 물린 그녀를 범하러 들어온 침입자가 격하게 움직일 때 코를 킁킁거렸다. 익숙한 듯 낯선 냄새, 최루탄 냄새에 고개를 뒤로 한껏 젖혔다. 꼬박 밤을 새우면서 생시와 꿈의 담벼락이 허물어졌다. 생시에서도 꿈에서도 그녀의 형체가 증발되는 몽롱한 순간의 연속이었다. 밤새 비가 쏟아졌던 새벽녘에는 상처에서 솟는 생피 냄새와 작달비에 여린 꽃잎이 무참하게 찢어지는 비릿함이 섞였다. 욕정을 채운 침입자가 지하실 문을 걸어 잠그고 나갔어도 잠에 빠져들지 못했다. 침입자가 가져다 놓은 대야의 물을 묶인 손으로 움켜쥐고 너덜너덜 찢긴 꽃잎을 씻었다. 아릿하게 통증이 도지는 꽃잎에서 부패한 생선 냄새가 났고 그녀는 구역질했다.

그날 이후로 그녀는 생선을 먹지 않았다. 가족을 위해 사 온 생선에 부패 조짐이 있으면 그냥 버렸다. 비가 쏟아지는 날은 생선을 먹지도 않았는데 지하실의 부패한 세균이 트림으로 올라왔다. 도마에 얹은 고등어를 칼로 내리치다가 우엑 헛구역질을 쏟아냈다. 그녀는 아이를 가졌고 아빠도 모르고 자란 딸이 스무 살에 임신했다.

미희가 병실로 들어왔다. "양조장 홍 사장은 돈이 넘쳐날 텐데. 너도 데모하니?" 엄마가 미희에게 대뜸 힐난했다. 미희와 함께 들어오던 순구도 엄마의 힐난을 들었다.

"병실에서 우리 엄마에게 했던 말 기억나?"

그녀가 시선을 아래로 깔고 자조적으로 웃었다.

"그때 일 묻어 버린 지 오래다."

순구의 대답이 싱거워서 엄마에게 눈을 부릅뜨고 했던 말을 기억하고 있는지 그녀는 판단하기 어려웠다. "돈이 없어서 투쟁하는 게 아닙니다. 어머님." 그녀는 순구의 부릅뜬 눈을 잊지 않고 있었다.

"당당하더라? 처음 보는 우리 엄마 앞에서."

그녀는 그때 이 남자의 패기가 남아 있는지 확인하고 싶었다.

"그땐 탱크가 내 앞으로 다가왔더라면 맨주먹으로 깨부수려고 주먹질을 했을 거야."

그녀의 의도대로 순구는 그날을 잊지 않고 있었다. 잊지 않고는 있지만 놋화로를 두드리는 카랑한 목소리가 아니었다. 포장지가 빛바래 너덜너덜해지듯 감정도 묵으면 닳거나 쇠잔해지는 것이 아무리 당연한 이치라고 해도. 그녀는 순구마저 쇠잔해질 줄은 예상하지 않았다. 그날 엄마에게 순구가 주먹을 불끈 쥐었다. 눈동자에서 생기가 일렁였다. 눈을 꼿꼿이 뜨고 엄마에게 말했다. 돈이 없어서 싸우는 게 아닙니다. 어머님.

"순경이 겁을 잔뜩 먹고 왔기에 장사도 팽개치고 왔더니 별것 아닌 걸 가지고···. 지서에 들렀다가 왔으니 걱정할 거 조금도 없다."

엄마의 막걸리를 마신 미희 아버지 홍 사장과 소읍의 사내들이 엄마의 뒷배가 되었다. 엄마는 간경화로 세상을 마감했다. 여자가 간경화로 죽었다는 사실이 부끄러웠다. 자업자득이라고 자조했다. 남자에게 술 먹여 간을 망치면서 평생을 살자 했던 업보였다.

침묵이 흘렀다. 김연자의 노래가 바닥을 훑으며 카페를 채웠다. 순구의 눈을 들여다보았다. 순구도 고개를 꺾지 않고 마주 바라보았다. 십 초도 지나지 않아 시선을 거두었다. 간경화로 죽은 엄마와 다름없이 술을 팔아 살아가는 처지를 수긍했음일까? 순구를 계속 바라볼 자신이 없었다.

땡볕에 달구어졌던 바람이 식었다. 미적지근한 바람이 열어놓은 입구로 들어와 둘의 어줍은 침묵에 비릿한 냄새를 풍겼다.

"···.그 누우가 다응신을 사랑하였따 해도 옛싸연은 묻찌 않으리 흘러 간 세에월 쏙에 상처가 있었다 해에도 이제는 모두 다아 잊어버리고 날 사아랑 해에 주우오."

김연자가 흐느끼는 동안 둘이 귀를 세웠다. 노래가 끝나고 침묵이 더 흘렀다. 붉은 실내등과 어둠이 기묘하게 뒤섞여 시간조차 정지해 버린 실내. 감정의 막이 살얼음처럼 얇아져 갔다. 공깃돌을 던지면 깨질 감정의 막으로 버티면서 숨이 막혔다.

"기억나? 우리 안면도에 갔을 때?"

그녀답지 않은 연초록 떡잎 같은 목소리로 애잔하게 물었다.

"껍질이 붉은 소나무가 생각난다. 모기란 놈의 그 뾰족한 물건이 핑

장했었고."

순구가 피식 웃었다가 굳은 표정을 지었다.

확 트인 바다 앞에 섰는데 막막해진 미래와 같은 이율배반적인 상황에서도 남자는 아주 지극히 단순하게 성욕에 집착한다는 것을 그녀는 깨달았다. 꼬박 아홉 밤을 순구는 탐하려 했고 그녀는 필사적으로 지키려 했다. 순구의 단순하고 맹목적인 성욕이 싫지 않았다. 바닷바람과 땀이 뒤엉켜 냄새가 물씬한 바닷가에서 맹렬하게 몸을 떨었다. 그러는 살덩이를 품에 둔 순구는 삼키지 못하는 불덩이를 입에 문 듯 괴로워했다. 아홉째 번 날인가는 해가 채 떨어지기도 전에 둘의 몸이 달았다. 일몰 시각이어서 바다로 거대한 햇덩이가 지글지글 끓었다. 황급히 찾아낸 야트막한 바위틈에서 부둥켰는데 이미 와 있는 연인과 맞닥뜨렸다. 그녀의 몸에는 얼굴도 모르는 남자의 아이가 자라고 있었다.

남자 셋이 카페로 들어왔다. 그녀가 총총히 맥주를 날라다 주고 맥주 뚜껑을 벗겨서 한 잔씩 가득 따라주고 올 때까지 순구는 밀레 그림의 농부가 되었다. 순구를 바라보는 그녀의 가슴이 한 계단 쿵 내려앉았다. 이십 년 전. 냉랭한 기류가 가슴을 다시 할퀴러 달려오는 착각이 일었다. 결별을 선언 당한 충격의 파장 탓에 그녀의 가슴은 아무렇지 않은 일에도 곧잘 내려앉았다.

"계엄군이 철수했는데 진공에 갇힌 것처럼 멍해지더라. 할 일이 참 없더라. 평온하게 햇볕이 넘치는 길거리의 군중 틈에서 굉장한 소외감을 느꼈어. 모두 제 갈 길로 부단히 가는데 나만 할 일을 못 찾아 헤매는 거 아니겠어? 자살도 하고 싶더라. 그러는 중에 엄마가 돌아가셨는데 물려받은 재산이 생각보다 많아서 옷가게를 낼까 어쩔까 하다가 결국 이놈의 물장사로 접어들게 됐어. 내 몸속에 흐르는 엄마의 피를 어쩌지 못하나 봐."

손님이 술을 또 주문했다. 순구와 마주 앉은 상황에서 원치 않게 이탈해야 한다는 것에 신경질이 났다. 장사고 뭐고 오늘은 그만 가달라고 소리 지르고 싶었다. 귀찮은 표정이 역력한 얼굴로 술을 날라 주고 가발을 벗겨주듯 뚜껑을 땄다. "아줌마야, 아가씨야?" 그들이 돌아오는 그녀에게 말했다. 고개만 돌려 표정으로만 웃어주고 순구와 마주 앉았다.

"자잘한 일상에 잘 습관화되더라. 잠에서 깨면 자명 시계를 코앞으로 당겨 보는 것이라든가. 잠에서 깨는 시각도 늘 낮 열두 시 반이라든가. 또 아주 작은 일에도 간이 졸아든다든가. 행동반경을 스스로 좁혀가는 것 같아. 너무 좁히기만 하다가 가슴이 텅 비면 어떡하지?"

"사람이 너무 많아. 소속감이 희미해져서 그럴 거야."

사람이 너무 많아서 문제야. 생각이 너무 많아서 틈이 자꾸 벌어져. 생각의 틈은 바람직한 면도 있으나 치명적인 단점도 존재해. 틈은 결국 질투와 미움과 그릇된 신념으로 타인을 부정하는 씨앗이 될 수 있거든? 바위 틈서리에 뿌리내린 식물이 삶의 끈을 스스로 놓는 법은 없거든? 최루탄에서 도피한 공중화장실에 둘이 숨었던 그 날을 그녀는 문득 떠올렸다.

"소속감이 희미해지면 중대한 실수를 쉽게 저지르게 돼."

순구가 중대한 실수를 말했다. 돌이켜 보는 시간이 모두 중대한 실수의 연속이었다는 자괴감이 들었다. 순구와 마주 앉은 이 순간도 중대한 실수의 시발점일 수 있다는 불안이 생겼다. 순구에게 걸어가 포옹하고 싶은 충동이 생겼다. 그녀에게 생각과 충동은 곧잘 상충했다.

"근사한 곳에서 마시고 싶은 충동이 온몸에 굼실거려."

마침 술을 마시던 사내들이 나갔다. 강제로 순구를 일으켜 세웠다. 카페 문을 잠그고서 문을 흔들어 잠금을 확인하는 동안 순구가 시내로 천천히 걸어갔다. 더위가 좀 누그러져선지 사람들이 많았다. 저만큼 가는 순구에게 재빨리 접근해서 겨드랑이로 팔을 찔러 넣었다.

"시간이 녹는 아이스크림처럼 아까워. 매일 혼자 지내니까 값어치 없고 흔한 게 시간이었는데, 오늘은 정말 아깝다."

빌딩 모퉁이 약국을 돌아서며 순구를 골목으로 끌었다. 가요주점 그랑프리, 꽃바람 호프, 원미 통닭, 비서실, 루이 14세, 피자 전문점 간판이 차례로 있는 골목으로 항로를 바꾸었다. 마땅하게 들어설 곳을 찾으려다 약국 앞의 원점으로 돌아왔음을 알고 맥없이 웃었다. 게다가 마셨던 술기운도 잔재만 겨우 버티는 중이라서 머리에 찌꺼기가 가라앉은 느낌이었다.

이럴 게 아니라 시원한 생맥주라도 한 잔 더 하자고 순구가 말했다. 그럼 분위기가 좀 있는 맥주 가게로 가자고 그녀가 제의했고, 맥주 가게인데 분위기가 있으면 얼마나 있겠냐고 순구가 반문하며 간판을 두리번거리며 또 걷기 시작했다. 맥주 가게에 고개를 삐죽이 디밀어 본 그녀가 다음으로 재촉했다. 그녀가 세 번이나 연달아 퇴짜를 놓자 순구가 짜증이 났는지 걸음을 늦추었다. 들어간 곳은 외려 엉망이었다. 젊은 애들이 담배 연기를 빡빡하게 채워 놓고 경쟁하듯 목청을 뽑아냈다. 그녀는 더디게 따라오는 순구를 기다리면서 또 퇴짜를 가할 엄두가 나지 않았다. 뼈 없는 닭발을 안주로 주문했다.

기다리는 거 못 참는 한국 사람들에게 맞는 시스템이야. 주문하자마자 금방 이렇게 시원한 맥주를 마실 수 있잖아. 잔을 들어 한 번에 들이킬 동안에 눈을 좀 똥그랗게 떴던 순구가 탁자 아래에서 손목시계를 슬쩍 봤다. 벽에 걸린 둥그런 시계가 열한 시 사십 분을 지나는 중이었다.

"벽에도 시계가 걸렸는데 왜 손목시계를 보고 있어?"

"습관이지 뭘. 하나 더 시키지?"

순구가 잔을 비우기까지 그녀는 시큰둥하게 기다렸다가 하나씩 더 시켰다. 술을 날라다 주면서 아르바이트 고등학생 여자애가 영업마감 시간이 됐다고 말했다.

"너야말로 귀가 마감 시간이 벌써 지났어."

순구가 여자애 등에 큰 소리로 말했다. 여자애가 인내심 있게 주방으로 가서 재수 없다는 눈빛을 천장과 바닥으로 휘돌렸다.

"행동반경이 국한되니까 스스로 좁히게 되더라고. 혼자 사니까 또 직장이 있는 것도 아니고 손바닥 일터에서 제자리걸음이 전부니까 자잘한 일만 내게 생겨. 일상의 자질구레한 일들이 내 인생관까지 좀먹어서…. 개방적으로 살아 후후. 일회용 밴드 발라봤지? 일회용 밴드를 떠올려 자조하면 다소 괜찮아져. 날이 궂거나 봄꽃이 어우러지거나 하는 날에 불쑥 갈라지는 상처를 동여매는 일회용 치료 도구라는 지극히 간단한 생각을 붙들고 잠자리를 같이했다는 자조 말이야. 쾌락은 어차피 영구적인 것이 될 수 없으니까…. 쾌락이 잡힌다면 손을 뻗기로 했어."

뚜렷한 과녁을 찾지 못한 눈빛으로 미루어 순구가 갈 곳을 결정하지 못하고 있음을 짐작했다.

연립 사 층 그녀의 집으로 가자고 했고, 순구가 따라왔다.

"마주 앉아 있으려니 기분이 참 묘하네…. 뭐랄까…, 스티로폼 조각이나 벽돌 부스러기, 박카스 빈 병 또 올이 터진 스타킹처럼 썩지 않는 것들이 내 안에서 혼란스럽다."

그녀는 말의 끝을 놓기가 무섭게 변한 게 아니고 병이 든 게 아닐까 생각에 시달렸다. 그녀가 순구의 안색을 들여다보았다. 여전히 순구는 말이 없이 붉어진 얼굴로 맥주잔을 들었다 놨다 했다. 송곳으로 콕 찌르면 풍선처럼 터질 것처럼 빵빵해진 배로 자세를 고쳐 앉았다.

"우리….."

그녀는 차마 뒷말을 잊지 못하고 말끝을 흐렸는데 부끄러움을 느꼈다. 순구가 그녀를 건네 보았다. 말의 종결을 기다리는 표정이었다. 그녀는 터놓지 못한 말의 뜻을 알아차리지 못한 순구에게 부끄러워져 아니라고 얼버무렸다.

"결혼하지 그랬어?"

"그게 잘 안되더라고. 샤워하고 올게."

화염병을 던지기 위해 골목으로 잠입할 때의 긴장과 갈증이 욕실로 들어서는 그녀를 끌어당겼다. 돌아 나와 순구를 욕실로 밀어 넣었다. 욕실에서 쏟아지는 물소리를 들으면서 술자리를 치우고 소파를 정돈했다. 수건으로 몸을 두른 순구가 나왔고, 그녀가 욕실로 들어갔다. 머리를 적시지 않으려고 찬물을 목덜미에 쏟아부었다. 물소리가 발등에서 바닥으로 따다다닥 번져나갔다. 정수리에 찬물을 끼얹고 싶었다. 갑자기 미희가 아른거렸다. 이십 년 전 그때, 미희로부터 패배당하고야 말리라는 그 강박감이 불현듯 되살아나는 짐작 때문이었는지도 모를 일이었다. 머리에 둘렀던 수건을 벗겨내고 정수리에 찬물을 쏟아부었다. 타일 바닥으로 물줄기가 더 요란하게 떨어졌다. 화염병과 시위에 끌려다니다 어쩔 수 없이 떠밀려 맞닥뜨린 사회의 문턱에서 자포자기로 백기를 들기까지의 소외감과 자살 충동과 엄마의 죽음을 맛보면서 벗어던져야 했던 허물이 아직도 남아 있으므로 오늘 그토록 술을 마셨던 것일까? 순구는 지금 어떤 심정일까? 맹꽁이 배에 술을 넣느라 내내 거북한 모습이었다. 투쟁에 따른 동지애와 사랑은 별개였음을 그때 왜 깨닫지 못했을까? 찬물을 끼얹자 썩은 호두알 같은 서글픔이 확 몰아쳐 왔다.

전화벨이 울고 있었다. 욕실 문을 슬금 밀치자 볼륨을 높여 놓은 텔레비전이 왕왕거리며 전자 알갱이를 어지럽게 쏟아냈다. 순구 전화였다. 머리에 둘렀던 수건이 어깨로 미끄러져 바닥에 떨어졌다. 머리칼에서 물이 우두둑 떨어졌다.

"세상이 전부 수렁이야. 우리가 겪어야 했던 것들 우리 애들이 겪어서는 안 돼."

전화가 끊겼다. 그녀가 커튼을 젖혔다. 아파트 입구에서 택시를 타는 순구가 보였다. 물기가 뚝뚝 떨어지는 몸으로 한동안 밖을 내다보는데 오늘도 미희로부터의 패배라는 개념이 저절로 형성되었다. 젖은 물기가 바람에 마르고 있음을 느끼면서 의식이 점차 현실감을 회복하는 것도 느끼며 한숨을 크게 내쉬었다.

지루한 장마가 계속됐다. 손님이 없는 네온이 하염없이 비를 맞았다. 김연자의 구성진 노래도 빗물에 흠씬 젖었다. 젖은 거리와 소통이라도 할 듯 문을 열어 놓았다. 어둠은 초저녁부터 빗줄기에 짓눌려 있고, 가로등과 네온 빛이 축축하게 카페 안을 기웃거렸다. 자정이 가까워져 문을 닫아도 되는 시각에 오늘의 일상을 종료할 마음이 생기지 않았다. 그녀는 빗물로 촉수 낮아진 가로등을 바라보며 골백번도 반복되었을 무료함에 손바닥으로 턱을 괴었다. 가늠할 수 없는 어느 날부터인가 무릎을 가슴에 붙여 의자에 앉는 버릇이 생겼다. 가슴이 무릎을 끌어안으면 엉덩이가 똥그래져서 의자에 닿았다. 눈도 저절로 똥그래져서 무엇인가를 골똘하게 생각하게 되고, 그녀의 버겁고 우묵했던 시절의 순간순간이 떠올랐다. 머리채를 흔들거나 얼굴을 무릎에 묻고 기억을 지우려 했다. 한 번 떠오른 기억은 개화되는 칸나처럼 새빨갛게 도드라질 뿐 지워지지 않았다. 의도적으로 자세를 고쳐 앉아

길 건너 간판을 응시하여 현실로 돌아오려 했다. 엉덩이를 의자에 펑퍼짐하게 놓는 자세로는 속이 썩은 호박처럼 생각을 품지 못했다. 마냥 앉아 있는 자신을 발견하고서 이 자세도 썩 마음에 들지 않았다.

순구가 왔다 간 후 그녀는 건너고 싶지 않은 기억으로의 징검돌을 놓지 않으려 부단히 움직여도 보았다. 늙거나 낡아지지 않는 것들, 시간과 기억이 그녀에게는 변하지 않는 것들이었다. 생경한 기억들을 품고 있는 그녀 자신이 낡고 있다는 것을 의도적으로 외면했다. 언젠가는 받아들여야 할 것을 알면서도 일부러 받아들일 마음이 없었다. 두 손을 겨드랑이에 끼고 버틴다 해도 어둠이 오고야 말고 밝아지는 새벽이 오는 것처럼 어차피 낡아지는 것을 방관만 하겠다고, 그녀에게 낡아지는 것쯤은 별거 아니라고 자위했다. 낡아짐이 별거 아니라고 자위함은 결국 자신을 방관하고 있다는 깨달음에 잠깐 자괴감에 빠지긴 했지만 후회하지 않았다.

따다다— 최루탄이 터지는 소리, 콧물 눈물 쏟으며 토하다 바닥에 쓰러진 시민의 기침 소리, 진압봉을 쳐들고 달려오는 계엄군의 군화 소리, 사이렌 소리, 허공을 가르는 총성, 건물 뒤에서 느닷없이 나타나 저공으로 비행하는 헬리콥터, 기억으로의 징검돌을 건넌 후 거울로 본 얼굴에서 유독 낡아지지 않는 것은, 거칠고 무질서한 소음들의 환청을 기억하고 있는 눈동자였다.

부품이 빠진 기계, 중요 부분을 연결하는 부속이 헐거워진, 쉰 소음이 나는 조합. 덜컹거리는 소음을 아련히 견뎌야 그녀는 잠들 수 있었다. 전화가 왔다. "엄마, 나 어떡해? 아버님 되실 분이 우리 결혼 절대 허락 못 하신다고 헤어져야 한대."

그녀는 바닥에 무릎을 꿇고 바르비종 전원에서 묵도하는 여인에게 두 손을 모았다.

비가 줄기차게 내렸다. 어디서 누군가를 메아리쳐 부르고 있었다. 사방을 들짐승처럼 두리번거려도 어둠과 빗줄기뿐. 눈을 감았다. 단 한 번의 중대한 실수는 조심하라던 눈빛이 검게 반들거렸다. 참세상과 젊음의 이면에 굴욕과 패배감이 황황한 거리에 그녀는 어디로 가고 있는가.

호박고지 흠씬 젖다

도심을 벗어나 한적한 도로에 물방울무늬 치마 누나가 있다. 키껑다리 미루나무가 열 지어 선 아스팔트 도로. 미루나무 잎이 바람에 수런거리는 여름의 누나. 행군하는 미군 병사처럼 잎 떨림으로 수런거림을 멈추지 않는 미루나무 아스팔트 도로. 미루나무 밑동이 박힌 갓길 맨땅과 아스팔트로 절뚝절뚝 걷다가 개울 건너 시커멓게 입을 벌린 지하 통로로 걸어 들어가는 환상에 몰입된다.

허리 잘린 산들이 누렇게 상처를 벌려 막 개통이 된 고속도로에 삼륜차나 그레이하운드 고속버스가 달렸다. 고속도로 때문에 평지에 생겨난 지하 통로를 빠져나가면 마을이 있었다. 마을을 관통하는 길의 중간 지점에 누나가 살던 이발소가 있었다.

지금도 미루나무가 가로수로 선 신작로를 보면 걷고 싶다. 고속도로 때문에 평지에 생겨난 콘크리트 통로를 보면 그곳으로 천천히 걸어 들어가고 싶어진다. 중학교 일 학년쯤이었을, 내 나이 열넷의 아이처럼 이제는 얼굴조차 가물가물해진 그 누나를 보기 위해 허름한 시골 이발소 문틈에 눈알을 들이밀고 싶다.

그 날 그 엄청난 광경 때문이었을까? 누나와 이발소가 내 안에 생경하게 남아 있다. 그러나 이십 년이 훨씬 지난 그곳에 이발소도, 누나도 없다.

한식날의 성묘를 가는 길이거나 백중날의 벌초를 위해 선산을 찾아가는 길목에서 환영처럼 이발소를 보곤 한다. 이발소의 겉모습은 물론 내부의 이발 의자와 머리를 감겨 주기 위한 세면대도 생생하게 기억해 낸다. 아쉽게도 누나의 얼굴은 해마다 다르게 떠오른다. 누나의 얼굴을 확실하게 기억하고 있다. 기억의 언저리에 함초롬 앉아 있는 누나의 이름과… 흰색 바탕에 검은 점이 공기 방울로 번져 있는 치마와 분홍 속옷과 또… 음모가 까맣게 돋은 샅.

명자. 이발사인 누나의 아버지가 '명자'라고 불렀다. 마을이 곽가네 집성촌이었기 때문에 곽명자일 수 있다고 추측되나 성은 정확히 모른다.

나는 중학교 일 학년 때 상당한 수준의 장기 실력을 가지고 있었다. 아버지 때문이었다. 티브이는 고사하고 전기마저 들어오지 않는 외딴 집에서 흔히 맞닥뜨려지는 길고 무료한 시간에 아버지는 장기판을 놓고 나를 마주 앉게 했다. 엄마가 저녁거리로 고구마나 옥수수를 삶을 때 아버지와 장기를 두면서 어둠을 맞곤 했다. 그물이란 것도 강물 속에 담가 놓고서 사이 뜸이 필요했기 때문에 아버지의 무료를 달랠만한 것은 장기였다.

누나의 이발소에서 작은 산 두 개를 더 넘어야 내가 사는 동네다. 제법 높은 산자락의 초가에 세 식구가 살았다. 아버지는 꽁치 배때기와도 같이 폭 좁은 마당 앞으로 시퍼렇게 흐르는 금강 물줄기에서 고기를 잡았다. 엄마는 경사가 좀 인정이 있다 싶은 산자락 허리에 누더기 화전을 일구어 고구마며 옥수수를 심었다. 학교에 다니는 일이 여간 고단한 것이 아니었다. 아침저녁으로 사십 리 길을 걸어 다녔다.

이발소가 있는 곳이 학교와 집의 딱 중간 점이다. 이발소 감나무 아래 응달에 들마루가 놓였다. 동네 할아버지들이 장기를 두었다. 지친 걸음을 들마루에 얹고서 대국을 곁눈질하다가 결정적인 순간에 훈수를 던져 뒤통수를 맞은 적이 한두 번이 아니었다.

이발사의 잔심부름을 하다가 가끔 손님이 겹칠 때는 머리 감기는 일을 도와주던 누나가 다가와 뒷머리를 어루만져 주었다. 누나는 먼 길을 걸어 읍내 중학교에 다니는 나를 대견하게 생각했다. 가끔씩 들마루에 몸을 놓으면 팥이 든 빵을 주었다. 빵이 없는 날에는 펌프에서 막 뽑아 올린 냉수를 한 대접 건네줬다.

봄볕은 기운을 몸에서 쏘옥 뽑아가는 마술사였다. 학교에 가는 길보다 집으로 돌아오는 길에서의 봄볕은 역귀를 씹게 한 듯 혼미해지고 나른하게 했다. 사월 밀밭에 고스란히 내려앉는 봄볕을 바라보노라면 다리에서 기운이 쏘옥 빠져나갔다. 그 자리에 주저앉아야 했다. 밀밭에서 자맥질하는 종다리를 바라보다 쇠똥 무덤으로 머리를 쑤셔박는 쇠똥구리를 보다가 언덕을 바라보면 싸리 꽃 덤불이 어우러져 하얀빛을 발산했다. 싸리 꽃 덤불에서 뿜어내는 지독한 향기 또한 혼미한 나락으로 잦아들게 했다. 중학교 일 학년 때 사십 리 길을 걸어 학교에 오가는 것은 몹시 고단한 일과였다. 누나네 이발소 들마루에 쉬어가지 않는 날이 없었다.

사월. 오후 세 시쯤이었을까?

신작로를 걸어가는데 하늘이 노랗게 물들더니 까만 기운이 서리기 시작했다. 온몸에 식은땀이 쏟아졌다. 미루나무 잎을 흔들며 지나가는 삼륜차의 굉음이 의식 밖으로 밀려나며 아득해지는 상태에서 갖은 힘을 다해 신작로를 벗어났다.

비칠거리는 몸을 다리 난간으로 옮겨갔다. 책보자기를 허리에서 풀러 바닥에 놓고 콘크리트 난간에 누웠다. 노랗던 하늘이 새까맣게 사방을 껴안고 있었다. 명치쯤에서 통증이 뭉클하게 뭉쳤다. 이마가 싸늘하게 차가워지고 숨도 가빠졌다. 소리를 질러 누군가를 불러야 한다는 의식이 뇌리에 떠돌았다. 소리는 질러지지 않고 신음만 간신히 토해냈다.

그런데 누가 날 흔들고 있었다.

"왜 그러니? 어디 아프니? 어마, 애 이마가 싸늘하게 식었네. 애. 애. 눈을 떠봐."

몸이 흔들린다는 의식마저도 툭 끊어지면서 깊은 나락으로 빠져들었다.

눈을 떴을 땐 정말로 사방이 어두웠다. 누나네 들마루에 누워 있는 것이었다.

"정신이 드니?"

누나가 내려다보고 있었다. 몸을 일으켰다.

"더 누워 있어."

누나의 말을 들으면서 양쪽 엄지손가락의 통증을 느꼈다. 트림이 칵 올라왔는데 까스명수 냄새가 속에서 치밀어 올라왔다.

"무얼 먹었기에 단단히 체했니?"

종이에 둘둘 말린 고구마가 오늘 점심이었다. 점심시간이 시작되자 급우들은 책상에 양은 도시락을 열어놓고 점심을 먹기 시작했다. 나는 고구마가 든 종이 뭉치를 책상에 올려놓지 못했다. 고구마를 깨끗한 보자기에 쌌다면 책상 위에 올려놓았을 터였다. 밀가루 흔적이 하얗게 묻어 있는 종이뭉치를 꺼내 놓을 용기가 없었다.

책보에서 고구마 뭉치를 얼른 꺼냈다. 교복 상의 앞자락에다 숨기고 교실에서 나왔다. 학교 어디에도 마땅히 고구마를 먹을 만한 장소가 없었다. 쉬는 시간에 도시락을 먹어 치운 녀석들이 구석에서 우글거렸다.

고구마 뭉치를 들고 간 곳은 화장실이었다. 화장실은 연탄가스보다 더한 냄새를 뿜어 올렸다. 코를 쥐어틀고 먹은 고구마가 체한 것이었다.

"혼자 갈 수 있니?"

책보를 옆구리에 매달고 신발을 꿰어 신는 내게 누나가 물었다. 누나에게 무슨 말인가 하고 싶었다. 하지만 아무런 소리도 못하고 그냥 씩 웃어 놓고 산 쪽으로 달려갔다. 날이 새까매져 언덕으로 난 길이 어두워지기 전에 산을 넘어야 했다.

오래지 않아 누나의 나이가 생각보다 많지 않음을 알았다. 중학교 일 학년의 열넷인 나보다 겨우 세 살이 많은 열일곱임을 알았다. 또래의 친구들이 읍내의 여고나 여상에 진학을 했는데, 누나는 학교에 가지 않았다. 이발사랑 단둘이 사는 형편 때문이었을 것으로 추정되었다. 이발사가 술고래였음이 또 하나의 이유가 아니었을까.

찔레 꽃다지 흩어지고 설익은 열매 푸른 허공으로 한껏 발기한 유월. 비가 억수같이 쏟아졌다. 등교할 때는 보리 빛깔이던 하늘에 먹물이 황급히 싸질러지는 쇠똥처럼 밀려와 닭똥 같은 빗방울이 쏟아졌다. 비를 맞으며 하교하는 경우는 내게 흔했다. 하늘이 부려내는 조화를 어린 내가 어찌할 수는 없는 노릇이었다. 교실에서 수업에 임하는 동안, 멀쩡던 하늘에 구름이 고이고 빗물을 고스란히 맞으면서 사십 리 길을 걷곤 했다.

굵직한 우박이 바닥에 팽그르르 떨어졌다. 무서운 비였다. 학교 담장을 에워싼 아카시아에서 어둠이 척척 일어서기까지 했다.

학교 근처에 사는 애들은 가족이 가져온 우산을 쓰고 집으로 돌아갔다. 사방은 점점 어두워지고 비는 가늘어지거나 뜸해질 기미가 보이지 않았다. 처마 아래에서 기다린들 아무런 방책이 생길 수 없었다.

책보를 서랍 깊숙이 쑤셔 넣었다. 책보를 품에 숨긴다 해도 불과 오십 보도 걷지 못해 책이 흠뻑 젖을 것은 당연한 이치였다. 처마 밑에서 망설이다가 빗속으로 잽싸게 뛰어갔다. 오십 보도 나가지 못해 뛰는 것을 그만두었다. 벌써 가랑이에 빗물이 줄줄 흘러내렸다.

읍내를 벗어나 신작로로 접어들었다. 차들이 속도를 늦추며 오고 갔다. 와이퍼와 차바퀴가 튀겨내는 빗물이 몸을 사정없이 때렸다. 바람에 흔들리면서 수런거리던 미루나무 잎도 입을 다물고 굵은 비를 맞았다.

신작로를 걸어가는 사람은 아무도 없었다. 아직 이른 시각인데 집집 마다 굴뚝에서 연기를 피워냈다. 연기는 하늘로 올라가지 못했다. 굴뚝 에서 꾸역꾸역 피어난 연기가 구렁이가 되어 마을을 감아 안았다.

신작로를 벗어나 다리를 건넜다. 냇물이 성난 황구렁이처럼 쿨렁거 리며 하류로 흘렀다. 고속도로 너머 내가 넘어야 할 산자락에 어둠이 굳어 앉고 있었다.

고속도로 아래의 통로로 들어갔다. 음습한 동굴에 들어온 느낌이었 다. 빗물은 떨어지지 않았으나 왠지 더 있고픈 마음이 없었다. 통로를 나와 이발소가 있는 곳으로 허우적허우적 걸어갔다. 빗방울이 몸으로 다시 후려지고 있었다.

뜻밖에도 통로를 벗어나 마을로 걸어 들어가는 내게 후련함 같은 기분이 고여 들었다. 중학교에 입학하고서 내 몸에 누적되어 온 피로 가 서서히 씻겨 내려가는 기분이었다. 봄부터 내 앞에 펼쳐지던 나른 함을 모두 쓸어 가는 기분이기도 했다. 발을 딛는 내 몸에 기운이 차 곡차곡 들어차며 생기가 돌았다.

마을 중간에 들어섰다. 고속도로가 개통되고 마을에서 초가집은 모 두 헐렸다. 뼈대는 그냥 두고 썩은 짚으로 덮였던 지붕들이 모두 벗겨졌다. 파란색 분홍색의 함석지붕이 새로 생겼다. 함석지붕에 빗방울이 떨어져 콩 볶는 소리를 냈다. 어두워지는 산자락과는 대조적으로 파란 지붕은 선명했다. 마치 빗방울에 껍질이 벗겨지면서 점점 선명하게 속살을 드러내는 것 같았다. 이발소가 있는 마을로 접어들면서 신기한 기분에 휩싸였다. 서둘러 넘어야 할 산자락에 어둑한 기운이 서려 있어 몸으로 이상한 기운이 차올랐다. 열린 대문으로 보이는 집집의 마루에 사람들이 앉아 비를 구경하고 있었다. 그들의 눈초리는 내가 애처롭다는 빛을 발했다. 이발소 앞에 이르렀다.

들마루는 비를 피해 이발소 건물 처마 아래에 섰다. 누나가 이발소 문지방에 오른발을 얹어 놓고 빗방울이 떨어지는 이곳저곳을 바라보고 있었다.

"잠깐 이리와."

누나가 소리쳤다. 걸음을 뚝 끊고 실성한 놈처럼 비를 맞으며 빙그레 웃었다.

"감기 들겠다. 잠깐 들어와라."

누나가 손짓했다. 넘어야 할 산자락을 바라보았다. 어둠이 꽤 짙게 깔렸다. 이발소에는 백열등이 켜져 있었다. 누나가 다시 손짓했다. 빗물을 몸에서 뚝뚝 떨구면서 누나 앞으로 갔다. 이발 의자에는 이발사가 늘어져서 잠들었다. 전구가 켜진 이발소가 환하면서 따뜻한 느낌을 발산했다.

"춥겠다."

누나가 옷깃을 끌었다. 몸에서 빗물이 계속 떨어져 선뜻 안으로 들어가지 못했다.

"감기 들겠다."

누나의 힘에 이끌려 이발소로 들어갔다. 누나가 측은하다는 눈빛을 던졌다. 그제야 팔뚝에 솟아난 소름이 보였다.

"안 되겠다."

누나가 내 손을 잡았다. 순간 이발 의자에 늘어진 이발사를 바라보았다. 커억— 이발사는 숨을 끊어가면서 고된 잠 속에 빠져 있었다. 손을 잡은 누나가 안으로 난 문을 밀쳐 열었다. 누나에 이끌려 문지방을 넘어가면서 누나의 손이 참 따뜻함을 느꼈다. 안으로 들어가자 부엌이었다. 부엌 안쪽으로 방문이 있었다.

"잠깐 여기 있어 봐."

누나가 부엌에 나를 세워 놓고 방으로 들어갔다. 그제야 내 몸에 끼얹는 빗물의 무게를 느꼈다. 옷이 몸에 달라붙어 엉거주춤한 꼴이었다. 이발소 양철지붕에 빗방울 떨어지는 소리가 우두둑우두둑 들렸다. 바람이 빗방울을 한차례 쓸고 가는 중이었다.

"옷 갈아입어."

누나가 옷을 내밀었다. 교련복 바지와 셔츠였다.

"오빠가 군대 가기 전에 입었던 옷인데, 너한테는 조금 크겠다. 어서 갈아입어."

옷이 내 손에 쥐어졌다. 부드럽고 아늑한 느낌이 손바닥에 전해졌다.

"뭐해? 어서 갈아입어."

누나가 재촉했다. 선뜻 옷을 벗지 못했다. 누나가 물끄러미 나를 바라보았다. 나는 이발소로 난 문을 바라보았다. 이발사의 코 고는 소리가 들렸다.

"괜찮아. 아무도 없어."

누나가 문을 닫았다. 이발소로 열린 문을 바라본 이유는 문을 닫아달라는 의미가 아니었다. 누나가 부엌에서 나가달라는 의도였다. 사타구니에 음모가 까맣게 돋는 중이었다. 아침에 일어날 때마다 불끈 발기하면 귀두가 온전히 드러나며 자연 포경이 진행되는 중이었다. 유심히 관찰하는 중이기도 했다. 유심한 관찰에 부응이라도 하는 듯 작년과 다르게 변해 있었다. 어머니는 물론이거니와 아버지에게도 함부로 보여 주지 않던 것을 누나 앞에서 드러낼 수는 없었다.

"뭐하니? 너 그러다가 오늘 중으로 집에 가기는 틀렸다."

창문을 보았다. 그새 밖에는 어둠이 이발소를 이미 껴안은 뒤였다. 다행히 비는 멈추어 있었다. 함석지붕을 두들기던 빗소리가 멈추고 이발사의 코 고는 소리가 크게 들렸다. 마음이 조급해졌다. 칠흑같이 새까매지기 전에 고개를 넘어가야 한다는 조바심이 생겼다.

"누나. 좀 나가 있어."

누나가 물끄러미 바라보다 씨익 웃고 방으로 들어갔다. 젖은 옷을 벗었다. 오줌이 마려웠다. 알몸인 채 빠르게 두리번거렸다. 이발소로 향하는 문과 누나가 들어간 방문 사이에 또 다른 문이 보였다. 아마 그곳이 변소일 것이라는 생각이 들었다. 누나가 건네준 셔츠를 입었다. 문을 열었다. 생각대로 변소였다. 이발소는 길가에 건물만 달랑 있었으므로 마당도 없었고 변소를 둘 별도의 건물도 없었다. 한 개의 건물 덩어리에 부엌을 중심으로 방과 이발소와 변소가 붙어 있는 구조였다. 쪼그려 앉아 볼일을 볼 수 있도록 했는데 냄새를 막기 위해 판자 뚜껑으로 덮어 놓았다. 판자 뚜껑을 열었다. 드러난 시커먼 구멍을 향해 섰다. 부엌을 바라보았다. 백열등이 빛 알갱이를 사방으로 퍼뜨리고 있었다. 백열등이 몸에 가려 입구가 잘 보이지 않았다. 몸을 약간 틀었다. 백열등에서 뿜어져 나온 빛이 구멍과 드러난 내 하체에 닿았다.

요의는 있는데 오줌이 금방 나오지 않았다. 물에 흠뻑 젖었던 것이

따뜻해지면서 팽팽하게 부풀어 요도를 막았다. 정신을 한 곳으로 모으고서 아랫배에 힘을 주었다. 오줌이 나올 기미가 없는 대신에 그것이 더 크게 부풀었다. 방문이 덜컥 열렸다. 화들짝 놀라서 고개를 돌렸다. 누나가 부엌으로 나오면서 나를 바라보는 중이었다. 손에 들고 있던 판자 뚜껑을 나도 모르게 떨어뜨렸다. 그렇게 황당한 중에 팽팽하게 부푼 그곳에서 오줌이 나왔다.

"누…누나."

쑥스러운 외마디가 질러졌지만 떨어지고 있는 오줌을 어찌할 수가 없었다. 누나가 빙그레 웃었다.

"다 컸구나."

누나가 한 걸음 다가왔다. 귓불이 발갛게 달궈졌다. 엉덩이를 뒤로 젖혔다. 오줌이 바닥으로 우두둑 떨어졌다. 탁— 변소 백열등이 켜졌다. 환해졌다. 서둘러 오줌 줄기를 끊고 왼손에 쥐고 있던 바지를 꿰입었다. 변소에 백열등이 따로 있다는 것을 알아차리지 못한 것과 바지를 입지 않고 오줌을 눈 것이 불찰이었다.

"방으로 들어가."

누나가 이발소로 나갔다. 변소 문을 가만히 닫아 놓고 부엌 가운데 섰다. 이발사의 코 고는 소리는 여전했다. 평소에 술을 좋아하는 이발사가 술에 취해 이발의자에 잠들어 있는 것이 분명했다. 이발소 문을 잠근 누나가 부엌으로 왔다. 나는 이발소 문으로 걸어갔다.

"이 밤에 고개를 넘으려고?"

나는 눈짓으로 끄덕였다.

"너 큰일 난다. 비가 쏟아져서 물이 불었어. 또 칠흑같이 어두워서 사방이 분간이 안 될 텐데 거길 간다고?"

누나가 내 팔을 잡았다. 누나의 말이 옳았다. 고개 하나를 더듬거려 넘는다 해도 다음 고개 사이에 있는 계곡물이 불어 있다면 길이 막히는 꼴이었다. 아버지와 어머니를 생각하면 길을 나서야 했다. 더욱이 얼굴을 쳐들고 누나를 바라볼 용기가 없었다. 이발소로 걸어나가는데 누나가 팔을 더욱 세게 잡았다.

"조그만 애가 겁도 없구나. 여기서 자고 내일 새벽에 집에 갔다가 학교에 가면 되잖아."

누나에 이끌려 방으로 들어갔다. 아카시아가 휘청거리며 허공을 비질하는 기척이 들렸다. 방안에 우두커니 서 있는 동안 밥상 차리는 소리가 들렸다. 창밖의 어둠을 바라보고 있는데 문이 덜컹 열렸다. 이발사가 방으로 들어와서 내게 눈을 끔벅거렸다.

"옷이 흠뻑 젖어서 갈아 입혔어요."

누나의 말에 이발사가 픽 쓰러져 누웠다. 부엌과 창밖의 어둠을 번갈아 보는 사이에 이발사가 코를 골기 시작했다. 시큼한 술 삭은 냄새가 방안에 들어찼다.

"밥 먹자."

누나가 밥상을 들고 왔다. 상에는 쫄쫄 끓는 된장찌개와 열무김치와 밥 두 그릇이 놓였다. 두 그릇의 밥과 코를 고는 이발사를 바라보았다.

"얼른 먹어. 아버지는 내일 아침이나 되어야 일어나셔."

누나가 숟가락을 건넸다. 갑자기 허기를 느꼈다. 보리쌀이 입에서 마치 앵두처럼 으깨어지면서 된장 국물과 섞여 목구멍으로 넘어갔다.

"배가 고팠구나."

누나가 자신의 밥그릇에서 한술 푹 떠서 얹어 주었다. 누나를 한차례 바라보고 밥그릇을 비웠다. 누나가 상을 들고 부엌으로 나가고 이발사와 단둘이 방에 남았다. 이발사의 숨소리가 잦아들었다. 방안이 조용해졌다. 허공을 비질하는 아카시아 소리가 들렸다. 부엌으로 나간 누나의 기척이 없어졌다. 방바닥이 따뜻했다. 배가 부른 몸에 졸음이 살금살금 들어차기 시작했다. 벽에 등을 기대고 무릎을 세웠다. 졸음이 급격하게 몰려왔다.

잠에서 후다닥 깨어났을 때. 벽에 등을 기댔던 몸이 바닥에 엎어져 있었다. 상체를 일으켜 앉았다. 방을 환하게 밝히던 백열등은 꺼져 있었다. 코를 휘파람처럼 불어대면서 잠들어 있는 이발사가 눈에 들어왔다. 벽에 매달린 괘종시계에서 아스팔트를 걸어가는 구둣발 소리가 들렸다. 이젠 집으로 가긴 불가능하다고 판단했다.

누나가 보이지 않았다. 누나가 곁에 없다는 사실에 두려움과 서러움이 생겨났다. 마치 누나가 고개 너머에 있는 어머니와 같은 존재로 여겨졌다. 살그머니 일어났다. 이발사가 잠에서 깨지 않도록 괘종시계 밑으로 걸어갔다. 귓구멍에 돌을 두드리는 듯 시침이 크게 들렸다. 시침과 분침이 희미하게 드러났다. 아홉 시가 넘었다. 누나가 차려준 밥을 먹고 벽에 기댔다가 고꾸라져 잠이 든 채 세 시간이나 훌쩍 지났다. 벽에 등을 기댔다. 집에 가기는 불가능하고 이 방에서 밤을 지내야 한다고 생각했다. 벽에 옆구리를 붙여 바닥에 누웠다. 잠을 청하려고 눈을 감았다. 잠이 쉽게 오지 않았다.

누나는 어디로 갔을까?

외려 정신이 또렷해졌다. 감은 눈으로 방안의 사물이 하나씩 차례로 보였다.

어디선가 소리가 들리고 있었다. 잠에 빠져들지 못하고 또렷해지는 귓가로 무슨 소리가 아주 작게 들려왔다. 저절로 귓바퀴에 신경이 모였다. 귓바퀴로 수만 마리의 개미들이 행렬로 기어오는 느낌이었다.

수만 마리의 개미 행렬이 몰고 오는 소리는 급박하게 들려왔다가 까마득한 정적에 빠져들기를 반복했다. 물체가 부딪히는 소리가 느닷없이 들렸다가 고요해지고. 고양이 우는 소리가 들렸다가 시간이 멈춘 듯 정적에 휩싸이기도 했다. 들렸다가 곧 사라지는 소리를 놓치지 않으려 신경을 모았다. 하지만 허사였다. 소리가 들리는가 싶으면 바람 소리가 훼방을 놓으며 어디론가 끌고 사라졌다. 소리를 잡아채려 눈까지 흡뜨고 있으면 아카시아 잎이 쓸리는 소리와 고속도로를 달리는 차바퀴 소리가 아득하게 들렸다.

일어나 앉았다. 이대로 누워있으면 몸으로 수만 마리의 개미 떼가 와글와글 들어찰 것 같았다. 벽에 등을 기대고 무릎을 세웠다. 소리가 또 들렸다. 간간이 들리던 소리는 고양이 우는 소리가 아니었다. 누나의 소리가 분명했다. 어디가 아파서 흘리는 신음 같기도 하고 잠꼬대로 흥얼대는 것 같기도 했다. 눈을 흡뜨고 방안을 살펴도 누나는 없었다.

문고리를 살그머니 잡아당겼다. 문이 열렸다. 부엌은 몹시 캄캄했다. 이발소로 나가는 문에도 불이 밝혀 있지 않았다. 문을 닫고 부엌 바닥으로 내려서면서 소리가 나는 곳을 비로소 알았다. 이발소였다. 물체가 부딪히는 소리는 이발 의자가 흔들리는 소리였다. 이발의자에 앉은 누나의 몸 어딘가가 아파서 앓고 있거나 아니면 이발 의자에서 잠이 들어 험한 꿈을 꾸면서 헛소리를 뱉고 있는 것이라고 짐작했다. 누나에게 몹시 미안한 마음이 생겼다. 내가 홀딱 젖어 집으로 넘어가지 못하고 방을 차지하자 이발 의자에서 잠이 들었다고 생각했다. 혹여 어딘가가 아프게 되었다면 온전히 나 때문이었다. 누나가 잠에서 깨어나지 않도록 조심스럽게 문을 열었다. 몸이 빠져나갈 수 있을 만큼만 문을 열어 놓고 오른발을 짚는 순간. 아, 누나가 아닌 다른 눈동자와 정면으로 부닥쳤다. 눈동자의 주인은 남자였다. 등교나 하교 중에 가끔 마주치던 얼굴이었다. 신작로를 벗어나 다리로 접어드는 곳이나 고속 도로 지하 통로에서 엇갈리면서 만나던 청년이었는데, 그는 방위병 옷을 입고 있었다. 교문을 나와 신작로를 걸어오다 보면 다리 입구에서 버스를 기다리곤 했으며, 등교할 때는 야간복무를 마치고 굴다리를 통과하던 그 청년이었다. 방위병 모자는 또르르 말아서 어깨 견장 띠에 찔러 넣고 담배 피우면서 갖은 허세를 부리던 건달이었다.

청년은 이발 의자에 깊이 앉아 있었고 누나는 청년에 마주 걸터앉아 있었는데, 아- 누나의 하체는 맨살이었다. 누나의 엉덩이에서 희부연 빛이 나왔다. 누나는 내가 들어온 것을 알아차리지 못했다. 눈을 감고 시소를 타듯 몸을 앞뒤로 흔들면서 바늘에 찔리는 신음을 흘렸다.

눈이 마주친 청년이 누나의 등을 손바닥으로 때렸다. 누나는 여전히 청년의 의도를 알아차리지 못했다. 청년이 좀 세게 두드렸다. 누나가 눈을 떴다. 흠칫 놀란 나를 알아차렸다.

"어- 어- 너?"

누나가 청년에게서 내려와 바닥에 떨어진 물방울무늬 치마를 부리나케 입었다. 청년이 이발 의자에서 내려와 혁대를 잠그고 내게 걸어왔다. 청년이 무서워졌다.

"짜식."

청년이 이발소 문을 드르륵 열고 밖으로 나갔다.

"쪼그만 게 웬 잠이 그렇게 없냐?"

누나가 손가락으로 내 이마를 콕 찍었다.

"얼른 가서 자라."

누나가 방문을 열었다. 조종당하는 로봇처럼 방으로 들어갔다. 아랫목에 잠든 이발사의 숨소리는 격하지 않았다. 돌조각처럼 앉아 있는데 누나가 들어왔다. 누나가 나를 살며시 밀쳤고 나는 벽에 옆구리를 붙이고 누웠다. 누나는 이발사와 나 사이에 누웠다. 몇 번인가 뒤척이던 누나가 잠잠해졌다. 낮은 숨소리를 내면서 잠에 빠져들었다. 하지만 나는 작은 창이 벌겋게 물들 때까지 한잠도 이루지 못했다.

이튿날 아침. 누나가 내민 교복을 입고 등교하였다.

이발소 뒷마당 감나무에 발간 홍시가 별자리로 열렸다. 검은 반점이 생긴 감잎이 우수수 떨어졌다. 대학생이 되어서도 나는 이발소 앞을 지나다녔다. 대학교가 이웃 도시에 있었기 때문에 첫 버스와 막 버스를 타야 했다. 때문에 누나를 보는 날이 많지 않았다.

누나는 한 남자의 아내가 되었다. 폭음을 일삼던 이발사가 갑자기 쓰러졌다. 누나는 이발을 대신하러 온 남자와 결혼했다. 이발사는 겨울을 간신히 넘기고 봄에 세상을 떠났다. 남자는 홀어머니를 모셔와 누나와 함께 살았다. 결혼하고 삼 년이 넘었는데 아이가 없었다.

마을 사람들이 누나의 시모를 두고 늘그막에 넝쿨 달린 호박을 두 덩이씩이나 가슴에 안은 할멈이라고 입을 모았다. 누나와 이발소까지 얻었으니 그런 소문이 한동안 돌았다. 삼 년을 기다려도 며느리의 배가 밋밋하니 넝쿨 달린 호박이 아니라 생각할수록 가슴을 짓누르는 맷돌이라고 시모가 험담하며 다녔다.

칠월. 버스를 타고 집으로 오는데 파랗던 하늘에 먹구름이 개미 떼로 기어왔다. 구름도 깡패처럼 패를 가르며 몰려다니는 것을 처음 보았다. 허리춤을 풀어 쥐고 설사를 내리쏟을 자리를 황급하게 찾는 사람과 같았다. 신작로에 행군하는 초병처럼 열을 지어 선 미루나무도 급박하게 움직이는 먹구름에 우듬지를 바르르 떨었다.

버스가 정류장에 멈췄다.

누나와 시모와 남편인 젊은 이발사가 신작로에 나와 있었다. 버스에서 내리자 이발사와 시모가 버스에 탔다.

"장독대 호박고지 널어놓은 걸 깜빡했다."

시모가 누나에게 외치는 소리 들리고 버스가 떠났다. 부산으로 시집간 딸이 첫아들을 낳았는데, 돌잔치를 한다 해서 떠나는 것이라고 누나가 일러주었다.

산모퉁이로 버스가 완전히 사라지고서 걸음을 급하게 재촉했다. 여차하면 굵은 빗방울이 무진장 쏟아질 것 같아서 다리를 건너 고속도로 밑 콘크리트 통로에 들어갔다. 통로는 밤인 듯 컴컴하였고 후덥지근하고 비릿한 냄새를 풍겼다.

통로에서 나와서 열 발짝이나 걸어갔을까? 기어코 비가 쏟아졌다. 한낮인데 비를 예감한 마을 사람들이 집으로 들어가서 골목이 비었다. 십여 미터 뛰어갔다. 헛일이었다. 채 일 분도 못 되어 옷이 젖었다. 누나의 물방울무늬 원피스가 몸에 달라붙어 살갗이 되었다.

우린 뛰는 것을 포기했다. 빗물이 목덜미로 흘러내려 가랑이로 흥건하게 적셨다. 누나의 새까맣게 젖은 머리칼은 목덜미에 달라붙고 일부는 볼을 타고 내려와 젖꼭지가 도드라지게 솟아오른 젖가슴에 닿았다.

서로를 바라보며 웃었다. 걸음을 멈추고 일부러 비를 맞으며 두 팔을 하늘로 쳐들었다. 감나무 아래 들마루가 흥건히 젖었다. 꽁초를 담던 깡통에 빗물이 철철 넘쳐흘렀다.

우린 이발소로 들어갔다. 비를 피하자 홀딱 젖은 서로를 바라보며 또 웃었다. 그런데 벽면 거울에 비친 자신을 언뜻 본 누나의 얼굴이 발갛게 붉어졌다. 공기 방울 원피스가 젖어서 속살이 그대로 드러났다. 누나가 방으로 들어갔다.

이발소에 혼자 서 있을 때의 그 묘한 느낌. 누나의 부끄러워하는 모습을 지워낼 수가 없다. 은근한 열기가 젖은 몸뚱이에 지펴지는 것을 느끼면서 누나가 벗어놓은 신발을 바라보던 그때의 그 형언하기 어려운 감정을 털어 낼 수가 없다.

가슴 한구석에 비밀스러운 서랍을 만들어 그때의 묘함을 영원히 간직하고픈 생각이 생겼다. 감정이 지워지지 않을까 겨드랑이에 알전구를 끼고 있는 것처럼 조바심하던 시절도 있었다.

떠나는 버스에서 시모가 소리쳤던 말이 생각났다. 장독대에 널었다는 호박고지가 생각났다.

"누나." 소리와 동시에 방문을 덜컥 열었다.

아! 누나는 원피스를 벗고 비에 젖은 팬티를 또르르 굴려 발목까지 벗어 내리던 중이었다. 또르르 말린 팬티가 발목에 걸린 내 앞에 드러난 누나의 알몸. 누나의 당황하는 모습과 팽팽하게 부어오른 젖가슴과 사타구니에 새까맣게 돋은 음모가 차례로 눈에 들어왔다. 나는 갑자기 가슴이 턱 막히는 충격으로 문틀에 손을 짚었다.

누나에게 말하려고 입에 담고 있던 장독대 호박고지는 까맣게 잊고… 지금도 이해할 수 없는 행동이었다. 의도와 전혀 상관없이 방안으로 걸어 들어갔으며, "너…, 너…." 더듬거리며 벽으로 물러서는 누나를 와락 껴안은 일도 나의 의지와는 전혀 무관했음을 고백할 수 있다. 나를 잃어버렸음이 틀림없다고 말할 수 있다.

운명이라는 단어와 인연이라는 단어가 누군가에 의해 생성되어 우리의 주변을 유령처럼 떠돌며 가끔씩 깜짝깜짝 놀라게 한다는 것을 알고는 있었지만, 내게도 닥쳐올 줄은 몰랐다. 빗방울이 요란하게 양철지붕을 두드리는 소리가 귓전으로 파고들면서 장독대 호박고지를 생각해냈고. 누나가 우산을 쓰고 밖으로 나갔다. 대바구니에서 하얗게 마르던 호박고지가 흠씬 젖었다.

406호와 사막

사막에 내가 서 있었다. 서 있는 것이 아니라 헤매고 있었다. 사막에도 안개가 있는 것일까? 거대한 모래땅에 안개가 자욱하게 일어났다. 사막에 갇히고 안개에 묻혀서 허우적거리는 시선 끝에서 저승사자가 저벅저벅 걸어왔다. 저승사자가 덜미를 잡을 때까지 한 걸음도 움직이지 못했다.

꿈이었다. 등허리로 후줄근해진 습기가 써늘하게 기화되면서 꿈이 생경하게 떠올랐다. 아주 작은 모래알갱이에 수백 번도 더 애원했다. 매몰차기 짝이 없는 모래알갱이에 갖은 모욕과 놀림과 사기와 속임수에 무기력해졌다. 액체처럼 진득하게 늘어졌는데 날이 밝았다. 사막에서의 무기력이 하도 억울하고 기가 막혀서 한동안 멀뚱멀뚱 누워 있었다. 사막이 없는 나라에 살면서 해외 어떤 나라도 다녀온 적이 없이 다만 학교에서 배운 사하라와 고비사막 정도를 알고 있는 내가 그런 흉악한 꿈을 꾸었다니. 맑은 새벽부터 황당하기 짝이 없었다.

공교롭게도 여자를 만나고 사막의 꿈을 꾸었다. 여자를 만난 것은 저녁 여섯 시쯤이었다. 단박에 그녀를 알아보았지만 아는 체를 할 수 없었다. 우리가 다시 만나서는 안 될 기억이 머릿속에 깊게 각인되어 있었기 때문이었다. 십오 년이나 지난 기억인데. 현장검증을 당장 해낼 수 있을 정도로 생생하게 살아 있었다. 알면서 나는 알은체하지 못하는 처지로, 그녀 앞에서 당황하지 않을 수 없었다. 잠깐 얼어붙듯 섰다가 얼른 현관문을 비집어 열고 거실로 들어와 얼이 빠져 있었다.

문은주. 삼십육 세의 그녀가 밤 이사를 온 우리 통로의 406호 여주 인이라는 말을 아내에게 듣고 나는 또 얼이 빠졌다. 일 층에 사는 내 가 이렇게 얼이 빠져 있는 동안 사 층에서 은주는 가슴을 쥐어뜯으며 눈물을 흘렸을 터였다. 내가 그녀의 주변에 존재함으로써 그녀가 감내 해야 할 고통의 무게 때문에 아마 숨이 막혀 목을 두 손으로 쥐어틀 고 있을지도 모른다는 생각까지 들었다.

같은 아파트, 같은 동에 사는 나. 그녀에게 무거운 짐일 수밖에 없었 다. 고개를 넘다가 잠깐 벗어 두었던 짐을 다시 짊어지듯 이제 그녀는 내 존재의 짐을 가슴에 다시 얹게 되었으니. 그녀의 고통도 고통이지 만, 고통의 덩어리가 된 내 고통도 만만찮기는 한가지였다. 내 고통은 그녀가 겪어야 할 고통에 비하면 보잘것없음이 틀림없다. 이를테면 손 톱의 흰 반점쯤일 정도였다.

오 년의 임대가 만료되어 거주자에게 분양하는 아파트의 분양가에 대한 개인적인 불만 탓도 있으나 사막을 헤매던 꿈의 뒷자락이 생생하 게 살아서 혼란스러웠다. 또 그녀에 대한 소문도 나를 혼란스럽게 하 는 데 한 몫 거들었다. 불법으로 이사를 왔기 때문에 그녀의 가족은 입방아의 대상이 되었다. 아내를 비롯한 십육 동뿐만 아니라 맞은 편 십오 동의 여자들도 그녀를 입안에 넣고 소곤소곤 씹었다. 아내는 그 녀 가족의 대담성에 탄복하면서도 은근한 연민을 가졌다. 어쩌면 406 호가 쫓겨날지도 모른다고 말했다. 어젯밤 설친 잠의 보충을 위해 아 홉 시 뉴스를 보다가 잠자리에 누웠는데 인터폰이 편안한 잠을 허락 하지 않았다. 절대로 분양계약을 하지 말고 공동으로 대처하자는 분 양대책위 방송과 분양계약을 독촉하는 관리사무소 방송이 연속하여 흘러나왔다.

열두 시가 넘어 잠들었다. 잠이 아니라 사막에 서 있었다. 역시 삽시간에 안개가 나를 덮으러 달려왔다. 안개에 휩쓸려오는 것이 있었다. 안개가 내 몸을 적셨을 때, 안개에 휩쓸려 저벅저벅 걸어온 것은 저승사자였다. 저승사자에게 잡히고 싶지 않아서. 안개와 모래에 묻히고 싶지 않아서 이를 악물고 뛰었다. 버르적거림이었다. 모래에 붙잡혀 버르적거리다가 저승사자에게 덜미를 잡히는 순간. 잠에서 깼다. 새벽 세시였다. 앉은 채 새벽을 맞았다. 잠들면 맞닥뜨릴 모래알갱이를 감당해 낼 자신이 없었다.

:

동렬이 할머니 집에 성자가 오면 두산리는 술렁였다. 종일 모내기로 흙투성이가 되었던, 고추를 심느라 허리와 아랫도리가 만신창이로 고부라졌건, 대낮부터 술타령으로 눈에 개씨바리가 도졌건. 성자의 출현에 두산리 총각들은 동렬네 사립문에서 괴춤을 들썩였다. 노골적으로 순서를 정하여 성자를 데리고 갔다. 비닐하우스, 냇가 백사장, 팽나무 아래, 보리밭 심지어는 부모가 없는 집으로 당당하게 끌고 가 성자를 품었다. 두산리 주민도 그런 사실을 알고 있었다. 성자가 놈들의 짓거리에 허리가 낭창낭창 녹아도 상관하지 않았다. 성자도 그런 행위에 조금도 부끄러워하지 않았다. 자신의 몸을 탐한 남자의 이름을 스스럼없이 말하기도 했다. 해봉이가 비닐하우스 안에서 거적을 깔아 놓고 성자를 올라탔다. 누구누구랑 이 짓을 했느냐 물었는데 줄줄 나오는 이름 중에 해봉이도 튀어나와 얼이 빠졌었다는 우스갯소리도 공공연하게 돌았다. 그때 해봉이 그것도 얼이 빠져 일의 끝도 마무리하지 못하였다는 말이 보태져 떠돌았다. 그런 해봉이 꼬락서니를 멀거니 바라보던 성자가, 우리 사장님도 그렇다고 말해서 동렬이 아버지도 상습적으로 성자를 농락하고 있음이 드러났다.

문전걸식 온 여자가 열 살 남짓한 계집을 데리고 두산리에 왔다. 그때가 엄동이었다. 동렬이 할머니가 가련히 여겨 하룻밤을 재웠는데 송장을 재운 것이었다. 계집이 울어서 방문을 열어보니 여자는 이미 차갑게 굳어 있었다. 들이며 산에 무릎까지 눈이 쌓였는데 연고도 없는 시신을 방에 계속 둘 수 없었다. 두산리 청년들을 모아 눈을 쓸어서 길을 트며 시신을 날라 뒷산에 묻었다. 그 열 살 난 계집애가 성자였다. 바쁜 농사일에 성자가 요긴하기도 해서 스무 살이 넘도록 동렬네가 거두어 주었다. 스무 살이 넘어 어른티가 제법 돌면서 성자에 관한 유쾌하지 못한 소문이 돌았다. 늙은 어미를 윽박질러 땅뙈기를 팔아 장사를 시작했던 동렬이 아버지가 코빼기도 내밀지 않더니, 사흘이 멀다 하고 찾아오면서 소문이 시작되었다. 농촌에 남겨 둔 늙은 어미가 보고 싶어 그렇게 잦은걸음을 하는 게 아니라는 소문이 돌았다. 오래지 않아 성자의 입방아로 동렬이 아버지는 망신살이 뻗쳤다.

스무 살이 넘었으면서도 제 몸 하나 건사하지 못하는 성자를 두산리 사람으로 인정하면서도 성자의 못된 행색을 바로잡으려는 시도는 없었다. "성자, 고년이 어제는 용범네 담배 묘 비닐하우스에 왔다가 용범 엄마한테 물벼락을 맞았다며? 담배 농사를 망치려고 그러는지 별것들이 지랄한다고 용범네가 성자 알궁둥이에 찬물을 끼얹고 소리를 질렀다나?" 성자가 물벼락을 맞았다면 용범이건 해봉이건 또는 어떤 다른 놈도 찬물을 뒤집어썼음이 당연한데 성자의 알궁둥이만 물벼락에 젖었다.

스무 살이 넘은 성자가 철딱서니 없는 맹추라서 어쩔 수 없다는 소리. 엉덩짝이 팽팽하도록 누구 하나 성에 대해서 알려주지 않았기 때문이라는 소리. 그들만의 핑계였다. 두산리는 성자를 염려하여 행색을 바로잡아주려는 의도가 없었다. 부모도 없고 주워 기른 애니까 잔

소리할 수 없다는 표면적인 구실도 있었지만, 속을 들여다보면 서른이 넘도록 장가 못 간 당신들의 자식을 배려한 내면의 파렴치를 부인하기 어려웠다.

소문이 흉측스럽게 돌자 동렬이 할머니가 성자를 치울 생각을 했다. 그러자 동렬이 아버지가 성자를 백화점 점원으로 쓴다고 들판에 매어두었던 소고삐 말뚝처럼 쑥 뽑아갔다. 염천 칠월의 어둑어둑한 저녁나절에 성자를 데려갔다.

⋮

"여보, 406호 있지?"

퇴근하여 들어서자 아내가 호들갑을 떨었다.

"406호가 어째서?"

퉁명스럽게 말은 던졌어도 궁금증이 뻗쳤다. 아내가 406호의 소문을 입에 물고 퇴근을 애타게 기다렸다. 나를 기다린 게 아니라 입에 물고 있던 소문을 토해낼 시점을 기다렸다. 입에 물린 그것이 입속을 더럽히고 있는 줄도 모르고.

"암만해도 집 비워야 할 거 같아서."

아내는 406호가 불법 거래자로 들통나기를 은근히 기대하는 눈치였다. 필시 그런 기대를 하는 사람이 아내뿐만은 아니었다.

"집을 비워야 한다니?"

아무것도 모른다는 표정과 음색으로 물렀다.

"한 푼이라도 깎아보려고 건설회사와 시청에 몰려가서 농성한다고 계획들을 짜고 있는데, 밤 고양이처럼 프리미엄 붙여서 팔아먹고 또 그걸 덥석 사서 들어왔는데 사람들이 가만히 있겠어요?"

프리미엄 붙여 팔아먹고 나간 자가 먹어야 할 욕을 이사 온 406호가 감당해야 할 상황이었다.

"얼마나 올려 주고 들어왔을까?"

"모르죠. 쑥떡 콩떡 주고받고 들어왔으니까."

"들통 안 나고 잘 되면 좋지 뭘 그래. 우리 이웃이 될 텐데."

"누구는 할 일이 없어서 데모하러 나가나? 한 푼이라도 덜 주고 분양받으려 뜻을 모으고 있는데 저만 슬쩍 이득을 챙기고 달아나다니."

아내는 406호와 이웃하기가 탐탁지 않은 모양이었다. 아내뿐만이 아닐 터였다. 공동으로 투쟁하자고 대표자를 뽑고 호당 삼십만 원의 운영비까지 갹출한 마당에 배신자가 생겼으니 배알이 온전할 리 없었다. 웃돈을 얹어서 몰래 팔아버리고 이사를 간 배신자에 대한 울분 덩어리가 똬리를 튼 배알이 무슨 말인들 토해내지 못하랴. 떠난 자에게 욕을 해봤자 소용없었다. 새로 이사 온 406호로 울분이 토해졌다.

오 년 동안 임대 살아온 입주자는 오 년 전의 분양가에 감가상각만 공제하고 분양받으려 했다. 건설업자가 가져갈 몫에는 인색했다. 분양가에 시비가 발생함은 경제 논리였다. 결과가 결정되어 있는 싸움이었다. 회사는 덤을 얹어 분양가를 책정했다. 입주자는 그런 사실을 알아차리고 분양가를 깎아내리던 덤으로 올린 만큼의 시설을 얻어 낼 작정으로 단체행동에 돌입했다. 생업에 종사하고 있는 입주민이 조직적으로 회사에 맞서기는 무리였다. 오래 가지 않을 싸움이 분명했다.

406호의 은주를 떠올리는 중에 분양대책위 방송이 들렸다. 분양대책위를 믿고 절대로 개별적으로 업체와 계약을 체결하지 말라는 요지에다 공동 집회에 참석하지 않는 세대는 벌금 오만 원을 물리기로 의결했다고 통보했다. 이어서 업체가 방송으로 분양계약을 촉구하면서 불법거래를 하면 분양자격을 박탈할 것이라고 으름장을 놓았다. 은주도 실내방송을 듣고 있을까? 아내는 스피커 밑에 서서 눈동자를 치켜

떴다. 흡사 오줌을 누는 표정이었다.

⋮

성자가 없는 두산리. 십 년 만에 되돌아왔다는 더위. 배가 불룩한 벼가 키 다툼으로 뙤약볕을 투정 없이 잘라 먹는 한낮. 총각들이 그늘에 모여 동렬이 아버지에게 욕을 삼태기로 퍼먹였다. 성자를 데려간 동렬이 아버지가 음탕하고 부도덕한 천하의 고얀 놈이 되었다. 죽은 동렬이 할아버지의 땅을 팔아서 도시에다 백화점 점포를 사들인 것도 밉상이었는데 홀어머니를 남겨 두고 제 식솔만 챙겨서 갔다. 게다가 성자까지 데려갔으니 고약하고 몹쓸 놈이 되었다.

황급히 싸 갈긴 소똥이 지글지글 끓는 정오의 농로로 성자가 걸어왔다. 두산리를 떠난 지 달포쯤 지났다고 짐작되었다. 동렬이 아버지도 함께였다. 문어처럼 늘어진 팔이며 다리를 질척이며 성자가 앞장을 서고 동렬이 아버지는 곧 죽어 넘어질 듯 억지로 성자의 뒤를 따라왔다. 가히 살인적인 더위였다. 해봉이와 용범이가 팽나무 그늘에서 성자를 알아차렸다.

"어라? 저거 성자 아냐?"

해봉이가 벌떡 일어나 앉았다. 핏발이 서고 눈곱이 낀 눈을 껌벅거렸다.

"진짜 성자네? 뒤에 오는 재수 없는 새끼는 누구여?"

낮잠의 늪으로 허덕이던 용범이도 소리를 질렀다. 성자 뒤에 얼씬거리는 동렬이 아버지가 영 재수 없다는 표정이 역력했다. 서른여덟인 해봉이나 서른다섯인 용범이는 세 살 차이라지만 아직 어른도 못된 신세라 친구로 어울렸다. 성자에게서 눈을 차마 거두지 못하고 용범이가 뒤적뒤적 담배를 꺼내자 해봉이가 대뜸 **뺏어다** 입에 물었다.

"슬슬 따라가 볼까?"

"자식아. 아직 해가 멀건 대낮이야. 이따가 저녁 먹고 막걸리 한 잔 걸친 다음에도 안 늦어."

해봉이와 용범이가 해 떨어지기를 고대 하는 동안 성자가 왔다는 소식이 두산리를 한 바퀴 돌았다. 그런데 황금빛 노을이 내려앉는 농로로 성자가 두산리를 떠나고 있었다. 이번에는 동렬이 아버지가 앞장을 섰다. 그날 밤. 해봉이와 용범이가 술을 마셨는데 이따금 쥐약 먹은 개처럼 악을 바락바락 썼다. 더위 때문에 잠을 설치던 사람들이 그 소리를 들었다. 더위가 수그러지는 자정이 넘어서야 두산리가 죽음 같은 잠에 빠져들었다.

⋮

"아빠. 406호로 이사 온 애가 우리 반이다?"

퇴근해서 집에 들어온 내게 건네 온 말의 첫마디가 406호였다. 딸이 호들갑을 떨었다. 아내도 406호를 들먹거릴 참이었다.

"당신은 또 무슨 소릴 하려고 그렇게 서 있어? 저녁이나 내오지 않고."

신경질적인 말투로 아내의 입을 막았다. 밥상이 차려지기까지 용케 참았던 아내가 기어이 첫술을 뜨기가 무섭게 406호를 들먹거렸다. 406호가 얼마를 덤으로 올려 주었는지, 입주민의 가장 큰 관심 덩어리인 그것을 알아낸 것일까?

"남편이 글쎄 은행 과장이래요. 은행 과장이나 되는 사람이 그동안 뭐 했기에 이 같은 임대아파트로 도둑놈처럼 몰래 이사를 올까?"

아마 이날 저녁에 십육 동이나 십오 동의 남자는 406호 남자가 은행의 과장이라는 소리를 들을 터였다. 다분히 비꼬는 여인들의 어투에 은행의 과장이라는 직책에 대한 부러움도 있을 터였다. 저녁을 먹다 말고 아내에게서 지독한 거부감을 느꼈다. 구린 소문만 찾아 쿵쿵거리는 짐승의 환영을 순간적으로 아내에게서 읽었다.

"은행 과장이면 당신 월급보다 훨씬 많은데. 그동안 뭘 했기에 돈을 못 벌었을까?"

아내가 숟가락으로 밥그릇을 긁으며 내 자존심까지 흠집을 내고 406호의 관심을 놓지 못했다.

"당신이 은행 과장 월급을 내 지갑에 넣어 준다면 우린 벌써 아파트를 사고도 남았을 텐데."

아내가 투덜거린 말에 기분이 엉망으로 꼬였다.

"당신이 그들에 대해서 뭘 안다고 함부로 말을 해."

"그럼 당신은 알아요?"

은주가 어떤 사람인지를 안다면 저런 말을 하지 못할 터였다. 그렇다고 은주가 과거에 어떤 사람이었는지 아내에게 말할 수 없었다. 아내가 사리 분별도 못 하는 철딱서니로 보였다. 속에서 화기가 은근하게 익었다.

"도대체 406호를 가지고 입방아 놓는 이유가 뭐야? 남편이 밖에서 일하는 동안 여자들이 삼삼오오 모여서 입방아만 해대니까 임대아파트 신세를 면하지 못하는 거라고."

신경질적으로 숟가락을 놓았다.

"뭐예요?"

아내가 덤빌 기세였다. 그러나 곧 풀이 죽었다. 아내의 취약점을 정곡으로 건드렸기 때문이었다. 전업주부인 아내는 내가 행정공무원을 십이 년이나 하면서도 집 한 칸 장만하지 못했음이 자신의 탓도 있다고 여겨왔다. 맞벌이 공무원은 집을 사고 자가용까지 부리는 것을 주변에서 어렵지 않게 보았다. 전업주부인 자신이 한스럽다고 우울증 비슷한 증세의 여자였다. 그래서 그 증세를 가급적은 건드리지 않으려 노력했다.

"내 말이 틀렸어?"

"알았어요. 돈 못 번다고 괄시받고 사느니 차라리 공장에 나갈 테니."

"그런 뜻이 아니야. 괜히 모여서 406호를 들먹거리지 말란 말이야. 406호가 우리한테 잘못한 것도 없잖아? 몰래 웃돈 받고 나간 놈이 나쁜 놈이지."

아내도 406호가 잘못이 없다는 것은 인정했다. 아내뿐만 아니라 단지 전체의 입주민도 마찬가지일 터였다. 다만 단지 전체가 합심하여 투쟁하고 있는데 불법 거래로 들어왔기 때문에 이탈할지도 모른다고 지레짐작을 했다. 혹여 개별적으로 분양계약을 체결함으로써 투쟁의 헛심을 빼지 않을까 하는 의심 탓에 406호가 입방아를 당하는 것이었다.

"406호 그럴 사람 아냐."

"당신 이상하네? 406호를 왜 그렇게 싸고돌아요?"

은주를 아내에게 말하지 못하고 아내의 얼굴을 빤히 쳐다보는 것으로 대신했다.

"아빠, 우리 반에 전학 온 406호 사는 애 공부 굉장히 잘하나 봐. 그 애가 자기 집에 놀러 오랬어. 나 놀러 가도 되지?"

아내와는 달리 딸은 406호에 호의적이었다. 딸은 어린아이니까. 406호도 우리처럼 남매를 두었다. 큰딸이 중학생이고, 둘째인 아들이 초등학교 오 학년이었다. 오 학년에 다섯 개의 반이 있었는데 공교롭게도 같은 반이 되었다.

"내일 열 시에 데모가 있는데 어쩌는가 봐야지."

아내는 406호가 데모에 나오는지 확인하겠다고 했다. 잠자리에서 아내는 수학여행을 떠나는 아이처럼 내일을 고대했다.

:

벼 베기가 시작되었다. 두산리 사람들은 밭에서 육신을 혹사했다. 꽁무니가 자꾸만 잘려나가는 해가 아쉬웠다. 어둑해져서야 일을 멈추었다. 어두워지면 죽음 같은 잠에 빠져들었다. 다만 개들이 갑자기 적막해진 밤하늘과 컴컴한 숲에다 공포를 쫓는 울음을 질렀다.

농협에 다니는 은주와 전문대학 행정학과 초년생인 나는 적막한 밤길에 익숙해져 있었다. 해가 지고서 한 시간이나 지났을 때야 버스에서 우리는 함께 내렸다. 누가 보면 학교에 다닌답시고 또는 농협에 다닌답시고 시내로 연애질이나 하러 갔다 오는 것처럼 생각할 수도 있는 상황이었다. 날마다 컴컴해진 고개를 두 개씩이나 붙어서 넘어 다니니 그런 오해가 어쩜 타당성이 있을 법도 하였다. 은주나 나나 적막에 잠긴 두산리를 내려다보면서 마지막 고개를 내려올 때 좀 미안한 생각도 들었다. 은주와의 관계를 좀 색다르게 가늠해 본 사실도 가끔 있었다.

은주와 내가 한 묶음처럼 두산리에서 오해를 받아야 함은 순전히 제삼의 조건 때문이었다. 두산리에서 해발 이백 미터 고개를 두 개 넘으면 환평리였다. 그곳은 두산리에 비하면 지리적으로 도시에 속하였으나 시내에서 버스가 하루에 네 번 들어오는 오지였다. 거리로 치자면 시내의 중심에서 반경 이십 킬로미터 정도의 멀지 않은 곳이었지만, 시내 쪽으로 웅크려 앉은 산 때문에 교통이 좋지 않았다.

아침 여섯 시에 환평리에서 떠나는 버스를 타기 위해 새벽길을 넘을 때도 은주와 함께였고, 밤 여덟 시에 도착하는 버스에서 내리면 은주도 함께였다. 날마다 밤 중에 고개를 두 개나 넘으며 무슨 일이 생겼지 않았을까 억측의 말을 하여도 변명의 여지가 미약했다.

이따금 둘만의 밤 고개에 성자가 끼어들었다. 여름의 끝 무렵부터였다. 동렬이 아버지의 특별한 배려였다. 가을걷이가 시작되자 노년의 모친을 위해 성자를 두산리로 보냈다. 성자가 두산리로 오는 시간은 늘 밤이었다. 낮에는 백화점 근무를 해야 했다.

은주와 둘이 넘던 밤 고개를 셋이 넘게 되자 상황이 미묘했다. 성자가 두산리에 도착하면 벌어질 일을 은주가 알고 있어서인지 같은 또래의 여자 사이에 말이 있을 법한 통념을 깨고 묵묵히 발걸음만 놀렸다. 두 여자의 침묵에 감전된 나도 그녀들을 호위하는 무사가 되었다. 내가 앞장을 서면 은주가 바짝 뒤를 따랐고, 그 뒤 삼 미터 거리를 두고 성자가 주섬주섬 따라왔다.

가을로 접어들었으나 그날은 낮 기온이 꽤 높았다. 막차에서 내려 두산리로 가는 고개를 넘는데 땀이 날 정도였다. 내가 은주와 앞장을 섰고 예전처럼 성자가 뒤에서 따라왔다. 두산리가 내려다보이는 두 번째 고개에서 걸음을 잠시 멈추었다. 그러자 은주가 팔을 들어 시원한 공기를 들어 마시려 심호흡했다. 성자는 고개에 오르지 않고 멈춰서 지나온 아래를 내려다봤다. 그러면서 우리를 살폈다. 적당한 거리를 계속 유지할 참이었다.

컴컴한 숲에서 누가 걸어 나왔다. 은주가 소스라치게 놀라 내게 몸을 기댔다. 숲에서 나온 사람은 용범이었다.

"매일 늦는구나?"

용범이가 나와 은주에게 말했다.

"그런데 너희도 그런 사이니?"

숲에서 또 한 명이 걸어 나왔다. 해봉이었다. 내게 몸을 기대고 있던 은주가 얼른 몸을 떼어냈다. 은주는 어떤 변명도 하지 않았다. 사실 나도 그때 해봉이 오해에 변명하고픈 마음이 없었다.

"너희는 가봐."

해봉이가 성자에게 가까이 갔다. 나와 은주가 두산리로 걸음을 옮기자 해봉이가 성자를 숲으로 데리고 갔다. 용범이는 고개에 주저앉아서 담배를 뻑뻑 피웠다. 두산리에 다다를 때까지 우리는 아무 말도 하지 않았다. 지금 고개에서 벌어지고 있을 행위가 머릿속에서 누에처럼 꿈틀거렸다. 은주도 무슨 생각에 휩싸인 눈치였다.

"오해받아서 어떡해?"

두산리에 접어들면서 은주가 말했다. 그 말은 자신은 괜찮은 데 내가 오해를 받아서 어떡하느냐는 뜻으로 해석했다. 대답하지 않았다. 은주의 말에 대한 나의 해석이 옳은지 가늠이 안 됐고, 또 해석이 옳았다 해도 마땅한 말대답을 찾지 못했다. 다만 나는 '은주와 무슨 사이일까?' 생각했다. 은주도 생각에 잠겨 묵묵하게 걸었다. 그날 밤 은주와 나는 아주 미묘한 감정을 품고 각자의 집으로 헤어졌다.

⋮

가을비가 내렸다. 새벽에 예측하지 못한 비라서 은주와 나는 버스에서 내려 비를 맞아야 했다. 그런 경우가 잦았다. 우리는 그까짓 비맞는 것에 아무런 부담도 없었다. 그런데 이날은 셋이었다. 성자가 버스에서 내리자 우산을 펴들었다. 은주와 나는 예전처럼 비를 맞기 시작했다. 가을비라서 한기가 느껴졌다. 비에 젖은 고개를 비칠비칠 오르면서 은주가 에취— 재채기를 했다. 감기가 온다는 신호였다. 성자가 은주에게 우산을 같이 쓰잔 말을 하지 않았다.

두산리에 이를 때까지 가을비가 멈추지 않았다. 논에는 짚가리가 누군가를 하염없이 기다리는 자세로 비를 맞고 있었고, 집마다 수확기의 비를 걱정하는 눈초리로 백열등이 밝혀져 있었다. 은주가 기침을 잦게 토해냈다. 우산을 쓴 성자는 거리를 좁히거나 넓히지 않은 채우리의 뒤를 밟았다. 나는 갑자기 저승사자를 떠올렸다. 쇠사슬로 우리를 포박한 채 끌고 가는 저승사자.

"성자. 쟤 정신에 좀 이상이 있는 거 아닐까?"

헤어지면서 은주가 내게 말했다.

"원래 그런 여자여."

저녁을 먹지 못하고 이불을 뒤집어썼다. 성자가 끼어들면서 은주에 대해 평소와 다른 감정이 왜 생길까를 한 시간가량 자문하다가 잠들었다. 그런데 한밤중에 열이 몹시 올라 잠에서 깼다. 부슬비 소리가 가녀리게 들렸다. 이불을 무덤처럼 뒤집어썼다. 저승사자를 떠올렸음을 몹시 후회했고, 기분이 엉망이었다. 그 후로 은주와 나를 미행하듯 따라다니는 성자를 생각할 때마다 어김없이 저승사자가 생각났다. 나와 은주가 디뎌 놓은 발자국을 죄다 걷어 담으면서 따라오는 성자와 넘는 고개에 달이 뜨지 않는 날은 무섭기조차 했다. 구월과 시월의 끝까지 셋이서 그렇게 밤 고개를 넘었다. 해봉이와 용범이, 또 다른 청년들이 고개로 성자를 만나러 나왔다.

⋮

406호에 놀다 온 딸이 아내에게 심문을 당하고 있었다. 딸이 406호의 정갈한 실내와 향기 나는 화장실을 똑똑하게 말했다. 406호라는 신비의 나라를 탐험하고 온 딸의 말에 아내는 기가 죽었다.

"은행 과장 월급을 내 손에 갖다 주면 나도 대궐처럼 꾸미고 살 수 있어."

아내의 하루 중 생각의 절반은 406호에 가 있다는 생각이 들었다.

"집회는 어땠어? 분양가가 내려갈 기미가 좀 보여?"

아내가 미워지는 생각이 생기기 전에 물었다.

"회사에서 워낙에 짜게 나오니까 잘 안 되나 봐요. 분양가를 내려달라고 밀고 나가면서 다른 요구를 하는 쪽으로 방향을 잡았대요. 분양대책위원회에서."

회사에서 호락호락 분양가를 내려 주지 않았다. 분양대책위원들도 그 점을 알고 조경수를 더 요구하고도 곧 공급되는 도시가스관 비용도 요구하며 절충하는 중이었다. 회사도 그 정도야 양보할 것으로 내부적인 합의쯤은 있었을 터였다. 분양가를 깎아줘서 들어오는 현금액수를 줄이기보다는 회사의 상근 노동력이나 자재를 활용하는 쪽으로 입주자들의 투쟁에 대응책을 마련했을 터였다. 평당 십만 원쯤 분양가를 깎는다는 애초의 기대는 서서히 거품이 되었다. 회사에서 던져 줄 서비스 시설을 못 이기는 척 받으면서 종결을 지어야 할 상황에 도달하였다.

"그런데 406호 여자가 나왔더라니까?"

"그러니까 색안경 끼고 사람을 말하지 마."

"406호 초대하면 어떨까?"

딸에게서 충격을 받은 탓일까? 혹시 은주와 나 사이에 낚시를 던지고 있는 것은 아닐까? 또 다른 추측도 떠올랐다. 달갑지 않은 느낌이 끈끈이처럼 유쾌하지 않았다.

406호가 초대되었다.

한사코 사양하면서도 반가워하더라고 아내가 즐거워했다. 퇴근 후에 아내와 은주가 부엌에서 음식을 만들고 있었고, 그녀의 남편인 은행 과장은 아직 없었다. 아이들은 방에서 서로를 탐색하며 조용조용 놀고 있었다. 일곱 시가 가까워서 과장이 들어왔다. 그는 어깨가 넓어 속도 아늑할 것이라는 느낌을 주었다. 은주가 평소에 보지 못한 시선 으로 과장에게 애교를 보냈다. 과장에게 호들갑을 떠는 중에 나를 슬쩍 바라보는 아내의 눈꼬리가 어딘가 모르게 밉상이었다.

음식을 내오라고 말해서 아내를 과장에게서 떼어놓았다. 406호를 초대한 자리에서 사람은 다시 들여다보아야 속을 안다고 생각했다. 특히 여자를 두고 그렇게 말하고 싶었다. 아내에게서 이런 생각을 도출해 냈다는 게 몹시 언짢았으나 은주와 은행 과장이 그 언짢음을 메꾸어 주는 자리였다. 상에 올려놓는 그릇이 낯설었을뿐더러 아내의 음색과 어조까지 최고조로 위장되었다. 눈꼬리로 번지는 전에 없던 웃음도 예사롭지 않았다. 어쨌든 아내를 코앞에 두고 아내를 찾아볼 수 없는 저녁 시간 동안 내 입지가 말이 아니었다. 특히 은주가 마주 앉았기 때문에 더욱 그랬다. 아내는 채신머리없이 말하고 웃었다.

"돈을 실컷 만지는 은행 과장이면 월급도 많지요?"

아내가 은행 과장에게 얼굴을 쭉 내밀고 물었다.

"그렇다고 우리 돈인가요?"

은행 과장이 상체를 뒤로 젖혔다.

"나는 돈을 만지기만 해도 좋더라?"

술상이 차려졌다. 아내와 은주가 식탁에 앉아서 소곤거리는 동안 과장과 술을 마셨다. 여자들 때문에 만난 남자들끼리 맨정신으로 마주 앉아 있다는 것은 반성문을 쓰는 기분이기 때문에 술을 좀 마셔야 했다.

⋮

두산리의 십일월은 감나무에 매달린 홍시에서 시작되었다.

잎 떨군 홍시가 별자리를 그리고 선득이는 바람이 목덜미를 베어가기 시작하면 십일월이었다. 가을걷이가 마무리되고 두산리는 겨울을 준비하고 있었다.

몸이 몹시 아팠다. 겨울로 접어드는 환절기에 지독한 독감에 걸렸다. 아침밥을 억지로 넣기는 하여도 도저히 목으로 넘길 수 없었다. 오늘은 학교에 가지 못하겠다는 생각을 굳히고 이불에 들어갔는데 고개를 오르면서 뒤를 힐끔거릴 은주가 눈에 밟혔다.

정오가 지나면서 오한이 가라앉아 걸어 다닐 수 있었다. 가을걷이가 끝난 요즘 성자가 두산리에 오지 않았다. 은주 혼자 밤 고개를 넘어야 한다고 생각하니 걱정이 되었다. 햇덩이가 떨어지자 또 오한이 돋았다. 이불을 뒤집어쓰자 잠들었다. 얼마를 잤을까? 누군가 흔들어 깨우고 있었다. 벌써 당도하였을 시각인데 오지 않았다고 은주 엄마가 왔다.

함께 가겠다는 은주 엄마를 만류하고 고갯길로 나섰다. 필시 누군가가 마중 오기를 기다리고 있을 것이라는 짐작이 돌았다. 고개로 오르는데 내가 언제 아팠던가 싶었다. 아팠던 기억이 말끔히 사라지면서 은근한 기쁨이 몸에 차올랐다.

강렬한 햇빛이 갈잎으로 녹아든 고갯길은 소리마저 가라앉았다. 고개로 올라가 두산리를 되돌아보았다. 불빛이 몇 개 깜빡이는 두산리를 안개가 희끄무레한 색으로 뭉개고 있었다. 종일 이불을 뒤집어쓰고 앓았던 이마에 땀이 흥건했다. 목울대로 치솟는 가쁜 숨을 가누고 있는데 숲에서 소리가 들렸다. 소리의 타래를 잡아당기듯 숨을 끊었다가 살금살금 걸어 들어갔다. 숲으로 서너 걸음 옮겼을까? 갑자기 소리가 뚝 끊겼다. 반사적으로 걸음을 멈췄다. 겁이 더럭 났다. 발을 땅에 붙박고 주위를 살폈다. 사방이 컴컴한 숲이어서 아무것도 볼 수 없었다. 굴참나무 밑둥의 캄캄한 곳에 시야를 찬찬히 적응시키는 데. 그곳에서 사람이 후다닥 튀어나왔다. 순간 벌렁 뒤로 눕고 말았는데 깜박 놓았던 정신을 차렸을 때는 사람이 숲으로 잽싸게 사라진 뒤였다. 아, 그런데 튀어나간 자리에 희부옇게 빛나는 물체가 누워있었다. 또 그 순간 하늘과 땅이 꺼져 내리는 아득함에 다시 쓰러지고 말았다.

하의가 발목에 벗겨지고 가슴이 풀어 헤쳐진 은주가 기절해 있었다. 가슴으로 옷을 여며주고 발목에 걸린 옷도 끌어올려 입히고 삼십 분쯤 은주 옆에 마냥 앉아 있었다. 검은 하늘이 노랗게 질렸다. 어깨를 흔들고 뺨을 어루만지며 두드려서야 현실로 온 은주가 나를 알아보고 울기 시작했다. 한 시간쯤 은주가 울었다. 너무 막막해서 우는 모습을 지켜보기만 했다. 갑자기 한기를 느끼면서 은주의 손을 잡아끌어 산에서 내려오기 시작했다. 짐작이 가는 놈이 있었으나 은주에게 물어볼 수 없었고, 은주도 말하지 않았다. 두산리 기슭에 이르러서 멈춰섰다. 은주가 멈춰 선 의도를 알아차려 옷매무새와 머리를 손질하고 눈물도 닦아냈다. 은주를 바라보는 몸이 부들부들 떨렸다.

⋮

아내가 소주를 사러 슈퍼에 가고 과장이 화장실로 들어갔다. 아이들은 각자의 방에서 여전히 조용했다. 그녀와 내가 마주 앉았다. 이렇게 마주 앉은 것이 얼마 만인가?

과장이 오줌을 누는 아주 짧은 시간에 고개를 푹 꺾어 내린 그녀. 한숨이 저절로 술상으로 쏟아졌다.

"애 아빠… 좋은 사람이에요…. 그리고… 저 지금 행복하게 살고 있어요."

그녀, 은주가 힘겹게 말했다. 그녀의 말 마디에서 그녀의 속 냄새가
묻어나왔다. 며칠 전부터 속에 담아 두었던 말을 이제야 했기 때문이
었다. 그녀가 고개를 푹 꺾었다.

"말을 좀 낮추지? 고향 친군데. 어색하지 않아?"

그녀가 꺾어진 국화 모가지처럼 늘어뜨렸던 고개를 일으켜 나를 응
시했다. 짐짓 웃으며 반말을 했는데 그녀는 여전히 진지한 표정이었
다. 그녀의 검은 눈동자가 살아 있는 짐승처럼 눈동자가 꿈틀거렸다.
과장이 화장실에서 나왔다.

"여보. 너무 취하신 거 아녜요? 초면인데."

그녀가 남편에게 환하게 웃었다.

"아직은 괜찮아. 여보."

과장이 그녀의 손을 가져다 꼭 쥐었다.

아내가 소주를 들고 들어왔다. 아내가 과장에게 술을 자꾸 권했다.
그는 내게로 술잔을 건넸다. 내가 술을 마시려 잔을 들면 아내는 눈을
찡그리면서 다리를 꼬집었다. 아내의 행동이 마음에 들지 않아 술을
목구멍으로 넘기고 잔을 내려놓으면 아내는 잔을 얼른 가져다 과장의
코앞에 디밀었다. 과장을 위해서 소주를 사 온 느낌이 들었다.

"불법거래로 들어왔다고 말이 많은 거 알고 있습니다."

과장이 점잖게 말했다.

"분양이 끝나면 이웃들이 될 겁니다."

나도 점잖은 목소리를 과장을 위로했다.

"여기에 사시는 분들이 우리를 거부한다면 할 수 없지요."

과장이 한숨을 내쉬었다. 침묵이 흘렀고 기분이 유쾌하지 않은 듯
젓가락을 들었다 놨다 했다. 아내와 은주가 부엌으로 갔다. 무좀이 있

는 발가락을 만지작거리면서 분위기를 반전시킬 말머리를 찾았으나 마땅한 게 떠오르지 않았다.

과장이 자신의 얘기를 털어놓았다. 병든 노부모가 십여 년 앓더니 지난봄에 약속이나 한 듯 보름 간격을 두고 나란히 세상을 떠났다면서 씁쓸하게 웃었다. 십여 년 병시중하면서 군소리 한마디 없었던 은주에게 크게 감사하는 마음으로 살 것이라고 말했고, 이제 좀 금전적으로 여유가 돌 것 같아 서둘러 집을 옮겼는데 이 지경이 되었다고 말했다.

소주를 둘이 무려 다섯 병 마셨다. 과장은 물론 나도 맹물을 따라 마신 기분이었다. 열두 시가 가까워서 술판이 끝났다.

"사실은 오늘이 이 사람하고 나하고 합방을 치른 기념일입니다."

구두에 발을 비벼 끼우며 과장이 말했다. 아내가 뜻을 몰라 잠깐 눈동자를 치켰다가는 수다스럽게 웃었다.

"돈만 잘 버시는 게 아니라 유머도 참 멋져라."

신열이 확 오르는 얼굴로 은주를 바라봤다. 은주는 합방이란 말에 부끄러움을 머금은 눈빛이었다. 순간 십오 년 전의 은주의 모습을 다시 보았다.

⋮

그 몹쓸 일 이후로 은주에게 한마디도 하지 못했다. 어떻게 말을 꺼내야 할지 몰라 시종 쭈물거리는 동안 은주도 내게 말을 건네지 않았다.

사흘 동안 그녀가 병가를 얻어 결근했다. 나흘째 아침. 새벽에 함께 고개를 넘었다. 우두커니 섰다가 가을 안개에서 홀연히 나타난 버스를 나란히 탔다. 버스가 안개 속으로 기우뚱 흔들리며 기어들어 갔는데 머릿속도 하얗게 안개가 들이찼다.

버스가 섰을 때. 농협 건물과 신호등이 도깨비 나라처럼 갑자기 생겼다. 은주가 건물로 걸어 들어갔다. 신호등 아래에서 갑자기 혼자가 되었다. 농협 건물이 흐물흐물 없어지고 도로가 일그러지면서 아스팔트가 모래알로 부서지기 시작했다. 그러자 신호등과 가로수와 도로의 교통 안내판이 모래 속으로 침몰 됐다. 침몰하지 않은 것은 나뿐이었다.

사막. 바람도 없고 식물도 없고 나만 무섭게 떨고 있었다. 그런데 저만치서 나를 내려다보고 있는 은주의 환영이 나타났다. 오 층 높이 황량한 허공에 은주가 나타났다. 은주를 향해 걸음을 옮겼으나 다리가 움직이지 않았다. 콘크리트 건물과 아스팔트가 부스러져 만들어진 모래알이 발을 묻었다. 휴거를 기다리는 무기력한 광신도처럼 서 있는데 은주가 등을 돌려 천천히 없어졌다. 은주가 없어진 자리에서 아득한 기체가 뿜어져 나와 사막을 뒤덮었다.

뿌옇게 들이찼던 안개가 걷혔을 때. 농협 앞 신호등 아래로 돌아왔다. 무려 두 시간 반 동안이나 그렇게 서 있었다. 농협 건너편에 서서 두 시간 반 동안이나 사막을 헤맸다. 은주가 나타나기를 기다렸다.

은주가 시내에 방을 얻었다. 두산리에 얼씬하지 않았다. 사막에 선듯 휘청 휘발하는 의식을 붙들고 바라본 농협 건물 오 층 창가의 환영. 은주의 모습을 뇌리에 담고 찾아갔으나 번번이 되돌아와야 했다.

사막의 환영에 휩싸이는 동안 은주가 매몰차게 변했다. 은주는 자신이나 나 둘 중 하나를 이 땅에서 완전히 지워 버리려는 의도였다. 농협 건물 앞을 지날 때마다 칠십 퍼센트가 삼림인 우리나라에도 사막이 불현듯 생길 수 있다는 무서움에 젖었다. 특히 사람들이 많이 숨어 있는, 규모가 큰 콘크리트 건물이 먼저 모래알로 부스러져 그 일대가 사막이 될 것이라는 가당찮은 상상이 생겼다.

날씨가 추워져 사방이 꽁꽁 얼어붙었을 때. 사막에 대한 과대망상이 없어졌다. 그때 농협 건물로 은주를 보내 놓고 어째서 까마득하게 정신을 놓았던가를 찬찬히 생각하며 이제부터는 은주를 추억으로 응고시키고자 했다. 매섭게 추웠던 일월에는 그 응고의 노력이 가능한 듯싶었다. 응고가 진행된 석고처럼 추억의 형태가 만들어지는 듯싶었다. 그러나 이월에 접어들어서 석고가 점점 녹아내리더니 진득한 액체로 뇌리를 몽땅 적셨다. 진득한 액체는 그리움이었다.

⋮

이듬해 이월. 두산리를 떠나게 되었다. 군에 입대하기 위해서였다. 졸업까지 입영연기가 가능했으나 영장을 순순히 받았다. 다른 생각이 얼씬 못하도록 기합을 밥 먹듯 받아야 한다는 신병교육대에 들어가면 은주를 잊을 것 같았다. 신병교육대에서 뺑뺑이를 돌면서 잊을 줄 알았는데 잘못된 판단이었다. 신병훈련을 이수하고 소속 부대로 배치되어서야 은주에게 편지를 썼다. 그것은 순전히 반성문이었다. 그 몹쓸 일이 있기 전에도 표현하지 못했으나 은주에게로 이미 기울어 있었다는, 이심전심으로 은주와 나는 서로를 아주 특별한 관계로 인식했어야 마땅함을 탄원하는 내용으로 서두를 열었다. 또 은주가 상처를 받았을 때 사나이다운 관용의 말을 해주지 못했음을 반성하고. 모든 것을 걷어차 버리듯 입대한 것도 반성했다. 편지를 봉하고 화장실에 들어가 문을 잠그고 한 시간 동안 울었다. 울음소리를 감추려고 연탄가스보다 더 지독한 냄새가 올라오는 재래식 변기에 얼굴을 묻고 울었다. 콘크리트 똥통이 웅웅 울어주었다.

답장은 없었다. 첫 휴가를 가는 날까지 편지를 매주 썼다. 끝까지

답이 없었다. 혹시 그때의 충격으로 자살한 것은 아닌가, 몹쓸 생각까지 떠올랐다. 두산리 고개에서의 그 저승사자가 밤마다 꿈에서 나타났다.

⋮

자리에 누웠으나 잠을 이룰 수 없었다. 아내는 부엌에서 덜그럭거리고 아이들은 방에서 잠들었다. 휴가를 나왔을 때의 첫날밤처럼 잠이 오지 않았다. 생각이 잡다해서 생각의 줄거리를 종잡을 수 없었다. 첫 휴가를 나와 은주의 소식을 확인했을 때의 그 멍멍함이 재현되고 있었다. 아내의 흥흥거리는 콧노래가 강 건너 서커스 음악처럼 들렸다.

이듬해 시월. 금요일에 휴가증을 받았다. 두산리로 가는 오후 세 시 버스의 출발 이십 분 전에 정류장에 도착했다. 부모님을 무척 뵙고 싶었는데 막차를 기다리기로 했다. 막차를 기다리느라 소주를 한 병 마신 후 극장에 가서 정윤희와 하명중이 나오는 영화 『벌레 먹은 장미』를 보았다. 그래도 시간이 남아서 소주를 두 병 마셨다.

소주가 막 오르기 시작할 때 버스가 왔다. 버스에는 성자가 먼저 타고 있었다. 성자를 보고 두산리에 가을걷이가 한창일 것이라는 생각이 들었다. 성자가 군복 입은 나를 알아챘다고 눈빛을 던졌다. 각개전투 훈련을 받으면서, 보초를 서면서, 취침시간에 홀로 깨어서, 아직은 졸병인 처지라 화장실에 웅크려 담배를 태우면서 내 안에 살아 있던 은주는 언제나 버스와 밤 고개에서였다. 그런데 이날 버스에는 성자만 있었다.

버스에서 내렸을 때 소주가 걷잡을 수 없이 나를 흔들었다. 내가 술에 취했음을 알았는지 성자가 앞장섰다. 비틀거리면서 뒤를 따랐다. 그녀를 몰고 가는 그녀의 저승사자가 된 느낌이었다. 비틀거리는 저승사자가 되었다.

 달이 없어 어두운 탓도 있었지만 밤길이 낯설었다. 헛발 디디면 침몰하는 배처럼 기우뚱거렸다. 앞장선 성자가 뒤돌아보며 거리를 유지했다. 술에 취해 허덕이는 나를 버려두고 가지 않겠다는 뜻이었다. 고개 정상에 올랐을 때 속에서 부대끼는 것들을 그억그억 토했다. 성자는 내가 토하기를 기다렸다. 속이 좀 진정이 되어 바닥에 주저앉았다. 성자도 앉았다.

 "은주 소식 알아요?"

 성자가 물었다. 저승사자도 말을 하는구나. 크크크 웃었다.

 "은주 시집가요."

 성자가 툭 말했다. 취기가 확 달아났다.

 "해봉이가 고개에서 재작년 가을에 강제로 그거를 했대요. 어깨까지 깨물면서 반항하는데 주먹질로 기절시켜놓고 했대요. 은주가 두산리에서 없어졌는데 시집간다고 청첩을 했더래요. 내일이 결혼식이래요."

 성자가 컴컴한 곳으로 걸어가 말했다. 벌떡 일어나 저승사자를 자청하며 성자에게 걸어갔다. 성자가 놀라 주춤 물러섰다. 성자의 가슴에 손가락을 갈고리로 얹었다. 성자가 고개를 내 어깨에 얹었다. "왜요? 그거 하게요?"

 "해봉이가 한 말 누구한테 또 말한 적 있어?"

 "아무한테도 말하지 말랬어요. 그래서 안 했어요. 백화점에서 같이 일하는 김 양만 빼고는. 두산리 사람들은 김 양을 몰라요. 은주가 시집가는 걸 알아야 할 것 같아서…"

 가슴에 얹은 갈고리를 옹크려 쥐었다. 성자가 아프다고 비명을 질렀다. 성자의 목을 닭 모가지처럼 비틀고 싶은 살기가 손아귀에서 부르르 떠는 것을 간신히 참았다. 손을 거두었다. 천천히 두산리로 걸음을 옮겼다. "왜요? 그냥 갈래요?" 성자가 따라왔다. 성자가 저승사자가 되어서 나를 몰고 가는 느낌이었지만 뒤돌아보지 않고 두산리로 비칠비칠 걸어갔다. 속이 울렁거렸다. 아랫배를 짓누르고 토했다. 눈물과 콧물이 얼굴에 엉망으로 번졌다. 속이 비었는데 그억그억 토하고 싶었다. 성자가 내려가고 혼자 남아 그억그억 울었다.

:

"얼굴이 홍당무 같네? 괜찮겠어? 술을 그렇게 많이 마셨는데."

샤워하고 바디스킨을 바른 아내를 그냥 재울 수 없었다. 아내는 술을 마신 나보다 더 뜨겁게 달아 있었다. 전에 없던 아내의 적극적인 몸놀림에 술이 확 달아났다. 행위 중에 생각에 잠기는 우스꽝스러운 경우를 처음으로 경험했다. 음탕한 소리를 철철 쏟아내는 사유를 찾는 생각의 끝점에 은행 과장에게 술을 자꾸 권하던 모습이 떠올랐다. 기분이 엉망으로 꼬였다. 돌변한 내 기분에는 아랑곳없이 아내는 얼굴을 화롯불처럼 달구고 신음을 토했다. 샤워하고 잠자리에 누웠다.

일요일. 406호가 이삿짐을 내리고 있었다. 야밤에 은근슬쩍 짐을 들여놓더니 대낮에 짐을 내려 트럭에 싣고 있었다. 십육 동은 물론 십오 동과 놀이터 건너의 십사 동의 입주민과 관리사무소 직원까지 나와 바라보았다. 누구 하나 돕는 사람이 없었다. 술잔 나눈 사람은 당신밖에 없는데 어째 이렇게 무심하냐고 아내가 힐난했다. 입주민 중 유일하게 이삿짐을 들어주는 아내를 보면서 과장이 초대되었던 날 행위가 떠올라 심한 불쾌감을 느꼈다. 회사와 입주민 대표가 분양에 합의했다고 발표되었다. 분양가는 회사에서 처음에 제시한 값으로 하되 회사에서 외벽 도색과 도시가스관을 묻어주는 것으로 타결했다.

어제 은주와 만났다.

은주의 전화를 받았을 때가 오후 네 시였다. 곧장 은주가 있다는 레스토랑으로 갔다. 아파트에서 가장 멀리 떨어진 건물의 오 층의 입구에서 쭈물거리는데 먼저 온 은주가 손을 들었다.

"괜한 시간을 뺏어서 미안해요."

은주가 과일 주스를 시켰고, 나는 쓴 커피를 시켰다.

"지난번에 반말해서 미안해."

은주와 이렇게 마주 보며 앉았던 것이 몇 년 만인가. 담배를 찾는 손가락이 심하게 떨렸다. 은주가 떨고 있는 손가락을 잠깐 바라보다가 살짝 웃었다. 떨림이 신기하게 멈추었다.

"우리가 살 곳이 아니라는 생각이 들었어요."

"관리소에서 나가라고 말해⋯요?"

"우리 집 그이가 이웃 사람들이 부담스럽대요. 전에 살던 곳에서 더 살기로 했어요."

부담스러운 물건은 물론 나겠지. 목젖까지 타버린 꽁초를 비벼 끄고 또 한 개비를 꺼내자 은주가 일어섰다.

"언제?"

"내일요. 우리가 또 만나는 날은 없겠지요?"

은주와 헤어지고 엘리베이터로 내려오는데 불현듯 살아나는 고갯길에서의 그 허전함. 두산리 고개에서 내려오다 가슴에 쐐기로 박힌 응어리를 뽑으려 그억그억 울던 처절함.

건물에서 나와 하늘을 올려다봤다. 하늘이 추수 끝난 들녘처럼 텅 비었다.

이삿짐을 동여맨 트럭이 부릉부릉 울었다. 십오 동과 십육 동의 창이 와르르 떨었다. 트럭에 타는 은주를 보면서 그녀가 어디에서 살다가 왔는지 또 어디로 이사 가는지 미처 물어보지 못했음을 생각했다. 트럭이 저만큼 움직여 가고 사람들은 또 구린 냄새 역한 입으로 떠나 가는 그들을 소곤소곤 씹었다. 트럭이 관리사무소를 돌아 두산리 고개를 넘듯 사라져 갔다.

⋮

오전 열한 시. 청천 하늘 아래에 사막이 삽시간에 깔려왔다. 신기하게도 아내와 사람들이 흐물흐물 지워지고 나만 그 사막에 혼자 섰다. 어지럼증이 도는 머릿속에 안개가 자욱하게 들어차고 있었다.

태백 횡단기

강원도 정선의 고한읍에서 고향을 만났다. 전혀 예기치 않은 상봉이었다. 일박 이일 동해안 여행길이 고한읍을 지나리라고는 태백시에 이를 때까지도 예상하지 못했다. 물론 태백시도 애초에는 여행 경로에 없었다. 고한읍을 지나리라는 짐작은 꿈에도 없었다. 더욱이 고한읍이라는 이정표를 보는 순간까지도 우리나라에 고한읍이 있다는 사실도 몰랐다. 다만 탄광 사고로 뉴스에 가끔 나오는 사북읍이 여기 어디인가에 있음은 알았다.

동해안으로 뜬금없이 떠나게 되었는데 사연이랄 것도 없지만, 그 연유는 이러했다. 중학교 교사인 우리는 겨울방학이 하루씩 잘려나가는 상황에 공포증까지 갖고 있었다. 여름방학이 끝나면 겨울방학이 기다려졌다. 12월에 접어들면 학생들처럼 우리도 손꼽아 방학을 기다렸다. 방학 첫날 아침의 긴 새벽잠. 그것처럼 달콤하고 맛있는 것도 세상에 없을 터였다. 그런데 방학의 정점을 넘어서 꼬리로 내달릴 때면 하루하루가 제 살을 깎아 내는 통증이었다. 그런 통증으로 가슴이 부석부석한 우리끼리 모여서 술을 마시다가 누군가 제안했다. 너도나도 쌍수를 들어 동해안을 찾았다.

물에 놀란 경험이 있는 나는 넘실대는 물 앞에 서면 가슴이 딱 한 계단씩 내려앉는 아득함에 사로잡혔다. 바닷가에 서는 일이 유쾌한 편은 못됐다. 스티로폼 조각, 비닐조각, 박카스 병, 농약병, 나무 조각을 앞세워 밀려오던 그 날의 황토물에 놀란 가슴이 십 오륙 년이 지난 지금도 물을 유쾌하게 받아들일 수 없었다.

소백산에서 월악산으로 맥이 이어지는 중간 지점. 제법 가파르고 높다랗게 솟은 제비봉 기슭에 장회리가 있었다. 구담봉을 낀 절벽에 감겨 옥순봉으로 휘돌아가는 남한강 상류의 완만한 흐름 탓에 장회리는 비옥한 땅이 넉넉했다. 높은 산자락에 앉은 장회리는 새벽처럼 늘 정갈했다. 수면에서 피어오른 물안개를 타고 흰 새떼들이 무리로 활강하는 곳이었다.

제비봉 기슭에 독한 향기를 풍기며 어우러지던 조팝나무 꽃. 땡볕에 해종일 주눅이 들던 강 건너의 정밀한 고요, 강둑으로 야광처럼 빛을 뿜어내던 쑥국, 불현듯 생각이 나서 찾아가면 장회리는 수몰되어 흔적이 없고, 마을을 병풍처럼 에워쌌던 제비봉으로 등산하는 관광객이 붐볐다. 장회나루 휴게소가 생겼는데 그곳에 서면 가슴이 한 계단 내려앉았다. 수몰민만이 감내해야 하는 평생의 지병이었다.

죽령을 넘고 불영계곡을 지나고 울진을 거쳐 죽변항으로 올라가 하룻밤을 잤다. 골고루 맛보자는 누군가의 제안에 광어, 우럭, 농어, 해삼과 장어와 멍게의 모둠회 안주로 소주를 거나하게 마셨다.

이튿날 일어난 시각은 9시가 넘었고, 여행 경로를 논의한 끝에 동해까지 올라가기로 했다. 이십 분쯤 북쪽으로 바닷가를 타고 거슬러갔을 때 허기를 느꼈고, 식당을 찾아 차를 세웠다. 원덕읍 호산리였다. 황량한 바람만 심술부리는 해수욕장을 둘러보고 잡아 매운탕으로 허기를 재웠다. 동해까지 얼마를 가야 하는가를 지도에서 가늠해 보다가 우리는 새로운 길을 알아냈다. 동해까지 칠십여 킬로미터를 올라가서 우리가 궁극적으로 가야 할 곳인 충주에 닿기 위해서는 내륙으로 영월까지 팔십여 킬로미터를 다시 내려와야 할 코스인데 그 지름길을 지도에서 찾아냈다. 출발 시점인 호산과 북쪽의 동해와 내륙의 영월을 연결하면 이등변삼각형의 꼴이 되는데, 계속 북진을 하면 삼각형의 꼭짓점을 돌아서 영월에 닿는 경로였다. 새롭게 찾아낸 길은 삼각형의 밑변을 타고 가서 영월에 닿는 경로였다.

그런데 출발에 앞서 망설여졌다. 어제의 영주에서 불영계곡으로 빠져나가는 내륙횡단 36번 국도에서도 응달에 남아 있는 빙판 때문에 적잖이 고생했다. 중간거점인 태백을 지나 영월에 이르는 길도 순탄치 않을 것이라는 예감은 당연했다. 태백산맥의 등허리를 가로지르는 고갯길에 혹여 나타날 수도 있는 빙판이 염려되었다. 그러나 날도 포근해졌고, 햇빛도 겨울답지 않게 강렬해서 우리는 강행하기로 했다.

내륙으로 태백시를 향해 20분쯤 들어와서 경북 봉화 쪽으로 갈리는 풍곡 삼거리까지는 매봉산과 응봉산 계곡을 따라 국도가 오르막이 없었다. 남쪽으로 계곡물을 두고 북쪽 산기슭으로 도로가 있어서 빙판 또한 만나지 않았다. 풍곡 삼거리를 지나 북쪽으로 접어들자 너와집이 있다는 안내판을 맞닥뜨렸다. 우리는 이제부터 고갯길과 빙판을 예감했다. 그러나 빙판은 산허리를 돌 때마다 나타나긴 했어도 오르막은 없었다. 신리삼거리에서 너와집을 보고 갈 것인가로 잠시 멈칫거렸다. 도로 상황이 아직 불확실하므로 너와집 방문은 다음 기회로 미루었다. 신리삼거리에서 태백시로 방향을 전환하자 고개가 나타났다. 왼쪽으로는 해발 1,259m의 백병산이 버티고 있었다. 오른쪽으로는 1,244m의 육백산이 받치고 있어서, 백병산의 북쪽 자락과 육백산의 남쪽 자락이 겹치는 고비덕재를 넘어야 했다. 고비덕재를 넘어 태백으로 내려가는 하늘은 유난히 푸르렀는데 땅은 검었다. 소나무가 드문드문 선 잎갈나무 군락이 퇴색된 나목에 햇살이 내리고 있었다.

태백에서 영월로 가는 길이 두 갈래였다. 함백산의 북쪽 어깨를 넘어 정선 쪽으로 가다가 영월로 향하는 38번 국도가 있었고, 함백산의 남쪽으로 돌아 태백산의 북쪽 자락을 지나가는 31번 국도가 있었다. 지도로 보아 두 길의 거리는 같았다. 문제는 빙판과 고개였다. 호산에서 태백으로 가는 31번 국도의 연장으로 보아 함백산 남쪽의 길이 본줄기였다. 하지만 우리는 북쪽의 38번 국도를 택했다. 31번 국도에는 1,174m의 태백산과 1,408m의 장산이 버티고 있었다. 호산에서 예감했던 빙판과 가파른 고갯길이 아직 없어 곧 나타날 것이라는 지레짐작도 한몫했다. 또 연유를 붙이자면 같은 거리의 길을 지날 바에야 정선 땅도 스쳐 지나보자는 의도가 있었다.

황 부자와 황지못의 전설이 있는 황지를 지나서야 우리는 길을 잘못 선택했음을 알았다. 대덕산 함백산 장산으로 이어지는 백두대간이 앞을 가로막고 있었다. 낙동정맥의 종산 태백산을 맞닥뜨리지 않으려다 더한 복병을 만났다. 남동쪽으로 산자락이 누워서 오르막에 눈은 한 점도 없었다. 따라서 우려했던 빙판이 없음은 다행이었다.

1,573m의 함백산과 1,307m의 대덕산이 어깨를 맞댄 곳으로 고갯길이 보였다. 함백산 자락을 한 번 휘돌아 대덕산 자락을 훔치고. 또 함백산 자락으로 돌기를 수차례 반복해서 길이 오르고 있었는데 느티재 정상은 1,200m에 달했다.

깎아지른 절벽이나 기묘한 바위나 맑은 폭포수 같은 절경은 없었다. 엄청나게 커다란 덩치와 밋밋한 산자락의 흐름만으로도 장관이었다. 자태 웅장한 소나무는 고사하고 상록수 한그루 없이 굴참나무가 군락을 이루고 있었는데, 잎이 진 굴참나무의 색깔이 쇠털과 같아서 산은 황소 등이었고, 우리를 태운 소나타는 영락없이 빈대 한 마리였다.

느티재에서 우리는 잠시 쉬기로 했다. 생애에 차를 몰고 오른 가장 높은 지점이라는 흥분을 좀 더 끌어보자는 의도였다. 바람이 내륙에서 강하게 불어왔다. 외투를 머리까지 올려 입고 우리가 지나온 황지를 바라볼 수밖에 없었다. 산이 첩첩으로 모여들어 강이 발 디디지 못한 곳. 자락을 촘촘히 뒤덮은 굴참나무 뿌리 얽히는 소리가 바람 소리인 듯 귀로 잦아들었다.

해발 1,200m의 길에서 뜬금없는 생각을 했다. 이곳에다 집을 지으면 수몰 걱정은 없겠다는 우스꽝스러운 생각이었다. 윽박지르듯 밀려오던 물에 대한 공포, 충주댐의 건설로 수몰민이 되었던 아픈 기억 탓이었다. 이곳에다 집을 짓는다면 이 강토를 수몰시킨다 해도 최후의 수몰민이 될 것이라는 생각으로 후후후 웃었다.

수몰선. 밀폐된 창고의 문을 열었을 때 그어지는 흑과 백의 경계선. 장회리에 수몰선이 그어지던 회상을 하면 아직도 가슴이 저릿저릿했다. 이장이 수몰 사실을 확성기로 알렸다. 붉은 깃발을 꽂아 수몰선을 그었다. 수몰선이 장회리를 제비봉과 분리했다.

그해, 가을에서 겨울로 이어지는 바람을 타고 활기 있게 나부끼던 깃발을 바라보면서 사람들은 가슴을 쓸어내렸다. 수몰선은 엄청난 위력을 갖고 있었다. 수몰선 아래에 있는 것들은 유죄를 선고받은 것과 다름없었다. 낮은 곳에 있다는 죄목으로 건물이 가차 없이 허물렸다. 나무도 베어졌다. 움직일 수 있는 것들은 수몰선 밖으로 옮겨져야 했다. 강을 내려다보며 산기슭으로 주저리주저리 열려 있던 장회리가 몽땅 없어지고 사람들은 떠나야 했다. 반듯하고 기름진 논은 수장되고, 남은 것은 꽁치 배때기 같은 천수답과 산허리로 버짐처럼 엉겨 붙은 밭떼기였다. 가파른 제비봉 기슭에 집을 짓고 살 수도 없었다.

느티재에서 가파른 길을 내려오니 폐광이 먼저 우리를 맞았다. 폐허가 된 집과 광부 사택이 도로 양쪽으로 게딱지처럼 붙었는데, 빈집이었다. 이곳이 고한읍이었다. 사람이 살았던 흔적이 저렇게 초라할 수 있음을 목격한 우리는 형언키 어려운 감정으로 빠르게 빠져들었다. 시간이 폐가로 빨려 들어 공간과 합일한 풍경. 이미 오래전에 알려진 폐허를 이제야 목격하고 색 바랜 감정으로 가슴을 적시고 있었다. 함부로 달릴 기분이 아니었다. 운행속도를 늦췄다. 슬레이트 지붕이 깨지고 벽이 허물어지고 문이 바닥에 떨어진 모습을 바라보는 가슴에 통증이 들어찼다.

남정네들이 갱도에 들어가 있을 때. 아낙과 어린애들이 가슴을 졸이고 있었을 빈집들을 바라보면서 우리는 그 아낙이 된 가슴이어서 함부로 말하지 않았다. 빈집에서 사람이 혹여 쓰러진 문을 일으켜 세우며 나오지 않을까? 그 누구든 사람이 나타나길 고대하는 눈초리를 던지면서 십 분쯤 내려갔다.

북쪽으로 지억산과 노목산이 남쪽으로는 백운산과 수위봉이 맥을 잇고 있어서 남쪽과 북쪽으로의 이탈을 허락하지 않는 형상이었다. 때문에 느티재에서 내륙의 문곡리의 평지로 이어지는 협곡에 고한읍과 사북읍이 길게 촌락을 이루고 있었다.

그런데 폐허의 골짜기에서 우리는 삶의 흔적을 발견해냈다. 빨랫줄에 이불이 묵직한 중량을 얹고 있음을 목격하고 차를 멈추었다. 사람을 확인하고 싶어서였다. 차에서 내려 집으로 걸어갔다. 집은 보잘것없었다. 블록으로 벽을 쌓고 슬레이트로 지붕을 덮었는데 슬레이트가 군데군데 삭아서 비닐이 덧씌워졌고 돌과 각목쪼가리가 지탱하고 있었다. 가까이 가서 본 집은 사람의 거주를 포용하기에는 형편이 없었는데, 그래도 다른 폐가보다는 나은 편이었다. 비닐조각으로 문풍지를 달고 닫혀 있는 출입문과 창문 때문에 사람이 있을 것이라는 예감이 왔다. 문 앞에 선 우리는 기척을 집안에 넣기 전에 더 확실한 삶의 흔적을 확인하고 싶었다. 집 뒤로 돌아가 보니 수북하게 쌓인 연탄재 더미가 있었다. 코끝으로 스미는 연탄 냄새로 우리는 누군가의 삶을 확신했다.

"누굴까?"

"늙었을 거다."

"노인이니까 이런 곳에서 살겠지."

"여자일까?"

"남자일 수도 있어."

"두 경우가 다 가능성이 있어. 갱에서 죽어 간 남편을 못 잊는 미망인일 수도 있고, 반대로 갱을 잊지 못해서 떠나지 못하는 광부일 수도 있어."

"갱을 못 잊어서가 아니라 누군가를 하염없이 기다리는 것이 아닐까? 이를테면 갱 속에 있을 때 집 나간 아내나 아들 또는 딸을 무작정 기다리고 있다든가."

우리는 허물어가는 집에 있을지도 모르는, 빨랫줄에 널린 이불의 주인을 추측해서 소리 죽여 말했다. 토끼를 잡기 위해 굴 입구에 선 기분이었다. 문고리를 잡고 열리지 않을 정도로 슬쩍 당겨 보았다. 슬쩍 당기는 힘에도 문이 움직였다.

"계십니까?"

대답이 없었다. 더 크게 다시 불렀다.

"안에 누구 계십니까?"

산등성에서 쏟아져 내려온 고요에 우리는 숨을 죽이고 안에서 누군가의 기척을 기다렸다. 우리의 확신대로 안쪽에서 누군가가, 아니 움직이는 어떤 것이 있었다. 그 움직이는 것이 사람이라면 삶이 이 폐허에 아직 남아 있는 것이었다. 문으로 다가오는 기척을 감지한 우리는 서로의 눈을 맞췄다. 눈동자에는 호기심과 연민이 섞여 있었다.

이윽고 문이 열렸다. 아, 그런데 문간에 나타난 사람은 우리의 예상을 일순간에 뒤엎었다. 모습을 나타낸 사람은 노인도 아니었다. 우리와 같은 또래인 삼십 후반의 여인이었다. 우리는 일제히 한걸음 물러섰다. 잔뜩 기대했던 대상이 예상치 않은 여인이라는 점 때문만은 아니었다. 이 정도 나이의 여자가 이런 곳에 혼자 살고 있을 가능성이 희박하다는 빠른 판단 때문이었다. 여인이 나온 집안의 어디쯤엔가 그녀의 남자가 있을 거라는 짐작 때문에 일제히 한 걸음씩 물러났다.

여인이 한없이 가엾다는 생각이 들었다. 저 안에 있는 놈은 여인의 피나 빨아먹는 건달이거나 그렇지 않으면 불치의 병을 온몸에 끼얹은 놈일 것이라는 생각이 스치듯 지나갔다. 언뜻 본 여인의 얼굴에도 그런 그림자가 깔려 있었다.

"누구신데요?"

불러 놓고 입을 열지 못하는 우리를 향해 두리번거리다가 그녀가 말했다. 우리는 그녀를 자세하게 보게 되었는데. 아, 나는 소리를 지를 뻔했다.

그녀는 내가 아는 여자였다. 턱의 중앙에 검은 점이 있는 영주가 분명했다. 문영주. 나의 시선이 그녀의 턱을 더듬고 있음을 알아차린 그녀도 나를 잠깐 응시하더니 시선을 찔끔거렸다. 내가 누군지 알아차린 것이었다.

"혹시 영…주 아니니?"

한 걸음 다가갔다. 그녀가 한 걸음 물러섰다. 갑자기 안에 있을지도 모르는 사내가 생각나서 그녀에게 다가갈 수 없었다. 사내가 안에 있다면 박영만일지도 모른다고 생각했다.

"영만이도 여기 있니?"

그렇게 묻자 그녀가 고개를 가로저었다. 그녀가 문영주임이 증명이 됐다. 영만이는 나의 부자지 친구이자 그녀의 남편이었다. 물론 그녀도 나와 영만이와 장회리에서 자랐다.

"어떻게 여길?"

영주가 말했다. 내가 묻고 싶은 말이었다.

"동해안에 놀러 갔다가 돌아가는 길이야. 그런데 너는 어떻게 이런 데서…."

"길이 멀 텐데 빨리 가."

영주가 나의 길을 재촉했다. 돌아보니 일행은 어느새 차에 올라 있었다.

"아냐. 시간 넉넉해."

"빨리 가. 저분들 기다리잖아."

나를 떼어 내려는 말이었다.

"조심해서 잘 가."

영주가 이렇게 말해 놓고 방으로 들어갔다. 문고리를 잡고 잠시 서 있다가 문을 쾅 닫았다. 나는 닫힌 문을 바라보다가 차에 올랐다.

댐이 건설되면서 물이 차오르고 마을 사람 모두가 고향으로부터의 버림을 강요받았다. 마을 사람들은 그 와중에서 영주에게 냉혹한 버림을 자행했다. 그때의 그 사건으로 십이 년의 징역형을 선고받은 그녀가 여기에 살고 있다니. 고지대에서 저지대로 내려가면서 기압이 달라진 탓에 귓속이 멍멍했다. 갖은 생각들이 날개를 달고 나를 붕붕 띄웠다.

일행이 영주를 물었지만 나는 말할 수 없었다. 단지 고향에서 함께 자란 여자라고만 말했다. 어째서 그녀가 저렇게 살고 있는지 물었지만 궁금하기는 나도 마찬가지였다. 내가 알고 있는 영주의 과거를 얘기한 댔자 그녀에게 다시 구정물을 끼얹는 꼴이었다. 입을 다물었다.

우리는 곧 사북읍에 도착했다. 허기를 느꼈던 탓에 점심을 먹기로 했다. 건물은 고사하고 읍을 에워싸고 있는 색깔조차 썩 내키는 것이 아니어서 탐탁한 식당을 찾기도 어려웠다. 사북읍도 폐가가 점점 늘어가고 있었다. 오래지 않아 고한읍과 같은 실정일 것이라는 추측을 낳게 했다. 아래로 좀 더 내려갔더니 집들이 반듯해졌고 아파트도 있었다. 학교도 있었다. 영월까지 내차 달려 점심 먹자는 일행을 내가 억지로 우겨서 주저앉혔다. 점심을 먹으면서 이들을 이곳에 하룻밤 머물게 할 방도를 궁리했다. 십오 년 만에 스치듯 만난 영주를 그냥 두고 갈 수 없었다. 어째서 그런 구차한 삶에 몸을 맡기고 있는지 알아야 했다. 또한, 영만이 소식도 궁금했다. 고향이 수몰된 수몰민에게는 고향 사람을 만나는 일이 고향의 품에 안기는 것이었다. 고향이 수몰된 실향민에게는 고향 사람이 고향이었다. 설움 잠시 삭이는 중에 불쑥 맞닥뜨리는 고향 때문에 가슴앓이의 지병은 살아 있는 한 치유될 수 없었다.

일행은 나의 제안에 펄쩍 뛰었다. 넌지시 짚어오는 머물러야 할 이유를 말해 줄 수 없었다. 절경이 있는 관광지도 아닐뿐더러 폐가가 점점 늘어가는 공허의 공간에 머물러야 할 약간의 마음도 없다고 그들이 말했다. 그들은 아까 두고 온 영주를 목젖까지 올려놓고 있으나 함부로 말하지 않았다. 영주를 들먹이지 않는 그들에게 나는 속으로 감사했다. 그들은 끝내 떠나기로 마음을 합일했다. 어디까지나 이곳에 남는 연유는 나 혼자 국한되는 것이라서 그들은 그런 결정을 당연히 내려야 했다. 혹여 폭설이 쏟아진다 해도 태백선을 타고 제천에 가서 충북선으로 충주에 귀향할 수 있음을 그들은 가늠하고 있었기 때문에 나를 굳이 소나타에 태우고 가려는 고집을 갖지 않았다. 일행은 청령포를 향해 떠났다. 그들이 떠나고 혼자 사북읍의 거리에 섰을 때는 오후 세 시 반이 넘었다.

집이 군데군데 헐리고, 땀을 묻던 밭에 잡초가 무성해지는 것을 보면서 장회리 사람들은 아주 사소한 것에도 감정을 다스리지 못했다. 성난 황구렁이처럼 삼켜오는 물의 역류에 질린 마을 사람에게 영주의 부정이 납득될 수 없었다.

영만이와 혼인 후 불과 이 년을 못 넘기고 영주가 구속됐다. 건축업자를 살해한 것이었다. 처음에 사람들은 업자를 죽여야만 하는 영주를 동정했다. 수사과정에서 영주가 업자와 통정했다는 사실이 밝혀졌다. 화간이었는지 강요에 의한 간음이었는지를 분간하지 않았다. 통정 때문에 동정은 멸시로 바뀌었다.

영만이는 영주를 각시로 맞이하고서 수몰이 가져다준 새로운 꿈을 가지고 있었다. 물려받은 전답이 있어서 수몰보상비가 많았다. 새롭게 건설되는 이주 단지의 목 좋은 곳에 택지도 추첨이 돼 있어서 겨울이 가면 곧 착공할 작정이었다.

외지인들이 장회리로 몰려왔다. 밤거리를 휘황하게 밝히면서 젊은 계집들을 닭 모이처럼 흩어놓고 보상비를 탐하기 시작했다. 영만은 한 푼이라도 자신들의 꿈에 덧쌓기 위해 공사장에 막노동을 다녔다. 겨울이 깊어갈수록 영만과 영주의 꿈은 제비봉만큼 자라고 있었다.

간판과 책상만 가지고 온 건축업자도 있었는데, 영만은 사기꾼에게 꿈의 완성을 의뢰하고 말았다. 영만이 낮에는 공사장에 있었기 때문에 업자는 영주와 접촉했다. 영주는 업자를 만나 필요 없는 얘기만 오고 갈 뿐이었다. 업자의 칠칠 녹는 웃음 앞에 술을 거부할 수도 없었고, 생전 처음으로 고즈넉한 드라이브를 하다가 제비봉의 기슭에 세운 차 안에서 방향제에 몽롱해진 채 업자와 통정을 하고 말았다. 영주에게 씻을 수 없는 오점을 안긴 업자는 공사대금의 명목으로 수몰보상비와 영주의 몸을 차례차례 챙겨갔다. 업자에게 털린 빈 통장을 아궁이에 태워버린 영주는 작심하고 업자의 차에 올랐다.

그날은 눈이 많이 내렸다. 영주의 뒤에 품어진 비수를 모르는 업자는 입가에 흡족한 미소를 흘리면서 그녀를 눕혔다. 업자가 몸을 겹쳐 올 때 영주는 품은 칼이 들키지 않도록 자세를 고쳐 잡는 데 열중했다. 차의 흔들림에 같이 흔들려주며 영주는 뿌옇게 흐려지는 차창 밖으로 눈이 내려앉은 소나무 청솔가지가 중량을 이기지 못하고 찢어져 내림을 보았다. 영주는 칼자루를 힘껏 쥐었다. 모아 쥔 힘이 칼끝으로 몰려 부르르 떨었다. 눈을 질끈 감고 칼끝을 업자의 옆구리에 푹 박아 떨림을 멈추게 했다. 으헉. 동작을 멈춘 업자가 눈을 부릅뜨고 영주를 노려보다가 시뻘건 핏물을 울컥 토하고 축 늘어졌다. 천지가 하얗게 순결했는데 영주의 앞가슴에는 업자가 토해놓은 오욕의 핏물이 물들었다. 아직 손에 잡혀 있는 칼로 자신도 찔렀다. 죽음의 목전에까지 갔던 영주는 병원에서 교도소로 옮겨져 12년의 형을 선고받았다. 영만은 장회리에서 종적을 감추었다.

오전 동해안에서의 강렬했던 태양은 두위봉 너머로 꺾어져 있었다. 어둠의 그림자가 산허리로 내려앉고 있었다. 계곡을 타고 불어 내리는 바람이 매서웠다. 눈이 오려는지 느티재 상공에서 잿빛 구름이 넘어왔다. 보리 빛 하늘이 영월로 밀려나고 있었다.

느티재를 넘는 버스를 기다렸다. 스쳐 온 길이기 때문에 어두워지면 영주를 찾지 못할 것이라는 생각이 들었다. 나를 떠나 보내려던 영주를 만나러 가는 가슴에 슬픔이 차갑게 차올랐다. 애벌레가 사각거리는 배춧잎을 뇌리에 덮은 듯 혼란스러웠다. 골똘한 생각의 틈을 비집고 버스가 왔을 때는 다섯 시가 넘었다.

버스가 느티재로 올라갔다. 고한읍에서 미끄러지듯 버스가 내려오고 있었는데 승객이 몇 사람 되지 않았다. 삼십 분쯤 올라갔을 때 영주의 집이 있었다. 영주를 곧 다시 마주할 것이라는 생각에 걸음이 떨렸다. 수몰되어 없어진 또 다른 고향을 만나는 것이었다. 사북읍에서 올라오는 어둠과 느티재에서 불어오는 바람이 영주가 있을 폐가에서 맞서고 있었다. 눈썹에 눈이 묻었다. 눈이 오고 있었다.

방문을 두드렸다. 응답이 없었다. 쾅쾅 두드리기를 몇 차례 반복해도 안에서 인기척이 없었다. 안에서 나오는 불빛이 없음을 깨달았다. 문고리를 잡고 당겼다. 그러자 문이 힘없이 열렸다. 저항 없이 열린 문이 가슴을 서늘하게 했다. 안은 캄캄했다. 신발이 있었고, 부엌과 방이 있었다. 부엌에서 연탄이 타는 냄새가 났다.

"영주 있니?"

캄캄하게 들어찬 어둠을 잡아내듯 나지막하고 다감한 목소리로 영주를 불렀다. 그래도 인기척이 없었다. 방문을 열었다. 방안에는 더한 어둠이 들어차 있었는데 누군가 이불을 덮고 누워 있었다. 온기가 느껴짐으로 보아 영주가 잠들었다고 생각했다.

덮어쓴 이불을 젖힐 때까지 누워 있는 자는 움직이지 않았다. 라이터 불로 실내를 밝혔다. 누워 있는 자가 영주가 아님이 간파되자 갑자기 황당해졌다. 라이터 불을 끄고 이곳을 어서 벗어나야겠다는 빠른 판단이 일었다. 닫힌 방문을 다시 삐걱 열어도 누운 자는 미동도 하지 않았다. 다시 라이터 불을 켜고 방안을 살폈다. 방 어디에도 전등은커녕 스위치도 없었다. 구석에 등잔이 있어서 심지에다 불을 댕겼다. 심지가 위태롭게 살아나더니 빛 알갱이를 퍼트렸다.

누워 있는 자를 자세히 보았다. 영주의 피를 빨아먹는 놈. 불치의 병을 온몸에 끼얹고 있는 그놈이 놀랍게도 영만이 아닌가? 캄캄한 폐허에 죽은 듯 누워 있는 이놈도 나의 또 다른 고향이었다.

얼굴을 흔들어 깨웠다.

"너 왔구나. 수면제 먹었어."

영만은 수면제가 펼쳐놓은 잠의 나락에서 간신히 허우적거리면서 나를 알아봤다.

"영주가 말했구나?"

"그래. 그냥 간 줄 알았는데…. 왔구나…."

"어디 아프니?"

"여기 살았던 사람치고 아프지 않은 사람 없어."

영만이 눈을 감았다. 여전히 누운 채였다.

"움직일 수 없니?"

"지금 일어나면 잠을 놓쳐. 그럼 또 수면제를 먹어야 돼. 미안하다. 나 이렇게 누워 있을 게."

눈동자가 꿈틀거렸다.

"영주는?"

"일하러 갔어. 조금만 일찍 오지 그랬니?"

느티재로 오르는 버스와 마주치던 버스를 떠올렸다. 잠으로 서서히 꺼져 내리는 영만을 보면서, 잠들기 전에 무슨 말을 어떻게 해줘야 하는지 종잡을 수 없었다. 등잔불이 미치지 못하는 구석에 웅크린 어둠이 내 안에 다투어 들어오는 느낌이었다.

영만의 숨소리가 가녀리게 들리기 시작했다. 잠에 빠진 것이었다. 가녀린 숨소리에 신음이 섞이기 시작했다. 어딘가 아파서 내는 소리

같았다.

우연히 맞닥뜨린 고향이 이렇게 꺼져가는 것이었다면 차라리 찾지 말았어야 했다는 후회. 일행에서 이탈해 이곳에 온 것에 대한 뉘우침이 몰려왔다. 바람이 문풍지를 흔들었다. 나뭇가지 휘어지는 소리와 폐가의 지붕에서 슬레이트 조각 떨어지는 소리가 들렸다.

싸리나무 꽃이 하얗게 어우러지던 제비봉 기슭. 나와 영만이 그 꽃숲의 꽃 향에 묻혀 쓰러지면 제비봉에서 남한강으로 정밀한 고요가 깔렸다. 하늘에서 푸른 즙액이 고요에 질린 눈으로 뚝뚝 떨어질 때 영주가 다가왔다. 나와 영만이 다투어 싸리 꽃을 영주 머리에 찔러주었다. 영주는 귓불까지 발갛게 달아올랐다. 대학 진학한 내가 서울로 가 있는 중에 영만이 영주를 신부로 맞이했다.

한 시간쯤 영만은 신음을 토해냈고, 나는 영만 옆에 돌조각처럼 굳어 앉아 있었다. 신음이 갑자기 커지더니, 헉— 잠에서 깼다. 악몽을 꾼 것이었다.

"왜 여기까지 왔니?"

잠에 빠졌던 영만에게 망을 씌우듯 말했다.

"글쎄. 무슨 이유가 있어서였겠니. 고갯길로 자꾸 오르면 물은 없어질 것만 같았는데…, 갱에 들어갔더니 더 무서운… 시커먼 물이 있더라…? 흙이 쏟아졌어. 갱 사고가 나서 오른쪽 몸이 이틀이나 짓눌려 있다가 구조됐는데, 이렇게 됐어."

"…. 그랬구나."

나는 반신이 엉망인 영만을 향해 한숨을 쏟아낼 수 없었다. 한숨도 사치스럽다는 생각이 들었다. 영만이 눈을 감고 있음이 다행이었다.

"영주가 함께 있어서 다행이다."

"사고가 나고 연고자를 물었어. 장회리도 이미 없어진 지 십여 년이 흘렀고…. 영주밖에 없더라…? 다신 만나지 않으려고 이를 깨물었는데… 영주가 왔어. 형이 조금 남았는데 가석방을 해 준 거지."

"사북읍에 내려가서 살지…. 이런 외딴집에서."

영만이 눈을 떴다. 영만의 눈을 바라보는 가슴이 무거웠다.

"내가 원했어. 조용하고 캄캄한 게 좋아. 영주가 오르내리는 게 힘들지만."

물을 피하려다 바람에 꺼져가는 불꽃. 영만이 다시 눈을 감았다. 표정이 얼굴에서 걷히고 있었다. 잠의 나락으로 또 함몰되고 있음이었다. 십오 년의 회포를 밤새워 말하려 했지만 그를 잠속으로 놓아주어야 했다.

"…. 또… 올… 게."

일어서면서 등잔불을 껐다. 삽시간에 어둠이 채워졌다.

"사북읍으로 가봐. 제비봉 간판을 찾으면 돼."

영만이 곧 죽은 듯 잠들었다. 성능이 다한 기계처럼 폐기될 날짜를 기다리고 있었다. 인간도 산업 폐기물이 될 수 있는 세상. 서서히 녹이 슬고 있는 인간들.

영만네 집에서 나왔다. 눈은 바닥만 살짝 가려놓고 그쳤다. 예약해 둔 여관까지 가야 할 내게는 큰 다행이었다. 9시가 넘은 이 시각에 느티재를 넘어올 버스는 없을 터였다. 길은 오로지 오름과 내림만을 강요하는 36번 국도였다. 느티재를 잠시 바라보다가 아래로 걷기 시작했다. 딛는 발놀림에 눈이 흠칫 놀라 튕겨났다. 눈꽃이 발걸음에 흠칫 피었다가 흩어졌다.

조선낫 같은 초승달이라도 보고 싶었다. 하늘에는 별 한 점 없이 어둠만 끼얹어 있었다. 저 아래 사북읍에서 부옇게 발산되는 빛이 나를 잡아끌었다.

영주가 있을 제비봉을 찾으려는 생각이 잔뜩 들어찼다. 그래서는 안 된다는 생각도 만만치 않았다. 낮에 만났던 고향을 또 만난다는 것이 내게는 메마른 가슴팍에 단물을 칠하는 것처럼 좋겠지만, 영주에게는 그럴 수 없을 터였다.

불빛이 스미어 나오는 건물이 보이자 도로만 보고 걸었다. 예약해 놓은 여관은 도로가 굽이치는 길가에 있었다. 이렇게 걸어가면 여관만 발견될 터였다. 도중에 영주의 제비봉이 있을지 몰라서, 영주의 아픔을 더 후비지 않으려는 결심에 금이 생길까 땅만 보고 눈이 나풀거리는 발동작만 계속했다. 그렇게 한 시간을 걸어 내려왔을 때, 여관이 나타났다. 여관으로 곧장 들어갔다. 이불을 머리끝까지 덮어쓰고 잠을 청했다. 밤이 깊어갈수록 정신이 토끼 눈알처럼 또렷해지는 것이 아무래도 뜬눈으로 밤을 새워야 할 것 같았다.

수면제가 펼쳐 놓은 잠의 나락으로 함몰되면서 영만이 겨우겨우 했던 말이 뇌리에서 애벌레처럼 기어 다녔다. "…장회리에… 가… 고… 싶…."

이튿날 창문을 열었다. 아, 영주의 제비봉은 여관과 소방도로를 사이하고 내가 묵은 방의 정면에 있었다. 옷을 걸치고 뛰어나가 제비봉 앞에 섰을 때, 어젯밤의 결심이 생각났다. 다행히 문은 잠겨 있었다.

기차를 타려다 버스를 기다리기로 했다. 밤사이 내린 눈을 잠깐의 아침 햇살이 말끔하게 거두었기 때문에 곧 느티재에서 버스가 내려올 터였다. 열한 시에 영월로 향하는 버스에 올랐다.

단종에게 애절한 갇힘을 강요했던 청령포에 가고 싶었다.

정암사

시선을 꺾는 검은 물체가 가끔씩 나타났는데, 시커먼 아궁이에서 튀어나온 놈인 줄 알았습니다. 그놈의 걸음걸이가 칠순은 지난 노인과 같은 움직임으로 하루에도 백 번쯤은 이발소 안마당을 횡단하며 인간의 흉내를 내는 것입니다.

그놈의 느릿한 걸음에 시선을 얹고 있으면 이발사가 그놈처럼 보였고, 이발소 여자와 함께 서 있는 그놈이 여자의 말을 듣고 있는 것처럼 보이기까지 합니다. 그런 그놈을 바라보고 있으면 내가 앉아 있는 거실이 깊고 캄캄한 갱도로 하강하는 화차처럼 아득히 꺼져 내리는 환상에 사지를 버둥거려야 했는데, 몸을 채우고 있던 영혼은 내가 앉아 있다가 허공이 된 곳에 남아 있는 것이 아닌가요. 내게는 정말 황당하기 짝이 없는 놈입니다.

그놈 때문에 엉뚱한 버릇이 생겼습니다.

오늘도 어제처럼 거실의 소파에 앉아 옆집의 안마당을 엿보고 있습니다. 창가에 기대선 채로 소백산을 갓 넘어온 햇살이 가득한 이발소 안마당을 내려다볼 때도 있습니다.

거실에 앉아 이발소를 바라보면 마당과 안채 마루가 보이고, 몸을 일으키면 수돗가와 푸성귀가 있는 텃밭이 보입니다. 그 집에는 이발사와 부인과 처녀가 살고 있습니다. 이발사는 종일 이발소에 있고 마땅히 일거리가 없는 부인과 배가 만삭인 처녀가 마루에 앉아 있는 시간이 많이 있지요.

엿보는 것은 이발소도 아니고 마당도 아니고 수돗가나 텃밭도 아닙니다. 꼭 집어 말을 한다면 마루에 앉은 모녀를 그저 바라보고 있는 것이지요. 아니 마루에 앉은 처녀의 부른 배를 바라본다고 해야 옳습니다.

가랑비가 내리는데 이발소 문이 열려 있습니다. 이발사는 보이지 않네요. 또 술을 마시러 갔을까요? 벌써 술에 취해 이발소 의자에 고꾸라져 있는 것일까요? 이발소 안채로 들어갔습니다. 배가 불룩한 처녀는 보이지 않고. 여자가 젖은 짚더미처럼 마루에 앉아 있습니다.

여자의 몸이 정말 풍만한 중세의 여인처럼 보입니다. 몸에 감고 있는 옷자락을 거두어 낸다면 르네상스 화가 보티첼리의 화폭에 누운, 살집이 도톰한 육체가 드러날 것만 같습니다.

여자에게서 축축한 느낌이 발산되고 있네요. 보티첼리의 여인도 비에 젖고 있는가 봅니다. 그 느낌의 근원은 초점이 없는 눈빛, 빗줄기가 없으니 비를 응시하는 초점도 흐리겠지요? 어쨌든 여자의 모든 것이 눈동자에 흐릿하게 들어앉아 있는 느낌입니다.

여자의 치맛자락이 댓돌에 늘어져 있습니다. 목덜미에 코를 박고 있는 검둥개의 젖줄이 유난히 불어 보입니다.

"새끼를 가졌나 봐요?"

여자의 흐릿한 눈동자를 건네보며 말을 건넸습니다.

"요맘때면 꼭 여덟 마리 새끼를 낳아요. 해마다."

여자가 느릿느릿 몸을 고쳐 앉습니다.

"해마다 여덟 마리를?"

"넋에 홀렸는지 아니면 영악해서인지 오 년을 내리 그래 왔어요."

여자의 입에서 나온 영악이라는 말에 소백산 연화봉을 바라봅니다. 검둥개가 내 속을 읽었는가? 코를 목덜미에 박고서 연화봉을 올려다

보고 있습니다.

"그럼 저 검둥개가 돈 좀 벌어 줬겠네요"

"돈요?"

여자가 말끝을 흐리고서 마루를 손바닥으로 훔칩니다. 손바닥이 쓸고 간 자리에 몸을 얹었습니다.

여자와 나란히 마루에 앉아 있는 것은 아주 흔한 일입니다. 퇴근하면 이발소 안채에 꼭 들리곤 하지요. 여자와 배부른 딸이 마루에 나란히 있을 때가 대부분입니다. 산달이 가까워 배가 부른 딸은 벽에 기댔던 상체를 잠깐 일으켰다가 다시 기대는 것으로 아는 척을 합니다. 마루에 모로 누웠던 여자는 일어나 앉으며 희미한 웃음을 보내기도 합니다. 때로는 치맛자락이 걷혀 그녀의 오동통한 허벅살이 하얗게 드러날 때도 있습니다. 강 건너 석회암 절벽 위로 햇덩이가 머리를 푸는 퇴근 무렵인지라 이발사는 낮에 마셨던 술의 잔재에 마지막 시달림을 받는 시각이기도 하지요.

일요일인 오늘은 만삭의 딸, 숙취의 잔재에서 허우적거리는 이발사의 모습이 보이지 않습니다. 비안개가 소백산 자락에 자욱하여 외출할 리도 더욱 만무한데. 문득 닫힌 방문에서 누군가 내 어깨에 손을 얹는 기척이 왔습니다. 홀쩍 뒤를 돌아보니 방문이 닫혀 있습니다.

"아들이 휴가를 왔어요."

문이 닫힌 방에서 누군가 돌아눕는 기척이었습니다.

"아드님이 군에 갔다더니."

"어젯밤 늦게까지 읍내에서 친구들이랑 술을 마시고 새벽에 왔어요."

가늘게 코를 고는 소리가 들렸습니다.

검둥개가 머리를 쳐들면서 여자의 치마가 흔들렸습니다. 이발소에서 이발사가 거위처럼 걸어 나와 마당을 가로질러 수돗가로 갑니다. 꼭지에 달린 고무호스를 입에 물고 콕을 틉니다. 벌컥벌컥. 이발사의 목울대가 연동합니다. 술에 취한 걸음걸이는 어설픈데 막걸리 대접이나 수도꼭지 고무호스를 입에 물었을 때의 목울대는 언제나 격합니다. 연화봉 상공에서 스러지는 별똥처럼 이발사가 마당을 가로지르고. 잠깐의 고요가 응고합니다. 검둥개가 목덜미에 코를 묻습니다.

"작년에 번식한 새끼들은 전부 내다 팔았나 보죠?"

방에서 뒤척이는 소리가 납니다. 이를 으드득 갈며 옆구리를 벅벅 긁고 있을지도 모른다는 생각이 스쳐 갔습니다.

"이발소에 있는 화상이 전부 먹어 치웠어요. 허구헌 날 술에 절어 사는 저 화상이 저렇게 걸어 다니는 것은 말짱 여기 검둥개 덕이라오."

여자가 발바닥으로 검둥개의 머리를 어루만집니다. 검둥개가 귀를 잔뜩 오므리고 눈동자를 치켜뜨더군요. 이놈이 정말 사람의 말을 듣고 있는 게 아닐까요?

"여덟 마리씩을 해마다?"

"못 믿겠으면 이놈한테 물어봐요."

여자의 발가락이 검둥개의 귀를 툭 건드리자 검둥개의 눈초리가 내게 쏘아집니다. 개 눈깔이 섬뜩하더군요.

"말 못 하는 짐승이지만 아마 그 답은 해줄 거예요. 새끼를 오 년 동안 잡아먹은 저 화상을 아무리 미물이라고 하지만 모르겠어요?"

검둥개가 성큼 일어났습니다. 순간, 나는 다리를 오므렸습니다. 다행히 검둥개가 마당을 가로질러 사립문 밖으로 나갔습니다.

"저것 보세요. 저놈도 말을 다 알아듣고 있어요."

여자가 희미하게 웃었습니다. 선득한 기운이 목덜미로 감돌더군요.

"수컷도 이 동네에 있어요?"

"그놈도 죽었지요. 맨 나중에."

여자의 말을 이해할 수 없었습니다. 무슨 소린지 모른다는 눈빛을 던졌습니다.

"새끼의 아버지는 맨 나중에 죽었어요. 초여름에 여덟 마리의 새끼를 낳아 놓으면 늦은 가을부터 한 마리씩 목을 달아요. 새끼 중에 제일 튼튼한 수컷은 살려두었다가 검둥개랑 접을 붙여요. 새끼가 든 것을 확신하면 그 수컷도 저 화상의 손에 목이 달리고 말지요."

자식이 성장해서 수컷이 되었으니 어미가 암컷이 된다는 말인가.

"그렇다면 자식과 어미를 교접시킨다는 말인가요?"

"억지로 교접을 시키는 것은 아니지만 그렇다고 해야 옳지요. 다른 수컷을 가까이 해주지 않으니 자식과 어미의 교접이 이루어질 수밖에 없지요."

방문이 벌컥 열렸습니다. 죄를 지은 사람처럼 화들짝 놀라 방에서 나온 아들을 바라보았습니다. 검둥개의 근친상간에 대한 생각이 내게 남아 있어서일까요? 더구나 방에서 나온 청년의 어머니와 호젓하게 마루에 앉아 그런 생각을 담고 있었으니. 방에서 나온 청년도 동공을 키우고 날 바라봅니다. 좀 겁이 나더군요. 술의 잔재가 눈자위로 검붉게 남아 있어서일까요? 처음으로 맞닥뜨린 낯선 존재가 부담스러워졌습니다.

"성구야, 인사해라. 옆집에 사시는 선생님이시다."

배가 부른 처녀 성자의 오빠, 성구가 뒤통수를 긁으며 상체를 꼬부렸습니다. 짧게 깎은 머리. 구릿빛 피부. 아직 가시지 않은 술기운이 눈가에 벌겋게 어려 있습니다. 몸집에 맞게 살이 붙은 다부진 체구. 성깔도 있어 보였습니다.

"반가워요. 휴가를 나왔다고?"

손을 쑥 내밀었습니다. 투박한 그의 손이 덥석 잡아 오더군요. 이놈도 술을 과하게 먹겠구나. 검둥개가 나간 사립문으로 시선을 피하며 혼잣말을 하였습니다.

"어디 갔어요?"

성구가 손을 쑥 뽑아 마당으로 내려섰습니다.

"이발소에 계셔. 가서 인사드려라. 술 취해서 인사도 제대로 못 드렸지 않니."

검둥개가 어느새 마당 가운데 서서 여자의 말을 듣고 있었습니다.

"성자 어디 갔어요?"

성구는 아버지가 아니라 여동생인 성자의 행방을 알고 싶은 것입니다.

"충주 외가로 갔다."

여자가 자세를 고쳐 앉으며 막대기를 툭 분지르듯 말을 던졌습니다.

"외가에? 언제?"

검둥개가 성구의 발등을 핥았습니다.

"닷새 전에 갔다."

여자의 시선이 내 동공에 꽂혔습니다. 여자가 움찔하더니 이내 정색을 하더군요. 여자는 휴가를 온 아들에게 단호한 목소리로 거짓말을 하고 있습니다. 닷새 전이라니. 바로 엊저녁에도 마루에 부른 배를 안고 앉아 있던 처녀가 닷새 전에 충주로 갔다니. 성구는 여자의 말을 의심하지 않는 눈빛입니다. 어제 늦은 밤에 휴가를 왔으니 어제 저녁 나절에 성자가 마루에 앉아 있었던 사실을 모를 수밖에 없지요.

여자와 시선이 또 부딪혔습니다. 당황하는 빛이 역력합니다. 아들에게 거짓말을 해야 할 이유가 있는 것일까요? 무언가가 숨겨진 느낌. 여자의 얼굴색에서, 여섯 달 만에 휴가를 왔다는 성구의 모습에서 모락모락 피어나는 형언키 어려운 느낌을 떨칠 수가 없었습니다.

"배고프지 않니?"

여자가 일어섰습니다. 성구가 속이 마뜩하지 않은 듯 손바닥으로 배를 문질렀습니다.

후드득.

비가 신들린 것처럼 갑자기 굵어졌습니다. 허공에 갇혀 있던 물방울이 마침내 제 무게를 견디지 못하고 움직이기 시작한 것입니다.

"어머 빗방울이 닭똥처럼 굵네?"

여자가 부엌에서 고개를 내밀고 급작스럽게 소리쳤습니다. 사립문을 걸어 나오는데 벌써 빗물이 머리칼에서 주르륵 흘러내렸습니다.

굵은 비를 좋아합니다. 절벽 아래 여울로 푸지게 쏟아지는 햇살이 곧 있으므로. 푸짐한 햇살에 몸을 널어 말리듯 천천히 걸어왔습니다.

목덜미를 타고 내린 빗물이 가랑이로 흥건하게 흘러내렸습니다. 그 느낌이 너무 좋았습니다. 은밀한 기쁨이 내 안에 들어찹니다. 미적지근한 비에 젖어 있을 소백산이 아닙니다. 비로소 덩치 큰 소백산이 비다운 비를 불러왔습니다. 표창 같은 굵은 빗방울을 불러다 자신을 닦아내고 있습니다.

도로에서 강변으로 내려갔습니다. 하얗게 말라 있던 자갈이 벌써 제 색깔을 드러내고 있었습니다. 소백산 큰 덩치가 가물가물 멀어지는 군요. 빗물이 물감이 되어 산을 지우고 있습니다. 하늘이 크게 노하여 세상이 위축되는 듯합니다.

비안개가 소백산을 모두 지웠습니다. 표창 같은 빗방울이 산의 표피를 벗겨내고 있는 것일까요? 비안개가 움직이고 있습니다. 산이 푸른 머리채를 휘저으며 몸부림치고 있는 것일까요? 비안개가 산의 이마를 어루만지듯 천천히 움직이고 있습니다.

벗겨진 표피가 골짜기로 거세게 쿨렁거리면 죽은 듯 누워 있던 소백산이 기지개를 켜면서 벌떡 일어날 것입니다. 산줄기가 꿈틀거리고 쇠털처럼 박혀 있던 나무들이 요동을 치겠지요. 계곡물이 아우성이고, 숲은 어깨동무하고서 말갛고 투명한 삶을 예찬할 것입니다.

⋮

내가 있는 거실은 자연의 섭리를 꿰뚫어 볼 수 있는 곳입니다.

소백산을 힘차게 넘어온 햇살이 안마당에서 없어집니다. 빛의 생성과 소멸을 동시에 볼 수 있는 곳이지요. 마을을 들쳐 업은 시늉의 소백산 큰 덩치가 너무 부자연스럽기도 하지만, 산기슭을 돌아 나오며 한 줌씩 쏟아내는 돌림으로 비가 내리는 곳이기도 합니다. 골짜기에서 말을 타고 달려 나오듯 날이 밝고 비도 내리고 꽃도 핍니다. 그런데 어둠마저도 빛이 걸어 나온 그 골짜기에서 비롯되는 곳입니다.

여자가 거실에다 손짓합니다.

거실 의자에 앉은 내 모습이 이발소 안마당에서 보인단 말인가요?

여자의 손짓을 보고 울컥 토해지는 것처럼 지독한 부끄러움을 느꼈습니다.

선생님 뭐 하세요? 선생님이 우리를 훔쳐보고 있는 거 다 알고 있어요.

마당에서 텃밭으로 걸어오며 손짓을 하는 여자의 입술이 그렇게 말하고 있는 것이 틀림없습니다. 의자에서 차마 일어날 수 없었습니다. 여자가 내게 손짓을 한다고 의자에서 벌떡 일어나면 그동안 이발소 안마당 훔쳐보는 버릇을 시인하는 꼴이 되는 것입니다.

성구와 이발사가 안채 뒤꼍에서 들마루를 들고 나왔습니다. 여자는 뒤뚱거리는 그 둘을 바라보다가 또 내게 손짓을 합니다. 그만 훔쳐보고 이리 오세요.

여자는 웃고 있었지만 내 귀에 여자의 비웃음이 날아와 꽂힌 듯 귓불까지 화끈거렸습니다.

들마루가 수돗가에 놓였습니다. 들마루에는 온통 개고기였습니다.

뒷다리가 뚝 잘린 개 몸뚱이가 솥 안에서 계속 끓고 있었고, 도마 위에 놓인 다리는 칼날이 지날 때마다 고깃덩이로 잘리고 있었습니다. 토막이 난 고기는 이발사 입에서 우걱우걱 씹혔고, 여자가 자리를 내주며 함께 먹기를 권하였습니다.

"언제… 잡았…어요?"

솥에서 끓고 있는 검둥이를 이해할 수가 없었습니다. 이발소를 돌아다니는 검둥이는 한 마리인데 그놈은 저만치 댓돌에 앉아 먼 산을 바라보고 있었으니까요.

"냉장고에 얼려 두었던 것을 내리 다섯 시간이나 삶았으니 맛이 괜찮을 거요."

냉장고에 두었다는 그놈을 꺼내어 삶은 것입니다. 그러니까 솥에서 끓고 있는 것은 댓돌에 앉은 놈이 낳은 새끼였습니다.

"성자 정말로 충주에 갔어?"

벌써 소주 한 병을 비운 성구가 퉁명스럽게 물었습니다. 순간, 고기를 썰던 여자가 갑자기 나를 바라보고 나는 여자의 시선에 찔려 씹던 고기를 울컥 토할 뻔하였습니다.

"그려."

여자가 내게 물그릇을 내밀며 말했습니다. 이발사가 하얀 사기 대접에 소주를 콸콸 붓더니 목울대를 쿨럭거리며 마셨습니다.

"언제 와?"

성구의 눈자위에 술기운이 악마의 그늘처럼 벌겋게 번져 있었습니다. 약을 마시듯 소주를 입안에 털어 넣는 것으로 보아 술에 취하기로 작정을 한 모양입니다. 성구는 자신의 몸으로 슬슬 도져오는 열기에 불을 싸지르듯 소주를 입안에 털어 넣었습니다. 성자가 언제 오는지 대답을 강요하는 시위이기도 하였지요.

"내일은 떠나야 하겠다."

좀처럼 말을 하지 않던 이발사가 비로소 한마디 던졌습니다. 내일 떠나야 한다. 내일이면 성구 너는 반드시 집을 떠나 부대로 돌아가거라. 그렇게 들리는 이발사의 한마디였습니다.

"아녀요. 하루 더 있다가 성자를 보고 갈 거예요."

퉁명한 성구의 대꾸가 소주잔에 풍덩 빠졌고, 그 잔을 성구는 또 털어 넣었습니다.

개고기가 성찬인데 분위기가 위태로워지는 것이 역력했습니다. 그들에게서 밀려나는 듯한 나를 의식한 듯 여자가 내게 술을 권했습니다. 여자가 내미는 술잔을 마다할 수 없었습니다. 술잔을 들고 잠시 머뭇거리는 사이 소주를 털어 넣는 성구의 이빨이 내게 보였습니다.

"성자 진짜 충주 갔어?"

이빨이 으르렁거리는 줄 알았습니다. 이놈 자식. 이발사의 눈은 그렇게 말하고 있었습니다. 여자가 내게 칼 같은 시선을 들이댔습니다. 여자에게 내가 큰 부담이 되는 상황이 분명했습니다. 그런데 이번에는 이발사가 술잔을 건네 왔습니다. 그 잔을 받아주지 않는다면 성구에게서 거두어들인 이발사의 눈초리가 몹시 난처할 것이라는 생각이 들어 잔을 받아야만 했습니다.

"성자 그년 어디 가서 자빠져 있는 거야."

성구가 주먹으로 들마루를 냅다 쳤습니다. 술이 잔에서 출렁였고 맷돌에 앉았던 검둥개가 벌떡 일어났습니다.

⋮

아내가 KBS 『여섯 시 내 고향』에 소개된 정암사를 보고 충주에서 달려왔습니다. 다짜고짜 정암사를 가야겠으니 어서 운전하라고 닦달을 하는 게 아니겠습니까?

오늘도 아침에 일어나 창가에 서서 이발소 안마당을 오래 내려다보았습니다. 마당을 가로지르는 이발사가 보이는 것으로 보아 이발 손님이 있는 것이 분명합니다.

수돗가와 부엌을 왕복하는 여자의 모습이 보였고, 어정어정 수돗가로 걸어온 성구가 짧은 머리 너머 목덜미까지 세수하는 모습도 보였습니다. 만삭의 몸으로 마루에서 댓돌로 내려서던 성자의 모습은 끝내 보이지 않네요.

세 평 정도의 텃밭에서 상춧잎을 따는 여자가 보였습니다. 가슴이 갑자기 뛰더군요. 등을 돌리고 있는 모습. 성자가 돌아온 것일까요?

신선봉으로 솟은 햇덩이에서 맑은 햇살이 텃밭으로 늘어지고 있었습니다. 햇살 한가운데 여인이 등을 돌리고 눈알을 후빌 정도로 푸릇한 상춧잎을 따고 있었습니다. 맑은 햇살을 받는 여인의 몸이 투명하게 변해버릴 것만 같았습니다. 여인의 뒷모습에서 형언할 수 없는 기운이 뭉글뭉글 피어올랐습니다.

상추를 한 움큼 쥐고 일어서서 이쪽으로 돌아선 여인은 성자가 아니라 여자였습니다. 그녀의 흐트러진 머리칼에도 햇살이 달려 있더군요. 여자가 저렇게 투명해 보이기는 처음입니다.

"정암사에 도대체 무엇이 있는데?"

이발소 안마당을 내려보는, 혼자만의 비밀스러움을 들킨 탓일까요? 화가 돋은 투로 아내에게 물으면서 안마당을 다시 슬쩍 훔쳐보았는데 그사이에 햇살을 등허리에 고스란히 받던 여자가 없어졌습니다.

"적멸궁이 있대."

"적멸궁? 그게 도대체 어디에 있는데?"

"태백산 서쪽 기슭에 있다는데…."

"있다는데? 어디 붙었는지도 모르면서 가자고? 또 거기가 가까운 거리야?"

아내가 정암사에 꼭 가야겠다는 당연함을 늘어놓는 순간에도 나는 그저 창밖을 바라보는 척 안마당을 훔쳐보고 있었습니다. 이발사와 성구와 여자가 안방으로 아침을 먹으러 들어간 안마당은 휑 비었습니다.

"남의 안마당 훔쳐보는 거 유쾌한 일이 아니라는 거 알고 있어?"

삼십 분쯤 차를 몰아 강원도 영월과 충청북도 단양의 접경지 대교를 건널 때까지 아내는 토라져 있었습니다.

정선에 접어들면서 마음의 변화가 생겼습니다.

사북읍과 고한읍을 지나면서 자연의 아름다움에 대한 감탄은 인간에 대한 연민으로 바뀌더군요. 외줄을 타듯 사북읍과 고한읍의 중심을 가로지르는 도로와 그 옆에 폐허처럼 서 있는 건물과 나무가 검은 가루를 뒤집어쓰고 있는 광경이 가슴에 칼을 들이대는 듯 뭉클한 아픔으로 안겨 왔습니다.

"사람도 폐기물이 될 수 있는 곳이래. 부속이 하나둘 빠져나가서 쉰 소리를 내는 기계처럼."

아내의 목소리가 묵은 석탄가루처럼 풀풀 날리더군요.

사람. 폐기물. 부속이 하나둘 빠져나가서 쉰 소리를 내는 기계. 사람도 기계처럼 폐기물이 될 수 있는 곳.

이곳에서 그 어떤 위로의 말을 한들, 지붕과 나무와 도로에 얹히는 묵은 석탄가루처럼 이들에게는 오히려 감정을 자극할 수밖에 없다는 자괴감마저 들더군요.

석탄가루가 회오리처럼 흩날리는 태백산 서쪽 자락에 이토록 정갈하고 고요한 산사가 숨어 있었단 말인가? 숲과 골짜기는 해를 가리고 멀리 세속의 티끌마저 끊어져 정결하기 짝이 없더군요.

일주문을 지나 마당에 들어서자 왼쪽에는 요사채가, 오른쪽에는 적멸궁이 단아하게 서 있더군요. 적멸궁의 앞뜰을 에워싸고 있는 돌담이 정겹더군요. 종루와 관음, 자장각, 삼성각이 땅따먹기 놀이에서 제 몫을 주장하듯 흩어져 있었습니다.

아내가 고사목 앞에서 손짓합니다.

"나무에 잎이 나면 자장율사가 다시 태어난다는 말을 했어. KBS 여섯 시 내 고향에 나온 리포터가."

아내가 죽은 나무에다 연민을 쏟아냈습니다. 백 년을 푸르렀다가 죽은 고사목에 잎이 돋아난다? 도저히 이루어질 수 없는 일입니다.

수마노탑까지 오르는 182개의 돌계단이 산비탈을 여러 차례 꺾어 돌도록 놓여 있었고, 가파른 계단을 오르며 숨이 차오를 만하면 계단도 같이 꺾여 숨 고를 여유를 주고 있었습니다. 돌계단이 꺾이는 전환점마다 수마노탑의 몸체가 토막토막 하늘에서 내려 쌓듯 모습을 점차 드러내는 것이었습니다.

돌고 도는 것이 소백산의 그 깊은 골짜기뿐만이 아니었습니다. 이처럼 가파른 길에서도 돌고 도는 것이 있었습니다.

수마노탑에서 내려와 일주문으로 향하는데 요사채 툇마루에 등을 돌리고 앉아 있는 배가 부른 처녀, 이발소 안마당 마루에 앉아 있던 성자의 뒷모습이 어른거렸습니다. 소리를 지를 뻔했습니다. 고사목처럼 그 자리에 굳어 섰지요. 아내는 일주문으로 계속 걸어가고 있었고, 나는 눈을 비비면서 툇마루를 자세히 바라보았습니다. 요사채를 향해 앉아 있는 만삭인 여인의 뒷모습은 성자와 너무 흡사하였습니다. 입고 있는 옷도 눈에 익었습니다.

일주문으로 걸어나가는 아내를 확인하고서 비구니의 행랑이라서 출입이 금지된 요사채로 몽유병 환자처럼 걸어갔습니다.

무거운 몸을 일으킨 성자가 요사채 방문 고리를 잡았습니다. 걸음을 빨리하며 성자를 부를까 망설이는 사이 방문이 열렸다가 닫혔고 성자도 방으로 들어갔습니다. 순간 나는 고사목인 양 요사채 마당 가운데에 몸이 붙어버렸습니다.

혹, 성자가 아니었던가? 갑자기 의심이 생겨났습니다. 콩나물 뿌리처럼 작고 여리게 생겨난 의심이 걷잡을 수 없이 확장되더군요. 문틈에서 싹을 틔운 강낭콩 줄기가 한들한들 자라 오르더니 하늘나라에 닿았다는 얘기처럼 의심이 나를 완전히 장악해 버리는 것이었습니다.

툇마루로 다시 불러내서라도 분명히 성자였음을 확인하고야 말겠다는 생각으로 마저 걸어갔습니다. 댓돌 앞에 서서 방문에다 소리를 넣으려다 가지런히 벗어둔 신발을 보았지요. 아! 마치 내 발을 감싸고 있는 신발처럼 눈에 익은 신발이었어요. 검둥개가 장난삼아 입에 물고 흔들면 빼앗아서 검둥개의 머리를 장난스레 두들겨 주던 그 슬리퍼였습니다.

요사채로 들어간 만삭의 여자는 성자임이 명백하다는 결론을 얻었지요. 그래도 툇마루로 불러내어 볼까 봐 입술에 침을 바르는데 일주문으로 다시 들어온 아내가 부르고 있었습니다.

신선봉 상공인 듯한 곳에 달덩이가 덩그렇게 떴습니다. 이발소 안마당에도 달 빛살이 고스란히 내려앉고 있습니다. 아내는 충주로 돌아갔습니다.

정암사를 다녀와 고단한 몸을 끌고서 거실의 불을 껐습니다. 어둠이 왜 이제야 불을 껐냐는 듯 밀물처럼 들어오네요. 비로소 거실의 윤곽이 보입니다. 환했을 땐 내가 거실에 들어왔다는 느낌인데, 어두워지니 거실이 나를 포근하게 품고 있다는 안도감에 젖습니다. 여간해서 거실에 불을 밝히는 일이 없습니다. 어둠에 익숙해 있기 때문일까요? 어둠을 좋아합니다. 아니 어둠에 잠겨 있는 것이 참 좋습니다. 어둠에 안겨 있으면 거실에 놓인 집기들이 곁눈을 뜨고 나를 훔쳐본다는 것도 알고 있습니다.

성자 정말 충주 갔어?

들마루에서 으르렁거리던 성구의 이빨이 방문에서 퍼져 나오는 불빛에 어른거립니다. 칼날 같던 여자의 눈빛도 어른거립니다. 만삭의 몸으로 정암사 요사채에 있는 것을 눈으로 똑똑히 보고 왔는데 충주 외가에 갔다니.

달 빛살이 넘쳐나는 이발소 안마당에 성구가 장승처럼 있습니다. 성구는 안방을 향해 서 있습니다. 탐험되지 않은 동굴의 입구에 선 듯 비장한 윤곽입니다. 안방에다 돌팔매질이라도 할 듯한 옆모습도 느껴집니다.

사방은 너무 고요합니다. 달빛 때문이겠지요. 신선봉 상공을 지난 달덩이가 망사 같은 빗살을 쫠쫠 늘이면서 세상의 모든 것을 다독이고 있습니다.

그런데 마당 가운데 서서 안방을 노려보는 성구의 모습이 섬뜩해 보입니다.

이 밤은 왜 저토록 고요한 달 빛살을 늘이는 것일까요? 소백산 자락마다 도란거리던 소박함을 잠재우는 어루만짐인가요? 혹여 도란거리며 익어가던 꿈이 저토록 고요하다 못해 토실한 빛으로 승화하고 있는 것은 아닐까요?

짐승 한 마리라도 조바심하며 품어 안은 소백산 자락에 온통 빛살이 넘칩니다. 그런데 빛 가운데에 성구가 섬뜩하게 서 있습니다.

바라보는 눈의 높이가 낮아지면 마음의 폭이 넓어지는 것일까요?

나지막한 담장에 기대어 귀를 기울이고 싶어졌습니다.

점심을 먹으면서 문득 정암사에 다시 가고 싶다는 충동에 휩싸였습니다.

퇴근하고 안마당을 내려다보았습니다. 여전히 댓돌에 성자의 신발이 없음을 확인하고 곧장 정암사로 차를 몰았습니다.

정암사 일주문을 들어서는데 갑자기 숨이 가쁘더군요. 차를 운전한 몸의 숨이 가쁠 리가 없는데. 몸이 가쁜 게 아니라 마음이 급한 것이었지요.

나지막한 담장에 등을 대고 요사채를 바라보았습니다. 성자의 모습은 없었습니다.

해가 기울고 있습니다. 마음이 급해집니다. 어디로 간 것일까요?

정암사 경내를 둘러보아야 할 것 같습니다. 다섯 시에 퇴근하고 한 시간 반이나 걸려 이곳에 왔으니, 낮은 담장에 기대어 성자가 요사채로 오기를 기다릴 수만은 없었습니다.

혹시 그 무거운 몸을 끌고 수마노탑에 간 것은 아닐까요? 가파른 돌계단이 182개나 있는 그곳에 갔을 리는 없다는 판단이 섭니다.

경내를 돌아보며 성자를 찾으려 했는데 낮은 담장에 귀를 대본 것이 잘못이었습니다. 바라보는 눈의 높이가 낮아지면 정말 마음의 폭이 넓어질까? 자세를 낮추고 담장에 귀를 대 보았습니다.

절에 가서 구름판 소리를 들어본 적이 있나요?

땅, 땅, 따앙, 땅, 땅…. 날짐승과 허공을 헤매며 떠도는 영혼을 구제하기 위한 구름의 울음소리, 구름판 소리를 들어 본 적이 있나요?

낮은 담장에 몸을 숨기듯 허리를 구부리고 있는데 따앙- 소리가 느닷 들리더군요. 상체를 일으켜 소리 나는 곳을 살폈습니다. 종각에 달린 범종 소리도 아니고, 물고기처럼 항상 눈을 깨어 있으라는 투박하고 구성진 목어 소리도 더더욱 아니었지요. 사방을 아무리 둘러봐도 소리 나는 곳을 찾을 수가 없었습니다. 구름판을 두드리는 소리마저 뚝 끊겼습니다.

내가 왜 성자를 찾아 왔을까?

구름판 두드리는 소리가 따앙- 가슴을 때리더군요. 가슴에 두 팔을 가위질러 얹고 소리 나는 곳을 찾는데 성자가 요사채 마당을 걷고 있는 것이 아닌가요.

"서… 성자." 나도 모르게 말이 튀어나왔는데 혼잣말이어서 듣는 사람은 아무도 없었습니다. 성자가 뒤뚱거리며 요사채로 바삐 걷고 있습니다. 성자가 요사채로 들어가기 전에 불러 세워야 한다는 급한 생각이 들었지요. 요사채 마당으로 뛰어갔습니다. 따앙- 구름판을 때리는 소리가 또 났습니다. 댓돌에 발을 놀려 놓던 성자의 몸이 휘청하더군요. 마당 가운데까지 뛰어가 성자를 불렀습니다. 성자가 고개를 돌렸습니다. 그런데 성자의 표정이 심상치 않습니다. 두려움에 질린 표정이었습니다.

"선생님."

성자가 댓돌에 서 있기가 힘이 들었는지 무거운 몸을 마루에 놓았습니다.

"너를 보러 왔다."

따앙- 구름판 소리가 또 났습니다. 성자가 손바닥으로 두 귀를 막더니 눈을 질끈 감았습니다.

"오빠는… 갔어요?"

구름판 소리가 멈추자 성자가 물었습니다.

"오늘 간다고 들었다. 갔는지 모르겠다. 얘기 좀 할 수 있니?"

"지금요?"

"그래. 곧 어두워지기 전에 돌아가야 하니까."

"지금은 안돼요. 방으로 들어갈래요."

"방에서 무슨 할 일이 있니?"

"아니요. 저 소리가 싫어요."

성자의 말이 떨어지기 무섭게 구름판이 또 따앙- 두들겨졌습니다. 성자는 정암사 경내 어딘가에 있다가 구름판 두들기는 소리가 나자 급히 요사채 방으로 들어가는 길이었습니다.

"오빠를 피해서 여기 온 게지?"

담장에 귀를 대고 있다가 구름판 소리에 가슴을 두들겨 맞아서일까요? 나조차 예상하지 않은 잔인한 질문이었습니다. 구름판 소리를 피해 요사채로 도망을 온 성자의 심장에 송곳날을 들이댄 것입니다. 성자가 눈을 동그랗게 뜨더니 나를 노려보듯 하더군요. 오히려 내 심장에 송곳날이 박힌 듯 뜨끔하더군요.

"성구가 휴가를 온 날 밤에 집을 나와서 성구가 돌아가기만을 기다리고 있지?"

"아녀요."

막대기를 뚝 분지르는 듯한 말투였습니다. 구름판이 따앙- 두들겨졌습니다. 성자가 꿈적도 하지 않더군요. 나를 노려보는 눈알이 까만 조약돌처럼 반들거렸습니다.

"진실을 알고 싶다."

성자가 입술을 깨물었습니다. 구름판 소리가 때맞춰 한 차례 더 들리기 바랐습니다. 성자를 막다른 골목에 세워두고 윽박지르는 듯한 기분이었지요.

"선생님."

성자가 또 눈을 똥그랗게 뜨더군요

"그래. 진실을 알고 싶어."

성자의 홉뜬 눈에 돌멩이를 던지듯 다그쳤습니다.

"진실요?"

"생명의 진실."

성자가 진실을 털어놓을 수밖에 없을 것이라는 확신이 강하게 서더군요. 어깨가 저절로 으쓱거렸고 성자의 눈을 들여다보는 시선에 힘까지 차더군요. 성자처럼 온순한 아이가 생명의 진실을 속일 수는 없다는 단정을 지었기 때문입니다. 만삭이 된 어머니의 입에서 아이를 두고 거짓말을 할 수는 없다고 판단했습니다.

"그래. 어서 말해. 너의 배 속에 든 아이의 아빠가 누군지 어서 말해."

성자의 홉뜬 눈을 바라보며 중얼거렸습니다.

그때, 따앙- 구름판이 또 두들겨졌습니다. 성자가 홉뜬 눈을 질끈 감더군요.

그래. 어서 말해. 가슴을 때리는 저 소리조차 감당하지 못하는 네가 거짓말을 할 수는 없어.

"돌아가세요."

성자가 눈을 다시 부릅떴습니다. 자신만만하게 단정을 짓고 있던 내 가슴팍을 쩌억 가르는 소리였습니다. 성자가 무거운 몸을 기우뚱 일으키더니 요사채 방문을 열고 들어갔습니다.

성자가 문에다 등을 기댄 채 흐느끼고 있을 것이라는 생각을 했습니다. 성자를 저렇게 버려두고 돌아갈 수는 없었습니다.

"생명의 진실을 외면할 수는 없어."

엷어진 감정의 막에다 공깃돌을 던지듯 말했습니다. 성자의 대답도, 구름판 소리도 더 들리지 않았습니다. 방문의 흔들림과 들릴 듯 말듯 성자의 흐느끼는 소리를 듣고 서 있는 사이, 어둠의 자태가 확연해졌습니다.

상황을 즐기고 있는 나를 발견합니다. 내가 떠나기 전까지는 괴로운 몸을 방문에 기대고 흐느껴야만 할 것이라는 자만이랄까요? 그런데 나를 옭아매는 덫이 되더군요. 어둠이 정암사를 어느덧 장악하듯 성자에 대한 연민이 내게 들어차는 것이었습니다. 구름판 소리에도 괴로워하는 성자를 자극하여 확답을 얻으려고 버티고 서 있었는데, 이젠 성자를 달래 주어야 한다는 생각이 생긴 것입니다. 어서 돌아가야 하는데 몸이 돌아서질 않습니다.

산이 울고 있습니다. 소백산 큰 덩치가 울고 앞 강물도 따라 흐느끼고 있습니다. 굵직하고 억세게 퍼붓는 비, 작달비가 쏟아지고 있습니다. 큰일이 나고야 말 것이라는 공포가 거실에 가득 들어찼습니다. 도와줄 사람도 없습니다. 이발소도, 안채도 불이 모두 꺼져 있습니다. 안마당을 후려치며 우르릉거리는 빗줄기를 헤쳐 가는 사람 아무도 없습니다.

누군가 이발소 안채 마루에 컴컴하게 앉아 있습니다.

처음에는 쌀을 담은 자루인 줄 알았는데, 침침하게 놓인 덩어리가 희미하게 움직이는 것이 포착되었습니다. 우르릉거리며 쏟아진 지는 큰비에 놀란 검둥개가 쌀자루에 앉아 있다고 짐작했지요. 그런데 어느 순간에, 움직이는 모습이 검둥개가 아니라는 것을 깨달았습니다. 빗줄기가 여전히 굵었지요. 간간이 몰아치는 바람에 빗줄기가 허리를 꺾이며 울부짖는 듯한 굉음까지 들리는 상황이었습니다.

허리를 꺾으며 휘청이는 빗줄기 때문에 잘 못 본 것으로 생각하면서 그 덩어리를 관찰하기 시작했습니다. 자세히 바라보았더니 그 덩어리의 실체가 조금씩 드러나는 것이었습니다. 그 덩어리를 감추고 있던 어둠이 내 시선의 빗질에 점점 벗겨졌습니다. 물체는 검둥개가 아니었고, 물론 쌀자루는 더더욱 아니었으며 분명히 사람이었습니다.

물체가, 아니 사람이 일어섰습니다. 마루 밑에서 검둥개가 나와 댓돌에 서는군요. 댓돌로 내려서는 동작이 둔하네요. 배가 부른… 아, 성자가 돌아온 것입니다. 어제 정암사 요사채에서 만났던 성자가 마침내 이발소 안마당에 다시 나타난 것입니다.

소파에서 일어나 창으로 걸어갔습니다. 빗물이 손바닥을 간질이듯 유리를 타고 흘러내리고, 흐르는 물에 실루엣처럼 흐물거리는 성자의 모습이 하늘하늘 움직입니다.

성자가 마당으로 내려섰습니다. 작달비가 성자의 몸으로 사정없이 들이닥칩니다.

무슨 일이 생긴 것일까요? 깊은 밤, 작달비가 세상을 끝장낼 듯 쏟아지고 있는데. 만삭의 몸으로 마당 가운데로 걸어와 비를 맞고 있습니다.

형벌을 내리는 것일까요? 작달비가 더욱 거세집니다. 저렇게 비를 맞다가는 무슨 일이 일어날 것만 같은 불길한 예감이 휘감아옵니다.

여전히 성자는 부른 배를 내밀고 비를 맞고 있습니다. 내 손바닥에 땀이 흥건하게 젖네요. 이발사와 여자가 잠든 방은 여전히 불이 꺼져 있습니다. 저대로 두었다간 무슨 일이 날 것만 같네요. 아무래도 안방에 소리를 넣어 이발사 내외를 깨워야 할 것 같네요. 비를 맞는 성자는 분명 제정신이 아닐 테니까요.

그런데 성자가 다가오고 있습니다. 수돗가로 오는 것일까요? 무거운 몸을 천천히 움직여 내가 있는 거실 쪽으로 오고 있습니다. 댓돌에 섰던 검둥개가 성자에게 왔습니다. 지금 상황에서 성자를 위로해 줄 자는 검둥개밖에 없네요. 검둥개가 성자의 젖은 다리에서 무엇인가를 찾는 듯 혀를 늘이고 코를 벌름거립니다.

혹시… 아이를 낳으려고 저러는 것은 아닌가?

밤중에 찾아온 산통을 참다가 마루에 나왔는데 양수가 터진 것은 아닐까? 터진 양수가 다리를 타고 흘러내리자 비를 맞고 있는 것은 아닐까? 성자의 다리를 핥으려는 듯 혀를 빼고 있는 검둥개의 모습으로 보아 억측이 아닐 수도 있다는 판단이 섭니다.

그렇다면 성자를 저대로 방치를 하면 더더욱 안 되는 것이지요. 아무래도 이발소 안마당으로 가야 할 것 같습니다.

그런데, 수돗가에 선 성자가 나를 바라보고 있는 것이 아닌가요? 아니, 나를 바라보고 있는 것이 아니라 내가 조급하게 서 있는 거실을 바라보고 있는 것이겠지요. 잠에 빠진 내가 깨어나 자신을 발견해 주기를 바라는 몸짓일지도 모릅니다. 성자의 눈에는 거실에 깨어 있는 내가 보이지 않을 테니까요. 어쨌든 안마당으로 가야만 하는 상황이 틀림없습니다. 판단은 명확한데 선뜻 움직이기가 망설여집니다.

다행히 성자가 등을 돌려 걸어가네요. 안방으로 가서 이발사 내외를 깨우려나 봅니다. 검둥개도 따라가는군요. 안방으로 향하던 성자가 방향을 바꾸었습니다. 절룩거리지 않고, 걷다가 아랫배를 틀어쥐며 상체를 웅크리지도 않고 무거운 몸을 가벼운 듯 옮겨가는 것으로 보아 진통은 아니라는 판단이 섰습니다.

무슨 일을 결심한 것일까요? 성자가 대문으로 나갔습니다. 성자가 보이지 않자 어떻게 해야 할지 막막해졌습니다. 작달비를 맞으며 성자에게 가야 하는지, 성자가 이발소 안마당으로 다시 들어오는 것을 기다렸다가 잠자리에 누워야 하는지, 아예 모른 척 방으로 들어가 잠을 청해야 하는지. 참 우유부단한 놈이라는 것을 절실하게 깨닫는 순간이 흘러갔습니다.

똑똑, 거실 출입문을 두드리는 소리가 들렸습니다. 성자가 온 것일까? 귀를 곤두세우고 거실을 바라보았지요. 작달비가 후려친 소리였는지 잠잠하더군요. 잘못 들었구나. 중얼거리며 안마당으로 시선을 돌렸습니다.

그런데. 똑…똑. 두드리는 소리가 확실히 들렸습니다. 성자가 왔구나. 일부러 소리를 내며 걸어가 출입문을 열었습니다. 성자가 와 있었습니다. 작달비에 젖은 성자의 배가 위태로울 정도로 불룩해 보였습니다.

성자는 울고 있었습니다. 성자의 치마 아래로 드러난 다리를 보았습니다. 부른 배를 안고 늘 그늘에만 앉아 있던 성자의 하얀 다리에는 내가 염려했던 양수의 흔적이 없었습니다.

성자는 소파가 젖을까 한사코 앉으려 하지 않았으나 기어코 앉게 했습니다.

캄캄한 거실이었기에 더욱 새까맣게 빛을 쏘아내는 성자의 눈을 비로소 바라보았습니다. 머리칼 몇 올이 얼굴을 덮고 있었는데 호롱불 심지처럼 성자의 심정을 끄집어내는 내면의 가닥처럼 보였습니다.

"어떡하면 좋아요. 무서워요. 아기가 나오려는지 옆구리가 자꾸 아픈데 전 어떡하면 좋아요."

머리칼이 성자의 내면에서 끄집어 올린 것은 두려움이었습니다.

"정암사에서 돌아왔구나."

내게 무슨 거짓말을 했는지 묻고 싶었지요. 그럴 수가 없더군요. 비에 젖고 훌쩍이는 성자가 어찌하면 좋은지 말을 해 주어야 하는데. 아무런 의미도 없는 말을 던졌습니다.

"성구 오빠가 갔으니까요."

우연의 일치일까요? 작달비를 쏟아붓던 검은 하늘에서 소백산을 두 동강 낼 듯한 번개가 칩니다. 번쩍이는 섬광이 하늘을 두 조각내고 사라졌습니다.

오백 년 수령의 고목이 우지끈 부러지는 듯한 천둥소리가 후렴으로 들립니다. 소백산이 느닷 터뜨린 고함일까요? 성자의 눈자위가 한 차례 희번덕거렸습니다.

"잠을 잘 수가 없어요. 선생님이랑 억지로 들었던 그 소리… 날아다니는 짐승을 위해 두드린다는… 구름판이라고 했지요? 누워 잠을 청하면 땅, 따앙- 소리가 가슴을 때려요. 비가 저렇게 굵게 쏟아지는데 빗소리는 하나도 안 들리고 구름판 때리는 소리만 들렸어요."

"그렇다고 비를 맞고 서 있었니?"

"굵은 빗소리를 들으려고 나왔어요. 마루에 앉았는데 운판 때리는 소리가 멈추질 않아요. 비를 맞으면 빗소리가 들릴까 봐 비를 맞았어요."

성자의 눈초리가 겁에 잔뜩 질려 있습니다.

"여기 앉아 있으니까 구름판 소리가 안 들려요. 여기 좀 앉아 있어도 괜찮지요?"

성자가 엉덩이를 조금 들어 이발소 안마당을 바라봅니다. 그런데 작달비가 쏟아지는 안마당이 선명하게 보이는 것이었습니다. 갑자기 찾아낸 비밀의 정원처럼 보이는 안마당을 성자가 내 앞에서 바라보고 있습니다. 숨겨둔 내 가슴속을 들여다보는 듯 얼굴이 화끈거립니다. 큰 잘못을 들켜버린 듯 부끄러워집니다. 아니 가슴에 은근한 불씨가 지펴진 듯합니다.

그런데 성자가 머릿속을 온통 뒤집는 소리를 했습니다. 작달비가 뇌리로 우두둑 떨어지는 혼돈이었습니다.

⋮

산다는 것은 긴 협곡을 지나는 것이 아닐까요?

단 한 번의 우연이 엄청난 결과를 몰고 왔을 때. 긴 협곡을 걸어왔다는 생각이 저절로 듭니다. 협곡을 다 나왔다고 생각을 했는데 둘러보니 아직 협곡의 깊은 수렁을 걷고 있었습니다. 성자는 그 협곡에서 걸어 나오는 것을 두려워하고 있는 것이 분명합니다. 아무리 버둥거려도 협곡을 벗어날 수 없음을 알아버린 것일까요?

남천계곡에는 천태종의 총본산인 구인사가 있습니다. 계곡 입구로 접어들어서 주차할만한 공터를 찾기 시작했습니다. 차가 주차될만한 공간은 더러 있었습니다. 그런데 차를 주차해야 할 곳을 결정할 수 없었습니다. 주차 공간이 이렇게 많지만 않았어도 고민을 하지는 않았겠지요. 주차할 공간이 여기저기 산재해서 고민입니다. 길가에 차를 세우는 것도 사람 사는 것과 똑같다는 생각을 합니다. 주차할 곳이 생각보다 너무 많아 차를 세우지 못하고 계곡을 내려오고야 말았습니다.

이발소가 심상치 않습니다.

여자가 부리나케 안마당을 휘젓고 다닙니다. 이발사가 저토록 허둥대는 것은 처음 봅니다. 좀처럼 말을 하지 않는 이발사였는데, 오늘은 무슨 말을 마구 쏟아낼 듯 허둥대고 있습니다. 검둥개의 눈빛조차 예사롭지 않네요.

누군가 성자의 몸뚱이를 마구 비트는 듯한 신음이 안방에서 들렸습니다. 아이를 낳으려나 봅니다.

"독한 년. 몸이나 풀고 약을 먹지."

약을 먹어? 성자가? 뒤통수를 아찔하게 얻어맞은 기분이었습니다.

여자의 눈에는 마당에 서 있는 내가 보이지 않습니다. 안방에서 들고나온 것들이 수돗가 대야에 팽개쳐졌습니다. 수돗물이 주르륵 쏟아지자 대야에 뻘건 물이 고였습니다. 이발사가 휘적휘적 걸어와 대야에 담긴 것들을 헹구는 사이 여자가 안방으로 들어가고, "성자야, 성자야!" 맨살 어딘가를 찰싹 때리는 소리가 들려왔습니다.

산통의 신음을 쏟던 성자의 소리도 멈추고, 맨살을 때리던 소리도 멈추고. 수도꼭지에서 물 떨어지는 소리도 멈추고, 마당 가운데에 섰던 검둥개의 귀가 곤두서고 이발사의 퀭한 눈빛이 안방으로 향했습니다.

스피커가 고장 난 영사기. 영사기 돌아가는 소리조차 들리지 않는 숨 막히는 고요. 괴괴한 고요에 휘감겨 몸부림을 치듯 이발사가 안방으로 걸어갔습니다.

"그래. 성자야. 눈 크게 뜨고 정신 좀 차려."

여자가 다시 울먹이고 성자의 끊겼던 신음이 다시 들립니다. 댓돌에선 이발사가 손바닥을 바지에 문지릅니다. 아, 검둥개가 꼬리를 흔듭니다. 텃밭 푸성귀를 건드리는 바람의 흔적도 보였습니다. 숨 막히는 정적이 깨지면서 아주 미세하나마 움직이는 것들이 살아납니다.

"그렇지. 이를 악물고 힘을 줘봐. 악을 쓰란 말이다."

성자의 신음이 뚝 끊겼습니다. 또 아주 잠깐의 정적이 흐릅니다. 이발사가 마당으로 가로질러 급히 가더니 낫을 손에 쥐었습니다.

"성자야. 성자야."

여자가 또 성자의 몸을 흔들며 울부짖습니다. 성자의 신음이 간신히 이어집니다. 아이를 낳는 고통스러운 신음이 아니라 어렴풋이 꺼져가는 듯한 숨소리, 이발사가 흐엉흐엉 울기 시작합니다. 이발사의 손에 움켜쥐어진 낫이 부르르 떱니다.

"이년아. 몹쓸 년아. 아기는 살려놓고 가야 할 거 아니냐?"

여자가 방바닥을 치며 통곡합니다. 눈물이 흥건하여 충혈된 이발사의 눈이 검둥개를 노려봅니다. 검둥개가 흠칫 놀라 텃밭으로 뒷걸음을 칩니다.

여자가 마루로 나와 쓰러집니다. 여자가 쓰러진 상체를 일으키며 마루에다 주먹질하는 것을 본 이발사가 낫을 들고 검둥개로 천천히 걸어갑니다. 검둥개가 엉덩이를 낮추고 이발사를 바라봅니다. 아, 저놈이 이발사의 속을 읽고 있는 것일까요? 이발사가 낫을 쥐고 걸어오는 것을 피하지 않고 바라보고만 있는 저놈의 눈빛.

이발사의 낫에 순순히 목숨을 내놓은 저놈도 알고 있는 것일까요? 아무리 버둥거려도 협곡을 벗어날 수 없음을 깨달은 것일까요?

숨이 끊어진 개보다 더한 절망으로 이발사가 자신에게 낫을 쳐들었습니다.

"죽어라 죽어. 다 죽자."

마루에 널브러진 여자의 울부짖기 시작했습니다. '…개를 삶아 먹던 날, 식구가 모두 취했어요. 나도 취했는데 아침에 일어나 보니 오빠와 함께 있는 거예요…' 작달비가 온몸에 쏟아지던 어젯밤 성자의 울부짖는 소리가 귓속으로 파고드는 환청에 휘청거려야 했습니다.

세상이 온통 협곡입니다. 협곡을 벗어나는 순간은 어느 곳에 있기나 한 것일까요? 소백산 줄기에 닿은 시퍼런 하늘도, 남한강 물줄기에 탁 트여나간 강변도 인간을 그럴듯하게 감싸 안은 깊은 수렁입니다. 이발사가 가슴에 낫을 꽂고 쓰러지고, 여자가 피를 토하듯 울부짖어도 수렁은 평화롭게만 보입니다.

유리벽

　　　　　　새벽 전화벨은 불길한 사건의 경종처럼 섬뜩하다. 고요한 호수의 물을 가르며 내닫는 칼바람과 같다고나 할까? 새벽 단잠을 깨우며 느닷없이 걸려온 전화에 꿈을 꾸고 있는 기분이었다.

"아비냐? 애들은 건강하냐? 고것들이 눈에 밟힌다. 오늘 일곱 시 차표 끊어 놨다. 아침은 거기서 먹으련다. 전화 요금 무섭다."

전화가 일방적으로 끊겼다. 동규는 순간적이고 일방적인 통고에 소파에 주저앉았다. 어제 아침 발기발기 찢어 불사른 그것이 장판 밑에 있을 까닭이 없다. 하루만 더 넘겼다가 요절낼 것을.

옥란이 거실로 나왔다.

"무슨 전환데요?"

옥란도 소파에 앉았다.

"누구 전환데요?"

옥란이 재차 물었다.

"오신대."

"오신다니요? 누가요? 이 밤중에."

"이 시간에 누구시겠어?"

"뭔 큰일이라도 났나 했더니. 별거 아닌 걸 가지고 그러셔요? 아직 깜깜한 밤중인데 들어가서 눈 좀 더 붙이셔요."

옥란이 옷소매를 끌었다.

"별거 아니라니?"

"당신도 참, 어머님이 자식 집에 오신다는데 그게 뭐…. 아참, 내 정신 좀 봐. 그 흉물스러운 거!"

"이제야 알아차렸어? 맹하기는. 돼지 껍데기 몸에 칭칭 감고 살아? 날 새면 집에 들어서실 텐데. 불벼락을 어쩔 거야?"

수습도 못 할 일을 고집부려 저질러 놓고 속수무책인 옥란이 동규는 못마땅해졌다.

"우리가 시골로 내려가요. 어머님이 올라오시기 전에."

어제 아침 밥상머리에서 난데없이 옥란이 그것을 꺼냈다. 동규가 놀라 빼앗으려 하자 옥란이 재빨리 부욱 찢었다. 동규의 동그란 눈을 빤히 쳐다보며 보란 듯 갈기갈기 찢었다. 동규가 입을 쩍 벌렸다. 옥란이 요절을 낸 쪼가리를 쓸어모았다. 한 손에 하나하나 담아 움켜쥐고 후루룩 태워 버렸다. 성호를 열십자로 긋고 웅얼웅얼 기도했다.

"당신 정신이 나갔어?"

침을 꼴깍인 동규의 몸이 부들부들 떨었다.

"식사나 하세요."

옥란이 아무 일 아니란 듯 숟갈을 들고 밥알을 입안에 넣었다.

"밥숟가락이 입안에 들어가?"

동규가 소리를 질렀다. 방에서 두 녀석이 몰려나왔다.

"아빠, 왜 그래?"

"아무 일도 아니다. 너희들도 어서 기도하고 아침 먹어야지."

두 녀석이 성호를 긋더니 눈을 감고 속으로 무언가를 웅얼거렸다. 동규가 벌떡 일어나서 방으로 들어갔다. 부엌에서 딸가닥딸가닥 밥그릇 부딪는 소리가 났다. 옥란이 방으로 들어와 크림을 찍어 설거지한 손에 비벼 발랐다.

"흥, 성당엘 뻔질나게 드나들더니 오만불손하기 짝이 없군?"

"천주님을 모독하지 말아요."

"부모님과 남편보다 천주님이 더 중요하단 말인가?"

"그럼 그놈의 종이가 아내보다 더 중요하단 말이에요?"

"하루만 더 두었더라면 좋았잖아."

동규가 다소 분을 죽인 음색으로 꾸짖듯 말했다.

"십 년을 참았어요. 십 년이나."

"십 년을 참았는데, 하루를 더 못 참아?"

"이젠 저도 지쳤어요."

"어머니 올라오시면 종교전쟁이라도 벌이겠단 말이야?"

"그게 종교예요? 미신이지."

"천주는 인정한다는 직인이라도 찍혔나? 따지자면 매한가지지."

"당신, 주님을 모독할 거예요?"

"당신의 못된 심보 때문에 그런 소리가 나오지."

"올해는 우리가 내려간다고 전화나 드려요. 어머님 올라오시기 전에."

정월 보름이면 어머니의 방문이 있었다. 벼락이 떨어지는 것처럼 왔다 갔다. 사는 모습 보러 간다는 통고를 이른 새벽에 전해오고는 날 밝기가 무섭게 들이닥치던 어머니였다. 번개가 번쩍이듯 전화로 통고를 해오고는 우르르 꽝 벼락처럼 들이닥쳤다. 그런 사실을 뻔히 알면서 정월 대보름을 사흘 앞두고 옥란이 그것을 발기발기 찢어버렸다. 옥란의 의도대로 어머니에게 전화한다는 것이 깜빡하고 말았다. 이쪽에서 내려간다는 말이 없었으니 이 새벽의 벼락 통고는 예견된 상황이었다.

"깜깜하게 앉아만 있으면 무슨 해결책이 나와요? 어차피 저질러진 상황이니까. 잠이나 자둬요."

옥란이 동규를 잡아끌었다.

"잠이 와?"

"잠 안 잔다고 뾰족한 해결책이라도 나와요?"

"당신은 어머니 성격을 잘 몰라."

"어머니께 지금껏 당했던 것으로도 그 유별나심을 충분히 알아요."

"알면서 그걸 앞뒤 생각도 없이 찢어버렸어?"

"한 번은 부딪혀야 할 일이에요."

"부딪히다니? 시어머니랑 쌈질이라도 하겠단 말이야?"

동규가 언성을 높였다.

"그럼 난 맨날 당신 어머니한테 매여 살란 말이에요?"

"당신 어머니한테?"

"그래요."

"당신 어머니? 애초부터 선을 긋고 살았구먼?"

"다 자업자득이지 뭘?"

"부모가 아니라 남남이다, 이거지?"

"벌써 십 년이에요. 당신하고 연애할 때부터 사사건건 참견하기 시작하더니…."

"잘못되라고 그러신 건 아니잖아?"

동규가 옥란의 말을 끊었다.

"그렇게 하셔서 우리가 잘된 건 또 뭐가 있어요?"

옥란도 바락바락 대들 태세로 턱을 세웠다. 동규가 목소리를 별안간 쫙 갈아서 천천히 말했다.

"잘된 것도 없고. 또 지나치게 잘 안 된 것도 없잖아. 어머니도 믿음 때문에 그러시는 것으로 우리가 이해하면 되잖아?"

"그게 믿음이에요? 미신이지. 사이비 무당에 정신이 혹해서 나까지 미치라고 강요를 하니. 아무리 시어머님이래도 그냥 앉아서 당할 수만 도 없는 이치가 아녜요? 그런지가 벌써 십 년이에요."

시계는 벌써 다섯 시 반을 가리키고 있었다. 밖에는 먼 가로등 빛으로 미지근하게 밝아 있었다. 옥란이 침묵을 깨고 부스스 일어섰다.

"눈 좀 붙여요."

언제 말다툼이라도 했냐는 부드러운 말투였다. 동규가 돌부처로 앉아서 끄떡하지 않자 옥란이 방으로 들어갔다.

동규도 어머니의 지나친 관심이 늘 달가운 것은 아니었다. 옥란과 결혼하여 분가하기 전까지는 전혀 지나치다고 생각하지 않았다. 결혼하고 자식을 둘이나 키워가면서 어머니의 관심이 좀 지나치다는 생각을 이따금씩 갖게 되었다. 옥란은 달랐다. 차라리 간섭이라는 개념을 신경질적으로 떠올렸다. 동규가 사십을 넘었어도 시루떡 찹쌀 고물을 고르는 눈금 고운 체와 같은 어머니의 지나친 관심은 여전히 촘촘하고 질겼다.

"어머니가 아녔더라면 오늘 내가 당신과 이렇게 마주 앉아 있지도 못했을 거야."

옥란과 묵시적으로 결혼 상대임을 인정하게 되었을 때야 동규가 말했다. 혼자서 소주 한 병을 홀짝여 거나해진 상태였다.

"부모님이 계셨으니까 내가 있고, 네가 있어서 우리가 있고. 그래서 생명체를 바탕으로 한 무생물까지 모든 것들이 존재하는 것이 아닐까?"

옥란이 술을 탁자에 찔찔 흘려 놓고 잔을 장난삼아 빙빙 돌렸다.

"옥란아."

동규가 다감하게 옥란을 불렀다. 옥란이 장난을 멈추고 흰자위가 붉어진 동규를 바라보았다.

"그런 교과서적이고, 개념적인 어머니의 존재를 말한 것이 아니야."

동규가 옥란을 쏘아보며 소주잔을 들어 단숨에 꿀꺽였다.

"어머님의 희생과 헌신을 의미하는 건가. 그럼?"

"흐흐 희생? 헌신? 우리 어머니한테는 그런 고급스러운 용어는 안 어울려 흐흐흐."

동규가 갑자기 흐흐흐 웃자 옥란이 장난하던 술잔에서 손을 떼어 무릎에 얹고 자세를 고쳐 앉았다. 동규가 앉은 채로 상체를 비틀거렸다. 빈 잔에 소주를 그득 부었다.

"취하신 것 같은데 그만 마셔."

옥란이 침착해진 어조로 말했다.

"괜찮아. 아직 멀쩡하니까."

동규가 소주를 단숨에 마셨다. 반팔 남방의 단추를 하나씩 풀렀다. 옥란이 동규를 물끄러미 지켜보다 그의 셔츠가 드러나자 시선을 탁자에 가만히 내려놓았다.

"여길 봐. 옥란이."

동규가 남방의 앞자락을 완전히 열고 셔츠 차림의 가슴을 내밀었다. 옥란이 시선을 들어 물끄러미 올려보자 동규는 오른손으로 여자의 가슴을 어루만지듯 자신의 심장이 있는 곳을 문질렀다.

"술 취했어? 술 몇 잔에 대낮부터 추태를 부리는 거야 뭐야?"

옥란이 앞가슴을 오므리면서 꾸짖었다. 흔들리던 동규의 상체가 완강한 버팀으로 꼿꼿해졌다.

"손을 넣어서 여길 만져 봐."

"정말 술 취했나 봐?"

옥란이 얼굴을 붉히고 가슴을 더욱 좁혔다.

"그런 게 아니고. 심장의 박동을 만져보란 말이야."

동규가 왼쪽 남방 옷깃을 젖혔다. 남방 윗주머니 부분의 안쪽에 작은 주머니가 나타났다. 흰색 바탕에 하늘색 체크무늬 남방 안쪽에 덧붙인 주머니가 흰색 천이었음과 얇은 여름옷에는 부적합한 굵은 무명실로 얼기설기 꿰어 붙였다는 것에 픽 터지는 실소를 옥란은 가까스로 참았다. 동규가 호주머니에서 무엇인가를 뒤적뒤적 꺼냈다. 황색종이였다. 주위를 둘러보고 종이를 탁자에 펼쳤다. 황색 종이에 빨간색으로 글씨 같기도 한 무엇이 그려져 있었다.

"이게 무언지 알아?"

옥란이 똥그란 눈으로 종이를 내려다보았다.

"이게 뭐야? 그림 같기도 하고, 한자를 전서체로 쓴 것 같기도 하고…."

"정말 몰라? 이런 거 처음 봤어?"

"그렇다니깐. 가만있어봐. 이거 무슨 글씨인데?"

옥란이 종이를 요리조리 방향을 바꿔가며 호기심을 키웠다.

"부적"

"부적이라고 이것이?"

옥란이 손을 얼른 거두고 어깨를 한차례 후들거렸다.

"여기다 똥이라도 발랐어?"

동규가 피피 웃었다. 옥란이 조심스럽게 부적을 다시 살폈다.

"내 심장이 쉬지 않고 뜀박질하는 여기에 붙이고서 이십 년을 살았어. 아버지가 돌아가신 열 살부터."

가슴에 오른손을 얹었다. 부적을 조심스럽게 꺾어 접어서 안주머니에 넣고 단추를 다시 꿰매었다.

"아버지가 돌아가셨을 때 우리 육 남매는 돼지우리처럼 바글바글 쌈질이나 하는 철부지였지. 어머니는 아버지를 잃은 슬픔보다 우리를 키워내야 할 암담한 현실에 밤마다 몰래 우셨어."

동규가 소주병을 들어 잔에 따랐으나 빈 병이었다. 술을 더 달라고 주인에게 술병을 휘저었다. 주인이 다가왔을 때 옥란은 자리를 털고 일어서서 동규의 팔을 잡아끌었다. 아쉽게 끌려 일어서는 동규는 아까와는 달리 멀쩡해 있었다. 동규가 옥란의 부축을 털어내고 문으로 걸어갔다. 그날 동규는 술을 입에 대지도 않는 옥란을 끌고 다니며 곤죽이 되도록 마셨다. 옥란은 하품을 빡빡 질러가며 동규의 주절거림을 들었다. 옥란은 동규의 가슴에서 꺼내어졌다가 다시 갈무리된 부적을 뇌리에서 떨치지 못했다.

"부적을 믿어?"

"부적을 믿는다기보다…."

"그럼 흉측스럽게 왜 지니고 다녀?"

"흉측스럽다고?"

"요즘 세상에 누가 부적을 갖고 다녀? 자기 전공이 전자공학이잖아. 학생들에게 과학적 논리를 강의하는 선생님의 품에 부적이 숨어 있다니. 후후 웃겨 정말."

옥란의 조롱에 동규는 화가 났다.

"난 지금까지 이 부적을 믿어 본 적도 안 믿어 본 적도 없어. 그냥 어머니가 옷을 살 때마다 주머니를 만들어주시니까 넣고 다닐 뿐."

"꼭 그래야 하나?"

"가전제품을 구입했을 때, 이를테면 사십 인치 텔레비전을 샀을 때, 스페어타이어처럼 여벌로 더 끼워진 퓨즈 같다고나 할까? 아님 어느 날 갑자기 손등에 돋아난 사마귀라고나 할까. 부적이 뭔지도 모르던 열 살 무렵부터 내 몸의 일부였어. 약간의 거부감도 없어."

"믿지 않으면 버려. 지금부터라도."

"어머니의 믿음이야."

"믿음이야? 미신이지."

"당신에게는 미신이지만 어머니에게는 굉장한 믿음이셔. 어머니가 받들어 모시는 걸 내가 도와드리는데 뭐가 잘못이야?"

동규가 부적이 숨겨 있는 가슴을 주먹으로 탕탕 두드렸다.

"동규 씨가 잘되라고 부적을 품고 다니는 게 아니라, 어머님을 위한 것이라는 말 아냐?"

"그렇게 생각할 수도 있지. 어머니는 자식이 당신의 믿음에 따라준다는 그 하나만으로도 엄청난 마음의 안정을 찾으셔. 그걸 아는 우리 육 남매는 철저하게 지켜드리니까."

"나 교회에 나가는데. 동규 씨 어머니 아심 쫓겨나는 거 아냐? 혹시."

"그럴지도 모르지."

"뭐야? 난 어떻게 해?"

옥란이 궁둥이를 들썩이며 호들갑을 떨었다.

"흐흐 문제 될 게 하나도 없어."

"문제 될 게 없다니? 동규 씨. 이건 장난이 아니야. 술에 취해서 얼버무릴 문제가 아니라고? 이 상황에 웃음이 나와?"

옥란이 겁먹은 표정을 지었다. 동규는 두 팔을 내저으며 걱정하지 말라고 했다.

"내가 부적을 여기에다 붙이고 이제껏 살았어도 믿지는 않잖아. 잘 생각해봐. 옥란이 시어머님께 조금만 양보하면 돼."

"조금만 양보를 하라니? 무슨 소린지 도통 모르겠어."

"흐흐. 역시 바보군. 결혼 후에도 교회 계속 나가고 싶으면 나가란 말이야. 어머님이 오실 때만 잠깐 안 그런 척 참아주면 될 거 아냐? 정월 대보름마다 내놓으실 부적을 황송하게 받아주면 더욱 좋고. 어머님 성격에 우리랑 붙어살자고 하지도 않을 테고. 또 시집가는 날 묻지도 않는데 어머님 저 교회에 나갑니다. 스스로 일러바칠 건 아니잖아?"

"그건 그래. 그렇지만."

"나는 옷마다, 심지어 교복까지 속주머니를 만들어서 삼십 년 가까이 이 물건을 지니고 다녔어. 그 덕분에 내가 시골에서 이만큼 컸는지도 모르지만."

술에 취한 동규를 자취방에 눕히고 집에 돌아온 옥란은 잠 한숨 이루지 못했다. 내장을 뜯어내듯 속주머니에서 꺼내 놓았던 부적. 부적 종이가 뇌리에 덮여 괴이한 형상의 문자가 애벌레로 엉금엉금 기어 다녔다.

밖은 어느덧 밝아 있었다. 옥란은 어머니의 전화를 잊은 채 얕은 코를 골며 잠들었다. 화장대 위에 나란히 놓인 성모상과 성모상의 묵주와 옥란이 세례를 받을 때 선물로 받은 굵은 양초를 장롱에 감추었다. 벽에 걸린 십자고상도 감추었다. 누웠으나 좀처럼 잠깐의 잠도 이루지 못하리라는 예감이 정신을 또렷하게 몰아갔다.

바로 그 날은 토요일 오후였다. 옥란과 점심 무렵에 만나 저녁을 먹고 자취방에 들어갔다. 어머니가 침침하게 앉아 기다리고 있는 것이 아닌가? 소나기를 만난 듯 아연해서 어쩐 일이시냐고 물었다. 분명 어느 계집이 있으니 네가 집엘 오지 않는 것이 영락없다. 그래서 당신 눈으로 직접 보러 왔다는 것이 아닌가?

"기별이나 주고 오시지요."

"군소리 말고 불러라. 토요일인데 해 저물어 들어오는 것으로도 다 짐작하고 있다."

어머니가 충분히 눈치를 채고 있음을 직감했다. 사내 혼자 사는 방안이 깨끗하게 정돈되어 있음과 빨래가 단정히 걸려 있음으로부터 어머니는 여자의 손길이 오늘 오후에 스쳐 갔음을 알고 있었다. 옥란이 퇴근을 하자마자 달려와서 쓸고 빨고서 함께 밖으로 나간 사이에 어머니가 들이닥쳤다.

동규는 밖으로 나와 옥란에게 전화했다. 옥란이 공중전화부스 앞에서 서성거리는 동규에게 달려왔다.

"준비도 안 됐는데 갑자기 오심 어떡하란 말이야?"

옥란이 발을 동동 구르며 부적을 떠올렸다.

"어머니 무서워?"

"별소리 다 하고 있네. 들어가서 인사나 드려."

"나 교회 다닌다는 말 안 했지?"

동규의 손에 끌려오는 옥란의 팔이 가볍게 떨었다. 옥란을 처음 대하는 어머니의 표정은 근엄했다. 옥란이 문턱을 간신히 넘어 머리를 조아렸다.

"너는 이리 앉아라."

어머니는 동규가 옥란과 나란히 앉는 것을 막았다. 다짜고짜 동규 앞가슴에 손을 찔러 부적을 찾았다. 부적이 확인되자 어머니는 시선을 옥란에게 옮겼다.

"띠가 무엇이냐? 올해 나이는 얼마인가?"

"쥐띠에 스물아홉이에요."

옥란이 간신히 말하고 고개를 푹 꺾었다.

"우리 동규에게 한 살 터울이 좋다니까 나이는 상관이 없군. 교회는 나가는가?"

"아니에요."

옥란이 기다리고 있었다는 듯 흠칫 놀란 큰 소리로 얼른 대답했다.

나이가 많다고 타박하지 않음이 다행이었다.

"교회에 다니는 며느리는 얻을 수 없다. 앞으로도 명심해야 한다."

어머니는 그 자리에서 옥란에게 생년 생시를 쓰게 했다. 옥란이 슬쩍 밀어 놓은 종이를 어머니는 꼬깃꼬깃 적어서 괴춤에 찔러 넣었다.

"오늘 대면했다고 며느리가 된 것은 아니다. 내 입에서 확답이 있을 때까지 행동거지에 조심해야 한다. 남녀관계는 여자 쪽에서 목숨을 걸구 조심해야 한다."

동규는 어머니의 속뜻을 알아차렸으나 옥란은 어안이 벙벙했다. 생년 생시로 점도 치고 사주도 찬찬히 뜯어보고서야 혼인의 가부를 통보하겠다는 뜻이었다.

"싹싹하게는 생겼다. 허리 모가지가 그래서 아기는 낳겠냐? 입술도 문종이처럼 얇아서 잘 떠들기는 하겠구나."

옥란이 돌아가고 관상 점을 털어놓는 것을 어머니는 잊지 않았다.

"요즘 여자들은 허리 가늘어지려고 밥도 굶고 살아요."

"여자 허리는 절구 허리처럼 단단하고 엉덩이가 바위처럼 팡파짐해야 한다. 입술도 두툼해야 형제간에 우애 안 끊기고. 입술이 구덩이나 쑤시는 못난 강아지처럼 빼쪽하고 엉덩이가 똥그란 계집은 성깔이 깔끄러워 못 쓰는 법이다."

옥란을 경황없이 만나고 내려간 어머니가 이튿날 전화를 했다. 사주가 썩 좋은 건 아니지만 그렇다고 패가망신하게 나쁜 것도 아니니 관계를 끊어 볼 수는 없느냐는 것이었다. 동규가 일언지하 거절했다.

"그날 둘을 보아하니 이미 헤어지기는 어려운 것 같더라만. 둘 사이에 흉한 일이 없으면 그만 헤어져야 하겠다."

"별일이 있어서가 아니라. 패가망신할 정도로 나쁜 것이 아니라니. 허락해 주세요."

"그렇기는 허다만 기왕지사 다홍치마란 말도 있다. 찰떡으로 척 달라붙는 궁합의 여자도 어딘가에 있을 것이다. 정말 떨어질 수 없냐?"

"절대 떨어질 수 없어요."

"액땜하고서 새 식구를 얻어야 하니 내달 초사흘 날에 둘이서 오너라."

옥란은 우선 안도했다. 동규가 부적을 군소리 없이 지녀온 것처럼 자신도 의미 없이 응해만 준다는 일념으로 미래의 시댁으로 내려갔다. 어머니는 동규와 옥란의 꼭지 머리칼 몇 올과 또 망측하게도 입고 있던 속옷을 요구했다. 옥란이 아연실색해 꽁무니를 빼다가 냄새가 잔뜩 밴 그것이 꼭 있어야 한다는 어머니의 성화에 결국은 벗어내려야 했다. 어머니는 끊어 낸 머리칼과 속옷을 들고서 단골 무당네로 달려갔다. 동규와 옥란은 무당네로 같이 가야 한다는 억지소리 없음에 안도하고 홑바지로 되돌아왔다. 해괴한 액땜 의식을 거친 후 동규와 옥란은 결혼식을 올렸다. 첫날 옥란은 절대로 교회에 발을 들여놓지 않겠다는 결의를 시어머니 면전에 표출해야 했다.

흡족한 어머니는 매년 정월 보름마다 새로운 부적을 들고 왔다. 동규의 상의마다 부적 주머니가 달려 있는지를 확인하는 것도 잊지 않았다. 묵은 부적을 함부로 해서는 안 된다며 되받아 갔다. 시어머니의 그런 수선이 자식을 위하려는 순박한 은혜라는 위안으로 옥란은 교회에 발을 끊었다. 자신은 제쳐놓고 동규에게만 부적을 안겨주는 것에 서운함마저 느꼈다.

아주 난감한 상황이 발생했다. 옥란이 몰라야 할 또 하나의 부적을 어머니가 건네주었다.

"아비는 불인데 어미는 물이다. 맞부딪히면 너한테만 큰 사단이 생긴다 하니 어쩌겠느냐."

불이 물에 절대로 쓰러져서는 안 되겠다는 비장한 부적이었다. 부적이 옥란 몰래 숨겨져 있어야 할 장소가 기괴했다. 옥란이 알지 못하는 곳이면서 가장 가까운 곳이었다. 어머니의 놀라운 발견에 탄복하지 않을 수 없었다. 서툰 넘겨잡기로 얻어낸 알량한 돈푼으로 끼니나 간신히 허우적거리는 무당의 영특한 간계였는지도 모르는 일이었다. 어머니의 귓속말대로 장판을 걷어내고 문제의 황색 종이를 깔았다. 밤마다 둘만의 이부자리가 펴져 나란히 누웠을 때 옥란이 눕는 자리였다. 부적문자의 상향이 옥란의 머리를 향하고 위치는 옥란의 배꼽쯤에 해당하는 자리였다.

"어쩌겠냐. 어미의 기를 잡아놔야 아비가 온전하게 사지가 멀쩡하다는구나."

옥란이 교회까지 발을 끊으며 어머니에 동조를 해주고 있다지만 장판 부적은 숨겨져야 했다.

옥란이 낌새를 전혀 모른 채 첫째와 둘째를 낳았다. 몰래 부적을 장판 밑에 숨긴지도 오 년이 흘렀다. 여섯 번째 부적이 당도했을 때, 동규는 자식들도 얻고 이만큼 사니 그 부적만큼은 옥란이 알기 전에 그만두자고 간청할까 망설였다. 삼대독자의 병약한 몸으로 육 남매만 어머니에게 등짐 지워 놓고 저세상으로 가신 아버지가 떠올랐다. 아버지가 살아계셨더라면, 등에 대롱대롱 매달린 자식이 둘이나 셋만 되었어도 어머니는 이토록 부적에 목을 매지 않았으리라.

육 남매를 혼잣손으로 키워낸 어머니의 역경은 언제 어디서 떠올려도 눈물을 쏟게 했다. 맏이인 동규는 기를 쓰고 대학을 졸업했다. 목숨 부지하기에 알맞은 땅뙈기나 파서 대학등록금을 낸다는 것은 불가능했다. 농사를 지으면서 생겨나는 것은 모두 상품으로 만들어졌다. 고구마 잎사귀와 깻잎과 김장 찌꺼기들은 틈틈이 묵나물이나 시래기로 갈무리되었다가 백 원 혹은 삼백 원의 뙈리로 시장에서 팔렸다. 꼬깃꼬깃 모은 잔 푼이 동규의 책값과 버스 삯이 되었다. 동규의 대학진학으로 한 살 터울 다섯의 동생들이 연쇄적으로 학업을 포기했다. 동생들이 공장에 취직해서 받은 돈은 동규의 등록금이 되었다. 맏이인 동규를 생각하는 동생들의 마음은 각별했다. 아버지가 없는 집안의 구심점은 당연히 불쌍한 어머니였다. 동규의 성공이 어머니의 유일한 기쁨이라는 사실을 조숙하게 깨달았다. 어머니를 모시고 땅을 파먹는 막내만 빼고 짝을 만나서 그럭저럭 살고는 있으나 동규 가슴에는 그들의 존재가 다섯 가닥으로 아리게 새겨진 문신이었다.

잠깐 누웠었는데. 깜빡 잠이 들었었던가. "아빠, 아빠 그만 일어나시래요." 두 녀석이 어깨를 흔들었다. 해마다 어머니 부적을 방바닥에 깔아 놓고 살아선지 녀석들이 이만큼 탈 없이 장성했구나. 벌써 아홉 시를 알리는 시계를 보며 남은 잠을 털었다. 빛살이 방안으로 쏟아져 들어왔다. 눈물이 찔끔 솟도록 강렬한 빛살이 쏟아지는데 방바닥이 받아내는 양은 똑같았다. 이 겨울에 또 새것의 부적을 쥐고 어머니가 저 빛살처럼 쉼 없이 오고 있었다.

네 식구가 소파에 모여 앉았다. 식탁에는 어머니를 기다리는 옥란의 성찬이 진열되었다. 동규는 옥란의 표정에서 어떤 비장함이 나타나지 않기를 고대했다.

"엄마, 할머니 오실 때 안됐어?"

"다됐다. 금방 오실 것이다."

"할머니께 우리 성당에 나간다는 말 하면 안 되지. 엄마."

막내가 말했다. 성당에 교리 받으러 다니기 시작하면서 녀석들에게 철저하게 세뇌를 시켰다. 어머니와 다른 신을 믿으면서 불똥을 피하겠다는 심사였다.

"밥상머리에서 기도문을 낭송하지는 않겠지?"

"은혜로이 내려 주신 음식과 우리 식구에게 주께서 강복하심을 기도하지 말란 말이군요?"

"오늘만 참아줘. 전지전능하시다는 천주님을 잊어달란 말이야."

"성모상과 십자고상은 어디에다 치웠어요?"

"정말 일을 낼 셈이야?"

"왜요? 시어머님과 종교전쟁이라도 벌어질까 그래요?"

"농담 그만하고 오늘만은 제발 참아줘 응?"

어린애처럼 간청하는 동규에게 옥란이 후후 웃었다. 옥란의 웃음에 다소 안심이 되었으나 심기가 계속 흔들림은 어찌할 수 없었다.

장판 밑의 그것이 옥란의 눈에 들통이 난 것은 작년 정월 보름이었다. 아홉 번이나 실수 없이 장판 속에 감춰졌던 부적이 어느새 확연한 흔적을 만들어 놓고 있었다. 예년처럼 어머니가 방문을 삐죽이 열고 부엌의 옥란과 방안을 동시에 감시하는 사이 동규가 장판을 걷어 올렸다. 옥란이 갑자기 방에 들이닥쳤다. 동규가 그것을 제 위치에 깔고 막 장판을 덮는 순간이었다. 가로막는 어머니를 밀치고 문턱에서 얼어붙은 옥란을 본 동규가 자신도 모르게 들고 있던 장판을 놓아버렸다. 장판이 제자리에 깔리면서 먼지가 풀썩 일었다. 옥란이 다짜고짜 장판을 획 뒤집었다. 부적이 날아올라 펄럭였다. 토지대장에 인감도장을 찍은 듯 흔적이 뚜렷이 있었다.

방바닥에 확연한 자국에 옥란은 굉장한 배신감으로 몸을 떨었다. 자신만 속절없이 긴 세월 동안 소외당했다는 분을 억제하지 못했다. 옥란이 어머니 면전에서 눈물을 흘렸다. 잠깐의 얼떨함을 털어버린 어머니가 외려 옥란을 몰아세웠다.

"정초부터 집안에 여인네 울음이라니? 집안에 부정이 들까 무섭다. 썩 눈물 거두지 못할까?"

녀석들이 방에서 나왔다. 옥란이 얼굴을 싸매고 눈물을 펑펑 쏟았다. 녀석들이 옥란의 겨드랑이에 붙어 눈물을 글썽거리자 어머니가 입에 물었던 말을 꿀꺽 삼키고 안방으로 은거했다. 눈물을 훔친 옥란이 동규의 팔을 잡아 방안으로 끌었다. 어머니는 억지로 상기된 얼굴을 꼿꼿이 들고 있었다.

"아비야, 올해는 각별하게 조심을 해야 하겠다."

옥란이 들으란 듯 내뱉는 어머니의 음성이 냉랭했다. 옥란이 어머니 면전에 다부지게 대좌했다. 난처해진 동규가 멀찍이 앉았다.

"어머님 앞에서 눈물 보인 건 죄송해요. 그렇지만…."

"여자가 어찌하여 정초부터 곡성을 낸다니? 그것도 시어미 면전에서. 시어미가 죽기라도 바라는 거냐?"

옥란이 말을 꾹 삼켰다. 판단 불가능한 옥란의 감정에 동규가 숨 막힌 듯 버둥거렸다. 바람 한 점에도 마디가 와르르 무너져 내릴 듯 위태롭게 부들거리는 옥란의 목울대에서 또박또박 한 음절씩 간신히 끊어져 나온 음색은 의외였다.

"아범이 어머님께 자식이듯이 제게는 하늘 같은 지아비예요. 지아비가 잘되라고 하시는 일을 제가 알면 뭐가 덧나나요? 저만 쏙 빼놓고 모자분이 그러시는 게 속이 상해서 눈물을 보였는데. 어머님 저로서는 서운해요."

"고마운 네 마음 안다. 잘되라고 그러는 것이니 이해해라. 어느 집이든 그 집 기둥이 잘못되면 모두 다 여자한테 화가 쏟아지는 것이다."

그것으로 끝을 맺지 않았다. 부정이 탔으니 일간 보내는 것으로 감쪽같이 바꿔 넣어야 헌다. 동규에게 일러놓고 어머니가 내려갔다. 옥란이 참았던 분통을 동규에게 쏟아댔다. 부적이 어째서 그 긴 세월 동안 자신의 몸뚱이 밑에 깔렸어야 하는 것부터 캐기 시작했다. 동규는 조금도 숨길 염치가 없었다. 전부 자신과 어머니의 부끄럽기 짝이 없는 흠집을 헤집는 것이었지만 사실대로 털어놨다. 자신을 저해하는 부적을 깔아 놓은 것도 모르고 살을 맞대고 살았다며 옥란이 밤마다 동규를 뿌리쳤다.

부적이 등기우편으로 날라 왔다. 대필을 하여 몇 자 적혀왔다. 며느리에게 잘해주란 얘기와 꼭 바꿔 깔 것이며, 함부로 하지 말고 간직했다가 내려올 때 가져오란 내용이었다. 부적을 옥란 앞에 놓았다. 옥란의 처분만 바랄 뿐이었다.

"없는 귀신을 구 년 동안이나 방안에 끌어들인 결과와 뭐가 달라?"

옥란은 방바닥에 깔렸던 것과 새로 부쳐온 것을 함께 포개어 착착 접어 봉투에 넣었다. 신발장 안쪽에 테이프로 고정했다. 시어머니가 올 때만 깔아서 눈 가리고 아웅하겠다는 심사였다. 성당에 나가기 시작하였다. 처녀 때는 기독교를 믿었었다. 부적에 항거할 만한 다른 무엇에 철저히 함몰되기 위해서 교리를 엄중히 하는 천주교에 귀의하겠다고 했다. 교리에 임하는 각오는 비장했다. 비가 오나 눈이 오나 한 번의 빠짐없이 교리에 참석했다. 동규는 옥란에게 아무 말도 해주지 못했다. 옥란의 신앙 심도를 지켜만 볼 따름이었다. 또래의 신도들이 거실에 앉아 찬송가를 부르고 기도를 하였다. 동규는 안방에서 그들의 신앙 행위를 거역할 수 없는 순리처럼 묵과했다. 옥란이 세례를 받았다. 데레사로 다시 태어났다. 두 녀석도 세례를 받았다. 세례를 받고서 옥란의 신앙은 더했다. 끼니마다 기도를 올렸다. 주일마다 두 녀석을 데리고 미사에 참석했다.

"여보, 부적 없애면 안 될까?"

"큰일 날 소리."

"기도를 올려도 개운하지 않아요. 신발장 안에 있는 그것이 자꾸 걸려요.”

“어머님이 아시면 날벼락 떨어져.”

동규는 옥란이 그것을 요절내리라고는 생각하지 않았다.

“조선 천지 인간들이 죄다 서울에만 몰려 사는가 보다.”

어머니는 여느 보름날의 상경보다 삼십 분 늦었다. 식탁에 옥란이 준비한 음식이 정돈되었다. 두 녀석이 식탁으로 달려들었다. 옥란이 앉자 녀석들이 눈치를 흘끔거렸다. 습관처럼 수저를 들지 않고 누군가의 입속에서 기도문이 암송되길 기다렸다. 짧게 정적이 흘렀다. 동규의 등줄기에 식은땀이 솟아났다.

“어머니 드세요. 너희들도 얼른 먹어라.”

옥란이 식탁에 갈린 어색한 분위기를 털어냈다. 동규는 청아한 음색이 귓속에 꽂히는 착각으로 갑자기 맑아짐을 느꼈다.

몰래 들춰본 장판의 상황 때문이었을까?

“인제부터 거실 바닥에 모셔야 하겠다. 손자도 이만큼 성장하였으니 식구가 몰려 있는 바닥에 요것이 진을 치고 있어야 집안에 우환이 없을 게다.”

새로운 부적이 거실 바닥에 깔렸다. 가족이 포근히 둘러앉은 거실의 밖에는 날을 곤두세운 칼바람이 이따금씩 심술처럼 불어 다녔다. 거실 유리벽을 뚫고 들어 온 정월 대보름 햇볕은 아무 일 없는 듯 따사했다.

달랏에서 온 형수

형수가 형을 버린 것일까? 걸음걸이가 뒤뚱거릴 정도로 툭 불거져 나온 아랫배를 끌어안고 마을에서 나간 것일까? 읍내 병원에서 알려준 형수의 출산 예정일이 오늘이었다. 형수는 밥상 앞에 앉을 때도 오른손을 옆구리에 짚고 왼손도 바닥에 짚어야 몸을 놓을 수 있었다. 그런 몸으로 읍내에 나가서 서울로 가는 버스를 탔을 것이라는 작은아버지의 말을 영기는 받아들일 수 없었다.

어둠이 낮게 드리우는 안개를 품고 마을로 들어왔다. 보리 이삭에 오물거리던 빛이 외등으로 모여들었다. 안개가 서린 마루는 차고 시렸다. 안방에 든 어머니의 얕은 숨소리는 물론 옮겨 짚는 손바닥의 마찰음까지 온전하게 들렸다. 손아귀에 발목을 쥐고 등을 굽혀 동글동글한 몸으로 어둠의 징검다리를 건너고 있음이 눈에 선했다.

영기의 시선이 어머니가 벗어 놓은 신발에 닿았다. 플라스틱 신발이 분명한데 고무신처럼 신축성이 있는 것이 겨우 한 줌으로 쥔 애호박처럼 작았다. 사랑채에서 짐승처럼 흐느끼는 형도 외발로 선 고양이처럼 잠을 받아들일 수 없음이 분명했다. 영기도 잠의 기운은커녕 신경이 벼린 칼날로 곤두섰다.

외등에 비친 안개 입자가 느릿하게 떠다녔다. 푸른 애벌레가 갉아먹는 배춧잎을 고막에 넣은 듯 생각이 사각거리며 흩어졌다. 곧 어둠이 벗겨지면 곡우 무렵부터 활공을 시작한 제비가 보리 수확이 분주한 하늘을 메울 터였다.

영기는 초상집에서 사흘 밤을 지내고 새벽에 돌아왔다. 어머니가 아침상을 차렸다. 형수는 옆구리에 손을 얹고 어머니에게 몹시 미안한 표정을 지었다. 어머니는 삼신할미가 노기를 품을지도 모른다며 영기의 코앞에 종주먹을 흔들었다. 어머니는 영기에게 종주먹을 흔들 처지가 아니었다. 영기는 어머니의 남동생인 외삼촌의 장례를 치르고 왔다. 남동생이 죽었는데 어머니는 전화 한 통화만 넣고 가지 않았다. 형수의 해산이 임박했기 때문에 잠시도 마을에서 나갈 수가 없다고 어금니를 물었다. 초상집에 다녀온 몸으로 산모와 갓난아기를 돌볼 수 없다고 말했다. 영기를 장례에 보내 놓고서 수건으로 입을 틀어막고 통곡을 한 듯 눈자위에 핏발이 서렸다.

입맛이 없다는 형수에게 어머니는 밥공기를 모두 비우라고 강요했다.

"배 속이 빵빵해야 뱃심을 쓴다. 아 낳는 일이 이승에서 가장 큰 고통이다."

어머니는 프라이팬에다 삼겹살을 노릇하게 구웠다. 형수의 밥 수저에 올려 주며 형의 눈물을 글썽이게 했다.

아침상을 물리고 어머니와 형이 서리태를 심는다고 밭으로 갔다. 초상집에서 밤을 새운 영기는 잠자리에 누웠다. 잠이 거침없이 몰려왔다. 발과 손에서 저림이 물결처럼 번지더니 늪에 빠르게 침몰하듯 잠 속에 휘말렸다.

서리태를 두렁에 심는 어머니의 손이 가늘게 떨었다. 형수에게 산통이 돌지도 모른다는 우려를 떨치지 못했다. 호미로 일군 구덩이에 서리태가 두 알 심어져야 옳았다. 어머니는 떨리는 손을 감당하지 못하고서 열 알도 넘게 서리태를 구덩이에 흘렸다. 점심 무렵에 집으로 돌아와 보니 형수가 보이지 않았다.

"이 일을 어쩐다니? 산통이 도져 병원에 갔는가 보다."

어머니는 콩을 두렁에 심는 동안 형수가 몸을 풀러 병원에 갔다고 판단했다. 아뜩하게 잠들어 있는 영기를 어머니가 흔들어 깨웠다. 어머니가 형수의 행방을 다그쳤다. 영기는 신경세포의 돌기가 얼어붙은 듯 눈알을 몽롱하게 끔벅거렸다.

뒤뚱뒤뚱 걸음으로 혼자서 병원에 가기란 불가능했다. 누군가 도와주었을 것이라며 마을을 돌았다. 형수를 보았다는 사람은 아무도 없었다. 불길함이 묵정밭에 번지는 불길처럼 가슴에 들어찼다. 형수가 평소에 다니던 의원으로 전화했다. 형수는 오지 않았다. 읍내로 달려간 형이 보건소와 의원을 뒤졌다. 돌아오는 길섶도 샅샅이 뒤졌다. 형수의 행방이 오리무중이었다. 오후 세시가 넘었다. 어머니가 마루에 맥없이 앉았다. 형은 사랑방과 대문 사이를 초조하게 오갔다. 영기는 어머니의 가슴에서 벌렁거리는 소리를 들었다. 형의 입술이 하얗게 말랐다.

작은아버지가 대문에 나타났다.

"며느리가 그여 믿는 발등에다 도끼날을 팍 찍었구먼?"

불길한 예감에 흠씬 젖은 형과 어머니의 심정에 기름을 붓고 성냥불을 긋는 첫마디였다. 영기가 형과 어머니를 곁눈으로 살폈다. 형이 어금니를 물고 입술을 오므려 참았다.

"서방님. 며느리는 그런 사람이 아니오."

어머니가 가슴에서 끓어오르는 것을 목구멍으로 되삼켰다.

"서리태 심으러 밭에 보내 놓고 서울 가는 급행 버스를 탄 것이오. 저쪽 동네 필리핀서 온 며느리가 도망을 갔다는 소리 들어보지 못했소?"

작은아버지가 또 가슴에 못을 박고 걸어나갔다. 작은아버지의 걸어가는 뒷모습이 몹시 부자연스럽게 보였다. 형수와 조카의 가슴에 대못을 박았으니 마음이 편치 않아서 그럴 것이라고 영기는 이해했다.

읍내 쪽으로 산모롱이를 돌면 나타나는 마을에 필리핀에서 온 며느리가 둘이나 살았다. 영기네 마을에 외국인 며느리는 베트남에서 온 형수 혼자였다. 국제결혼상담소의 주선을 받아 필리핀 며느리와 형수가 같은 날에 한국에 왔다. 알 곁는 종달새가 청보리밭에 자맥질하는 작년 사월에 소문으로만 듣던 외국인 며느리가 왔다. 같은 동양인이었지만 생김새가 달랐다. 저쪽 논두렁에 있어도 베트남 사람인 것을 알아차릴 정도로 몸태가 달랐다. 피부색도 여름내 해변에서 뒹굴다 온 사람처럼 가무잡잡했다. 형수가 살았던 곳은 달랏이라고 했다. 관광지로 알려진 곳이어서 형수는 외국인을 흔히 보면서 성장했다. 영기는 처음 들어보는 지명이었다. 인터넷에서 찾아보았는데 고원의 보석이라는 별칭을 갖고 있었다. 곳곳에 호수와 폭포가 흩어져 있고, 사철 푸르른 숲과 정원이 있는 아름다운 곳이었다. 한때 작은 파리로 불리기도 했다. 달랏은 베트남의 예술가들과 아방가르드 인사들이 즐겨 찾는 곳이기도 했다. 국민소득이 낮은 베트남에서 왔다는 선입견과 돈을 주고 데려왔다는 사실을 생각한다면 형수에게서 후진국의 빈곤과 궁핍의 티가 날 것으로 예견되었다. 처음에는 형수에게서 궁핍했던 삶의 일면이 엿보이기도 했다. 새로운 풍습에 익숙해지며 웃음과 행동에서 세련된 모습이 생겨났다. 관광지에서 외국인을 많이 보고 성장한 결과였다.

필리핀 며느리 둘이 콩 튀게 바쁜 가을에 마을에서 없어졌다. 적지 않은 돈을 들여 데려온 부인을 잃은 남편과 가족은 일손을 놓았다. 남편이 국제결혼상담소에 찾아갔다. 이제 갓 스물 넘은 처녀가 무엇을 바라고 언어가 다르고 물맛도 다른 이국땅까지 왔겠느냐. 처녀를 조금이라도 생각했다면 이런 불상사가 생기지 않았을 것이라며 찾아온 남편을 나무랐다. 아내가 먼 산을 하염없이 바라볼 때마다 얼마씩은 처가로 송금하였다고 대답했다. 자린고비처럼 인색하게 대한 것이 잘못이라는 핀잔을 들었다. 사기꾼 꾐에 걸려 경기도 어느 공단에 숨어서 돈을 벌 것이라는 말을 듣고 발길을 돌려야 했다. 필리핀 여자가 배반하면서 형수를 바라보는 형의 눈빛이 달라졌다. 형수도 어느 날 어느 순간에 감쪽같이 사라질 수도 있다는 의구심 짙은 눈초리였다. 형수가 눈물을 글썽였다. 자신을 믿지 못하는 시선에 대한 서운함이었다. 형의 초조와 형수의 서운함에 작은아버지가 돌을 던졌다.

"나는 베트콩을 절대로 믿을 수 없다. 보리밭에 똥 싸는 개는 믿어도 빨갱이는 눈에 흙이 들어가는 순간까지 믿을 수 없다."

작은아버지는 월남전에 파병되었던 기억을 되살리며 형수도 베트콩과 다름없다고 여겼다. 형수가 베트남에서 왔다고 공산당일 수는 없었다. 민주국가와 공산국가로 이분 되는 이데올로기는 해묵은 과거가 되었다. 작은아버지도 그런 사실을 알면서 못마땅한 티를 낼 때마다 공산당을 들먹였다.

"서방님도 딸자식 둘이나 곱게 키워서 여읜 처지이니 조카를 생각해서라도 그런 말은 당최 마소."

어머니는 형수를 삐딱한 시선으로 보는 작은아버지가 못내 서운했다. 작은아버지에게 서운한 감정이 솟아도 심한 말은 삼갔다. 아버지가 일찍 돌아가시고도 농토 유지하며 사는 것도 같은 마을에 사는 작은아버지의 도움이 컸다.

"형님이 서른에 저승문지방을 넘어갔으나 아들을 둘이나 낳아 놨으니 조상님에게 부끄러움은 없을 것이오."

작은아버지는 아들을 두지 못했다. 아들 욕심에 여섯을 낳았으나 모두 딸이었다. 맏딸과 둘째는 짝을 맺어주었고, 아래로 넷이 학교에

다녔다.

"서방님은 장성한 딸이 손자를 셋이나 안겨주었으면 되었지 아들 시샘이 아직도 남아 있습디까?"

어머니는 외손자를 셋이나 둔 작은아버지가 부러웠다.

"출가외인이 감가네 제사상에 제삿밥을 얹기나 하겠소? 형수님은 부러워할 것을 부러워하시오."

작은아버지는 어엿하게 성장한 영기 형제를 대견하게 여겼다.

"조카 둘이 장가를 가서 아들을 낳아야 나도 저승문지방 넘어가면 제삿밥을 얻어먹을 거 아니냐?"

영기 형제가 결혼해서 대를 이어야 한다고 입버릇처럼 말했다. 작은아버지는 조카며느리 될 사람이 베트남 여자임을 알고서 불쾌한 심기를 가슴에 심었다. 형이 국제결혼상담소에 계약금을 건네자 술에 취해 행패를 부리기도 했다. 워낙 강골이라서 칠순이 넘은 몸이 꼬장꼬장했다. 성깔도 괄괄했다. 크지도 않은 몸으로 옹골차서 지팡이는커녕 부삽을 항시 들고 다녔다. 작은아버지의 손에서 떠나지 않는 부삽은 자루가 매초롬하게 도리께 자루처럼 길었다. 자루에 손바닥 기름이 묻어서 반질반질했다. 작은아버지의 남은 목숨보다 더 오래 버텨낼 것처럼 단단해 보였다. 삽날도 여느 삽보다 폭이 좁으면서 십 센티미터쯤 길었다. 논둑에 앉아서도 자루 끝을 쥐고 물고에 쌓인 덤불 부스러기를 긁어낼 수 있었다. 논 임자가 누구든 논고랑에 물 흐름이 막히면 삽질을 해야 하는 성격이었다.

그날은 형수를 데리러 베트남으로 떠나는 전날이라서 집안이 부산스러웠다. 형이 읍내서 맞춘 양복을 찾고 이발도 했다. 비행기 타고 가서 결혼식을 올린 후 비행기를 타고 오는 과정을 거쳐야 했기 때문에 베트남 형수가 집에 오려면 열흘은 더 있어야 했다. 어머니는 내일이라도 며느리가 올 것처럼 영기를 붙들고 청소를 했다. 외양간에서 나온 거름을 모두 밭으로 내서 두엄더미가 없어졌다. 며느리에게 허리 꼬부려 부엌일을 시킬 수 없다며 솥을 들어내고 싱크대를 놓았다. 형이 양복에 넥타이를 매고서 어색하게 거드름을 피웠다. 허수아비에 옥양목 저고리를 입혀놓은 듯 양복이란 것이 형에게 어울리지 않았다. 얼굴과 목이 검게 그을렸는데 뽀얀 와이셔츠를 입었다. 숯검정 막대에다 비단 실타래를 감은 듯 어색했다.

외양간에 묵은 짚을 갈아주던 영기가 비칠비칠 걸어오는 작은아버지를 먼저 보았다. 마당으로 들어오는 작은아버지는 이미 거나하게 취한 상태였다. 예외 없이 부삽이 손에 들려있었다. 발을 디딜 때마다 뒤뚱거리는 것으로 보아 취기가 정도를 넘었음을 직감했다.

"형수님은 노망이 나셨소?"

작은아버지가 마당 가운데 버텨 서서 소리를 쩌렁 질렀다. 부엌 청소를 마치고 마루에 걸레질하던 어머니는 작은아버지가 본정신이 아님을 한눈에 알아챘다. 그렇다고 문밖으로 박대할 수 없었다.

"해가 아직 벌겋게 떴는데 서방님이 고주망태가 되었네요? 시집간 조카에 좋은 소식이라도 있어요?"

어머니가 황급히 마당으로 내려와 작은아버지를 맞았다. 어머니는 작은아버지가 형에게 트집을 잡으러 왔음을 지레짐작했다.

"형님이 저승문지방에서 통곡하실 일이 생겼는데 내가 술을 안 먹을 수가 없지요."

돌아가신 지 삼십 년이 넘은 아버지가 저승에서 통곡할 일이 생겼다고 작은아버지가 트집을 잡았다. 어머니가 화들짝 놀라 눈을 똥그랗게 떴다.

"무슨 말씀이시래요? 영기 아버지가 저승에서 통곡할 일이 생겼다니?"

쓰러질 듯 휘청거리는 몸을 부삽으로 지탱한 작은아버지에게 어머니가 물었다.

"형수님이나 저놈 자식 짓거리나 똑같이 미쳐버렸소. 환갑이 넘은 나잇살이 부끄럽지도 않소?"

작은아버지가 넥타이를 목에다 두르던 형에게 부삽을 장검처럼 겨눴다. 작은아버지의 질타를 듣고도 형은 얼굴색을 바꾸지 않았다. 술이 과한 작은아버지를 부축하러 마루에서 내려왔다. 아버지가 돌아가신 후 작은아버지는 집안의 어른이었다. 장조카가 베트남 여자와 결혼한다 하여 속이 상한 작은아버지를 달랠 사람은 형이었다. 낮술로 몸을 간신히 가누며 주정을 하는 작은아버지를 댁에 모셔다드리는 일도 형의 몫이었다.

"해가 중천인데 약주가 과하셨네요? 동네 사람 볼까 무섭습니다. 댁으로 모시겠습니다."

형이 작은아버지의 겨드랑이에 팔을 넣었다.

"시방 네가 동네 사람 무섭다고 말했냐? 나는 조상님이 이 꼬락서니를 보시지 않을까 몸서리가 친다?"

작은아버지가 형의 팔을 후드득 털어냈다. 영기는 푸른 광채를 띠는 작은아버지의 눈빛을 보았다. 부삽에 의지한 몸이 바람맞는 허수아비처럼 흔들렸고, 눈빛이 댓잎을 가르는 화살처럼 섬뜩했다. 살갑게 다가간 어머니도 싸늘하게 쏘아오는 눈빛을 보았다. 눈빛에 찔린 형이 주춤 물러났다. 작은아버지의 표정이 냉동된 석상처럼 굳어졌다. 뒤뚱거림도 없어졌다. 논바닥에 찍어 놓은 부삽처럼 꼿꼿이 섰다. 마당에 서릿발이 우두둑 돋은 듯 냉기가 들어찼다.

"젖먹이 적에 아버지를 여의어서 저렇게 되었는데 누굴 탓하겠소? 변변치 못하게 키운 내 잘못이고 먼저 가신 양반 허물인 것을 어쩌겠소?"

어머니가 작은아버지의 화기를 달래기 위해 돌아가신 아버지의 허물을 입에 담는 영악함을 보였다. 어머니의 영악함은 주효했다. 작은아버지의 꼿꼿하게 굳은 몸이 다시 뒤뚱거렸다. 댓잎을 가를 듯 맵차던 눈빛에 벌건 취기가 다시 돌았다.

"베트콩 여자는 안 된다. 차라리 선화를 데려다 마누라로 삼거라."

어머니도 형도 영기도 눈알이 팽그르르 도는 소리를 작은아버지가 버럭 질렀다. 선화는 작은아버지의 셋째 딸로 혼사가 오가는 중이었다. 공교롭게도 대문에 첫발을 딛던 작은어머니가 황당한 소리를 들었다.

"저 양반이 찢어진 입이라고 개만도 못한 소리를 하시네?"

작은어머니가 작은아버지에게 험담을 쏟으며 어머니의 눈치를 살폈다.

"괘념치 말게. 형님 먼저 보내고 조카를 둘이나 어엿하게 키운 서방님 속이 오죽하면 경우 없는 소리를 하셨겠나?"

어머니가 작은아버지를 두둔하며 작은어머니를 달랬다.

"조카들이 두 눈 말똥한 대낮부터 낮술에 취해서 형수님에게 무슨 행패요?"

작은어머니가 작은아버지의 팔을 부여잡고 대문으로 끌었다.

"내가 개만도 못한 소리를 했다고?"

작은어머니에게 끌려갈 작은아버지가 아니었다.

"그럼. 내가 틀린 말을 했소?"

작은어머니가 팔을 힘껏 잡아당겼다.

"아들도 못 낳는 헛배 주제에 주둥이로 양기가 올라서 말은 참 번지르르하게 한다?"

어머니와 작은아버지 사이의 실랑이가 작은아버지와 작은어머니의 싸움으로 번졌다.

"조카들 앞에서 말본새가 참 멋지십니다? 당신 씨는 짱짱한데 내

배가 글러서 딸년만 여섯이나 낳았단 말이오?"

작은어머니도 턱을 쳐들고 바락 대들었다. 아들 낳지 못했다는 구박 때마다 참았던 설움이 폭발했다. 어머니가 작은어머니를 부엌으로 끌어들였다. 형이 작은아버지를 업고 대문으로 나가서야 다툼이 끝났다.

베트남에서 형수가 왔다. 작은아버지는 마뜩하지 않다는 시선을 접지 않았다. 시퉁하게 말을 던져 형수의 속을 헤집었다. 형수는 작은아버지가 무안할 정도로 사근사근했다.

"암만해도 며느리가 베트남에서 작부 노릇 했는가 보다? 그러지 않고서야 저렇게 웃음이 헤플 수가 있냐?"

작은아버지가 막 도착한 형수의 상냥하고 밝은 얼굴을 트집 잡았다. 가당치도 않은 트집에도 형수는 작은아버지에게 살갑게 웃었다. 혈육을 떠나 이국에 온 조카댁에게 말본새가 어찌 경망스럽냐고 경로당 어른들이 작은아버지를 나무라기도 했다. 같은 시기에 왔던 필리핀 며느리가 몰래 도망을 가는 사태가 발생했다. 갔다. 베트남 며느리도 도망을 갈 것이라는 의심과 작은아버지의 노골적인 비난을 받아내면서 형수가 임신했다. 형수의 배가 불러오면서 형의 얼굴에 화색이 돌아왔다. 어머니도 작은아버지의 우려를 깨트린 며느리가 고마웠다. 그래도 가장 기뻐한 것은 형수였음을 영기는 곁에서 감지했다. 그런 형수가 마을에서 걸어나갔다는 것은 아무리 뒤집어 생각해도 가능성이 없었다.

어둠의 모서리가 조금씩 스러졌다. 고추장독이 외곽선을 드러내면서 회색으로 도드라졌다. 입자로 서성거리던 안개도 바닥을 적시며 몸을 낮추었다. 날이 밝아오는데 형수는 도대체 어디로 갔단 말인가. 영기는 형이 흐느끼다 잠잠해진 사랑방 문을 조심스럽게 열었다. 곱사등으로 얼굴을 바닥에 박은 채 잠이 든 듯 움직임이 없었다. 손에 쥐고 있던 사진이 날려 온 가랑잎처럼 바닥에 놓였다. 열린 문틈으로 들어온 여명이 사진으로 모여들었다. 베트남 달랏에서 찍었다는 형과 형수의 가족사진이었다. 사진 속에 형수의 허리가 잘록했다. 형수의 잘록한 허리에 안고 있는 사람은 형수의 어머니였다. 형은 이방인처럼 멋쩍게 서 있었다. 표정도 웃을 듯 말 듯 어정쩡했다. 사진에서 형이 형수의 신랑이라는 근거를 도무지 찾아낼 수 없었다. 형수의 눈빛이 어둠보다 더 까맣게 반들거리고 있는 것이 아닌가? 깊은 밤 외양간 누렁이의 굵은 눈알에 서리던 공포. 신랑을 만나 기쁨과 환희에 젖어 있어야 할 신부의 동공에 두려움이 까맣게 반들거렸다. 형수가 이국땅에서 겪어야 했던 낯섦과 서글픔이 사진의 눈동자에 오롯이 담겨 있었음을 영기는 처음 보았다.

형의 꼬부라진 등이 꿈틀거리며 얼굴이 방바닥에 밀렸다. 영기는 형을 바로 누이려다 그만두었다. 어깨에 손을 얹으면 새벽녘에 간신히 잠든 슬픔이 살아나 걷잡을 수 없이 몰려들 터였다. 어둠이 밀려나고 새 빛이 발갛게 일어서는 새벽부터 형을 슬픔의 구렁텅이로 밀어 넣고 싶지 않았다. 두려움과 낯섦과 서글픔은 사진 속 형수의 동공에 담긴 것만으로도 충분했다. 안방 문이 열리고 어머니가 밤새 더 굽은 육신을 겨우 내밀었다.

"깨우지 마라."

어머니의 육신이 하룻밤에 십 년쯤은 녹이 슨 듯 목소리에서 쇳소리가 섞였다. 형이 허리를 밟힌 배추벌레처럼 움찔하며 벌떡 일어났다. 마당으로 나와 부엌에 들어갔다. 안방 문을 열어보고 화장실 문도 열었다. 형수가 아침마다 다니는 동선을 차례로 밟은 형이 마루에 풀썩 몸을 놓았다. 어머니의 가슴에서 벌렁거리는 소리가 영기의 귀로 파고들었다. 대문으로 자박자박 걸어 들어오던 형수의 발 디딤 소리가 어머니의 가슴에서 파닥거렸다.

초상집에 다녀온 영기는 자신의 존재가 깨알처럼 작아지는 환상에 젖었다. 제사나 명절을 앞두고 문상을 다녀오면 제사상에 접근할 수 없었다. 죽은 자를 위한 예식에서 문상은 부정한 행위였다. 형수의 출산이 임박했는데 영기가 문상을 다녀왔다.

아침 햇살이 낙엽송에 망사로 내려앉았다. 형은 형수가 밤사이에 아이를 낳았을 것이라며 읍내로 갔다. 어머니는 마을의 누군가는 형수의 행적을 보았을 것이라며 마을 고샅으로 돌고 돌았다. 영기가 형수의 사진을 손아귀에 쥐었다.

"도련님은 한국 여자랑 결혼하세요."

가을에 김장 무를 뽑으면서 형수가 말했다. 뿌리를 튼실하게 영글어낸 무청이 손아귀에 빳빳하게 잡혔다.

"형수님처럼 착하고 예쁜 여자랑 결혼하고 싶어요."

영기가 무청을 손아귀에 쥐고 웃었다. 형수는 영기의 웃음을 받으며 한국 사람은 한국 사람과 결혼해야 한다고 말했다. 토질이 부드러워서 뽑아낸 무의 표피가 개울에서 건져낸 얼음조각처럼 매끄러웠다. 청자색과 순백색의 경계 부분을 손아귀에 쥐고 무를 뽑아 올리며 형수의 말을 곱씹었다. 한국 사람은 한국 사람과 결혼해야 한다면 형수는 베트남에 남아 결혼을 했어야 옳았다. 형수가 무를 뽑아 올리는 손아귀의 힘이 소진된 듯 고랑에 앉았다. 영기가 무의 허리를 뚝 분질렀다. 형수가 화들짝 놀라 걸어왔다. 부러진 단면에서 투명한 무즙이 흘러나왔다. 베어 물면 갈증을 삽시간에 해소하고도 남을 듯 바닥으로 뚝뚝 떨어졌다. 흙에서 생성된 순백의 투명액체를 목격하는 신비로운 순간이었다. 부러진 무의 단면을 바라보는 형수의 눈에서 형언하기 어려운 빛이 묻어났다. 영기는 사진에 찍힌 사람의 눈빛도 변할 수 있다는 것을 깨달았다. 잠든 형의 머리맡에 놓인 사진에서 형수의 눈빛은 낯섦과 서글픔이 오롯이 담겨 있었다. 영기의 손에 들린 사진에서는 무를 뽑으면서 보았던 그 눈빛이 아닌가? "베트남에 남아서 결혼을 해야 했어요." 영기가 사진에 중얼거렸다. 무밭에서 형수의 형언키 어려운 눈빛을 받으며 머뭇거렸던 말이었다.

마을을 샅샅이 뒤진 어머니가 여덟 시에 돌아왔다. 읍내 의원을 모두 뒤진 형이 아홉 시에 돌아왔다. 형수의 행방은 여전히 오리무중이었다. 갓 뽑아낸 달걀 같은 햇덩이가 성큼 솟아올랐다. 햇살이 그림자를 밀어내며 슬금슬금 기어 다녔다. 제비가 보리밭 상공에 떼 지어 날아다녔다. 검은 물방울이 비등하는 듯 제비의 움직임이 어지럽고 혼란스러웠다. 경운기 엔진 소리가 고샅을 지나고 보리밭에서도 굉음을 냈다. 보리 낟알을 털어서 곡식 창고로 운반하느라 마을이 경운기 엔진소음에 묻혔다. 그런데 아침마다 들리던 작은아버지가 오지 않았다. 요즘처럼 밭농사와 논농사의 순서를 가리기 어려울 때는 조반 전에 나타나서 일의 우선순위를 정해주곤 했다. 베트남 여자라서 내키지 않더라도 만삭인 조카며느리가 행방불명이 되었는데 열 시가 넘도록 오지 않음은 도리에도 어긋나는 일이었다. 비록 형수에게 시퉁한 말을 던지곤 했어도 어머니와 형은 작은아버지를 기다렸다. 그런데 작은어머니가 걸어 들어왔다.

"작은조카는 줏대가 난쟁이 똥자루만도 못하냐?"

작은어머니가 대뜸 영기를 나무랐다. 어머니도 형도 영기도 작은어머니의 속뜻을 선뜻 가늠하지 못했다. 속뜻을 안다 해도 대꾸할 기분이 아니었다. 세 개의 초점 흐릿한 시선이 작은어머니를 멀거니 바라보았다.

"작은조카는 형수가 몸 푸는 것을 뻔히 알면서도 초상집에 갔다 왔으니 내 속도 갑갑하다."

형수가 행방불명이 된 것은 초상집을 갔다 온 영기 때문이라며 작은어머니가 독설을 던졌다. 목이 부러진 수숫대처럼 영기가 고개를 꺾었다.

"영기 가슴에 못 박는 소리 말게. 피를 나눈 동생이 저승 문지방을 넘었는데 통곡 한 번 못 한 내가 도리 없는 년이지."

어머니는 며느리가 없어져서 애가 닳았고, 동생의 장례식에 무심했다는 자책감에 가슴이 저미는 중이었다.

멧비둘기가 인기척에 놀란 듯 낙엽송 숲에서 떼 지어 날아올랐다가 곤두박질치듯 숨어들었다. 형수가 숲에 있는 것은 아닐까? 부른 배를 움켜쥐고 고통의 신음을 흘리고 있는 것은 아닐까? 느닷없는 불길한 생각에 영기가 마루에서 벌떡 일어났다. 멧비둘기 떼가 또 하늘로 치솟아 올랐다. 가시덤불 지나 낙엽송 숲을 바람처럼 가르면 형수가 있을 것 같았다.

"갓난아기 나오려고 찢어질 듯 아픈 배를 안고 가시나무 빽빽한 앞산에 올라갔겠느냐?"

마당으로 내려서는 영기를 작은어머니가 불러 세웠다. 순간 영기는 작은어머니를 바라보았다. 작은어머니가 형수의 행방을 알고 있다는 강한 예감이 영기를 휘감았다. 영기의 시선을 받은 작은어머니가 주먹질을 허파에 맞은 듯 헛기침을 토했다. 작은아버지가 그랬던 것처럼 작은어머니도 가슴에 비수를 꽂는 말을 던지고서 돌아갔다.

"형수가 작은아버지 댁에 있는 것이 아닐까?"

영기가 고개를 주억거리며 형에게 말했다.

"조카며느리에게 대나무 꼬챙이처럼 파르르 떨던 양반이 설마 그랬겠냐?"

어머니도 영기의 말을 들었다. 형은 가능성이 좁쌀만큼도 없다는 눈빛을 영기에게 보냈다. 영기는 형수가 행방이 묘연해지고서 마당에 섰다가 나가던 작은아버지의 어줍던 걸음을 떠올렸다. 투박하게만 대하던 작은아버지가 형수를 가족으로 인정했다면 가능성이 있는 추측이었다. 형수가 몸을 풀기 전에 그동안의 비딱했던 언행을 멈추겠다는 선언으로 돌발적인 행동을 취한 것은 아닐까? 작은아버지의 영역에 형수가 존재한다면 방금 다녀간 작은어머니도 공범자였다.

"아무래도 엄마가 작은아버지 댁에 다녀오셔야겠어요."

영기가 어머니를 부추겼다. 어머니가 고개를 절레절레 흔들었다. 경운기 굉음이 갑자기 크게 들렸다. 영기가 반나절의 낮잠으로 수면 부족을 보충하기에는 미흡했다. 몸이 혼미한 나락으로 빠져들었다. 졸음도 까뭇까뭇 몰려왔다. 형이 소주병을 낫자루처럼 움켜쥐고 마개를 비틀었다. 형의 목울대가 울컥거리고 소주가 병에서 쿨렁거렸다. 영기가 졸음에서 후르르 깨어나 소주병을 빼앗았다. 병은 벌써 반이나 비워졌다. 소주병을 빼앗긴 형이 탯줄 끊긴 태아처럼 바닥에 쓰러졌다. 어머니는 손아귀로 발목을 쥐고 곱사등으로 앉았다. 쥐눈처럼 졸망하니 뜨고 골똘한 생각에 잠겼다. 경운기 굉음이 또 크게 들려왔다. 보리 낟알이 소란하게 털리는 소리도 묻혀왔다. 보리 가시가 어지럽게 솟듯 졸음이 또 혼곤하게 몰려왔다. 형의 가슴이 크게 들먹거렸다. 영기는 형의 흐느낌을 예감했다. 다람쥐처럼 옹송그린 어머니를 곁눈질하며 형의 흐느낌을 기다렸다. 예감은 이내 빗나갔다. 가슴의 들먹거림이 잦아들더니 코를 고는 소리가 작게 들렸다. 잠이 유령처럼 몰려와 형을 송두리째 낚은 것이었다. 형의 얕은 코 곪에 경운기 굉음이 아스라이 멀어졌다. 영기도 잠의 늪에 함몰되고 있었다. 꿈을 꾸었다. 보리밭을 거칠게 헤매고 있었다. 보리가 쓰러지고 낟알이 처참하게 떨어졌다. 보리 가시가 살갗에 박혔다. 낙엽송 숲도 마을도 강도 보이지 않았다. 보리밭은 출구가 보이지 않는 미로였다. 한걸음 걸으면 꺾였던 보리 줄기가 튕기듯 일어나 발자국을 지웠다. 보리를 쓰러뜨리며 지나온 길이 없어지고 미로는 계속되었다. 보리 이삭의 갖은 모욕과 놀림과 속임수에 무기력해져 결국 쓰러졌는데, 형수가 보리밭 끝에서 어른거렸다. 몸을 일으켜 한 걸음 내딛자 보리밭이 사막으로 급변했다. 형수가 사막 저 끝에서 가물가물 흔들렸다. 소멸하는 강 안개로 형수의 형체가 사라지는 순간, 영기가 소스라치듯 일어났다. 짧은 꿈이지만 너무 생경하여 가슴이 섬뜩했다. 형도 코 곪을 멈추고 상체를 일으켰다. 영기와 형의 시선이 동시에 어머니가 앉았던 곳으로 모였다. 다람쥐처럼 몸을 동글게 안고 있던 어머니가 보이지 않았다. 영기가 용수철처럼 벌떡 일어섰다. 먼저 걷기 시작한 것은 형이었다. 형이 마당에 왼발을 짚으며 휘청거렸다. 마루에서 잠든 사이 어떤 계시라도 받은 듯 작은아버지 댁으로 곧장 걸어갔다. 보리 낟알을 털어내며 쏟아내던 굉음이 솜뭉치에 흡수된 잉크처럼 사라졌다. 대나무 자로 직선을 재듯 흔들림 없는 형의 발걸음에 햇살이 밟혔다. 형의 발걸음이 작은아버지의 문 앞에서 뚝 멈췄다. 왼쪽으로 비벼 꼰 새끼줄이 대문에 걸렸고 붉은 고추가 매달려 있는 것이 아닌가? 숨조차 끊고 직선을 긋던 형의 상체가 금줄에 튕기듯 휘청거렸다. 형은 작은아버지의 외양간에다 시선을 들이댔다. 작은아버지는 송아지를 낳았을 때도 금줄을 쳤었다. 소가 풀밭에 매어져 있는 듯 외양간이 비었다. 형이 고개를 들어 새끼줄에 꿰인 고추를 다시 바라보았다. 형수가 아들을 낳았구나. 영기가 주춤 걸음을 멈추고 중얼거렸다. 홍시가 얼굴에 터진 듯 발갛게 얼룩진 형이 작은아버지 댁으로 들어갔다. 영기도 대문으로 빠르게 걸어갔다.

"서방님, 어찌 이러시오?"

어머니의 쇳소리 묻어나는 외침이 들렸다.

"장례식에 안 갔다 하여 부정이 없을까요?"

이어 터져 나온 작은아버지의 목소리에 영기의 걸음이 얼어붙었다. 마당에 와 있는 어머니를 작은아버지가 가로막아 섰고, 형이 다짜고짜 방문을 열었다. 문설주에서 엿듣던 작은어머니가 보리 쌀자루처럼 문밖으로 무너졌다.

"산모도 갓난아기도 건강한지 내 눈으로 보아야 할 것인데 서방님은 어찌 이러시오?"

어머니가 작은아버지를 밀쳤다.

"조카댁도 온전하고 장손주도 부랄 두 쪽 딴딴하게 달았으니 닷새만 참으소."

작은아버지는 평생 손에서 놓지 않을 듯 쥐고 있던 부삽을 떨어뜨리면서도 어머니를 막았다. 작은아버지의 판단으로 어머니는 산모와 갓난아기를 볼 수 없는 부정한 몸이 되었다.

"며느리 산바라지로 친정 동생 장례도 안 간 몹쓸 년이오."

어머니의 목청에서 독기가 서렸다.

"망자와는 피를 나눈 혈육인데 부정하지 않다고 억지를 부리면 쓰오?"

작은아버지의 살점 없이 깐깐한 몸이 어머니를 밀쳤다. 영기를 장례식에 대신 보냈지만, 어머니는 망자와 혈육을 나눈 남매지간이니 부정한 기운이 스몄다는 작은아버지의 고집이었다. 어머니는 떠밀리며 형수와 갓난아기가 든 방으로 팔을 허우적거렸다.

닫혔던 방문이 왈칵 열렸다.

"엄니. 산모도 아기도 건강해요."

형이 아직도 발갛게 상기된 얼굴을 내밀었다.

"어떻게 얻은 손주인데 그냥 돌아서란 말이냐?"

어머니가 어금니를 작신 물었다. 며느리와 갓난아기를 반드시 보고 야 말겠다는, 작은아버지의 고집보다 더한 결의였다.

"장손자가 장조카를 쏘옥 닮았으니 엄한 걱정은 접고 금줄 너머로 물러갔다가 닷새 후에 오시서 며느리고 장손이고 눈에 넣든 입에 넣 든 맘대로 하시오?"

쌀 망태기로 달려드는 닭을 훠이훠이 쫓듯 작은아버지가 팔을 내저 었다. 형을 닮았다는 작은아버지의 말에 쌈닭처럼 솟았던 어머니의 어깨가 내려앉았다. 표정에서 안도의 빛이 감도는 것도 보았다.

형수가 푸석한 얼굴을 내밀었다. 형과 형수가 액자의 사진으로 보였 다.

"어머님. 저 안 아파요."

피부가 가무잡잡한 형수가 희미하게 웃었다.

"오냐. 애썼다. 아가도 아픈 곳 없지?"

어머니가 닭똥 눈물을 쏟아냈다. 어머니의 말을 알아듣기라도 한 듯 갓난아기가 울음을 터뜨렸다. 어머니가 또 방으로 팔을 허우적거렸다.

"우리 장손이 외탁은 없고 장조카를 판박이로 닮았어요."

작은아버지가 이를 드러내며 웃었다. 형수가 오고서 처음 보는 작은 아버지의 환한 모습이었다.

영기는 주먹을 쥐는 버릇이 생겼다. 손가락 사이로 무엇인가가 빠져 나가는 느낌. 쥔 것도 없는데 손가락 사이로 무엇인가 소멸하고 있다는 허전함을 버릴 수가 없었다. 주먹이 쥐어진 채로 허리춤 뒤에 감춰진 손 을 문득 눈앞에 꺼내 펼치곤 했다. 어머니가 금줄 밖으로 밀려났다.

"영기야."

어깨에 손을 얹는 듯한 작은아버지의 목소리가 들렸다. 영기는 제초제를 한 모금 넘긴 듯 갑작스레 쇠잔해진 작은아버지를 향해 돌아섰다.

"너희들 아버지가 누구시더냐? 내게는 형님이지만 문중의 장손이시다."

부삽을 마당에 떨어뜨리고 휘청 선 작은아버지는 초췌한 노인이었다.

낙엽송에 조각난 햇살이 보리밭에서 오물오물 날아다녔다. 고샅에 선 감나무의 연푸른 잎사귀가 젖내 풍기는 손을 가만가만 흔들었다. 보릿자루를 가득 실은 경운기 굉음이 갑자기 요란하게 들렸다. 오물대던 햇살이 화들짝 놀라 물러앉고 어지럽게 활공하던 제비가 보리밭에 일제히 내려앉았다. 아버지가 돌아가셨으니 형이 장손이고, 형수가 아들을 낳았으니 장손이 태어났다는 작은아버지의 환한 모습을 보며 쥐었던 주먹을 풀었다.

강어귀 삶의 울타리

하늘을 뜯어내던 비의 흔적이 도처에 흩어졌다. 젖은 신문. 늘어진 플라타너스. 축축한 보도블록. 뜯긴 하늘이 내려와 하얗게 마르는 건물을 껴안고 있었다. 아침부터 쓰라리던 하복부가 허전했다. 통증이 뭉쳤다가 없어진 곳에 구멍이 뚫린 듯 아랫배가 허전했다. 식탁에 앉아 통으로 물을 마셨다. 아내의 표정이 일그러졌다. 여름의 길목. 우기에 접근하면 습관적으로 목이 말랐다. 컵에 물을 따라 마시고, 주스도 마시고. 욕실에서 정수리에 물을 쏟고, 우유를 수시로 마셔도 갈증을 시원하게 해결되지 않았다. 냉장고에 보관된 맥주는 목부터 배꼽까지 강인한 밧줄을 내리듯 시원했다. 하지만 차가웠던 줄기가 화끈화끈 달아오르면 더한 갈증이 생겼다.

"여보, 내일도 비가 올 거래요."

아내는 퇴근하는 나를 기다린 것이 아니라 비를 말해 주려는 시점을 한사코 기다렸다. 내일도 비가 오기를 은근히 바랐다. 내일은 생모의 기일이다. 아내가 식탁에 저녁을 차리며 싱크대로 돌아섰다. 재빨리 물통을 입에 댔다. 배 속으로 단숨에 내려간 물이 위에 고이지 못하고 어느 틈새로 실종되는 느낌. 통증이 가신 자리가 미궁 같아진 나의 하체. 강물에 생각을 던져 넣듯 물을 자꾸 들이부어도 갈증은 끝나지 않았다.

보리 이삭의 수런거림. 손톱보다 작은 찔레꽃잎들의 우수수 떨어짐. 이런 것들은 애초에 싱싱하던 것들이었다. 자신의 여문 무게로 이파리가 고단하게 흔들릴 때. 꽃다지가 이제는 다 피었다고 꽃잎을 마구 떨어낼 때…. 오월은 사람이 죽기에 너무 황홀한 계절이었다.

보리 이삭이 누렇게 익은 밭고랑에서 어머니가 갑자기 울음을 터뜨렸다. 아버지가 어머니와 심하게 다투고 집을 나갔다. 집에 평화가 오는 듯했다. 술주정이 없어졌다. 밥상이 엎어지는 일도 없어졌다. 무엇보다도 어머니가 시도 때도 없이 몰매를 맞는 일도 없어졌다. 흔들리던 젖니가 시원스레 빠진듯하던 집안이 사흘도 못 되어 새로운 국면으로 접어들었다. 어머니의 눈빛이 아버지를 기다리고 있었다.

어머니의 울음이 멈췄다. 날아갔던 종다리가 보리 이랑으로 날아들었다. 어머니가 젖은 휴지처럼 보리밭에서 걸어 나왔다. 미루나무 밑을 지나 모래톱을 지나 봇물로 천천히 걸어갔다. 봇물에는 오월의 호사한 하늘이 내려와 있었고. 어머니는 그 하늘로 걸어 걸어갔다. 어머니가 물에다 첫발을 디딜 때 나는 찔레꽃 덤불에 오줌을 누고 있었다. 연주는 사금파리에 풀잎을 짓이겨 찬을 만들고, 마른 흙을 곱게 부수어 밥을 짓고 있었다. 물의 깊이가 어머니의 가슴까지 재어졌을 때. 오줌 줄기를 끊고 봇물 쪽으로 달렸다. 보리 이삭이 얼굴을 할퀴었다. 길에 내려서면서 아버지가 며칠 집에 들어오지 않았음이 불길하게 뇌리를 스쳤다. 미루나무 밑에서 고꾸라졌다가 고개를 들었을 때 어머니의 머리칼이 수면에 흩어졌다.

죽음의 담벼락은 그렇게 높은 것이 아니었다. 내가 보고 있는 것. 내 앞에 흔들리고 있는 것들. 그런 것들의 틈바귀 어디쯤. 나와 아주 가까운 곳에 죽음의 문이 있다는 것을 열 살 어린 나이에 똑똑히 보았다.

어머니가 깨트린 삶의 울타리 높이는 어머니의 머리칼을 흩트릴 수 있는 정도였다. 그 담벼락에 기댄 채 목이 찢어지라 울었다. 사람들이 몰려왔다. 청년이 물로 들어갔다. 내가 가리킨 지점에서 자맥질하다가 지쳐 백사장에 누웠다. 그때 노인이 봇둑에 걸린 시신을 찾아냈다.

아내가 설거지를 마치고 방으로 들어갔다. 곧 내가 있는 거실로 걸어 나올 터였다. 내 앞에 누군가가 지나다니는 것이 싫었다. 자리에서 좀처럼 움직이지 않는 나를 아내는 마뜩하게 여기지 않았다. "좀 움직여." 앉으면 엉덩이를 떼지 않는 내게 아내가 말했다. "남자가 뭐 그래?" 톤을 높이더니 요즘은 거침없이 '미련스럽다'고 힐난했다.

아내로부터 힐난과 눈총을 맞을 때마다 나는 몸에다 사슬을 감았다. 아내가 마취된 동물처럼 나를 흔들다가 물러서서 씨근거렸다. 움직임을 거부하는 내 눈빛이 살아 있으므로 아내가 분노를 느끼는 것이었다. 분노에 찬 아내의 눈초리를 피하지 않았다. 남편을 바라보는 눈빛에서 울에 갇힌 곰을 바라보는 눈초리로의 변화를 넉넉히 감지했다. 그러면 내 주위에 어느새 쇠창살이 사각으로 빼곡히 박혔다. 아내가 쇠창살 틈으로 나를 노려보다가 현관문으로 나갔다. 옆집이나 아파트 내의 공원이나 슈퍼로 수다를 떨러 갔다. 사각의 쇠창살 우리를 벗어나면 즉시 총에 맞을 동물원의 맹수라는 자학이 위로되고 있음을…. 은둔이 차라리 도망임을 아내는 알고나 있을까?

새벽잠에서 비가 그쳤음을 감지했다. 붉게 커튼 자락이 물드는 것을 꿈과 생시의 연속으로 보았다. 꿈의 세계에서 생시로 이어짐을 감지하면서 빛이 망사에 펼치는 환희를 주시했다. 흰 망사 커튼이 발간 빛을 걸었다. 눈을 가늘게 뜨고 빛 알갱이가 통과하는 커튼을 응시했다. 하얀 레이스에 빛 알갱이가 발갛게 부서지고 있었다. 그물에 걸린 참붕어의 금빛 비늘과 끔벅이는 눈알도 보였다. 생물책과 국사책과 세계지리를 외우면서 밤을 새웠을 때의 독서실 창에 붉게 물들던 그 빛이었다. 누운 채 아내가 일어날 때까지 그 환희를 몸에서 털어 내고 싶지 않았다. 아내는 늦잠이 많았다. 환희는 온통 내 것이었다. 물론 아내가 일어나면서 커튼에 걸리는 환희의 그물이 일시에 걷히곤 했지만. 그 걷힘도 내게는 생동감으로 다가왔다. 아내가 화장실에 들렀다가 부엌에서 아침을 짓는 동안, 누운 채 수동적으로 느끼던 그 환희를 만지러 밖으로 나갔다.

비가 멎은 아파트는 호수처럼 정갈했다. 벤치가 밤새 어디 다녀온 듯 제자리에 닝큼 와 있었고, 나뭇잎은 숨구멍을 열었다. 그 숨구멍으로 걸어 들어가듯 벤치에 앉았다. 키를 낮추자 도드라져 보이던 사물들이 제 모습으로 돌아왔다. 아파트는 햇살이 관통하는 물속에 가라앉아 싱그럽고 고요했다.

어린 남매가 놀이터로 왔다. 손에는 아이스크림이 들렸다. 참새가 알을 겯는 소리를 쥐똥나무 밑동에 묻고 포르륵 날아갔다. 오빠의 손에 들린 아이스크림은 나무 심지만 남았다. 동생의 아이스크림은 반이나 살이 붙었다. 오빠가 동생의 아이스크림을 탐내기 시작했다. 빼앗으려는 오빠와 지키려는 동생. 나는 남매에게서 폭행을 예감했다. 오빠가 살 토막이 남은 아이스크림을 요구했다. 동생이 뒤로 감추었다. 아이스크림이 녹아 땅에 떨어졌다. 오빠는 그것마저도 아쉬워 입맛을 다셨다. 오빠가 폭력적인 손놀림으로 아이스크림을 마침내 움켜쥐었다. 동생은 빼앗기지 않으려 앙탈을 부렸다. 예감대로 녀석의 손이 동생의 옆구리를 쥐어박았다. 동생의 울음소리로 아파트에 강 안개처럼 일어섰던 고요와 아침의 생기가 일시에 걷혔다. 어린 인간에게 폭행을 가르쳐 준 자 누구인가.

어머니가 물에 들어간 지 두 시간도 못 되어 주검으로 아버지 앞에 누웠다. 눈물은커녕 걷어찰 듯 씨근덕거리던 아버지는… 눈물이 없는 줄 알았다. 아버지가 밤중에 우는 것을 보았다. 불규칙한 울음은 부품이 빠져나간 기계를 떠올리게 했다.

아버지의 눈물을 확인한 것은 아니었다. 밤중에 크엉크엉 소리 죽여 우는 뒷모습을 보고서 아마 눈물도 흘렸을 터였다. 눈물을 흘리지 않고 그렇게 울었다면 아버지는 틀림없이 짐승이었다. 토굴 같은 부엌에서 차린 저녁상을 물리면 윗목에 아버지가 눕고 나와 연주는 아랫목에 누웠다. 아버지는 이불에 눕기 전에 사기 대접에 소주를 찰찰 부어 들이켰다. 김치 쪼가리 한쪽도 술의 뒷맛으로 입안에 넣지 않았다. 아랫목에 누운 우리는 숨을 죽였다. 눈을 감고 반듯하게 누워 당신의 목전에 아주 평화롭게 잠들어 있음을 시늉했다. 생각은 펄펄 살아 방 안 곳곳과 아버지의 상기되는 모습을 더듬었다. 콧잔등과 볼과 눈두덩으로 기어오르는 붉은 술기. 오래지 않아 숨소리가 커지면서 아버지는 쓰러지듯 잠자리에 누웠다. 곧이어 아버지의 코 고는 소리가 으르렁거리면 우리는 눈을 떴다. 긴장의 터널에서 헤어 나왔다. 아버지의 코 고는 소리가 요란해지면 외려 평화로웠다. 우리는 갑자기 허전해진 심정으로 허우적거리다가 연주가 훌쩍거렸다. 잠깐이라도 합세해서 콩새처럼 울어야 했다. 공허를 울음으로라도 채워야 했다. 연주가 울음을 시작하지 않았다면 가슴이 밤마다 새까맣게 타 버렸을지도 모르는 일이었다. 음식도 목구멍으로 넘기지 못했을 터였다. 그래서 먹지 못해 뼈를 드러내고 해골이 커지다가 죽은 송아지처럼 땅바닥에 영영 엎어졌을지도 모르는 일이었다. 울음을 참으면 가슴이 아팠다. 나는 먼저 실컷 울고서 아직 울고 있는 연주의 옆구리를 쥐어박았다. 그대로 두면 밤새 울 것 같아 여린 묘목 같은 몸에 주먹질했다.

몹시 무더웠던 여름. 동물 울음소리를 들은 듯 잠에서 깨었다가 아버지의 웅크린 뒷모습을 보고 당신의 울음으로 알아차렸다. 시계란 것도 없었기 때문에 몇 시인지 알 수 없었다. 문지방을 넘는 바람에서 비릿한 냄새가 풍겼다. 아버지의 몸을 거쳐 온 그 비릿함은 늘 타인 같았던 아버지의 냄새가 아니었을까? 방문을 당신의 몸으로 막으려는 자세로 짐승울음 소리를 내고 있었다. 지하수를 퍼 올리듯 펌프질을 반복하듯 몸을 크엉거렸다. 갑자기 무섬증에 가위눌렸다. 연주는 깊은 잠에 빠져 있었다. 섬뜩한 고요의 늪으로 아버지의 울음이 음산하게 깔렸다. 먹이 찾는 다람쥐 어깨로 옹송그린 아버지의 뒷모습을 보면서 나는 부품이 빠진 기계를 떠올렸다. 볼트나 아니면 중요 부분을 연결하는 부속이 헐거워져 쉰 소음이 나는 기계. 덜컹거리는 기계 소음이 깔린 방에 누워 잠을 청했다. 잠은 좀처럼 오지 않았다. 별이 일제히 낙하하는 여울 물살이 밤새 들렸다.

아내가 서모에게로의 채비를 갖추었다. 아내의 의도대로 비가 더 내릴 기미가 없었기 때문에 군소리 없이 준비했다. 성묘에 필요한 제물과 서모에게 줄 고기와 아내 자신을 위한 의류와 소모품을 차에 실었다.

"여보, 나이 들어서 노인 되면 우리가 책임져야 하는 거 아냐? 당신의 의붓어머니 말이야."

당신의 의붓어머니? 아내가 방금 내게 던진 말을 발음해 보았다. 그것은 분명 어떤 의미를 포함하고 있었다. 당신의 의붓어머니. 어머니 앞에 '의붓'이라는 단어가 붙었고, 거기에다 '당신'이라는 단어도 껍데기처럼 붙었다.

오월의 햇빛이 따가웠다. 아내가 선글라스로 태양 빛을 차단했다. 아내가 운전할 때 습관적으로 선글라스를 눈앞에 거는 것을 보면서 '문화적인 벽'을 생각했다. 아내보다 먼저 눈을 떴을 때. 커튼으로 들어온 아침 빛이 아내의 하얀 허벅살로 내려앉음을 보았다. 허벅살에서 또 다른 빛으로 살아나는 황홀한 현상을 보면서 아내가 참 곱다고 중얼거렸다. 돌부리에 깨지고 서툰 낫질로 흉터가 즐비한 내 다리를 보면서 '문화적인 벽'을 생각해야 했다.

"앞으로 새어머니랑 살아야 한다."

밤마다 콩새처럼 울어서 가슴이 진창인 남매에게 아버지가 말했다. 아버지의 얼굴을 정면으로 바라보았다. 연주가 뒤로 숨었다. 서모가 웃으면서 몸을 낮추어 연주를 안으려 했다. 연주가 내 목을 꽉 끌어안고 있다가 문밖으로 뛰어나갔다. 아버지의 눈총을 맞은 것이었다. 연주가 밖에서 울고 있을 것이라는 직감이 빠르게 뇌리에 흐르자 눈물이 나왔다. 그런 눈으로 아버지를 똑바로 바라봤다. 바로 어제 같으면 귀싸대기를 갈겼을 아버지였다.

"어머니라고 불러라."

아버지가 서모를 데리고 방으로 들어갔다. 연주가 담장에 쪼그려서 울었다. 연주와 강으로 데려가서 해가 지도록 놀았다. 어두워 길이 잘 분간이 안 될 때 집으로 들어갔다. 서모가 웃으면서 우리를 맞이했다. 서모는 늘 그런 표정으로 우리를 안으려 했다. 그렇지만 서모의 웃음에 같이 웃어 준 적은 없었다.

생모가 죽어서 가끔 울음 놓는 우리의 작은 뺨에 아버지의 우악스러운 손바닥이 후려쳐지곤 했다. 그런데 서모가 집안에 들고부터 아버지는 단 한 차례의 발길질이나 손찌검을 하지 않았다. 술도 거짓말처럼 끊었다. 해 저물면 서모와 안방으로 들어가 방문을 질끈 닫았다. 날 새면 서모와 나란히 밭으로 나갔다. 서모가 사람을 변하게 하는 마력을 가졌던 것은 아닐까. 가끔 맹수처럼 성을 내는 아버지의 팔다리를 붙들어 매는 주술을 외웠던 것은 아닐까.

내가 도 경계선을 넘어 이웃 도시의 고등학교에 진학을 하자 연주가 학업을 포기했다. 연주는 자발적인 결정이었다고 괴로워하는 내게 말했다. 담벼락을 붙들고 고개를 도리질하며 울음을 터트렸을 때 연주가 나를 돌이켜 세우고 웃어 주었다.

　연주가 집에서 없어졌다. 교복을 벗어서 가지런히 걸어 두고 옷가지를 챙겨서 집에서 나갔다. 그때 서모는 무척 괴로워했다. 아버지는 배은망덕한 년이라는 소리만 반복했다. 곧 학교로 편지가 왔다. 취직이 됐다며 연락처를 보내 왔다. 편지에 아버지에게 비밀로 해 달라는 얘기는 없었다. 하지만 가출한 연주를 아버지에게 얘기하지 않았다. 월급을 십만 원 받아서 오만 원은 적금 들고 오만 원은 내게 보내 왔다.

　고등학교 이 학년 여름방학에 영등포역으로 갔다. 마중 나온 연주가 나를 붙잡고 눈물을 쏟았다. 가출하기 전 연주가 내게 그랬던 것처럼 연주에게 웃어 주었다. 울고 있는 가슴으로 웃음을 짓기란 가능성이 있는 행위가 아니었다. 기숙사로 가는 길목에서 찐빵을 한 봉지 샀다. 연주가 보내준 돈이었지만 처음 주는 선물이었다.

　"농사짓는 사람은 동굴에서 사는 동물과 같다는 생각이 들어. 사람들이 두 층으로 나뉘어 살고 있다는 생각이 들어. 농사를 짓거나 나처럼 공장에 다니는 사람은 지하층에서 캄캄하고 침침하고 음울하게 갇혀 살고. 도시에 사는 사람만 진짜 세상에서 사는 것 같아. 하늘도 볼 수 있고 가고, 싶은 곳이 있으면 자가용 타고 어디로든 갈 수 있잖아. 지하층에 사는 우리는 노선버스가 가는 곳만 갈 수 있어."

　"너도 도시인처럼 살아야 해."

　"난 하늘만 보면 슬퍼져. 아무리 생각을 뒤집어도 하늘이 안 보여. 지금 갇혀 있는 동굴에서 평생 벗어나지 못할 것 같은 예감이 들어."

　그날 밤 동굴이 너무 캄캄하고 벌레가 기어 다녀서 잠을 이룰 수가 없었다. 나 때문에 연주의 출구가 점점 막히고 있다는 자책에 사로잡혔다. 이튿날 하늘을 보았다. 연주가 말한 슬픔이 걸려 있었다.

　"혼자 사셔도 굶지는 않으셨겠지."

미루나무가 초병처럼 선 강둑으로 차를 운전하면서 아내가 말했다. 이제는 꼼짝없이 서모의 집으로 가야 한다는 불안이 가슴에 박힌 것일까? 며느리로서 끼니를 챙겨주지 못했다는 자책일까? 아내가 천천히 차를 몰았다.

땅이 조금 있었다. 아버지가 남겨 두고 간 논 천 평과 밭 이천 평이었다. 그것들이 얼마에 팔릴 수 있는지 생각해보지 않았다. 도로가 뚫리고 강가 낮은 구릉으로 골프장이 들어서면서 서울 사람들의 왕래가 빈번해졌다는 소리를 들었다.

"아직도 농사를 지으시겠지."

아내의 혼잣말 같은 물음에 대답하지 않았다. 아픈 기억에 발목을 잡히고 싶지 않았다. 아스팔트 포장 국도에서 콘크리트 농로로 회전하였다. 먼지가 유리로 달라붙었다. 아내가 눈살을 찡그리면서 창을 닫았다. 농로를 타고 작은 고개를 넘으면 강이 누워 있고 강의 건너에는 절벽이 있고 맞은편에 집들이 게딱지처럼 붙어 있었다. 강둑에서 초병처럼 선 미루나무는 철마다 색다른 느낌을 발산했다. 오월과 여름의 미루나무는 그 큰 키를 지탱하기 위한 잎의 요란한 몸 떨림이 광신도의 주절거림으로 들렸다. 가을로 접어들면 잎이 새총 맞은 콩새처럼 핑그르르 떨어져 논두렁으로 수북이 쌓였다. 겨울의 미루나무는 잘 생각나지 않았다. 절벽에 한바탕 부딪힌 칼바람이 흠씬 멍들어 미루나무 우듬지로 줄달음치곤 했다. 하교하던 둑길은 볼을 사정없이 후려치는 칼바람에 얼굴을 감추기 급급한 행로였다. 미루나무는 죽음을 수없이 지켜본, 사무침이 많은 귀신의 행렬이었다.

미루나무 그늘에 차를 세웠다. 기울어진 해가 빛을 절벽에 부딪고 있었다. 하늘을 찌르는 키에 아기 손 잎이라니. 칼바람에 살아남기 위한 자신에의 단절일터였다. 생모는 무슨 연유로 미루나무처럼 자신의 일부를 단절하지 않고 생존을 일시에 포기했을까?

지금도 그 연유를 아버지의 술주정과 폭력 외의 그 어떤 것으로는 이해할 수 없었다. 어린 나이로 지켜본 아버지의 폭력은 의미가 없었다. 그런데도 수시로 폭력이 자행되었다. 자다가 깨어보면 생모의 울음소리가 들렸다. 아버지는 생모가 말할 때마다 입을 막듯이 주먹질했다. 폭행은 밥상머리에서도, 들밭에 나가 일을 하다가도 일어났다. 생모가 잘못한 것은 무엇일까? 아버지가 잘한 것은 무엇이라서 주인처럼 때리기만 했고, 생모는 노예처럼 맞아야만 했었는가?

아내가 차에서 내렸다. 절벽에 부딪혀 반사된 빛이 모래톱으로 스며들었다. 생모가 홀연히 죽음의 담벼락을 허물었던 그 봇물은 흔적이 없어졌다. 댐이 건설되고 마을 앞의 논을 위한 배수 시설이 설치되면서 없어졌다. 건너편의 절벽과 이쪽의 백사장은 예전의 모습 그대로였다.

"어머. 물이 저렇게 깨끗할 수가 있어."

하얗게 씻긴 백사장과 하얀 조각으로 강물에 비친 구름에 아내가 호들갑을 떨었다.

"그만 가자."

아내의 호들갑에 거부감이 생겼다. 그 거부감이 더 커지기 전에 이곳을 떠나고 싶었다. 감탄하는 저 물속으로 생모가 걸어 들어가 죽었다는 얘기를 하면 아내의 저 호들갑은 어떻게 변할까? 아내는 여전히 강에서 시선을 거두지 않았다. 그대로 두었다 간 모래톱으로 걸어 내려갈 참이었다. 잠깐 사이에 절벽에 부딪는 빛이 붉은 기운을 머금었다. 햇덩이가 산마루에 머리를 풀었다. 기어코 아내가 둑에서 내려갔다. 나는 시동을 끄고 차에서 내렸다. 차로 곧 돌아올 아내가 아니었다. 아내는 늘 그랬다. 아내는 자신이 생각하고 있는 행위에 내 의중은 아랑곳하지 않았다. 내가 싫다고 한 번쯤은 말했던 짧은 바지를 거리낌 없이 입었다. 직장 동료와 함께한 자리에서 엉덩이와 허벅지의 경계선이 드러나는 짧은 바지를 입었다. 그날 내 가슴에 반감이 덩어리로 뭉쳤다. 동료와 헤어지고서 나는 스스로 그 덩어리를 내 안에다 잘게 부수는 것으로 끝을 맺었다.

휴일이면 아내가 밖으로 함께 나가자고 요구했다. 아내의 요구를 받아 주지 않았다. 일요일은 폐쇄적이고 싶은 욕망이 나를 물처럼 적셨다. 월요일부터 토요일까지 대책 없이 노출된 나를 일요일 하루만은 감추고 싶은 욕망이 내 안에 들어찼다. 달팽이처럼 소파에 웅크린다든가, 침대에서 아예 나오지 않던가. 어떤 날은 욕조에다 물을 채워 놓고 나를 침수했다. 아내로부터의 피난처를 물색했다. 그것은 아내와 반하는 논리를 찾아내는 것이었다. 직장이 없이 집에서 살림하는 사람 모두가 주중에는 폐쇄적이란 말인가. 아내는 집에서 살림한다고 자신을 폐쇄할 여자가 아니라는 생각을 만들다 보면 아내에게 반하는 감정이 생겼다. 내가 계속 달팽이 껍질 속으로 웅크리면 아내 혼자 외출했다. 그러는 아내에게 색다른 감정을 갖지 않았다. 그러나 아내는 내 의중과 생각에 맞지 않는 행동을 소유한 여자임에는 분명했다. 이것도 일종의 아내와의 벽임이 틀림없었다. 아내도 이런 종류의 벽을 감지하고 있는 것은 아닐까?

그새 아내가 하이힐을 손에 들고 모래톱으로 학처럼 걸었다. 모래톱이 있고 푸른 물이 있고, 푸른 물을 펌프질해 낼 듯한 절벽이 있는 아주 정밀한 구도의 풍경에 이끌려 나는 서 있었다. 그러나 그 풍경 속으로 아내와의 동행으로 들어갈 마음은 없었다. 그곳에는 어린 나의 감정과 생각을 송두리째 짓뭉갠 물의 높이가 있었다. 생모의 죽음이 아직 살아 있는 곳이었다. 미루나무가 아직 건재하게 살아 있고 물 또한 제 깊이를 잃지 않았고 절벽도 무너져 내릴 기색이 어디에도 없었다.

서모의 집에 도착했다. 어둠은 후미진 곳에 이미 와 있었다. 연주와 그의 남편인 황동출도 와 있었다.

"건강은 좋으냐?"

저녁상에 둘러앉은 자리에서 서모가 모두에게 물었다. 어른이 된 우리 남매에게 던져지곤 하던 서모의 습관이었다. 자식 중 누구를 지칭해서 함부로 말하지 않던, 심정을 헤아리기 힘든 눈빛이 실려 오는 서모의 습성이었다.

저녁상을 물리고 서모가 냉장고에서 무슨 알약을 꺼내 세 알을 먹었다. 무슨 약인지 누구도 묻지 않았다.

"형님. 잘 오셨어요."

어둠이 도사린 담벼락에서 황동출이 말했다. 담배를 빨아들이는 입술 주변이 도드라지게 밝았다가 어두워졌다. 표정이 드러나는 밝은 곳에서 그와 마주하는 것에 일찌감치 질려 있었다. 그는 나와 마주하면 나를 똑바로 응시하는 습관이 있었다. 나는 그의 눈빛을 맞으면 초점을 잃었다.

"형님도 아직 소식이 없죠?"

황동출이 물었다.

"글쎄."

"글쎄요? 부부 쌍방이 토옹 신경을 쓰지 않는구먼요."

그가 돌멩이를 찼다. 문에 매어 둔 개가 푸드득 일어났다가 푸스스 주저앉았다. 내가 돌멩이를 찼을 때도 저 개가 푸스스 주저앉을까. 생각 중에 그가 두어 걸음 걸어왔다. 나는 개처럼 쪼그리고 앉았다.

"큰일 났어요. 이대로 가다간 우리 엄마가 가만히 있지 않을 텐데…요."

나는 입을 다물었다. 연주와 황동출이 절차도 없이 부부가 되었다.

육 년 전이었다. 삼 년을 함께 산 나와 아내 사이에 자식이 없는 것처럼 연주 내외에게도 태기가 없었다. 삼 년이니, 육 년이니 기간이 문제가 아니라 아이가 한 번쯤은 잉태되었을 시기를 훌쩍 넘기고 있었다. 쪼그려 앉은 채 대답을 주지 않자 그가 자리를 떴다. 마을의 어느 골목이라도 돌아보고 올 모양이었다. 그가 오랫동안 골목에서 머물다 오기를 고대하는 눈초리로 그의 뒷모습을 밀었다.

네 집에 기저귀 너풀거리겠다.

서모가 우리 집에 들어왔을 때 사람들이 한마디씩 했다. 그럴 때마다 연주가 자리에 쪼그리고 앉아 울었다. 연주의 엉덩이를 발로 툭툭 차다가 그래도 일어나지 않으면 어린 등에 주먹질했다. 사실 아침마다 마당을 횡단한 빨래를 먼저 보곤 했다. 기저귀가 하얗게 걸려 바람에 나풀거리는 꿈도 꾸었다. 오래지 않아 그럴 염려가 없음을 알았다. 서모는 아이를 낳지 못해 소박맞은 여자였다.

연주가 오랜 가출에서 황동출과 나타났을 때. 나는 대학을 졸업하고 영장을 받아 놓은 상태에서 입대를 기다리며 아버지와 서모의 틈에 아주 어줍게 끼어 있었다. 연주의 귀향을 알아차린 것은 마을 사람들이 먼저였다. 황동출을 짐처럼 끌고서 미루나무 밑을 걸어오는 연주를 사람들이 일제히 주시했다. 우리 집에 무슨 일인가가 터질 것이라는 눈초리로 연주보다는 황동출에게 시선을 더 주었다. 연주가 누군가를 사귄다는 것을 알고 있었지만, 황동출을 대면하기는 처음이었다. 황동출이 마당으로 들어서다 말고 마루에 앉은 나를 보고 머뭇거렸다. 연주가 "오빠!" 하고 불렀을 때 황동출이 그 큰 어깨를 흔들면서 다가와 손을 내밀었다. 우악스러운 손아귀에 잡혀 그의 눈을 보았다. 그는 나를 똑바로 주시했다. 그의 눈빛에 질려 손아귀를 빼고 먼 산을 바라보았다. 단번에 본 그의 얼굴은 믿음이라든가 온화함 같은 느낌과는 거리가 멀었다. 극단적으로 생각하면 그의 얼굴에는 등쳐먹기, 빼앗기, 속이기와 같은 낱말이 먼저 떠올랐다. 아버지와 서모가 밭에서 돌아왔다. 아버지는 연주를 보자 들어오던 걸음을 멈추었다. 지게를 진 채였다.

"아버지…."

연주가 신음하듯 불렀다. 아버지는 여전히 지게를 진 채 연주를 노려보았다. 뒤따라 들어온 서모가 연주를 부둥켜안았다. 연주가 울음을 터뜨렸다. 황동출이 꾸벅 고개를 숙일 때까지 아직 지게를 내려놓지 않은 아버지는 연주에게서 눈초리를 거두지 않았다.

서모와 연주가 부엌에서 점심을 준비하는 동안 황동출과 나는 마루에 앉아 지게에서 풀을 내려 외양간에 넣어 주는 아버지의 움직임을 바라보았다. 아버지는 예전과 조금도 다르지 않게 움직였다. 펌프 물을 퍽퍽 퍼 올려 당신의 몸을 닦았다. 황동출이 벌떡 일어나더니 마당 밖으로 나가 담배를 피웠다. 나는 아버지의 행동이 마음에 없는 행동임을 감지했다. 아버지는 연주의 귀향으로 인한 반가움을 행동으로 표출하지 못하고 있었다. 황동출을 단번에 불신해 버린, 가슴에서 이글거리는 불을 진화하는 행동이기도 했다.

점심상이 나왔다. 아버지는 섣불리 밥상에 오지 않고 외양간을 기웃거렸다. 소의 잔등을 쓸면서 풀을 한 줌씩 집어 소의 입에 넣어 주었다. 서모가 아버지를 점잖은 목소리로 불렀고, 연주가 아버지의 곁에 가서 기웃거렸다. 아버지가 여전히 소에게서 떠나올 기색이 보이지 않자 황동출이 "식사하시지요." 하고 불렀다. 아버지는 황동출을 한번 바라보고 마루에 앉았다. 아버지가 수저를 들자 모두 밥을 먹기 시작했다. 아버지는 평소대로 쌈과 풋고추만으로 밥그릇을 비웠다. 황동출도 쌈이 맛있다고 밥그릇을 비웠다. 나는 반쯤을, 서모와 연주는 두어 술 뜨다가 수저를 놓았다. 아버지가 밥상에서 한마디라도 말을 했더라면 분위기는 아주 달라졌을 상황이었다. 연주와 서모는 아버지의 말 한마디를 기다리다 밥맛을 잃었다. 아버지가 들에 나갈 채비를 했다. 서모가 아버지의 옷소매를 잡았다. 아버지는 기어이 지게를 세우고 윗세장에다 삽을 얹고 허리세장에 호미를 꽂았다.

"연주는 제 것입니다."

아버지가 낫 날을 지게 탕개줄에 끼는 순간이었다. 아버지가 지게의 새고자리를 한 손에 쥐고 다른 한 손에는 낫을 쥔 채 움직임을 멈추었다. 나는 가슴이 순간적으로 뜨끔해서 케액 터져 나오는 헛것을 가까스로 참았다. 아버지가 한 손에 낫을 들고 멈춘 기계처럼 잠시 서 있자,

"연주는 누가 뭐래도 제가 데리고 살 겁니다."

황동출이 담배를 꺼내 입에 물려다가 연주의 눈짓을 받고 다시 거두었다. 서모가 잰걸음으로 낫을 빼앗아 들었다. 아버지가 낫을 도로 빼앗아 탕개줄에 날을 끼었다. 그러자 황동출이 벌떡 일어났다.

"다음에 또 찾아뵙겠습니다만, 연주는 목숨이 꼴딱 떨어지는 날까지 함께 살 겁니다."

그렇게 말을 던져 놓고 황동출이 나갔다. 연주가 황동출이 나간 문과 아버지를 번갈아 보았다.

"그만 올라가거라."

아버지가 말했다. 연주가 아버지에게 고개를 숙이고 밖으로 나갔다. 서모도 나갔다. 아버지가 지게를 제자리에 놓는 것을 보면서 밖으로 나갔다. 황동출은 백여 미터나 걸어가서 연주를 기다렸다. 서모와 연주는 길에 서서 무언가를 주고받듯 말을 나누었다. 아버지는 밭에 나가지 않았다.

"당신도 너무하구려. 십 년 만에 돌아온 딸이 서방이라고 데려왔는데 어찌 그럴 수 있소."

서모가 펌프로 물을 퍼 올리며 아버지에게 말했다. 서모가 아버지에게 힘주어 말하는 것을 처음 보았다. 서모가 아버지에게 던지는 말의 마디는 물론 펌프질을 하는 자신의 몸에도 힘을 잔뜩 주었다. 불만이 강한 몸짓이었다.

"십 년 만에 돌아온 딸인데 어찌 그리 무정하셨소? 당신이야 당신의 피붙이기 때문에 그렇게 매정할 수 있다지만 나는 연주가 집을 나간 순간부터 이날까지 죄를 지은 사람으로 가슴을 뜯기면서 살아왔소. 내가 연주의 서모인 게 이날 이때껏 한이 되어서 살아왔는데…. 제 발로 걸어 들어온 연주를 어찌 그리 박대할 수 있소."

서모가 아버지에게 돌을 던지듯 말했다. 아버지는 여전히 말이 없었다. 마루에 앉아서 하늘을 올려다보는 눈빛. 그 눈빛에서 가슴이 딱한 계단쯤 내려앉는 섬뜩함을 감지했다. 생모가 어른거리는 눈빛. 폭력과 함정을 보는 듯한, 무섬증을 캐내는 눈빛. 그래도 서모가 계속 아버지를 나무랐다.

"정식으로 혼인은 시켜 주지 못할망정 데리고 온 사람이라도 반갑게 맞아 줘야 하는 거 아니오? 당신이 그러면 그 행패 다 어디로 쏟아지겠소."

서모가 아버지를 힐난했다. 나는 그 상황에서 위태로움을 읽었다. 생모를 쥐어박고 발길질하던 아버지의 몸이 벌떡 일어서는 것이 상상됐다. 아버지는 서모의 나무람을 듣다가 천천히 걸어나갔다. 십 분쯤 후 나타난 손에는 막걸리가 들렸다. 막걸리 한 주전자를 놓고 해가 저물 때까지 무려 네 시간이나 침묵으로 술을 마셨다. 그것은 술을 마시는 게 아니라 술로 갈증을 달래는 것이었다. 서모도 한잔 거들었다.

그날 밤 잠자리에 누웠으나 잠이 쉽사리 정박하지 않았다. 밖으로 나와 서성이다가 잠자리에 누웠다가 반복하면서 지새웠다. 황동출이 다시는 우리 앞에 오지 않았으면 좋겠다고 빌었다. 울음 가득한 눈빛으로 문을 나서던 연주가 어른거렸다. 부품 빠진 기계처럼 울던 아버지의 뒷모습이 떠올랐다.

꿈을 꾸었다. 물로 몸이 걸어 들어가고 있었다. 몸이 물의 살을 찢어 그물을 치고 있었다. 함박눈이 내리는 새벽이었다. 알몸으로 걸어 들어가는 발과 무릎과 허리가 차례로 차가워졌다. 차가움은 통증으로 변했다가 머리 떨림을 몰고 왔다. 머리가 한차례 떨리고 나면 물에 잠긴 몸은 이미 내가 아니었다.

그물을 물에 넣고 물의 상처를 닦아 주듯 밖으로 나오면 물은 결코 찢어져 있지 않았다. 눈이 내려앉았다. 물살에 모래알 구르는 소리. 조금 전에 놓은 그물에 참붕어가 지느러미를 치는 소리. 귀를 가만히 열었다. 강둑으로 저승사자가 걸어왔다. 미루나무 잔 이파리를 철렁거리면서 걸어왔다.

"애비야."

제사를 지내고 잠든 나를 흔들었다. 저승사자에게 잡힌 팔을 빼내며 눈을 떴다. 서모였다.

"할 말이 좀 있다."

서모가 그렇게 말해 놓고 밖으로 나갔다. 아내는 옆에서 곤히 잠들었다.

"땅… 말이다."

땅? 버릇처럼 중얼거렸다. 서모가 듣지 못하는 소리로.

"급작스레 팔아도 사천은 된다고 하더라."

안개가 일어서 있었다. 새벽이 오고 있음이었다. 서모는 내게 왜 이런 말을 하는 걸까? 사방이 괴괴하게 고요했다. 서모의 의중을 떠볼 어떤 시도도 필요 없는, 숨소리까지 들리는 고요였다. 서모가 아주 낮게 숨을 쉬었다. 검은 반점이 자르르한 얼굴에 처연한 표정이 스쳐 지나갔다.

"사위가 요즘 나를 찾아오네."

"황 서방이요?"

"살기가 어려운 모양이야. 더구나 연주한테 아이가 없는지도 육 년이나 됐고."

"…"

"그래서 땅을 처분했으면 싶다."

"황 서방이 돈을 달랍니까?"

"그건 아니지만 어떻게 해야 하는지 아들인 너와 의논을 하는 거다."

"땅을 처분하면…."

"난 괜찮다. 어차피 오래 살 몸도 아니고."

서모가 한숨을 쏟았다. 오래 살 몸이 아니다? 서모의 말을 곱씹었다. 서모의 삶? 사실 나는 서모가 어떻게 살고 있는지 마음이 조금도 가 있지 않았다. 서모의 수명까지 생각할 관심이 내 안에 어찌 있었으랴. 그렇게 살아온 내가 무섭다는 생각이 스치듯 지나갔다.

성묘하러 모두 나섰다. 서모가 모시 한복을 입고 앞장섰다. 모시 한복에 숨은 서모의 육신이 움직였다. 작년에 보았던 몸이 아니라는 것을 금방 알 수 있었다. 몹시 여위었다. 저 몸으로 땅을 주체할 수 없어서 땅을 팔겠다고 말한 것일까?

"당신의 의붓어머니 노인 되면 우리가 맡아야 하는 거 아냐?"

아내는 서모의 쇠락해진 육신을 예감하고 그렇게 말했을까?

강물이 굽이치는 언덕에 아버지와 생모의 봉분이 있었다. 열 시가 조금 지나서 묘에 이르렀다. 묘로 오르는 길은 경사가 심했다. 오월의 아침 햇덩이가 부드러운 살을 산허리에 비비면서 이마에 땀이 송골송골 맺혔다.

　"한 번 내려와라."

　서모가 전화했을 때 아버지의 종말을 직감했다. 아버지는 폐가 극히 나빠졌다. 폐에 종양이 생겼다는 의사의 말을 들었을 때는 저승 반점이 온몸에 끼었어 있었다. 두 달이라는 여분의 삶을 의사가 말해 주었을 때부터 아버지는 가을걷이가 한창인 밭에 나가지 않고 마당 구석에서 그물을 손질했다. 밭은기침으로 손질된 그물은 물에 잠기지 못했다. 이튿날도 아버지는 그물을 손질했다. 아버지의 몸으로는 그물을 들고 물에 들어갈 수 없었다. 더욱이 가을걷이가 끝난 들에서 휘달려온 맵찬 바람이 강으로 곤두박질치고 있었다.

　나는 노을이 먹빛으로 머리를 푸는 저녁에 그물을 들고 물에 들어가지 않을 수 없었다. 한기가 뼛속까지 스미는 몸으로 그물을 놓았다. 이튿날 강 안개가 일제히 일어선 새벽에 그물을 건지러 물에 들어갔다. 그물이 놓이는 물의 깊이는 가슴 정도였다. 외려 물속이 더 따뜻한 느낌을 잠깐은 주었지만. 하체의 냉기가 머리 떨림까지 변할 때 밖으로 나오면 뼈가 시렸다. 서모는 그물에 걸려 나온 참붕어와 모래무지를 뽀얗도록 고아서 아버지 밥상에 올렸다.

　"네가 잡아 오는 고기 덕분에 아버지의 얼굴이 좋아지셨다."

　서모가 창백해지는 아버지의 얼굴을 보고 그렇게 말했다. 그 가을 내내 온몸이 얼어붙는 물속으로 걸어 들어가지 않을 수 없었다. 첫눈이 내리고 강이 얼었다. 그물을 들고 물에 들어갈 수 없었다. 아버지가 밤새 얼어붙은 강물처럼 소리 없이 죽음을 맞이했다.

"어린 자식들 앞에서 주먹질했던 것을 마지막 순간에도 후회했다."

아버지를 묻고 오면서 서모가 말했다. 무덤에 싹이 돋는 봄부터 내 하체에는 중증의 통증이 개미 떼처럼 우글거렸다.

"내가 죽거들랑 땅에다 묻지 말고 화장을 해줬으면 좋겠다."

서모는 어떤 마력 같은 것을 소유한 것일까. 아버지의 폭행을 잠재우는 마력. 내 속을 꿰뚫어 보는 마력.

"장모님, 그런 소리 마십쇼. 더 사시다가 손주 불알도 만져 보고 그러셔야죠."

황동출이 나섰다. 소주를 병째로 들고 마시는 눈가로 술기운이 얼룩졌다. 연주가 아내와 속닥거리다가 말을 멈추었다.

"형님도 지체 말고 자식을 가져야죠. 우리야 뭐 허리가 뒤틀어지도록 용을 써도 안돼서 이러고 있지만."

"고모부, 누구는 뭐 낳기 싫어서 안 낳는 줄 알아요?"

아내가 나섰다. 연주가 아내의 손을 감아쥐었다.

"친구 새끼들이 날 고자로 알고 떠들어대지만 난 멀쩡한데 애가 안 생기는 겁니다. 병원에서 검사했는데 둘 다 이상이 없다 이겁니다. 그러니까 더 환장하는 거죠."

황동출이 또 병째 술을 마셨다.

"그만 마셔요. 취하겠어요."

연주가 나섰다.

"술맛이 확확 도지니까 마시지."

황동출이 소리 질렀다.

"그만해라."

강을 내려다보던 서모가 돌아앉았다. 아무것도 읽어 낼 수 없는 텅 빈 얼굴이었다. 삽시간에 조용해졌다. 알을 좇던 산새가 놀라 포르륵 날아갔다.

"여름까지는 땅을 팔아놓을 테니 내려오너라."

"땅을 팔아요?" 동시에 세 명의 입에서 같은 소리가 나왔다. 나는 강에다 눈을 감았다.

"아버지 유언이다. 아범과는 얘기가 됐다."

서모가 못을 박듯 덧붙였다. 황동출이 술병을 숲에 뿌리치듯 던지고 비칠비칠 걸어오는 기척이 들렸다. 눈을 더 꼭 감고 싶은 욕망이 온몸을 긴장시켰다. 그가 아주 가까이 왔음이 등덜미로 느껴졌다.

"그건 연주 몫이네."

옭아지는 가슴을 갑자기 풀어헤치며 말했다.

"아버님의 유언이네."

서모가 다시 말했다. 연주가 흐느껴 울었다. 황동출이 담배를 뻑뻑 피웠다. 서모가 강으로 시선을 돌렸다. 아내는 아무런 동요도 없었다. 한동안 침묵이 흘렀다. 서모는 여전히 강물에 시선을 두었다. 연주가 훌쩍거림을 멈추었다. 아내가 굵은 눈알을 연신 굴렸다. 바람이 불어 수면이 은비늘처럼 반짝거렸다.

"자식에 너무 연연하지 마라."

서모가 말했다. 아버지의 유언과 땅과 사천만 원의 돈 때문에 갑자기 온순해진 황동출이 야수처럼 웅크리고 앉았다. 그의 손에는 또 담배가 들렸다.

"논에 자라고 있는 벼를 수확하면 쌀 스무 가마는 족히 넘을 것이다. 밭에는 콩이 좀 있고…. 가을걷이가 끝나면 한 번 들러야 할 것이다. 수확해서 반은 갖고 반은 남매에게 공평하게 부쳐 주라고 영범네에게 일러는 두겠다만… 그래도 수확할 때는 도리상 내려와 봐야 하는 게 옳을 게다."

서모는 무언가를 말하기 위해 주변을 정리하고 있었다. 아무도 서모의 말을 끊지 않았다.

"가을이란다…. 여름까지는 농사일을 추스를 것 같은데…, 수확은 못 볼 것이다."

나는 그때 서모의 몸에 내려앉은 검은 기미를 보았다. 서모가 말을 이었다. 그 말은 혀를 놀려 모음과 자음을 조화시켜 만들어 낸 소리가 아녔다. 몸의 어느 한 곳에 구멍이 뚫려 저절로 나오는 소리였다.

"석 달을 더 못산다고 의사가 말……하……더……라."

순간. 하체에 아릿한 통증이 몰려왔다. 불현듯 그물에 걸린 참붕어가 뇌리에 떠올랐다. 바람이 불었다. 수면이 바람에 쓸렸다. 강어귀 삶의 울타리로 그물이 둘러치는 소리. 모래알이 사락거리고. 그물에 걸린 붕어의 끔벅이는 눈…. 새벽 강 안개에 묻히던 내 안의 실어.

"폐……암이란다…."

의식이 아득해지며 버둥거리는 사이. 서모의 절망이 강물로 침잠하고. 하체를 칼로 도려내는 통증에 하늘이 노랗도록 이를 악물었다. 마른 목에서 헛것이 케엑 토해졌다.

개가 사는 외딴집

컹. 컹. 컹.

그곳에 가고 싶은 생각이 들었을 때. 뜨거운 스팀이 폐부로 찔러 오는 한증막에서 개 짖는 소리가 들렸다. 비 오듯 쏟아지는 땀이 내 몸 어디에 담겨 있었던 것일까? 허벅지와 팔뚝의 실핏줄이 흐트러져 살갗이 얼룩덜룩해졌다.

갑자기 왜 그곳에 가고 싶은 생각이 들었을까? 더구나 한증막에서.

일 년에 세 번쯤 찾는 목욕탕이지만 내게는 익숙해진 곳이었다. 인구 4만 정도의 소읍에서는 가장 시설이 됐다는 곳이지만 눈여겨보는 구석마다 소읍의 흔적이 남았다. 초등학교와 중학교를 이곳에서 마친 나였기 때문에, 내 또래쯤의 벌거벗은 사람이 불쑥 아는 체라도 할까 봐 적잖게 긴장이 되었다. 짧은 토막의 시선으로, 돌아앉아 면벽하며, 부끄러운 곳을 드러낸 벌거숭이로, 자연으로 돌아간 듯. 수도하듯 씻었다.

탈의실로 나왔다. 오후 4시 40분. 그곳에 가면 5시 10분쯤이 될 것이다. 중얼거리며 다시 바라본 시침이 컹. 컹. 컹. 내게 짖고 있었다.

목욕탕에서 나와 하상 주차장으로 걸어갔다. 속이 메슥거렸다. 차가운 공기를 거푸 들이마셨다. 폐부가 알알해지고 속이 좀 달래졌다. 곧 눈이 올 것이라는 표정의 사람들이 발길을 재촉하고 있었다. 서쪽 건물의 뒤로 꺾어져 있을 태양이 희끄무레한 구름에 가려졌다. 곧 눈이 올 것이라는 짐작이 그곳으로 향함에 망설임을 주었으나 차의 시동을 걸었다. 난방기류가 속을 뒤집었다. 명치쯤에 뭉쳐 있는 덩어리를 아무래도 뒤집어내야 했다. 시동을 걸어 놓은 채 여울에 쪼그리고 앉았다. 손가락으로 목젖을 건드려 명치에 뭉친 것을 자극했다. 하얀 밥알 한 줌이 자갈로 토해졌다. 눈물도 나왔다. 속이 계속 메슥거렸으나 더 넘어올 기미가 없었다. 여전히 명치 언저리에 똬리를 틀고 계속 괴롭힐 참이었다. 인구 4만의 소읍에서 떠나는 순간까지 명치를 짓누를 터였다. 차가운 공기를 거푸 들이마셔 속을 달래고 차에 탔다. 냉풍을 강하게 틀었다. 차내에 엉겨있던 먼지가 일제히 함성을 지르듯 떠올랐다. 추워져서 이가 부딪히고 무릎이 시큰거렸으나 명치가 좀 진정이 됐다. 구역질을 견디면서 30분쯤 후면 그곳에 닿을 터였다.

⋮

아홉. 아홉수. 서른아홉에 접어드는 내게 백모의 관심이 유별났다. 시루떡 찹쌀 고물을 고르는 눈금 고운 체와 같이 촘촘하고 질겼다. 서른아홉에 되면 삼재가 또 시작된다고 작년부터 내게 말했었다. 삼재라는 것이 세 가지 재앙이라는 뜻인지, 3년 동안 재수가 없다는 뜻인지, 혼동되어 두 개를 포괄하는 대충의 의미로만 받아들였다. 구체적으로 아홉수의 재앙이 무엇인지 몰랐다. 백모가 무거운 표정과 음색으로 말했으나 나는 그저 슬쩍 불어가는 바람으로 받아들였다.

얼마 동안 백모가 일러준 삼재를 잊고 지냈다. 문득 생각이 나서 인터넷에서 검색했다. 삼재팔난의 약어로서 모든 재난을 의미한다고 검색되었다. 사람의 일생에서 삼재의 불운이 드는 해를 삼재년이라 하는데 뱀해, 닭해, 소해에 낳은 사람은 해(亥)년, 자(子)년, 축(丑)년에 삼재가 되고. 원숭이해, 쥐해, 용해에 낳은 사람은 인(寅)년, 묘(卯)년, 진(辰)년에 삼재가 되며. 돼지해, 토끼해, 양해에 낳은 사람은 사(巳)

년, 오(午)년, 미(未)년에 삼재가 들고. 호랑이해, 말해, 개해에 낳은 사람은 신(申)년, 유(酉)년, 술(戌)년에 삼재가 든다고 했다. 돼지해에 태어난 내게는 사년, 오년, 미년의 3년 동안 병난, 질역, 기근이 들 수 있다는 것이었다.

스물 아홉수를 넘길 때. 결혼할 때. 아내가 화장품점을 내겠다고 말했을 때. 백모만이 고안해 낼 수 있는, 일종의 의식을 겪었던 경험이 있었다. 아내와 소읍으로 내려와 결혼하겠다고 말했을 때 겪어야 했던 백모만의 의식은 지금도 당황스럽기 짝이 없는, 보통의 여인이 생각해 내기가 전혀 상상되지 않는, 괴상망측한 행위라고 단정할 수밖에 없는 강요였다.

아내와 마주 앉은 자리에서 다짜고짜 내 안주머니를 뒤져 당신이 넣어두었던 부적을 확인했다. 아내가 처음 보는 부적을 조심스럽게 살피다가 눈초리를 차갑게 흔들었다.

"여기에 똥이라도 발랐니?"

백모가 대뜸 아내를 힐난했다. 아마 그 순간부터 아내는 백모에게 보이지 않는 벽을 쌓았을 터였다. 백모가 띠를 먼저 물었고 생일 생시도 물었다.

"교회당에 발을 디딜 생각이면 지금 당장 여기를 나가거라."

백모가 선언했다. 아내는 대답을 만들어내지 못해 귓불을 발갛게 달궜다.

"오늘 맞대면을 했다고 며느리가 되는 건 아니다. 내 입에서 확답이 있을 때까지 행동거지 조심해라. 남녀관계에서 어떠한 경우라도 여자가 목숨 걸고 몸가짐을 조심하며 얌전해야 한다."

백모가 결혼 약속을 알리러 온 아내에게 훈계했다. 점을 치고 사주도 꼼꼼히 뜯어보고서야 혼인의 가부를 말하겠다는 백모의 뜻을 아내는 알지 못했다.

"싹싹하게는 생겼는데 허리 모가지가 가늘어서 애는 낳겠냐? 입술도 문종이처럼 얇아서야 원… 쯧쯧. 엉덩이가 똥그라면 성깔도 까슬까슬해서 못 쓰는 법인데."

아내가 잠깐 자리를 비운 사이 백모는 관상 점을 잊지 않았다. 절구처럼 딴딴한 허리와 너럭바위처럼 펑퍼짐한 엉덩이와 두툼한 입술을 갖지 못한 아내가 백모에게 마뜩할 리 없었다. 이틀도 지나지 않아 백모에게서 연락이 왔다. 패가망신할 사주가 아니지만 그렇다고 썩 좋은 것도 아니다. 웬만하면 헤어질 수 없냐였다. 백모의 의견을 즉시 거절했다. 그만한 사정이 있었다. 사실 아내는 이미 나의 생부모로부터 더 없는 며느릿감으로 인정받은 상태였다. 양가의 연락도 잔잔히 이루어지는 상황이었다. 백모에게는 단지 아내를 보여주려 했던 것이었다. 그렇다고 백모에게 내막을 말할 수 없었다.

"액땜하고서 새 식구를 얻으련다. 동짓달 초사흘에 데리고 오너라."

백모가 망측한 의식을 강요하겠다고 선언했다. 동짓달 초사흘은 백부의 기일이라 어차피 가야 할 날이었다.

조부모의 일곱 자녀 중 둘이 아들이었다. 불행히도 맏이인 백부가 혼인한 해를 넘기지 못하고 세상에서 떠났다. 백모의 표현에 의하면 후손이 없는 불귀가 된 것이었다. 홀로된 백모의 장조카인 내가 백부의 아들 구실을 해왔다. 따지고 보면 아내를 며느리로 삼고 안 삼고는 백모가 아닌 생부모의 허가사항이었다.

생부모가 백모의 요구에 순응해야 한다고 나를 달랬다. 백부의 기일에 맞춰 소읍으로 갔다. 백모는 나와 아내의 꼭지머리칼 몇 올과 망측하게도 입고 있던 속옷을 요구했다. 아내가 실색해져서 꽁무니를 뺐다.

"얘가 우리 집안을 단단히 망칠 작정이구나?"

백모가 다그쳤고 아내가 속옷을 벗었다. 체온이 식기 전에 가야 한다며 백모가 황급히 어디론가 달려갔다.

속옷을 백모에게 빼앗기고 아내와 홑바지로 돌아오면서 천주교 신자인 아내가 백모의 의식을 미신이라고 주저 없이 힐난했다. 아내의 어투에서 미신이 미친의 의미를 내포한다는 느낌을 주었다. 아내에게 반박할 수 없었다. 아내의 믿음은 사회적으로나 역사적으로도 믿음의 배경이 뚜렷했다. 아내가 믿는 믿음의 영역은 원대했다. 백모가 숭배하는 영역은 근거와 목적이 희미했다. 나중에 알게 되었는데 백모가 달려간 곳은 보잘것없는 작은 옹달샘이었다. 고추장독 하나 잠길만한 옹달샘이 백모의 성지였다.

⋮

소읍에서 벗어나는 시간은 십 분도 되지 못했다. 외곽도로가 생기고 신호등이 군데군데 생겼다. 오늘같이 날씨가 을씨년스러워서 차량이나 행인이 드문 날에 신호등이 외려 지체를 유발했다. 소읍을 가로질러 온 개울이 강물과 합류하는 지점에 이르자 바람이 심하게 불었다. 교량을 지나서 하류로 산허리 두 굽이를 돌아서 골짜기로 십 분쯤 들어가면 그곳에 닿을 수 있었다. 산자락의 응달과 강의 기슭에 녹지 않은 눈이 하얀빛을 발했다. 바람이 불 때마다 강기슭의 눈이 빨랫줄의 널린 저고리처럼 펄럭였다. 골짜기에서 토닥토닥 내려온 물줄기가 하얗게 언 채 강의 옆구리를 찢으며 합류하고 있었다. 강기슭을 훑고 가는 바람이 마른 쑥부쟁이를 요란하게 흔들었다. 강물 줄기를 휘돌아 온 무리의 흰 새떼가 상류로 너울너울 날아갔다.

백모에게 이끌려 그곳으로 처음 가게 된 것은 지난 가을이었다. 아내와 아들과 함께 백모의 생일에 맞추어 소읍으로 갔다. 백모가 한사코 하룻밤 묵을 것을 요구했다. 예전과는 달리 우리는 마음의 준비도 없이 백모의 집에서 잠들었다. 아범아—아범아— 부르는 소리에 깨어 보니 백모가 머리맡에 앉아 있었다.

"나와 갈 곳이 있다."

새벽 단잠에서 깨운 백모가 보퉁이를 들고 밖으로 나갔다. 꿈을 꾸듯 따라가는데 아내가 잠에서 깼다.

"어미는 더 자 거라."

백모가 아내에게 말해 놓고 골목길에 세워 둔 차로 걸어갔다. 시동을 걸었다. 새벽 4시 10분이었다. 이쪽으로. 저쪽으로. 백모가 손짓하는 곳으로 차를 몰았다. 강이 보이면서 정신이 또렷하게 들었다. 두려움과 무서움 때문이었다. 강물과 산자락으로 어둠이 완연했다. 하늘에도 새벽의 기미가 나타나지 않았다. 강물을 따라 산굽이를 두 개 돌아가자 백모가 골짜기의 콘크리트 농로로 방향을 지시했다. 핸들을 꺾고 방향을 잡자 헤드라이트가 골짜기를 헤집었다. 골짜기 안쪽 마을에 올망졸망 잠든 집이 보였다. 농로 오른편으로 개울이 흘렀다. 개울 저쪽으로 추수가 끝난 논이 헤드라이트에 드러났다. 농로는 마을을 지날 때까지 개울과 함께하고 있었다. 마을을 가로지른 골목을 지나 마지막 집을 지나가자 콘크리트포장이 끝나 있었다. 백모의 손짓으로 더 가야 했는데 논흙을 다진 새까만 비포장길이었다. 약간의 경사도 나타났다. 비포장에 앞바퀴를 올려놓고 정지했다.

"이 길로 저 안에 있는 곡식이 옮겨왔다."

백모는 내 차를 경운기쯤으로 치부했다. 부아가 가슴 밑바닥에서 은근하게 고였다. 비포장길에 대한 당혹감과 백모에 대한 거부감이었다.

"어서 가자. 빛이 밝아진다."

백모가 재촉했다. 1단 기어를 넣고 가속페달을 밟았다. 길이 생각보다 부드러웠다. 논흙이 곱고 단단하게 다져 있어 아스팔트 길로 느껴졌다. 마주 오는 자전거를 간신히 피할 수 있는 좁은 길이어서 조심스럽게 운전했다. 길의 가장자리가 흙둑이어서 여차하면 차바퀴가 내려앉는 위험이 도사렸다. 마을 입구에서 시작된 개울이 길과 동행하고 있었다. 왼쪽으로 산이, 개울 건너로 논이 희미하게 보였다.

이백여 미터를 기어 1단으로 천천히 올라갔다. 백모가 왼쪽으로의 방향전환을 요구했다. 백모가 요구한 곳을 바라보니 컴컴한 산이었다.

"걱정할 거 없다. 너를 지켜주는 분이 저기에 있다."

논흙을 단단하게 다진 농로가 끝나고 절벽에서 부스러져 내린 자갈이 달그락거리는 임도로 올라갈 것을 요구했다. 새벽 4시 40분이었다. 차에서 내렸다. 마을의 하늘에 새벽의 기미가 깔리는 중이었다. 백모가 요구하는 산으로는 먹물 같은 어둠이 얹혀 있었다.

백모가 차에서 내리지 않았다. 돌조각처럼 버티고 있는 백모의 외모에 어려서부터 질려 있었다. 돌아가시기 전의 조부는 나를 대하는 백모의 돌조각 같은 태도를 흡족하게 바라보곤 했다. 조부는 혹여 청상과부 백모가 집안을 이탈할 수도 있다는 조짐의 씨앗을 내게다 소멸시키려는 의도였다. 나의 생부모는 조부에게 질려서 내게 다가오지 못하고 멀찍이서 바라보고 있을 뿐이었다. 울타리에 선 어머니의 눈물을 볼 때마다 백모와 조부에 대한 거부감이 일었다. 어린 나이에 조부와 백모의 이 세상에서의 소멸을 기도하기도 했다. 그러나 조부가 세상을 떠나자 백모가 내게다 던지는 망은 더 촘촘하고 질겼다. 그렇지만 백모의 유별난 관심은 내게는 무의미했다. 백모가 끈질기게 보내오는 것들을 내 쪽에서 받아주지 않으니 허공에서 부질없이 부서져 내렸다. 백모와 나 사이에 그렇게 부스러져 내린 것들이 첩첩이 쌓였다. 그 첩첩이 쌓인 것들이 백모와 나를 가로막는 벽이 되었다. 백모와 함께하는 시간은 왜 그렇게 더디고 질겼을까? 중학교를 마치고 소읍에 있는 고등학교에 진학하지 않았다. 더디고 질긴 시간의 속박에서 벗어나려는 일종의 의지였다. 타지로 진학해서 백모와 얽혔던 시간의 끊을 잘랐다.

돌로 깎은 조각처럼 차 안에서 꿈쩍하지 않는 백모를 바라보다 산으로 핸들을 돌렸다. 헤드라이트가 산을 비췄다. 갑자기 개 울음소리가 요란하게 들렸다.

컹. 컹. 컹. 와르릉.

한두 마리가 아닌, 마릿수를 어림잡을 수 없는 개의 울음이 와르르 쏟아져 내려왔다. 산 중턱에 쌓였던 돌무더기가 일제히 무너져 내리는 듯 짖어대는 개 울음에 가슴이 덜컹 내려앉았다.

"빛이 밝아진다. 빨리 가자."

백모가 주춤거리는 내게 재촉했다. 여전히 꿈쩍 않을 자세였다. 30 미터쯤 가파르게 올라갔다. 헤드라이트에 외딴집이 드러났다. 묶여 있는 개들이 미칠 듯이 뛰어 오르는 모습도 보였다. 참호에서 난사되는 소총 같은 개 짖음이 계속됐다.

차가 갈 수 있는 길은 외딴집의 마당까지였다. 마당에 주차하자 백모가 보퉁이를 들고 내렸다. 개들이 백모에게 달려들며 와르릉거렸다. 개를 묶은 쇠사슬이 철렁거렸다. 개들의 입속에서 총알이 날아오는 착각이 생겼다. 차에서 내릴 엄두가 나지 않았다.

⋮

콘크리트 바닥에 녹지 않은 눈이 엉겨 반들반들했다. 속도를 늦추었다. 강물 건너 산마루에 걸렸을 태양은 여전히 구름에 가려 보이지 않았다. 기어이 눈발이 흩어지기 시작했다. 이대로 냉풍을 계속 틀다가는 온몸이 얼어버릴 터였다. 마을의 입구의 슈퍼 앞에 차를 세웠다. 온풍을 강하게 틀어놓고 슈퍼로 들어갔다. 슈퍼에서 몸을 녹이는 사이에 차 안의 공기도 덥힐 요량이었다.

눈발이 점점 굵어졌다. 눈이 너무 내렸기 때문에 아내에게 전화해야겠다고 생각했다. 펑펑 쏟아지는 눈을 바라보던 주인이 전화기를 내주었다. 잠시 머뭇거리다가 버튼을 눌렀는데 응답해 온 목소리는 아내였다. 아내는 아직 소읍에 있음이 믿기지 않는다는 음색으로 응답했다. 내가 살얼음판에 놓인 듯 근심 어린 목소리로 오늘 밤을 걱정했다. 눈이 녹으면 가겠다고 말해 놓고 끊었다. 백모에게도 전화해 주어야 한다고 판단했다. 수화기를 놓지 않고 주인의 눈치를 살폈다. 주인은 전화 요금보다 밖에 쏟아지는 눈 때문에 나를 걱정하는 눈빛이었다. 버튼을 눌렀다. 응답해 온 목소리는 백모가 아니라 어머니였다. 어머니는 내가 백모에게 고분고분하였는지를 먼저 물었다. 어머니에게 할 말이 없었다. 백모의 심사를 언짢게 하지 말라는 어머니의 당부에 답을 주고 전화를 끊었다.

산자락에 눈이 하얗게 덮였다. 온풍이 닿는 언저리만 눈이 녹은 차도 하얗게 눈을 뒤집어썼다. 메슥거리던 속은 진정이 됐다. 차 안이 훈훈했다. 이제 얼마 남지 않은 그곳으로 차를 몰고 갈 엄두가 나지 않았다. 그렇다고 여기까지 와서 되돌아갈 수 없었다.

백부의 제사를 위해 소읍에 도착한 것은 어제 오후 3시쯤이었다. 다방에서 2시간, 시장통에서 기웃거리며 1시간을 보내고 백모의 집으로 갔다.

"이번에도 또 혼자 오는 거냐?"

백모가 대뜸 꾸짖었다.

"가게를 닫을 수 없어서요."

"화장품 하루 팔지 않았다고 망하니? 그리고 네가 어엿한 직장이 있는데 어멈은 얼마나 더 벌자고 그런 걸 한다니? 집안에서 남편 뒷바라지하지 않고."

백모에게 등을 돌려 겉옷을 벗고 벽에 걸었다. 계속 서 있을 수 없어 앉았더니 백모가 다가앉았다.

"어멈은 그렇다 치고 애는 왜 안 데리고 오는 게니?"

백모의 질문에 대답하지 않았다. 가게를 열어야 하는 아내는 그렇다 치고 열 살이나 먹은 아들은 백모의 말대로 데리고 왔어야 옳았다. 소읍에 올 때마다 현관에까지 나와 배웅하는 아들의 얼굴을 보면 심란했다. 아내가 아들을 낳았을 때. 득달같이 달려온 백모의 처사에 어머니와 아내는 주눅이 잔뜩 들었다. 어머니는 아들에 이어 손자까지 영락없이 빼앗겼다는 허탈감으로 맥이 빠졌다. 아내가 백모에게 나서려다 어머니의 눈짓에 밀려 속을 죽였다. 혹여 핏덩이를 안고 가겠다는 소리가 나올까, 백모의 눈치에 거슬리지 않으려 고분고분 순종했다.

"잘됐구나. 어차피 사나흘에 끝날 일도 아니고."

백모가 말했다. 백모의 의미심장한 의식을 직감하고 머릿속이 휑 비는 아뜩함에 휘청거렸다.

"사나흘…이나요?"

"그래. 빠르면 닷새. 늦으면 이레쯤."

이레까지? 묵직하게 눌러오는 뻐근한 통증이 가슴으로 내려왔다.

"또 무슨?"

"별거 아니다. 너를 위한 거니 여기 있으면서 내가 해주는 밥만 먹으면 된다."

또 어떤 기상천외한 의식을 마련해놓고 내게 강요를 할까. 백모가 저녁상을 차리는 동안 골목을 두 바퀴 돌았다. 회사는 요즘 한가한 편이어서 휴가 내는데 송구스러움이 덜한 상태였다. 하지만 백모와 닷새나 이레 동안 함께할 것이라는 생각에 머리가 지끈거렸다. 백모의 의식에 닷새 동안이나 속박당할 수는 없었다. 가야 한다는 말을 백모에게 불쑥 던져 놓고 차를 몰아 달아날 작심을 했다.

그런데 백모의 이번 의식은 감동적이었다. 누구에게 귀띔을 받은 것인지, 백모가 창안해 낸 것인지 물어볼 수 없어 알 수 없으나 백모의 정성이 갸륵했다.

백모는 동짓달 초하루부터 백부의 기일 하루 전인 초사흘까지 3일 동안 아흔아홉의 집으로 구걸 다녔다. 추운 날씨에 아흔아홉의 집을 돌며 쌀을 한 줌씩 구걸했다.

"집안의 대들보가 무병장수해야 계통이 서는 것이다. 장손이 어엿할 때 공경도 있는 것이고 화목도 있는 것이다. 너도 올해를 넘기면 사십 줄에 서는구나."

백모가 말끝을 흐렸다. 한숨이 한 줌 흘러나왔다. 후손이 없이 불귀의 객이 된 장손, 백부의 얼굴을 나는 본적이 없었다. 장손이 어엿해야 공경이 있다는 백모의 말이 저녁을 먹는 뇌리에서 맴돌았다.

"아흔아홉 집을 돌면서 제기 잔으로 하나씩 얻었는데 이렇게 많더구나. 이만큼 무병장수하면 되는 거다."

백모가 광목천 보자기를 풀었다. 보자기에서 아홉 개의 봉지가 나왔다. 아흔아홉을 아홉으로 분배한 열한 집 구걸 몫의 쌀이 봉지에 들어있었다.

"욕심 같아서는 백 집 천 집 쌀을 얻어다가 네게 해주고 싶었지만 그건 허황한 욕심이다. 아흔아홉이면 장수하는 거 아니겠니?"

백모는 나의 아흔아홉의 장수를 기원하며 아흔아홉 집에서 명을 빌어다 내게 넣어 주려는 의식을 행하고자 함이었다. 아홉수, 서른아홉에 찾아온다고 믿는 삼재, 그 삼재를 상쇄하고 달래려는 아흔아홉 집의 구걸과 아홉 봉지의 쌀.

"오늘 밤에 제사를 모시고 내일 아침부터 이 쌀로 지어주는 밥알 한 개도 헛되이 하지 말고 전부 삭이고 네 집으로 가거라."

자정 무렵에 백부의 제사를 지냈다. 잠자리에 들었는데 쉽사리 잠이 오지 않았다. 꼭두새벽까지 생각이 골머리에 와글거려 잠을 설쳤다. 아침에 백모가 그 쌀로 지어 준 밥공기에 수저를 얹는데 가슴이 미어졌다. 가야겠다고 차마 말하지 못했다. 아침을 먹는데 백모가 흡족한 얼굴로 나를 지켜봤다. 밥알 한 톨 내 속으로 들어가지 않고 헛되이 될까 노심초사 눈초리로 지켜보면서 흐뭇한 웃음을 보였다.

그렇게 아침과 점심, 두 끼니를 먹었는데 속에서 삭이질 못하고 명치에 뭉쳤다. 목욕탕 한증막에서 땀을 비처럼 쏟아도 뭉친 것이 여전했다. 앞으로 닷새를 먹어야 한다고 생각하니 헛구역질이 났다.

⋮

눈이 계속 내렸다. 새까맣게 소용돌이치는 함정 같은 하늘에서 눈발이 뿜어져 나왔다. 적막이 도사려 앉은 지붕으로 눈발이 내려앉았다. 오후 6시가 지났다. 시동을 끄고 차에서 내렸다. 걸어서 그곳에 가볼 참이었다. 1단 기어로 채 십 분 거리니 먼 곳은 아니었다.

그곳으로 한 걸음 걸어갔다.

컹. 컹. 컹.

개 울음소리가 환청으로 들렸다. 골짜기에서 불어온 눈보라가 볼을 때리고 강으로 곤두박질쳤다. 산자락에서 나뭇가지 휘어지는 소리가 음산하게 들렸다. 눈길을 헤집으면서 바라보는 골짜기는 함정 같은 어둠뿐이었다. 함정 속에 외딴집이 있고, 일제히 으르릉거릴 개떼가 있고, 백모의 옹달샘이 있었다. 그 함정으로 자청해서 빨려 들어가며 천천히 걸어 올라갔다. 눈이 두툼하게 쌓여 지형의 윤곽이 부드러운 곡선으로 뭉그러진 상태였다.

한걸음, 한걸음이 개를 자극하는 것은 아닐까. 기척을 눈에 묻으며 그곳으로 다가갔다. 백모는 개떼에 아주 익숙해져 있었다. 그날 새벽에도 개떼가 와르릉거리는 마당으로 백모가 내렸다. 나는 차에서 곧바로 내리지 못했다. 백모가 차에서 나오지 않는 내게 손짓하자 개들이 일제히 뛰어 오르며 짖어댔다. 육순의 여인에게 저렇게 짖을 까닭이 있을까? 개들은 움직이는 물체, 자신에게 다가올 수도 있는 물체를 보고 악을 쓰듯 짖는 동물이었다. 등을 돌려 멀어지면 짖지 않는 동물이기도 했다.

"집주인 나오겠다. 얼른 가자."

백모가 차창을 두드렸다. 가야 할 곳이 백모의 말대로 다 왔는지 아니면 아직 멀었는지 알 수 없었다. 다만 서서히 어둠의 농도가 탈색되는 새벽 어딘가에 그곳이 있을 것이라는 생각을 했다. 쇠사슬이 끊어질 듯 개가 뛰어 올랐다. 이빨을 드러내고 와르릉거리는 개의 쇠사슬이 끊어질까 두려워졌다.

차에서 내렸다. 백모가 어느 틈에 외딴집 뒤로 돌아가고 있었다. 집에서 아무도 나오지 않았다. 백모가 손전등을 켰다. 납줄갱이 배때기 모양의 천수답 논에 벼들이 베어져 있었다. 천수답을 거슬러 올라갔다. 논이 끝나고 산과 접하는 곳에 바위가 있었다. 백모가 바위 밑을 손전등으로 밝혔다. 고추장독이 잠길만한 옹달샘이 빛에 드러났다. 여느 샘보다 잘 손질이 되어 있음을 한눈에 알아볼 수 있었다. 떠 있는 갈참나무 잎을 건져내자 샘의 내부가 드러났다. 바닥을 넓적 돌로 깔았고. 샘의 둘레에 손바닥 돌로 층층이 쌓아서 축소된 우물의 형상을 하고 있었다.

"뭐 하고 있는 게니 어서 예를 갖추지 않고?"

백모가 멀거니 선 나를 꾸짖었다. 나는 그냥 우두커니 서 있을 뿐이었다. 누구에게 예를 갖추라는 것인지 알지 못했다. 백모가 샘물에 고개를 조아리는 것도 내게는 가당치 않았다. 백모가 샘의 좌우에 등대를 세우듯 초를 세우고 불을 붙였다. 촛불이 수면에 너울거리면서 샘이 도드라지게 밝아지는 것을 보며, 새벽이 밝기 전에 서둘렀는지 이해할 수 있었다. 백모의 의식이 시작됐다. 먼저 사방으로 굽신거리면서 이번에는 내가 동행했음을 알렸다. 백모의 또 꾸짖듯 하는 다그침에 나도 백모처럼 사방에 손바닥을 비비면서 굽신거렸다. 준비해 온 음식을 진열하고. 소주도 찔끔찔끔 붓고. 쉬지 않고 굽신거리며 빌었는데, 나의 무병장수와 운수대길을 염원하는 내용이었다.

개의 짖음은 멎어 있었다. 어둠도 서서히 물러나는 기미가 보이더니 마을로 확 트여나는 벌판에서 아침이 성큼성큼 걸어오고 있었다. 윤곽이 드러나는 마을과 마을을 둘러싼 산의 형체를 지켜보면서 백모의 의식이 끝나기를 기다렸다. 의식은 쉽사리 끝나지 않았다. 아니, 언제 끝날지 예측되지 않았다. 백모만의 의식이므로 절차나 기승전결 같은 흐름의 기복이 없었다. 나의 무병장수와 운수대길을 반복해서 주절거리며 굽신거려 빌고, 애원하며 빌고, 빌고 있음을 확인해보려는 듯 또 빌었다.

백모의 숭배대상은 누구일까? 웅얼거림을 귀담아들어도 백모가 누구에게 빌고 있는지 알 수 없었다. 여러 신이 백모에게 호출되었다. 사방신님. 산신님. 지신님. 천신님. 용왕님. 조상님. 그리고 고인이 된 백부에게도 나의 만복을 애원했다.

어둠을 밀어내는 아침의 힘은 엄청났다. 어둠이 덤불 숲으로 비칠비칠 숨어들었다. 강에서 피어오른 안개가 벌판으로 낮게 깔려 골짜기로 타올랐다. 산등성이 발갛게 불붙더니 방금 쑥 뽑아내는 달걀 같은 햇덩이가 정상에 올라앉았다. 그러자 논두렁에서 쑥국 꽃들이 형광 불빛을 뿜어내기 시작했다.

백모의 의식이 끝났다. 백모가 떠주는 옹달샘 물을 마셔야 했다. 물그릇을 받아들었는데 거부감이 속에서 솟구쳤다. 막상 물이 목구멍으로 흘러 들어가자 아침 햇살로 확 부셔내는 느낌이었다.

외딴집으로 걸어갔다.

컹.

개 한 마리가 짖었다. 외딴집 굴뚝에서 피어오른 연기가 안개 속으로 빨려 들어갔다. 산등성에 완전히 솟은 햇덩이에서 햇살이 좌르륵 쏟아져 내렸다. 물안개가 그 빛을 송두리째 삼키면서 점차 엷어졌다. 마당에 이르렀을 때 또 개들이 미친 듯이 튀어 오르며 짖었다. 쇠사슬에 묶인 개들이 십여 마리는 족히 되었다. 한군데 모여있는 것이 아니라 일정한 거리로 쇠말뚝을 박고, 그 말뚝에 개들이 묶여 있었다. 한 마리가 짖으면 다른 개들도 일제히 짖었다. 다리가 길고 몸통이 컸다. 식용으로 사육되는 개였다.

"이놈의 개새끼들이."

백모가 개를 향해 던지는 시늉을 했다. 개들이 앙칼지게 짖었다. 부엌에서 문이 열리며 남자가 나왔다.

"초하루다 싶었더니 영락없이 개를 흔들어 놨군요?"

육순은 돼 보이는 노인이 백모에게 아는 체했다. 그의 손에 김이 모락모락 오르는 개먹이가 담긴 양동이가 들렸다. 개가 짖는 것을 멈추고 껑껑거렸다. 먹이의 냄새를 맡은 모양이었다. 살이 찐 개의 등이 번들거렸다.

"저놈의 개새끼들 좀 치우라니까."

백모가 노인에게 말했다.

"또 억지소릴."

노인이 개밥그릇에 먹이를 퍼주며 말했다.

"억지소리라니? 여기가 어딘데. 신성한 곳에서 저런 막돼먹은 짐승을 키우니까 그러는 거지."

개가 밥그릇에 할딱거리다가 백모에게 컹컹 짖었다. 백모가 개를 때릴 듯 주먹을 쳐들었다. 한 마리가 짖자 시작하자 떼거리로 짖었다.

"그러지 마요. 저것들도 살날이 얼마 안 남았어요."

노인이 양동이를 들고 다니면서 골고루 먹이를 주었다. 개가 짖는 것도 필사적이었지만 먹는 것도 사력을 다했다. 곧 건강원으로 팔려나갈, 눈곱이 낀 개를 외면하고 시동을 걸었다.

"송구해요. 새벽잠을 망쳐서."

백모가 차에 타면서 노인에게 말했다. 노인은 매달 초하룻날마다 괴롭히면서 뭘 새삼스럽게 그러냐고 군소리를 했다. 차를 타고 내려오는데 두어 번 가볍게 짖고는 밥통에 주둥이를 박았다.

"망할 놈의 노인네. 많고 많은 짐승 중에 하필이면 개새끼들을 키우고 있어."

백모가 노인을 책망했다.

"사람을 위해서 우는 짐승이잖아요."

돌아가는 길이어선지 선뜻 백모에게 말이 나왔다.

"사람을 위해서 우는 게 아니라 개를 위해서 짖는 거란다."

돌아오는 차에서 백모가 자신의 신앙을 얘기했다. 내가 이렇게 어엿이 살아 있음은 옹달샘에서 불러냈던 신들에게 감사해야 하고, 또 무엇보다도 저승에서 백부가 항시 돌보고 있음을 염두에 두고 어긋나는 길에는 가지 말라고 했다. 백모가 자신의 덕이라는 말은 하지 않았다. 내가 그토록 원치 않는 백모의 의식은 백모 자신을 위한 행위가 아니었을까?

:

컹. 컹. 컹.

개 짖는 소리가 환청으로 들렸다.

걷는 기척을 쌓인 눈에다 묻으면서, 생각의 깊이가 저절로 깊어지면서, 외딴집에 가까워지자 왜 여기에 왔을까에 대한 자문이 생겼다. 갑자기 목적을 상실한 느낌이었다. 옹달샘에 가고 싶었음이었을까, 개들을 보고 싶었음이었을까, 나를 섬뜩하게 긴장시키던 개떼의 울부짖음을 듣기 위해서였을까, 명치끝에 뭉친 그것이 나를 맹목적으로 이곳에 떠밀었을까?

외딴집으로 향하는 길로 접어들었을 때. 문득 눈이 그쳤음을 알았다. 바람이 여전했다. 불현듯 떠오르는 생각처럼 이따금 불어가는 바람만 없다면 시간이 공간에 늘어 붙은 상황이 바로 지금일 것이라는 생각을 했다. 바람이 불어온 골짜기가 괴괴하게 음산했다. 불어간 골짜기도 음산하기는 마찬가지였다. 시간도 소리도 눈에 묻힌 듯, 마당에 올라서도 개 한 마리 낑낑거리지 않았다. 다만, 외딴집에서 불빛만이 촉수 낮게 스며 나오고 있었다. 마당에 서서 갑자기 길을 잃은 느낌이 생겼다. 귀를 의심해보았다. 백모에게 달려들며 쇠사슬을 출렁이던 개가 없었다. 개떼에 대한 긴장이 풀어져서였을까? 갑자기 심한 추

위를 느꼈다. 삽시간에 온몸이 와들와들 흔들렸다. 발이 자리에 얼어
붙은 듯 다리를 움직이지 않았다. 외딴집의 붉은 불빛이 나를 간신히
만질 듯 흘러나왔고, 도란거림이나 TV 소리가 들리지 않았다. 불빛을
향해 몸을 끌었다. 마루에 몸을 엎었을 때, 낑. 낑. 낑. 개 짖는 소리
가 들렸다. 개들이 쇠사슬에 묶였던 곳을 보았다. 개가 묶였던 말뚝만
있었을 뿐 개는 어디에도 없었다.

낑. 낑. 낑. 강아지 우는 소리가 방에서 들렸다. 문이 덜컥 열리고
손전등에서 뿜어져 나온 빛이 얼굴에 쏟아졌다. 정면으로 빛을 받고
있어 앞이 보이지 않았다.

백모와 핀잔을 주고받던 노인이 방에 있는 동안 소리 없이 쌓인 눈
에 놀랐다. 온몸을 떨고 있는 나를 의아한 눈빛으로 자세히 보다가 안
으로 들어오라고 말했다. 군소리 없이 노인을 따라 방으로 들어갔다.
방은 형편없이 어두웠다. 전깃불이 아닌 남포등 심지가 위태롭게 흔들
리면서 빛 알갱이를 퍼뜨렸다. 노인이 내주는 자리로 앉았다. 방바닥
이 쩔쩔 끓고 있었다. 구석에서 낑낑거리는 소리가 들렸다. 볏짚으로
엮은 둥우리에서 강아지들이 고개를 들썩이면서 나를 넘보았다. 대여
섯 마리는 돼 보였다.

"개들은 다 어디로?"

"겨울에는 그 많은 개를 못 먹여. 봄에 강아지를 사다가 가을까지
키워서 겨울이 오기 전에 넘겨야지. 올해는 도사견 암놈이 저놈들을
내게 주고 도살장엘 갔지. 자넨 누…군가?"

노인이 가을 아침에 스치듯 상면했던 나를 기억하지 못했다.

"집 뒤 샘물에 초하루마다 오는…."

"오호라. 그 아주머닐 차에 태우고 왔었지. 그럼 자네가 아들이겠구
면?"

노인의 물음에 선뜻 대답하지 못했다. 둥우리 안으로 시선을 쪼며 고개를 숙였다.

　"그럼. 출세한 사람이겠구먼?"

　노인이 그렇게 말했을 때, "출세한 사람요?" 나도 모르게 반문했다.

　"그 아주머니 정성의 일 할만 뻗쳐도 자넨 판사시험에 합격했을 걸세. 혹시 자네 판사나 박사는 아닌가?"

　노인이 내 모양새를 자세히 바라보았다. 내게서 판사나 박사의 기품이라도 찾아보려는 의도였다. 노인 앞에서 한없이 무안해졌다. 중소기업의 과장이고, 아내는 과장의 월급이 탐탁하지 않아서 화장품을 팔고 있다는 말을 할까 잠시 망설였다.

　"박사도, 판사도 아닙니다."

　그렇게 말했더니 노인이 내게로 늘였던 고개를 거두어들였다.

　"그럼 교도소 갔다 왔나?"

　뜬금없는 노인의 질문이었다.

　"교도소요?"

　"이만한 자식을 두고 어째서 이십여 년을 넘게 매달 초하룻날 한 번도 빼먹지 않고 여기를 혼자 오는가 생각했지. 그것도 꼭두새벽에. 자네 교도소에서 가을에 나왔지?"

　뒤통수를 주먹으로 맞은 느낌이었다. 백모의 이십 년 행보에 처음 동행한 내가 교도소에 있었던 것으로 노인이 생각한 것이었다.

　"이십 년 동안 여기서 개를 길렀습니까?"

　노인은 동문서답하는 내게 목을 또 늘였다. 교도소에 나온 놈으로 나를 단정 짓는 눈빛으로 살피더니 안쓰러운 표정을 지었다. 노인에게는 백모가 안쓰러워진 것이었다. 쩔쩔 끓는 방바닥에서 몸을 일으켰다.

　누군가의 간절한 염원에 응답하듯 소리 없이 대지를 덮은 눈이 어둠에 저항하고 있었다. 얼었던 몸이 녹았으나 구두가 얼어서 걸음이 팍팍했다. 옹달샘에도 눈이 소복하게 쌓였다. 눈을 걷어내고 얼음을 깨서 두 손으로 물을 퍼마셨다. 골짜기에서 숙성된 천년의 고요를 마신 느낌이었다. 마을에서의 개 짖는 소리가 명치를 꺾는 허기를 일깨우고 있었다. 컹. 컹. 컹.

놈(者)

공(公)을 자처하는 놈이 있었다. 놈은 자신이 공이라 외쳤다. 누구도 눈길을 주지 않았다. 사회구조가 늘썽하니 놈에게 관심을 주는 자 없었다. 놈은 자신이 공임을 자신했다.

공의 용맹과 슬기와 지혜를 놈의 호도깝스러운 행동에 꿰맞추니 공의 기품 훼절을 차마 눈뜨고 참을 수 없는 지경이었다. 그래도 놈에게 한마디 찌르는 자가 없었다. 백성의 마음이 여유로워 그런 것도 아니었다.

어쩌다 무관심에 일침을 놓듯 신문이 지면에다 놈의 겉껍질 약간 벗겨내면 백성은 잠깐 서느렇게 펄쩍 뛰었다. 이렇게 놈을 지켜보는 태도가 너그러워 놈은 무관심의 썰물이 차오르면 닝큼 공의 바다에 뛰어들어 온갖 악행을 일삼곤 했는데 놈도 결국은 말기의 거년스러움이 늘컹하게 엿보이기 시작했다.

광화문 거리에 공이 아무리 녹슨 구리로 섰다지만 감히 공의 행세를 자청하는 놈이 있다니. 기실 놈 같은 작자들이 공의 행세를 함에는 백성의 묵인이 원인의 으뜸이었다. 아무리 숫백성이라지만 각처에 일삼는 놈 같은 작자들의 엉너릿손을 모를 리 없었다. 다만 발치에 둔 채 볼만 장만하고 있을 뿐이었다. 놈에게 엉거능축한 수단이 있어 공의 행세를 하는 것도 아니었다. 놈을 에워싼 작자들이 엉금쌀쌀하게 굴어 주었기 때문에 놈도 어쩔 수 없이 공을 자처해야 했다. 놈은 자신이 결코 공이 될 수 없음을 애초부터 잘 알고 있었다.

침실에는 놈의 부인이 있었다. 아들은 아들 방에 없었다. 이태원에 갔을까. 무주로 스키를 타러 갔을까. 동남아로 배낭여행을 갔을까. 알프스를 넘겠다고 유럽 쪽으로 간 것은 아닐까. 아들의 행방에 대한 놈의 의문은 늘 해답이 없었다. 답을 주는 자가 없었기 때문이었다. 그래도 놈은 매일 아들의 방을 노크했다.

아들이 없었고 밤이 되었고, 부인이 속옷으로 침대에 있었기 때문에 놈은 침실에 들어가지 않았다. 침실이 부인의 방이 된 지는 오래였다. 그래도 외출에서 돌아와 부인의 방에 들르는 것은 아들의 아버지로서 아들의 어머니에 대한 작은 예의였다.

놈은 생각에 잠겼다. 부인은 이미 속옷으로 갈아입었기 때문에 얘기를 나눌 상황이 못 됐다. 놈은 침침하게 앉아 생각에 잠겼다. 생각한다는 것에 놈은 익숙해졌다. '곳'에 대한 고민에 익숙해진 놈이었다. 일어나면 놈의 주변에 어김없이 나타난 자가 오늘 가야 할 곳을 말했다. 놈은 가야 할 곳과 해서는 안 될 말과 가서는 더욱 안 될 곳을 그 자에게 틈만 나면 들어야 했다. 놈은 자신도 모르게 그 자의 꼭두서니가 되었다. 자신이 꼭두서니가 되고 있다는 것을 알아차리기 시작하면서 놈은 그 자가 곳에 대한 말을 하는 동안에 눈을 감는 버릇이 생겼다. 놈은 눈을 감고 새로운 곳을 만들었다. 놈이 듣는 척하면서 만들어 낸 곳은 자신의 세계가 아니었다. 이미 있는 상황의 한복판으로 슬며시 끼어들어 가서 그곳을 제 것인 양 상상했다. 놈이 곧잘 제 것인 양 상상하기 시작한 곳은 충무로였다. 놈이 공인 양 환상에 사로잡혔다. 그 자의 말이 끝나면 놈은 눈을 떠야 했는데, 그 순간 환상은 현실의 벽에서 삽시간에 소멸되었다. 놈은 그 소멸이 아쉬웠다. 놈은 혼자 있을 때 환상의 세계를 넘나들기 시작했다. 공인 양 장검 짚고 충무로를 내려다보는 습성이 생겼다. 놈은 환상과 현실을 넘나들다가 환상과 현실의 문턱마저 망각했다.

문턱이 없어지고 나서 현실이건 환상이건 놈의 생각은 '보이는 것'과 '보고 있는 것'으로부터의 내면화 작업이었다. 장검과 투구와 갑옷이 놈을 옭아매고 있었기 때문에 '보이는 것'과 '보고 있는 것'이 생각의 영역이었다.

광화문, 경복궁, 교보문고, 정부 종합청사, 세종로는 '보이는 것'이었고, 행인과 차량과 떨어지는 낙엽은 '보고 있는 것'이었다. '보이는 것'은 놈에게 믿음을 주었지만 지루함도 곰팡이처럼 피워 냈다. 그래서 놈은 '보고 있는 것'으로 시력을 돋구었다.

'보고 있는 것'은 움직이는 것, 변화하는 것, 오백 년 실록처럼 저절로 사건이 잉태되고 기록되는 것. 이십일 세기로 꼼지락거리는 무리의 흐름이라는 것을 깨달으면서 홍수를 만난 기분에 사로잡혔다. 강둑이 야금야금 터지고. 기둥이 1년에 1도씩 기울어지고 대지의 표피가 긁혀 나가고… 유관순 열사가 두 팔을 허우적거리다가 침몰하듯 젊은이들이 시너를 온몸에 끼얹던 보도블록으로 젖가슴을 출렁이면서 처녀들이 행진하고… 놈은 이제 눈을 떠도 소용돌이를 볼 수 있었다. 놈은 눈을 뜨나 감으나 밀려오는 것들에 정신이 초췌해지는 버릇을 길들게 했다. 두 손으로 움켜쥔 장검도 무용지물이었다. '왜 너에게 무용지물을 무겁게 쥐게 했을까?' 생각해 볼 겨를도 없이 홍수에 떠내려가지도 못하고 거슬러 오르지도 못하면서 다만 고립되었다. 놈은 급기야 생각에 진절머리를 쳤다. 생각이 갈피갈피 혼비백산했다.

놈은 '보는 것'을 '보이는 것'에 뭉뚱그리려 했다. 하나로 꼬아 의미 없는 흐름으로 내면화시키고자 했다. 알 수 없는 흐름. 생각하기가 달갑지 않은 타인의 행위. 식도에서 항문까지의 그 변화무쌍하지만 의식되지 않는 흐름으로. 그 흐름은 엉뚱하게도 놈을 전혀 새로운 환상의 늪으로 침몰시켰다.

놈은 부인의 방으로 갔다. 부인은 잠들어 있지 않았다. 놈이 들어서
자 부인은 눈동자만 쳐들었다. 그것도 잠시였다. 부인은 침대에다 하
체만 누운 채로 TV에 혼을 쏟고 있었다. 놈은 부인의 곁에 앉았다. 부
인은 여전히 눈동자로만 잠깐 놈의 동작을 감지했다. TV에서는 음란
비디오가 상영되고 있었다. 침대 위에서 벌거벗은 남녀가 세상의 모든
고통과 환희를 모두 소유하려는 듯 우주인 같은 표정을 수시로 바꾸
었다.

부인은 리모컨을 움켜쥔 두 손을 앞가슴에 올려놓았다. 놈은 리모
컨에다 부인의 남자 물건을 떠올렸다. 놈이 걸어가서 전원 버튼을 눌
러 OFF시켰다. 부인은 그제야 리모컨을 손에서 놓았다. 리모컨은 부
인의 손바닥에서 뿜어 나온 습기로 젖었다.

"외박하고 오는 길이야."

놈이 말했다.

"외박? 지금이 몇 신데?"

"열두 시 오 분."

"그것도 외박에 속하나요?"

부인의 말속에 조소가 곁들어 있었다. 놈은 수치심으로 천장을 잠
깐 응시했다. 부인이 말하는 그것, 외박이 될 수 없는 사유가 시간이
아니라 놈을 두고 하는 말임을 감지했기 때문이었다. 놈은 인내에는
강한 자였다.

"난 외박도 못 해?"

"내가 그렇게 말했나요?"

부인이 또 웃었다. 놈은 이번에는 시선을 피하지 않았다.

"그녀를 만나고 오는 길이야. 수루에서."

"수루?"

"그래. 한산섬."

"그럼. 관계가 가능했겠네? 수루니까."

"질투가 나?"

놈은 왜선을 명량 바다 울돌목으로 유인하듯 부인을 자신의 심중으로 몰아가려 했다.

"아뇨?"

부인은 놈의 함정에 쉽사리 발을 들여놓지 않았다. 철길 옆 개구리도 삼 년이면 기적 소리를 낸다 했다. 부인도 놈과 함께한 삶이 십 년 고개를 여럿 넘었으니 놈의 처세술이 저절로 몸속에 스며 있었다. 세상에서 함께 한다는 것은 공유하는 것이 아니라 홀로 다툰다는 것임을 부인도 터득했다. 놈은 남의 장검이 홀로 버팀에 조금이나마 도움이 될까 훔쳐 짚고 있었는데 녹이 슬어 헛됨이었다. 이제는 맨 잎이라도 이죽거려서 자신을 방어해야 한다는 것을 시험하고 있었다.

"그녀가 당신을 옹호하더군."

"그래요?"

부인이 간드러지게 웃었다. 놈은 의미 있는 웃음을 지어 보였다. 웃음의 끝자락에서 부인의 눈이 이글거리더니 화살을 관통시킬 듯 노려보고 있었다. 놈은 속으로 쾌재를 불렀다. 부인의 눈빛에서 투기가 번득거리는 것을 보았기 때문이었다.

"나를 어떻게 옹호했어요?"

"당신이 가엾다고 했어."

"내가 가엾다고 했어요? 그 미친년이?"

부인이 리모컨을 들어 벽에다 던졌다. 리모컨의 덮개가 깨져 건전지가 이탈됐다. TV는 꺼져 있었다.

"그래 당신이 불쌍해 죽겠대."

놈답지 않게 이죽거리면서 부인의 안면에다 웃었다. 재미있어 죽겠다는 표정도 곁들였다.

"미친년이 내가 불쌍하다고 말했어?"

"그녀를 만나기 전까지는 내가 불쌍한 놈인 줄 알았지. 그런데 그녀가 오판을 말끔히 씻어 주었어. 아주 속이 후련해. 다만 당신이 불쌍하다고 갑작스럽게 생각을 하니 가슴이 저며."

역시 부인은 자신의 분을 진화할 수 있는 깊이를 잃고 있었다. 벽에다 던진 리모컨을 바라보다가 베개를 던졌다. 베개는 날아가 벽에 부딪히면서 아무런 저항도, 내던진 의미의 소음도 내지 않았다. 그래서 잠깐 침실에 침묵이 왔다. 부인의 쌔근거리는 숨소리가 침묵을 서서히 깨트리고 있었다. 놈은 그 짧은 순간에 부인이 정말 가엾다는 생각을 머금었다.

놈은 부인의 옛 모습을 잃어버린 지 오래였다. 생존하기가 위태롭고 놈이 위태로울 때의 부인이 아니었다. 부인이 저렇게 됨은 놈의 잘못도 아니고 부인의 행실 때문만도 아님을 놈은 알고 있었다. 놈이 덧없이 무력해짐과 같은, 누구의 탓도 없는 변화였다. 굳이 누구를 지칭하라면 자신을 방문했던 자들을 모조리 들먹거려야 했다. 놈은 부인의 침대에서 일어났다. 놈의 묵직한 몸이 이탈되자 침대가 흔들렸고 부인도 흔들렸다. 이쯤이면 부인의 침실을 공유했다는 판단을 했다. 내일은 수루에 여자를 데리고 가야겠다는 다짐을 잊지 않았다. 서재로 가서 일기장을 펼쳤다. 아들은 이 밤에 어디에 있는 것일까? 시름이 일기장에 쏟아졌다.

　　　　:

　미륵산. 개미목. 학섬. 죽도. 봉화대. 활터. 누군가 잠 못 이루고 뒤척였던 기운이 서린 〈수루〉에 놈이 여자를 굽어보고 있었다. 〈수루〉 주차장에 놈이 타고 온 외제 승용차가 네온 빛을 〈수루〉로 되쏘고 있었다. 〈수루〉의 구석에 뭉친 어둠의 잔해 때문에 빛은 여자의 살갗으로만 모였다. 여자가 들숨을 마시면 살갗도 부옇게 숨을 쉬었다. 놈의 눈빛에 주눅이 든 여자는 무슨 말이라도 해야 한다는 강박에 옥죄였다.

　"무얼 알고 싶어요?"

　놈의 마음을 읽은 것일까?

　"몰래 바람피운 적 있지? 남편이 있듯이 애인도 있지?"

　여자는 헛발 짚은 듯 휘청거렸다가 몸을 가누고 놈을 찬찬히 살폈다. 놈은 분명 잔재만 남은 욕정을 붙들고 한탄하는 눈빛이었다. 여자는 놈이 가엾다는 생각을 했다.

　"대답이 꼭 필요해요?"

　일부러 화가 오른 어투로 말했다. 놈의 눈빛이 계속 강렬해서 여자는 화를 오래 붙들지 못했다. 놈이 말기적 쇠잔한 기색을 보인다 해도 아직은 만만하게 볼 물건이 아님을 여자는 알고 있었다. 놈의 주변에 찻잔을 받쳐 든 자들이 다시 몰려들면 놈은 순식간에 슈퍼맨이 되고 만다는 것을 여자는 익히 알고 있었다.

　"내 아내는 정부가 있어."

　"그래서 내게도 정부가 있다는 뜻이군요. 부인이 정부를 갖고 있으니까 여자들도 정부를 갖고 있을 거라고 지레짐작을 하는군요."

　여자의 얼굴에 어이가 없다는 표정이 나비가 스쳐 가듯 그려졌다.

　"분명히 정부가 있을 거야. 내 아내처럼."

　"무슨 근거로?"

"다방면으로 활동적이잖아."

"활동적인 여자는 그 방면으로도 꼭 연결되어야 하나요?"

"내 아내는 활력이 늘 넘쳐."

"당신의 잘난 용맹 때문에 얻은 활력?"

"맞아. 나의 용맹이 나도 모르게 아내에게로 모조리 옮겨 갔어."

"활력이 넘치는 부인과 살면 좋으시겠네요."

여자의 말에는 조롱의 끼가 역력했다.

"그렇게 생각하겠지. 생각과 실제는 별개일 수 있다는 걸 알아야해."

"이것도 알아두세요. 활력이 넘친다고 모두가 모반을 꾀하는 건 아니라는 것을."

"물고기 지느러미처럼 역동적인 아내와 살다 보면 내게로 그 힘이 다시 옮겨올 줄 알았어. 그런데 오판이었어."

"당신에게로 옮겨왔다면 당신이 갖고 있다던 용맹은 진짜였겠지요. 진짜는 누가 소유하든 변질되지 않으니까."

여자가 놈에게 시선을 주었다.

"얼마 전에 갑자기 내 몸이 내 뜻대로 되질 않는 거야. 수치스럽기 짝이 없었지. 죽고 싶었으니까. 아내는 여전히 활기가 넘치는데…."

놈이 여자 쪽으로 등을 돌렸다. 여자의 연민이 놈의 넓은 등을 시선으로 어루만졌다. 여자는 놈의 벌어진 어깨와 잘록한 허리와 딴딴한 엉덩이에 감탄했다. 훔친 구리 갑옷을 입고 장검 영원히 짚고 있을 듯 날뛰던 놈도 별수 없이 노쇠의 그림자에 덮이고 있었다.

"믿기지 않아요. 신체 건강한데 그런 일이."

"아내는 괜찮다고 말했지. 그런데 그런 일이 반복되자 두려워지기 시작하더군."

"누가요? 부인요? 아니면 자신?"

"처음에는 내 몸이 두려워지더니 아내가 두려워지더군."

"부인에게 연민을 주고 싶어요."

"그럴 수도 있지. 같은 여자로서."

"당신이 생각하는 그것만은 아녜요. 우물에 빠진 사람보다 우물에 빠진 사람을 지켜보는 사람의 심정이 더 아프다는 사실을 의미하는 거죠."

놈이 여자 쪽으로 몸을 돌리며 흐흐흐 웃었다. 여자의 시선이 과녁을 뚫지 못하고 어지럽게 흔들렸다.

"아내가 웃더군. 승리했다는 듯. 남편에 대한 승리로 억제하지 못하는 웃음 말이야."

"부인을 모독하고 있군요. 남편의 불구를 웃어야 하는 부인의 가슴을 모르고."

"웃어야 하는 가슴?"

놈이 여자를 내려다보며 또 흐흐흐 웃었다. 여자가 몸을 움츠렸다.

"그건 웃음이 아니에요."

"날 조롱하고 있는 거야."

"조롱은 아닐 거예요. 연민은 몰라도."

"어젯밤에 침실에 갔었어. 얼마 전까지도 살아 넘치던 욕정을 가슴에다 담고. 불을 켜더니 미소를 짓더군. 옷을 천천히 벗어 내더니 혼자 애무를 하기 시작했어. 내 눈을 똑바로 바라보면서. 나는 꼼짝을 할 수가 없었어. 미친 듯이 자위를 하기 시작했어. 도전적인 눈초리로 나를 보면서. 입가에다 조소를 흘리면서. 너 없이도 할 수 있다는 눈초리를 내게다 쏘면서. 내 몸에 냉기가 들어차더니 나는 그 자리에 깨알처럼 얼어붙고 말았어."

"함께 살기 어렵겠네요. 부인의 뜨거운 몸과 당신의 얼어붙은 몸이."

"아들이 있어. 나와 아내는 아들의 부모가 되어야 하고…. 이웃의 부부가 되어야 했으니까. 아침마다 식탁에 앉아서 아들의 생활도 물어야 하니까."

"아까 나보고 바람피운다고 말했지요?"

여자가 가시가 돋친 음색으로 물었다.

"그랬지."

"내 남편은 남편에 알맞은 용맹만 부리는 남자예요. 남을 의심하지 말아요. 남에 대한 불신은 자신의 결함으로부터 싹이 트는 거니까."

"불신은 자신의 결함을 표출하는 행위밖에 안 된다는 뜻이군."

"옳게 알아들었군요. 고맙게도."

놈은 눈을 감았다. 얼마 만에 감아 보는 눈인가. 부릅떠진 채. 눈을 감지 못한 채. 부동자세로 긴장을 촌음도 풀지 못하고 두 손으로 모아 쥔 장검으로 얼마나 마음을 갈고 벼려 왔던가. 놈의 내부에 은근한 부아가 고였다. 어느 날 문득 자신을 보니 기가 막혔다. 놈은 봉화처럼 활활 타오르는 화를 참지 못했다. 놈이 눈을 떴다. 여자의 몸이 홍등빛에 발갛게 익었다.

"만져 봐."

여자가 고개를 들었을 때 놈은 만져 줄 것을 강요했다. 여자가 몸을 옹송그렸다.

"싫어요.

"만져. 만져 보란 말이야. 내 장검의 녹을 벗겨내고 싶어. 녹슨 나의 장검을 시퍼렇게 벼리고 싶단 말이야."

"싫어."

놈이 여자의 손목을 거칠게 잡았다. 여자는 앉은 채 저항했다. 여자는 힘에 이끌려 놈의 의도에 굴복했다. 놈은 우뚝 선 채로 눈을 감았다. 무엇인가를 생각 안에 잡아들이려는 고뇌가 얼굴에 몰려다녔다. 여자는 얼굴을 땅에 박은 채로 손가락을 꼼지락거렸다.

"왜? 기분이 좋아져? 꼴같잖던 기세 어디다 잃고 꼴이 우습지 않아?"

여자는 이참에 놈에게 할 말을 모두 주고 싶었다.

"어정거리던 놈들 다 어디로 갔어? 그놈들이 이 정도도 해결하지 못해 내 손을 빌려?"

놈은 계속 눈을 감고 내부에서 누군가와 치열하게 싸우는 듯 두 주먹까지 불끈 쥐었다. 놈은 여자의 말에서 분노를 가려내려 했다. 분노의 씨를 심어서 불길을 다시 얻으려는 속셈이었다. 여자는 놈의 속셈을 알고는 입을 다물었다.

"왜장의 가슴에다 장검을 찌르듯 네게다 꽂고 싶어."

놈이 눈을 떴다. 힘을 잔뜩 불어넣었던 사지가 풀렸다. 장검이 되지 못하는 것을 알아차린 여자도 손을 거두었다. 놈이 구석의 어둠 쪽으로 두어 걸음 자청해서 빨려 들어가 담배를 피웠다.

여자가 몸을 일으켰다.

"용맹에도 나름의 깊이가 있는 게지요. 자신의 깊이를 모른 채 용맹한 듯 날뛰다가 발아래 잠깐 내려보는 날엔 자신의 몸뚱이도 못 다루는 놈이 된 것이지요."

놈은 말이 없었다. 여자가 놈에게로 가까이 갔다. 놈이 어둠 속으로 한 걸음 물러섰다. 여자가 한 걸음 다가갔다. 놈은 너무 어두워서 더 가지를 못했다. 놈은 시력이 좋지 않았다. 사실, 홍등 때문에 여자의 형체를 간신히 알아보고 있었다. 날이 밝는다 해도 놈의 시력이 나아질 리는 없었다. 제 놈이 성웅인 양, 밤이나 낮이나 무거운 구리 옷과 투구를 입은 듯, 신음하면서 눈을 부릅뜨고는 활개를 치다 보니 저절로 약해진 시력이었다. 더구나 강렬한 태양이 정부 종합청사 너머로 꺾어지면 네온사인들이 놈을 괴롭혔다. 하루도 거르지 않고 광신도들처럼 와글거리는 네온사인들 탓에 청각까지도 심한 후유증을 앓고 있는 상태였다.

"용맹의 깊이가 남기나 했나요?"

여자가 놈의 등을 떠밀며 말했다. 놈의 몸이 휘청거렸다. 넘어진다는 것은 놈에게는 최후였기 때문에 놈은 넘어지지 않으려 안간힘 했다. 여자의 숨소리가 앙칼지게 점점 커졌다. 놈은 아름의 기둥을 움켜안은 채 식은땀을 등줄기로 흘렸다.

"죽고 살기로 나를 안아 봐요."

여자가 기둥을 자처하면서 놈의 품으로 들어갔다. 놈은 시름을 삼키면서 여자를 거느리기 시작했다.

얼마 후, 여자는 적막에 숨이 막히는 듯 허리를 비틀었다. 여자의 살갗에는 홍등의 빛살이 여전히 부서졌다.

"나를 초대해 주겠소? 아니면 납치를 해주던가."

놈이 여자에게 말하면서 〈수루〉에서 나왔다.

"고물 장수 지나가면 갑옷과 투구 좀 벗겨 달라고 하세요. 당신 곁에 서 있는 자들 당신이 쓰러지는 날까지 벗겨 주지 않을 거니까."

"녹슨 긴 장검은 어쩌고…."

"버려요. 너무 무거워서 당신에게 무용지물이에요."

룸살롱 〈수루〉 앞에 대기 중인 놈의 자가용에 기사가 하품하면서 놈을 기다렸다.

：

놈의 가족이 한자리에 모였다. 저녁 타임이었다. 실로 오랜만이었다. 아침 식탁에는 종종 한자리에 앉곤 했어도 저녁을 함께 먹기가 몇 날째인가 꼽을 수가 없었다. 그러나 어쩔 수 없이 만난 자리였다. 저녁 타임이 자주 있어서는 큰일이라는 생각을 하고 앉은 탓에선지, 놈의 일상생활에 조짐이 일고 있음을 예감해선지 대화가 없었다.

"나를 초대하는 단체가 점점 줄어들고 있어. 시간이 좀 도는 것 같아. 운동 좀 해야겠어."

놈이 말했다. 놈의 입은 푸성귀를 모르는지 오래였다. 모임은 호텔이나 뷔페 같은 곳이었기 때문에, 집에서 어쩌다 맞는 식탁은 끓이거나 절여도 되지 않는 빵과 주스 종류였기 때문에 푸성귀를 씹을 기회가 없었다. 이태리산 식탁과 흙을 막 씻어 낸 푸성귀가 조화로울 수는 없었다. 놈의 장을 갈라 뒤집어 놓으면 찌꺼기가 엄청날 터였다. 변비에 걸릴 확률도 높았고 노년에는 직장암의 발생을 주의해야 할 처지였다. 콜레스테롤 수치도 주기적으로 체크를 해야 할 터였다. 그런 내용을 놈도 알고는 있었다.

"언짢아 말아요. 그깟 병정 놀음 그만할 때도 됐잖아요."

부인이 퉁명스럽게 놈의 말을 받았다.

"아빠가 위기의식을 느끼는데 부인으로서 그렇게 말할 수 있어요?"

아들이 놈을 거들었다.

"부인으로서? 엄마의 입장은 몰라도 부인의 입장은 물 건너간 지 옛날이다."

부인의 눈꼬리가 독수리 날개처럼 펄럭였다. 놈은 배알이 뒤틀렸다. 부인은 잠깐 노려봤으나 되받는 부인의 눈빛에는 꺾지 못할 힘이 있었다.

"넌 오늘 밤 어디로 행보하니?"

놈이 아들에게 물었다.

"갈 데가 많아서 갈 곳이 없어요."

아들의 말을 들은 놈은 수프를 뜨던 스푼을 놓았다. 부인은 가야 할 곳이 한 곳도 없지만 갈 곳은 쉽게 만들어 내는 재주가 있었다. 부인도 스푼을 놓았다. 놈이 스푼으로 수프를 질척이고 있었기 때문에 부인도 들고만 있었을 뿐이었다. 아들이 함께한 자리였기 때문에 부인으로서 아들의 아버지에 대한 작은 예의였다.

놈은 수루에서 여자를 만나고 왔기 때문에. 부인은 놈이 여자와 밤을 보낸다는 것을 알고 수영코치를 불러 기름지게 먹여 놓고 세 번이나 몸을 떨었기 때문에, 아들은 밤새워 카지노에서 담배를 내리 세 갑이나 입에 물었기 때문에 몸이 제 것이 아니었다. 온 식구가 낮에는 한집에서 뒹굴었다. 놈과 아들이 침실에서 잠에 빠진 동안에 부인은 쑥찜 사우나를 다녀왔다.

남의 일에는 시들 방귀로 취급하는 이들이 늘 바쁜 탓은 이유가 있었다. 놈은 놈의 주변에서 놈을 필요로 하는 자들이 스스로 자세를 낮추어 주었기 때문에 바빴다. 숭굴숭굴 생겨 먹은 아들은 부모의 관심이 자신에게 없어서 바쁘게 돌아다녔다. 부인은 놈과 아들이 늘 바쁘니 가사에 시뜻해져 소일거리를 찾느라 바빴다.

놈이 먼저 식탁을 떠나 밖으로 나갔다. 놈은 아들이 부러웠다. 부인은 놈이 언제나 나갈까를 추측하면서 알을 겯는 암탉처럼 골골거렸다. 식탁에 앉기 전에 긴 낮잠을 털며 몸을 닦고 양복을 입고 넥타이를 골라 매고 머리에 무쓰를 좀 바르긴 했어도 마땅히 들러야 할 곳이 없었다. 그런데 부인이 놈의 주변을 어슬렁거렸다. 놈은 부인이 무서워졌다. 마지못해 현관 쪽으로 두어 걸음 떼는 시늉을 보이자 부인이 벨을 눌렀다. 기사를 대기시키는 신호였다. 놈은 낮에 단잠을 쏟던

이 층의 침실 쪽으로 잠깐 입맛을 다시고 신발을 신었다. 해는 교보빌딩에 꺾인 지 벌써 오래였다. 어둠이 뿌리를 두었을 땅에는 빨간 불이 지천으로 흐드러졌다. 어둠은 유령처럼 도시의 하늘에 떠 있었다.

기사가 빨간불 숲으로 차를 천천히 몰아갔다. 파란불이 있었기 때문에 차들은 질서 있게 다녔다.

"오늘은 어디로 모실까요?"

기사가 물었다.

"어디로 갈까?"

놈이 기사에게 되물었다. 놈이 가야 할 곳을 기사가 고민하기 시작했다. 비가 오기 시작했다. 차 유리에 퍼지는 비의 파산을 보면서 놈이 신음을 끄응 흘렸다. 심정이 토막 나는 소리로 들렸다. 기사는 놈에게 말하지 않았으나 놈을 데려다 놓고 싶은 곳이 있었다. 놈에게 물을 보여주고 싶었다. 차 유리에 부서진 파편들이 누운 물의 줄기를 보여주고 싶었다. 굽이굽이 허리가 꺾였어도 자신을 걷잡으며 서해로 흘러드는 한강을 보여주고 싶었다.

"그곳으로 갈까?"

놈이 말했다. 신호등이 빨갛게 죽어 있었다. 차는 신호에 걸려 있었다. 기사는 신호등이 깨어나지 않기를 원했다.

"그곳?"

"충무로."

그때 신호등이 파랗게 깨어났다.

충무로에는 공이 있었다. 놈이 공을 향해 섰다. 놈은 공의 위세에 가슴이 짓눌렸다. 몇십 년을 저렇게 움직일 줄 모르는 한낱 구리 덩어리라는 생각을 충전시켰다. 놈은 그러한 의식의 팽배에도 불구하고 뒤로 두어 걸음 물러서지 않을 수 없었다. 놈은 공을 향해 거들먹거리기 시작했다. 속마음을 감추기 위한 위장의 짓거리였다.

"흐흐 한강에 흐르는 물을 좀 보세요. 당신의 물은 수십 년 전 홍수 때 모두 떠내려가고 없다는 것을 알고나 있소? 당신의 물은 우리의 물에 이미 밀려나고 없다는 것을 당신 같은 분이 모르겠소? 역사의 법칙이랄까 순리를 인정해달란 얘깁니다."

공은 오백 년을 그랬듯이 여전히 눈을 감고 있었다. 아니, 공의 장검을 잡은 주먹에 힘이 부르르 몰려들고 있음을 놈은 알아차리지 못했다. 놈은 기고만장해 계속 빈정거렸다.

"이봐. 고물 덩어리. 흐흐흐."

놈이 공을 향해 조롱을 흘렸다.

순간, 청천벽력의 소리가 놈의 귓전을 때렸다. 놈은 몸을 곧게 세우면서 공을 바라봤다. 공은 그 큰 눈을 부릅뜬 채로 놈을 집어넣을 듯 부라려 보는 중이었다. 놈이 사지를 바르르 떨면서 눈을 감았다. 공이 짚고 있던 장검을 또 불끈 들었다가 꽝 내리쪽었다. 그러자 땅이 갈라지고 건물의 창에서 불빛이 둑 터진 댐의 물처럼 흘러내렸다. 그 빛들은 모이기 시작하더니 골목골목을 채우고 충무로 길바닥으로 흘러내렸다. 도시를 불태우는 엄청난 양의 용암 줄기와도 같은 빛의 흐름이었다. 충무로의 끝부분까지 흘러간 빛의 줄기에 물방울이 떨어지고 있었다. 놈은 그제야 비가 왔었음을, 공의 동상 멀리에는 비고 오고 있음을 인식했다.

놈은 공의 시야에서 어서 벗어나고픈 욕망이 일었다. 비의 줄기가 빽빽해진 물기둥 속으로 자신을 감추고 싶었다.

"물. 강. 한강에 가야겠다." 놈이 기사에게 소리쳤다. 기사가 재빨리 휘청거리는 놈을 차에 태우고 충무로를 빠져나가기 시작했다. 차에서 놈은 아직 쿵쾅거리는 가슴에 조마조마한 생각을 얹었다.

"이봐. 기사. 너도 들었지? 동상이 지팡이를 내리치는 소리 들었지?"

놈이 기사의 뒷덜미를 다급히 흔들며 물었다.

"동상이 지팡이를 내리쳐요? 헛것을 들었군요. 동상이 들고 있는 것은 지팡이가 아니라 장검이에요. 이 나라를 수렁에서 건져 올린 장검."

기사가 놈에다 망을 치듯 말했다.

갈 곳이 없다. 갈 곳이 없어졌다. 갈 곳이 없어진 것인가, 애초부터 내가 갈 곳이 아니었던가? 생각은 깨달음으로 변했다.

놈의 가슴은 수천 개의 구멍이 난 듯 바람이 피리 소리를 냈다. 놈은 또 정신이 혼미해졌다.

그때 혼미해지는 놈의 가슴 한복판으로 여자가 걸어왔다. 놈이 룸살롱 〈수루〉에서 만났던 여자였다. 여자가 비칠거리는 놈을 향해 깔깔깔 웃었다. 놈이 여자의 방정맞은 웃음소리에 간신히 정신을 가누자 여자가 웃음을 멈추었다. 여자가 놈을 바라보면서 말했다.

"서울은 지금 불륜 덩어리야."

"불륜?"

놈이 여자의 말을 얼른 되받았다. 놈이나 여자나 경망스러웠기 때문에 '불륜'이라는 여자의 말에 놈의 얼굴에서 핏기가 돌았다. 여자의 입가는 교태가 새어 나오기 시작했다.

"야합과 작당과 시기와 질투와 권모술수가 범벅인, 위태로운 관계가 아슬아슬하게 이어가는 삼각, 사각의 난잡한 추태의 불륜―."

"우리는 지금 정도를 향해 투쟁과 질곡의 징검다리를 건너는 중이야."

놈이 여자의 말을 반박했다.

"차라리 로맨스라고 변명을 하세요. 애늙은이들의 로맨스."

"애늙은이들의 로맨스라고 말했어? 이 나라가?"

"이 나라에 젊음이 있다고 생각하세요? 대학로에 가보세요. 거리는 광신도들의 주절거림 같은 홍등에 불타고 젊음은 술 취해서 누워 있어요. 정보가 권력층에 독점되니 비판은 실종되고 나침반은 바늘이 부러졌어요. 젊은것들이 애늙은이가 돼서 이기주의와 개인주의에 탐닉해 있는데 정도를 향해 투쟁과 질곡의 다리를 건너는 중이라고요? 우습지도 않은 변명이네요."

여자가 가소롭다는 듯 웃었다. 여자의 눈에는 조롱기가 역력했다. 밤보다 더 새까맣게 번득거리는 여자의 눈동자였다. 놈의 눈빛은 허공을 마구 헤집었다. 사방으로 눈빛을 헤집어도 놈의 눈빛이 걸터앉을 어떠한 것도 나타나지 않았다. 놈은 하는 수없이 강물에 시선을 박았다. 순간, 놈의 가슴이 신비롭게도 편안해졌다. 놈은 공을 떠올렸다. 그러자 강물이 굳어 앉았다. 갑자기 덩어리가 된 것이었다. 하늘에서, 허공에서 혼란 같은 부스러기가 강으로 날아왔다. 놈은 또 가슴이 어지러워 머리칼을 쥐어뜯었다. 그런데 어지럽게 흩날려온 것들이 강물에 잦아들었다. 위대한 해결사처럼 강물은 세상의 어지러운 것들을 품어 안고 있었다. 머리칼을 손아귀에 쥔 채 놈은 위대한 평정을 일으키는 강을 바라보았다. 그러자 놈의 어지럽던 가슴도 신비하게 편안해졌다. 놈은 늪으로 빨려 들어가는 듯한 몸을 비칠거렸다.

"왜 이러십니까. 위험합니다."

기사의 다급한 소리가 놈의 뒷덜미에서 아련히 들렸다. 놈은 비칠거리는 몸놀림을 그치지 않았다. 기사가 놈의 옆구리로 팔을 찔러 넣었다. 위대한 평정… 위대한 평정…. 중얼거리는 놈의 몸이 흩날려온 혼란 부스러기로 강물에 서서히 빠져들었다.

비보호 좌회전

―내일은 그날보다는 길지 않을 것이야.

캄캄한 방에 앉아 중얼거렸다. 빗방울이 가로등과 불 꺼진 창 사이로 떨어졌다. 바람이 불었고 사각으로 떨어진 빗물이 창에서 미끄러져 내렸다.

마름과 비만의 경계에 곧게 선 깃대처럼 딴딴한 몸에서 엄지손톱 크기의 암세포가 자라고 있을 줄 몰랐다. 암세포를 느닷없이 알았고. 오십일도 지나지 않아 숨을 거두었다. 남편의 횡사를 아무도 예감하지 못했다.

기계는 일 퍼센트라도 온전하지 못하면 작동이 멈추었다. 구십 퍼센트가 온전하지 않아도 숨 쉬는 것이 사람이었다. 손가락 마디가 끊어졌다고 죽는 사람은 없었다. 손가락 마디보다 작고 여린 살점이 암세포로 변이되었다. 남편의 몸이 망가지는 것을 몰랐다. 남편의 딴딴하고 탄력 넘치던 몸이 밑동 잘린 옥수숫대로 쓰러졌다. 그날.

회사는 자동차 부품 협력업체로 순익이 탄탄한 알짜였다. 자동차 산업의 호황으로 최근 수년 순익이 늘었다. 투명한 분배가 성립되지 않았다. 공장 기계처럼 근로자도 사주의 소유물이라는 그릇됨이 컨베이어 벨트로 순항하며 반복되었다. 그릇된 생각의 틀에 은둔한 사주를 방관하는 것은 악마의 서식을 돕는 것이다. 남편이 선언했다. 분배가 투명해야 악마의 서식처를 없앨 수 있다. 남편의 외침에 근로자가 동참했다. 부품을 납품받는 모기업이 사주를 압박했다. 사주가 남편을 고발했다. 생산 손실의 손해배상 청구로 파업을 종료시키려 했다. 누군가에게 몽땅 몰아서 청구할 것이라고 으름장을 놓았다. 사주가 지목하는 누군가에서 벗어나려는 근로자가 노조에서 탈퇴했다. 남편과 다섯 명이 노조에 남았다. 집기를 들어낸 노조사무실에서 남편이 삭발과 단식으로 버텼다. 남편과 네 명의 노조원 가족에게 해고 통지와 손해배상 청구서가 배달되었다. 다섯 가족에게 청구된 액수가 육억 원에 달했다. 사주가 셈한 육억의 산출 근거가 허무맹랑했다. 겁박하고 회유하려는 수단의 액수였다. 넷마저 이탈했다. 남편에게 육억 원을 청구했다.

잠자리에 누웠다. 모로 누우면 강바닥에 동글동글 돌 구르는 소리가 났다. 일찍 일어나야 하는데. 중얼거리면서도 잠들지 못했다. 귓결로 빗소리가 자박자박 걸어왔다. 잠을 자야 한다. 생각이 골똘해지며 정신이 또렷해졌다. 경로당으로 삶을 옮긴 시부는 잠들었을까? 시부의 돌도 경로당으로 갔을까?

육식을 즐기지도 않고 술과 담배도 하지 않는 몸에서의 암세포 발견은 오진이라고 여겼다. 출입구가 봉쇄된 노조사무실에서 고독과 외로움을 막막함으로 버텨야 했던 오십 일. 암세포의 생성을 전혀 예감하지 못했다.

남편이 주검으로 영안실에 안치되던 날도 비가 자글자글 내렸다. 장례식장 창밖에서 봄비를 맞는 목련이 탐스러웠다. 남편이 입원한 병원 창가에도 목련이 있었다. 시시각각 체중이 줄어들어 거멓게 드러난 눈동자로 피지 않은 목련을 바라보았다. 맨홀처럼 함몰된 눈동자로 목련 꽃은 볼 수 있다고 생각했다. 생각은 맞지 않았다. 장례식장으로 운구되던 날 목련은 피지 않았다. 사주가 고소한 형사소송은 자동 취하되었다. 남편의 상속자가 살아 있다며 육억 원 민사소송은 취하하지 않았다. 남편의 죽음으로 노조가 재결성될까 우려한 사주의 꼼수였다. 죽은 자에게 청구된 육억 원을 날벼락으로 뒤집어쓸까 우려하여 문상도 오지 않았다. 발인하는 날 아침 비가 그쳤다. 영구차가 잠깐 섰던 양지쪽에서 목련이 막 피었다.

　─하루가 어설프고 길다 해도 자정은 지날 것이다.

　새벽잠에서 일어나 앉아 중얼거렸다. 빗방울의 자글거림도 동글동글 구르던 소리도 없다. 어둠에서 젖었던 것들이 마르면서 저마다의 색으로 부릅떴다. 빗물이 사각으로 스치던 창문을 열었다. 남편의 시신이 무덤으로 가던 아침도 비가 말끔하게 멎어 싱그러웠다. 어젯밤 씻긴 창으로 그날의 것들이 영사기 필름으로 도드라졌다.

　─그날보다 길지는 않을 것이야.

　오늘은 싱그러울 게다. 날씨 예감이 저절로 생겼다. 하필 왜 오늘일까. 하루의 조짐이 너무 깔끔하다. 창문으로 넘어온 바람이 폐부에서 알알하다. 먼 길에서 돌아와 얌전하게 앉은 것처럼 비에 씻긴 것들의 표정이 말갛다. 하필 이 아침이 이토록 아무렇지도 않게 맑을 수 있을까? 바구니에 푸른 보리가 수놓아진 보자기를 깔고 발갛게 익은 과일과 주황색 빵을 담고 김밥도 말아서 챙이 넓은 모자를 쓰고 소풍 가기에 딱 알맞은 아침. 꽃잎이 더러 떨어지는 잔디에 오뚝하니 앉은 벤치에서. 간혹 부는 바람으로 옷소매를 흔드는 나들이에 딱 좋은. 하루의 조짐이 슬프게 예감되었다.

　─오늘은 강둑에서 굽이치는 물을 그저 바라보기만 하면 돼.

　헝클어진 머리를 매만졌다. 핏기 잃은 입술에 침을 발랐다. 시부를 만나러 가야 한다. 부스스한 머리칼을 모자로 감추고 공원으로 갔다. 아파트 단지가 들어서면서 공원은 새벽 운동 장소가 되었다. 파란색 고무 알갱이를 바닥에 탱탱하게 붙여 배드민턴 코트를 만들었다. 코트 주변에 운동기구도 마련되었다. 물이 솟던 논을 메꿔 공원을 만든 탓에 연못도 생겼다. 연못에서 아침 안개가 몽글몽글 피어났다. 안개가 배드민턴 코트와 운동기구를 적셨다. 노인들이 부연 안개에 도리깨질하듯 라켓을 휘둘렀다. 젖은 벤치에 수건을 깔고 앉아 있을 시부가 보이지 않았다. 어디엔가 있을 시부를 찾아 두리번거리면서 천천히 걸어갔다. 연못을 한 바퀴 돌아도 시부가 없었다. 도로 건너 경로당 작은방에도 시부가 보이지 않았다. 시부가 덮고 잤던 이불이 정갈하게 개켜져 있었다. 노인들의 아침 운동이 끝났다. 뭉글뭉글한 안개가 걷혔다. 시부 없는 벤치를 먹먹하게 바라보았다. 잎에 찢긴 햇살이 곰보처럼 코트로 떨어졌다. 시부와 통화를 시도하려 했으나 주머니에 휴대폰이 없었다. 머리를 매만지면서 거울 탁자에 휴대폰을 두고 나왔다. 시부도 어느 곳에선가 싱그러운 날씨를 가슴 알알이 느끼고 있을까?

마트로 출근했다. 건어물을 진열하다 시부와 통화를 시도했다. 짧고 형식적으로 늘 통화가 이루어졌다. 그렇다고 매일 통화하는 것을 잊지 않았다. 시부도 며느리 전화를 반갑게 받았다. 겨자 없는 간장처럼 맹숭맹숭하기는 했으나 통화는 외면상 자연스러웠다.

월요일. 뜻밖에 시부로부터 전화가 왔다. 잠깐 밖에서 볼 수 없냐고 물었다. 월요일은 외출이 가능한 날이라서 그러겠노라고 응답했다. 만나자는 장소가 공원이었다. 배드민턴 코트 벤치에 앉아 있을 테니 다섯 시까지 꼭 와줬으면 좋겠다고 여간해서 하지 않던 부탁을 했다. 다섯 시에 맞추어 배드민턴 코트로 갔다. 햇빛이 아직 강해서 배드민턴을 치는 사람은 없었다. 시부가 앉은 벤치에 또래의 노인이 앉아 있었다. 나잇살에 맞지 않게 깍두기 머리 노인은 시의원이었다. 셋이 나란히 앉아 삼십 분가량 얘기를 나누었다. 그날 밤 사주에게서 전화가 왔다. 육억 소송을 취하했다고 말했다. 시의원 며느리 위세가 그 정도로 비싼 줄 몰랐다고 덧붙였다.

:

　재혼하겠다는 며느리 면전에서 시부는 마음이 여렸다. 부정과 긍정의 가닥을 뚜렷하게 정하지 않았다. 시부의 감정이 시소로 엇갈리고 있음을 감지했다. 빛이냐 그림자냐의 명료한 선택으로 복잡하게 엉키는 생각을 정갈하게 담아낼 수 없었다. 세상의 것들이 흑과 백의 양면으로 확연하게 나뉠 수만은 없었다. 몸피 색을 바꾸는 카멜레온처럼 누구랄 것도 없이 거의 모든 사람이 그런 방식으로 살아왔다. 남편과 십이 년 부부로 살았다. 남편이 집에 오지 못하는 날도 있기는 하였다. 외돌아 누워 산 것도 아닌데 아이가 생기지 않았다.

　삼십 대 며느리와 칠순의 시부가 같이 산다는 것이 썩 좋은 모양새가 아니었다. 남편이 죽고 시부는 아침상에 앉았다가 종일 경로당에서 지냈다. 저녁상에 잠깐 앉았다가 방으로 들어가면 아침에 나왔다. 남편 대신 가정의 경제를 책임져야 하므로 백화점 점원으로 일하는 낮 동안은 빈집이었다. 하루 두 차례 마주 앉던 것도 개가를 결정하면서 없어지게 되었다. 시부가 경로당 작은방으로 짐을 옮겼다. 개가하면 다시 들어올 참이었다. 재혼 남편인 시의원 아들이 혼자 살게 된 시부를 외면하지 않을 것이라고 약속해 주었다.

　―남편이 죽어서 생겨난 공백을 채울 뿐이다.

　시부의 복잡하게 얽히는 표정을 보면서 스스로 위안했다. 삼십 대 미망인의 너덜너덜해진 그루터기에 유채색을 덧칠하여 삶의 나이테를 새길 뿐이다. 남편의 삶과 닿고 있던 인연의 접선을 끊고 비상하는 날이다. 시부와의 관계를 단절한다는 생각은 하지 않았다.

　쌀을 씻다가 어제 남편의 묘에 다녀왔어야 옳았다는 늦은 후회를 했다. 쌀뜨물을 배수구에 흘려보내면서 공원에 나오지 않은 시부를 생각했다. 시부에게 통화를 시도했다. 연결되지 않는다는 자동응답이 왔다. 풀리지 않는 방정식을 종일 골머리에 담고 있을 것이라는 예감이 생겼다. 시부를 모셔다 아침을 함께 먹고 싶었다. 마지막이 될 시부와의 아침 밥상을 마련했다. 시부의 휴대폰과 연결되지 않았다. 겸상을 차려 놓고 수저를 들지 않았다. 휴대폰을 손아귀에 쥐고 저벅저벅 걸어오는 시간의 소리를 들었다.

⋮

열 살을 넘기기 전에 부모와 사별했다. 가족에 여자가 들어온다는 기쁨이 이렇게 큰 줄은 몰랐다고 남편이 결혼 첫날 울먹였다. 남편은 실업계 고등학교를 졸업하였다. 남편도 열 살 즈음에 어머니와 사별했다고 말했다. 아버지와 아들로 구성된 가족의 영역에 여동생이나 누나가 있었다면 아마도 삶의 방식이 달라지고 이웃을 보는 생각도 달라졌을 것이며, 성년이 되면서 나이테처럼 칭칭 동여지는 가치관에도 영향을 주었을 터였다. 결핍의 깊이가 너무 커지면 결핍을 메우려는 시도가 쉽지 않을 터였다. 남편이 그랬다. 시부가 재혼했더라면 결핍이 해소되었을 가능성이 있었다. 시부는 재혼과는 무관한 사람이었다. 아내를 받아들임으로 남편은 이십 년 가까이 함몰되었던 결핍의 구덩이를 메웠다고 기뻐했다. 남편은 자신의 결핍 오직 그 한 가지를 채우기 위해 결혼했다. 남편은 아내보다 며느리의 역할을 더 원했다. 남편처럼 가족이라는 울타리 밖에서 서성거린 오랜 기간의 서글픔에 진력이 나 있었다.

화분에 강낭콩을 심었다. 볕이 잘 드는 안방 창틀에 놓고 밤새 자란 푸른 싹을 아침마다 기다렸다. 유연한 상승의 넝쿨손을 손가락으로 잡았다.

　─우연한 만남으로 틔운 행복이 날마다 자라고 있어요.

　넝쿨손이 너무 여려 울먹였다.

　─당신과 만남은 필연이야.

　남편이 뒤에서 안았다. 고졸 남편의 고정된 수입은 많지 않았다. 궁핍하지 않게 사는 모습을 보일 수 있음은 조목조목 쪼갠 지출 항목의 액수마다 감사하고 소중히 여긴 탓이었다.

　　　　　　　　　　⋮

　시아버지가 될 시의원도 새벽마다 공원에 나왔다. 시의원이 식당으로 초대했다. 시의원은 상처한 아들의 배필로 며느리를 보내는 시부에게 호의적이었다. 이혼한 아들과 아버지. 미망인 며느리와 시부가 만나는 상견례가 계획되었다. 며느리를 보낼 수 있어도 시의원과는 식당에 함께 있을 수 없다고 시부가 마다했다. 시의원과 만나는 날 아침까지 버티던 시부가 공원에 다녀오고서 생각을 바꾸었다. 취하된 육억 원이 다시 청구될지도 모른다는 우려를 버리지 못했다.

　─아들이 부족해서 며느리 가슴에 박은 못질은 생각하지 못하고 괜한 고집을 부렸구나.

　공원에서 돌아온 시부가 말했다.

　─아버님, 아비는 부족한 사람이 아니에요.

　세상이 남편을 낮추거나 비난하는 것을 단 한 차례도 받아들이지 않았다. 남편의 생각과 행동이 정의로웠고 멋졌다. 캄캄한 방에 전등 스위치를 켜고 끄듯 남편은 행동과 생각의 경계선이 명료했다.

　사주가 최저 임금만으로 근로자를 수족처럼 부려먹을 궁리를 선언했다. 임금협상은 없으며 일 년 동안 일부터 하고 그 성과를 보아서 연말에 보상하겠다고 꼼수를 부렸다. 성과를 보아서 보상을 주겠다는 말에 수당도 없는 연장근무와 휴일 근무를 했다. 남편이 사주의 의도에 의구심을 품었다. 사주의 검은 의도가 본색을 드러냈다. 사주가 선언한 일 년이 지났으나 성과급은 고사하고 연장 근로와 휴일 근로의 마땅한 보상을 지급하지 않았다. 남편 내부에 저항의 화로가 후끈하게 타올랐다. 남편이 근로에 합당하는 보상을 요구했다. 사주는 요구에 응하지 않았다.

상견례는 오후 한 시였다. 시의원이 열두 시에 결혼식 주례가 생겼다며 만남을 늦추자고 전해왔다.

─예식장으로 가자.

시부가 시의원의 주례를 빛내주러 간다고 생각했다. 시부의 배려에 가슴이 뭉클해졌다. 예식장은 식당과 삼십 미터쯤 거리였다. 장내가 소란했다. 하객에게 신랑 신부가 고개 숙여 답례하고 맞절했다. 신랑 신부가 나란히 섰을 때 시의원이 사회자를 노려보았다. 시의원의 시선에서 사회자에게 화가 나 있다는 것을 읽었다.

─시의원님께서 혼인서약서를 낭독하시겠습니다.

사회자가 들썩이는 하객에게 소리쳤다. 장내는 여전히 소란했다.

─조용히 하십시오.

시의원이 소리를 질렀다. 장내가 순식간에 조용해졌다. 시의원은 흐뭇한 표정으로 장내를 쓰윽 둘러보았다. 시의원이 사회자에게 고개를 사십오도 절도 있게 꺾자 사회자가 찔끔 놀라 주례사가 있겠다고 소리 질렀다.

─하늘도 오늘의 이 영광을 알고 있습니다. 여러분….

시의원의 목소리가 장내에 쩌렁쩌렁 울렸다. 말끝마다 여러분… 목청을 높였다. 쩌렁거리는 목소리에 하객이 숨죽였다. 주례사를 하는 것이 아니라 연설을 늘어놓았다. 내가 주례를 서는데 감히 비가 올 수 있느냐며 어젯밤에 내리던 비가 그친 것이 시의원 때문이라고도 말했다.

아기가 애앵… 울음을 터트렸다. 시의원이 소리를 딱 멈췄다. 울음이 나오는 곳을 똑바로 보았다. 울음소리가 밖으로 멀어졌다. 장내는 끽소리도 없어졌다.

—세상이 좋아졌다고 경거망동하는 사람이 있습니다. 여러분… 나는 똑똑히 기억하고 있습니다. 누가 연평도 포격의 아픔을 외면하였는지, 누가 전사한 해병대의 가슴에 대못을 박았는지, 누가 천안함 폭침이 자작극이라고 말하였는지….

딸그락–. 무엇인가 바닥에 떨어졌다. 시의원이 말을 딱 끊었다. 시의원의 목청과 위세로 장내에 채운 집중이 물동이 깨지듯 삽시간에 이탈되었다. 장내를 휘젓던 시의원의 시선이 한곳으로 집중되었다. 하객의 시선도 시의원을 따라 한곳으로 모였다. 시선을 받고 있는 주인공은 시부였다. 시부는 바닥에 떨어진 돌을 손에 쥐는 중이었다. 바닥에 딸그락 떨어뜨려 시의원의 연설에 돌질한 꼴이 되었다. 시의원은 황당해졌고 시부는 태연했다. 천천히 돌을 주워 품속에 넣고 손을 가지런히 무릎에 얹었다. 시침을 떼고 시의원을 올려다봤다. 돌은 손에서 노리개로 굴릴 수 있도록 동글반반하지 않았다. 길바닥에 흔히 뒹구는 막돌이 아닌 몸에 찌르면 치명적인 상처를 입힐 화강암이었다. 돌은 남편이 죽고서 시부의 손에 등장했다.

비가 이틀이나 줄기차게 내린 적이 있었다. 시부는 욱신거리는 무릎을 주물러도 뼛속으로 아리는 통증에 잠을 설쳤다. 무릎에서 시작된 통증이 앙다문 잇몸으로 이어지고 뒷골로 뻗쳤다. 시부는 주먹으로 무릎을 두들기다가 흉악스런 돌날로 앙상한 뼈를 잘근잘근 찍었다. 아픔을 더한 아픔으로 무마하려 했다. 기진해 쓰러져 잠든 손아귀에 돌이 쥐어졌다. 시부가 잠들고서야 돌을 손에 쥔 적이 있었다. 자연스럽게 손아귀에 빨려 들어오는 것이 아닌가. 돌이 흉기로 변했다. 손아귀에서 십여 센티미터 삐져나온 돌날을 보며 자신도 모르게 불끈 힘을 가했다. 상박근에서 하박근을 지나 손아귀로 몰려간 힘줄기가 돌끝에서 부들부들 떨었다. 벽을 팍 찍고 싶은 충동에 휩싸였다. 그래야 돌 끝의 광기와 하박근과 상박근에 툭 불거진 근육의 부들부들 떨림이 진정될 것 같았다. 돌은 모지락스러웠다.

칠순의 시의원이 쩌렁쩌렁한 음성으로 장내를 다시 장악했다. 쇳소리를 끌어올려 연설이라고 해야 옳을 주례사를 계속했다. 연평도 해전과 천안함과 전사한 해병대를 들먹였다. 침략을 왜곡하는 내부의 적이 버젓이 숨을 쉬고 있음은 피를 토할 노릇이라고 말했다. 하객들은 서로 얼굴을 보며 의아한 표정을 지었다. 시의원이 자신을 예비역 대령이라고 말했다. 시의원보다 대령이라고 불러주는 것이 훨씬 좋다고 말할 때는 흥분의 절정을 넘어 변질된 목소리였다. 신랑과 신부가 어리둥절해졌다. 양가 부모가 하객의 눈치를 살폈다. 누군가의 입에서 의원의 아들이 현역 해병대원이라는 말이 나왔다.

—저 인간 미친 거 아냐?

밖으로 걸어나가면서 중얼거렸다.

—예비역 대령이라잖아. 보수 꼴통.

좀 큰 소리로 화답했다.

시부의 돌이 바닥에 또 딸그락 떨어질까 오금이 저렸다. 시부를 슬쩍 바라보았다. 시부의 두 손은 돌과 함께 품에 넣어져 있었다. 돌을 쥐고 있음이 분명하여 불안해졌다.

주례가 끝나고 식당에서 상견례로 만났다. 재혼하러 나온 남자는 머리가 짧았다. 장교가 아닌 부사관이라서 시의원이 아쉽다고 말했다. 남자의 전처는 가정에 소홀할 수밖에 없는 직업을 받아들이지 못하고 떠났다.

　-귀신 잡는 해병대지만 이제부터 함대에서 근무하는 일은 없을 것입니다.

　시의원은 남자가 재혼하면 가정을 소홀하지 않을 것이라는 의미를 우회적으로 말했다. 함대 근무를 마치고 사령부로 왔다고 덧붙였다.

　죽은 남편과 아는 사이라는, 하지 않아도 될 말을 남자가 했다. 분위기가 썰렁해졌다. 남자가 시부를 아버지로 모실 것이라고 말하여 썰렁함을 무마하려 했다. 남자의 호의에 좋든 싫든 표정의 변화를 내비쳐야 할 시부가 무뚝뚝해서 썰렁함이 무마되지 않았다.

　-시부와 며느리 사이가 아니라 부녀 사이 같습니다.

　시의원이 시부를 위한답시고 너스레를 떨었다. 무거운 표정이 습관인 남자가 어줍은 웃음을 짧게 흘렸다.

　-장인어른의 노후 생활은 걱정하지 않으셔도 됩니다.

　남자의 목소리가 군인답게 투박했다. 신뢰를 덤으로 느끼게 했다. 망설이던 재혼을 결정한 것은 시부의 남은 삶도 책임지겠다는 남자의 말이었다. 시부는 시종 말없이 앉고 고개를 주억거렸다. 웃을 수도 없고 울 수도 없는 난감한 상견례를 견뎌냈다.

　상견례 이튿날 시부가 영정을 찍겠다고 말했다. 사진관으로 모시고 갔다. 시부는 남편의 죽음으로 생겨난 슬픔을 표정에서 지우지 못하고 있었다. 사진사가 기묘한 방법을 동원해서 굳은 표정에 웃음을 피우려 했다. 웃음은 어색했고, 표정은 일그러졌다. 사진사의 기묘한 방법으로도 지워내지 못한 어색함과 일그러짐은 포토샵 몫이었다. 이틀 후 남편의 영정과 시부의 영정이 나란히 거실에 걸렸다. 젊어서 죽은 자의 사진은 색감이나 재질이 낡았다. 늙었지만 살아 있는 자의 얼굴과 머릿결은 색감이 곱게 덧칠해져 화려함을 발산했다. 돌은 상견례 중에 시부의 몸 어딘가에 감춰졌고 집으로 돌아와서는 시부만의 공간에 숨겨졌다.

:

파업 동조자가 이탈하면서 남편은 웃음을 잃었다. 말수도 적어졌다. 적어지고 잃은 만큼 눈빛은 강렬했다. 남편의 내부에서 소용돌이치고 있는 것들이 눈동자로 쏟아져 나왔다. 체중이 점점 줄었다. 무엇인가 남편에게서 술술 빠져나갔다. 사주가 돌려 말하는 남편의 외곬을 포기하면 고소가 취하될 수 있음을 알았다. 육억 원의 소송도 취하될 수 있음을 감지했다. 혼자 외롭고 힘들지 않으냐는, 해서는 안 될 질문을 했다. 남편이 아늑한 표정에 웃음을 덧붙였다.

─깊은 밤에 어둡고 고요하게 앉아 있으면. 내 몸에서 불순물이 술술 빠져나가는 호젓함이 좋아.

남편과 호젓함이라는 단어는 어울릴 수 없다고 판단했다. 밝음과 어둠의 경계가 명확한 성격으로 소외당한 구석에서의 호젓함을 말한다는 것은 가식이었다. 경계를 허물지 않으려는 불면과 사투가 호젓함이 될 수 없었다. 문득 한 가닥의 희망이 생겼다. 사주는 남편에게 외곬을 포기하라고 은근히 종용했다. 남편이 노조를 포기한다면 고소되지 않는다는 것을 간파했다. 남편이 해고도 면할 것이라는 희망을 품었다.

─바로 앉지 않고 누워 있으면 불순물이 넝쿨손처럼 뻗어오기 때문에 한밤중에 깨어 있어야 해.

남편의 말에서 잠깐 품은 희망도 남편에게는 불순물이 된다는 것을 깨달았다. 급물살로 떠내려온 나무토막처럼 남편의 모서리가 거칠게 마모되고 있다는 느낌을 주었다. 캄캄한 밤마다 무엇인가가 남편에게서 술술 빠져나갔다. 초췌하고 수척해져 갔다. 시부가 한사코 남편을 만나러 오지 않는 이유를 알게 되었다.

―여보.

남편을 불렀다. 남편이 멀뚱한 눈으로 이어질 말을 기다렸다.

―당신을 찾아오는 것도 당신에게 불순물이 된다는 생각이 드네요.

괜한 희망을 품은 자신도 남편이 잠 못 들게 하는 불순물임을 깨달았다. 남편을 보러 가지 않겠다고 입술을 깨물었다. 남편과의 결혼은 보통 사람들 삶의 높이로 한 계단씩 오르는 기쁨을 주었다. 남편을 홀로 두고 돌아오면서 한 계단 내려앉았다는 느낌이 들었다. 어제까지 올라왔던 높이로는 다시 오르지 못할 것이라는 슬픔이 가슴으로 들어찼다.

⋮

한술도 뜨지 않은 아침상을 치웠다. 아홉 시에 미용실이 예약되었다. 한 시간 여유가 있다. 결혼식은 예식장이 아닌 식당에서 팔촌 이내 친척이 식사하기로 정했다. 함께 갈 수 있는 팔촌 이내는 시부와 친정 오빠 내외가 모두였다. 팔촌 이내 다른 친척이 더 있다 해도 어디에 사는지 알지 못했다. 친정 부모가 일찍 돌아가시고 오빠와 함께 성장했다. 어려서 보았던 고모는 연락이 닿지 않은 지 이십 년이 넘어 생존 여부도 몰랐다. 오빠네 식구가 중국 청도에 있으니 시부 말고 식당에 동행할 사람이 없었다.

남자가 예약한 미용실에 들렀다가 식당에 가기로 정했다. 시부를 보아야 했다. 손아귀에 내내 쥐고 있던 휴대폰으로 전화했다. 새벽에 다녀올 곳이 있었다고 시부가 말했다. 행선지는 말하지 않았다. 울음이 울컥 쏟아지는 것을 참을 수 없었다. 시부가 새벽이슬을 맞으며 다녀온 곳이 남편의 묘라고 직감했다. 화가 났다. 시부가 아니라 죽은 남편에게 덜컥 화가 났다.

  ─어제 시부를 모시고 다녀왔어야 했어.

  가슴이 먹먹해지고 눈물이 쏟아졌다. 욕실로 가서 수돗물을 틀었다. 주먹으로 입을 막고 울었다. 현관문이 열렸다 닫히는 기척이 들렸다. 눈물을 물에 적셔 닦고 욕실에서 나왔다. 초췌한 눈으로 시부가 들어왔다. 시부는 집 가까운 곳에서 통화한 것이었다. 왈칵 솟는 울음을 삼키고 방금전 치운 아침상을 다시 차렸다. 시부는 혀에 낀 모래알을 닦아내려는 듯 국물을 수저로 떠 넣었다. 목구멍으로 넘어오는 울음덩어리를 꾹꾹 눌러 넣기 위해서 밥을 퍼 넣어야 했다.

  ─저녁에 집으로 들어오련다.

  시부가 수저를 식탁에 놓지 않았다.

  ─하룻밤이라도 비워두지 마시고 집으로 들어오세요.

  시부와 남편이 살았고, 며느리가 들어와 십 이년 살았고, 남편이 죽어서 시부와 며느리가 살았고, 오늘부터 시부 홀로 살게 되었다. 미용실 예약시간이 오 분 남았다. 정오에 식당으로 가면 다시 올 수 없어 설거지하고 냉장고에서 씀바귀 무침과 갓김치와 굽지 않은 마른 김을 먼저 꺼낼 수 있도록 정렬했다. 쌈 채소도 씻고 쌈장도 만들었다. 미용실에서 전화가 왔다. 신부 화장에 늦는 사람은 처음이라고 투덜거렸다. 시부가 입을 양복을 꺼내 놓고 구두를 닦으려 현관에 쪼그려 앉았다. 시부가 닦겠다며 빼앗았다. 신부 화장하러 어서 가라며 떠밀었다.

⋮

팔촌 이내 식구가 신랑과 신부의 인사를 받는 식당으로 갔다. 신랑 하객은 스물 남짓 되었다. 중앙에 신랑과 신부가 나란히 앉았고 시의 원이 마주 앉았다. 시부가 도착하지 않아 시의원 옆자리는 방석만 놓 였다. 약속된 정오가 지났다. 시계를 보며 빈자리 신부 측 사람을 기 다리던 하객들이 소곤거렸다. 겨우 한 명이면서 나타나지 않으니 입 방아가 멈출 리 없다. 삼십 분이 지났다. 볼멘소리가 들렸다. 시의원 이 입술을 지그시 물었다. 가방에 넣어둔 휴대폰을 꺼내 시부에게 전 화했다. 연결되지 않는다는 자동메시지가 돌아왔다. 시의원이 시부를 계속 기다리자고 말했다. 시부가 도착하기 전에 음식을 들이지 말라 고 종업원에게 말했다. 음식 없이 앉아 있게 하는 것은 도리가 아니었 다. 음식을 들어오게 하자고 시의원에게 청했다. 시의원이 입을 굳게 다물고 고개를 가로저었다. 통화를 또 시도했다. 같은 메시지가 돌아 왔다.

한 시가 되었다.

-한 시간 기다렸으면 예의는 갖추었다.

시의원이 음식을 들이도록 했다. 시의원이 신부를 친척에게 소개했 다. 음식을 먹느라 소개는 듣는 둥 마는 둥이었다. 남자가 벌떡 일어 나 허리 굽혀 인사했다. 남자와 허리 굽히며 웃으려 했다. 웃음이 허 공으로 흩어졌다. 덕담을 주는 친척에게 애써 웃었다. 사용할수록 닳 는 지우개처럼 웃음이 점점 얇아졌다. 신부 화장으로 약간은 유연해 진 표정이 뭉툭하게 굳어졌다.

짧은 시간에 배를 채웠다. 식당에서 빠져나갈 궁리를 찾는 모습이 역력했다. 사촌이고 팔촌이고 촌수 관계없이 시의원과 남자를 제외한 모두가 그런 모습이었다. 남자가 답례로 술을 따라주었다.

-초혼도 아니고 재혼인 자식에게 관심을 주시어 고맙습니다.

예비역 대령이며 삼선을 지낸 시의원은 눈치가 빨랐다. 오 분도 못되어 시의원과 남자만 남았다.

-전화해 봐라.

시아버지가 되었다는 말투로 시의원이 말했다. 시부와 연락이 되지 않고서 모든 것이 낯설었다. 말소리가 귓속으로 윙윙 불어오는 바람이었다. 바람에 날려가지 않도록 치맛자락에 숨긴 주먹을 쥐고 어금니도 물었다.

-술 한 모금이 백 첩 보약보다 효과 있을 게다.

시의원이 술잔을 건넸다. 넝큼 잔을 받을 수 없었다. 시의원이 재촉하여 술잔을 받았다. 시의원이 말간 소주를 잔에 따랐다. 잔에 찰랑한 소주를 마실 수도 그냥 내려놓을 수도 없는 난감한 표정으로 두리번거렸다. 시의원이 어서 마시라며 고개를 끄덕였다. 입술에 살짝 붙여 조금 머금고 내려놓았다. 시부에게 통화를 시도했고, 연결되지 않았다. 시의원이 식당에서 나갔다. 남자와의 재혼 절차가 끝났다. 남자와의 재혼 여행이 남았다. 남자는 군인이므로 지역을 벗어날 수 없었다. 바닷가로 갈 수도 없었다. 가장 가까운 계곡의 숙소가 예약되었다. 남자가 술잔을 내밀었다.

-부부가 되었으니 나누어 마셔요.

남자가 합환주를 마시자고 했다. 남자의 얼굴을 바라보았다. 남자가 굳었던 표정을 풀고 짐짓 웃음을 지었다.

-어르신이 연락되지 않고 있는데 어떻게 떠나겠습니까?

남자가 일어섰다. 눈물이 핑 도는 것을 참았다. 남자가 식당에서 나와 시부를 만나러 차를 몰았다.

：

비가 억수같이 쏟아지던 그 날. 시부의 아침상을 차려주러 집에 온 틈에 병원에서 전화가 왔다. 밥상에 앉으려다 시부를 모시고 병원으로 갔다. 남편이 삶의 끈을 놓았다. 남편은 건강했을 때도 마른 체구였다. 헐렁한 바지에 점퍼나 양복을 입고 외출했다. 집에서 입는 운동복도 헐렁하여 백팔십 미터의 남편이 걸어가면 바지랑대에 옷감을 매단 듯 펄렁였다. 용납할 수 없다고 정의하면 결코 뜻을 굽히지 않는 고집 때문에 살 붙는 것이 용인되지 않았다. 뱃살이 나온다는 것과 머리칼이 귀를 덮는 것도 용납되지 않았다. 그나마 살이라고 남아 있는 주검의 파리한 입술을 바라보았다.

—파란 고추를 주고 빨갛게 건조 시키라는 꾐수를 쓰고 있어.

남편이 밖에서의 버거움을 벗어 놓지 못하고 들어와 혼잣말했을 때 아무런 말도 해주지 못했다. 남편은 반대와 찬성의 영역 중 어느 하나가 확실하게 선택되어야 한다고 주장했다. 다수의 영역에 서는 횟수가 적어 소외되었고 고발되기도 했다. 경계에서 외줄을 타며 오로지 진실이 무엇인가에 돋보기를 들이대는 남편은 양쪽 모두에게 배척되었다. 진실을 들어야 하는 귀에 마개를 채우려는 의도에 분노했다.

：

현관문 자동키의 번호 버튼을 눌렀다. 시부가 번호를 변경해서 열리지 않았다. 시부에게서 서운함을 느꼈다. 재혼이 끝나면 경로당 작은 방에서 집으로 들어온다고 시부가 말했다. 벨을 눌러도 응답이 없었다. 문틈에 입을 대고 시부를 불렀다. 휴대폰을 꺼내 통화를 시도했다. 전화기가 꺼져 있다고 자동메시지가 왔다. 식당에서 시의원과 마주 앉아 통화를 시도했을 때와 자동메시지가 달라졌다. 식당에서 집으로 오는 동안 시부의 휴대폰에 변화가 생겼다. 남자를 재촉해서 경로당으로 갔다. 시부가 기거했던 방은 말끔하게 치워졌다. 장기 두는 노인에게 시부의 행방을 물었다. 시부를 두고 재혼했다며 눈빛이 곱지 않았다. 너 한 몸 행복하자고 늙은이를 두고 시집을 간다고? 차라리 시부의 행방이 묘연해졌기를 은근하게 바라는 눈총이 되돌아왔다.

아침마다 배드민턴을 치던 공원에도 시부가 보이지 않았다. 마지막으로 갈 곳은 죽은 남편의 묘였다. 남자가 남편의 묘로 차를 몰았다. 시부와의 통화를 시도했다. 전화기는 여전히 꺼져 있었다. 묘에도 시부가 없을 것이라는 불안한 예감이 생겼다. 묘에 가까워질수록 예감이 램프처럼 선명해졌다. 소주병에 마개로 씌운 종이컵이 햇볕에 하얗게 빛났다. 물기가 마른 종이컵이 새벽에 왔다 간 흔적을 말해 주었다. 시부의 집으로 가면서 시부가 변경했을 번호를 추리했다. 번호키를 설치하면서 처음 설정되었던 숫자가 답이었다. 남편이 설정했던 생년월일 여섯 자리였다.

현관문을 열었다. 햇빛에 꿰인 먼지 입자가 유리창으로 부유하며 흔들렸다. 아침에 닦으려던 시부의 구두가 현관에 놓였다. 식당에 입고 갈 양복도 소파에 꺼내 놓은 그대로였다. 경로당에서 가져온 짐 보퉁이가 소파에 놓였다. 시부는 보이지 않았다. 방에서 문 열고 나오지도 않았다. 보퉁이를 보다 얼룩진 벽지를 방문객처럼 바라보았다. 술을 마신 남편의 흔적이 희미하게 남았다. 남편은 술을 마시지 못했다. 동료가 강권하는 술을 거절하지 못한 날은 부대끼는 것을 게워내야만 잠자리에 누웠다. 남편의 몸에서 토사물로 돌변하여 우엑우엑 쏟아졌다. 저체중의 바지랑대 같은 몸에는 소주 한잔의 알코올도 분해할 효소가 부족했다. 현관으로 들어와 욕실과의 불과 다섯 걸음도 참지 못하고 거실과 부엌의 경계 모서리에 순대와 밥알이 버무려진 토사물을 게웠다. 활처럼 구부려 토하다 쳐든 눈빛에 남편의 바깥세상 단면이 보였다. 살이 붙지 않은 이유도 감지됐다. 밝음과 어둠의 경계선 근처에서 모호하게 어른거리는 회색을 인정해 줄 수 있는 마음의 갈피를 소유하지 못한 사람이었다. 진실인지 거짓인지 불분명한 것을 모호하게 뭉뚱그려서 강요와 주입으로 적당히 동조되었다 해도 그날 밤 잠들기 전에 토사물로 뱉어내는 남자였다. 남자도 게워낸 흔적이 희미하게 남은 모서리를 바라보았다.

들어온 기척에도 열리지 않는 방문으로 천천히 걸어갔다. 정오를 세 시간이나 지나 주황빛을 머금은 빛이 부엌 창문으로 들어왔다. 공교롭게도 닫힌 문짝에만 닿고 있었다. 마치 열어야 할 방문을 지적해주는 암시 같았다. 움직임이 작아지면서 다소 밀도가 낮아진 먼지 입자가 빛에 꿰어 빙글빙글 돌았다. 햇빛을 등에 지고 손잡이를 잡았다. 아버님-. 손잡이를 딸깍 비틀었다. 방문이 조금 열렸다. 오랫동안 갇혔던 향기로울 수 없는 노구의 냄새가 확 밀려왔다. 돌연 가슴이 철렁 내려앉아 휘청거렸다. 뒤에 섰던 남자가 빠른 동작으로 어깨를 잡아주었다. 방문이 마저 열렸다. 남자도 휘청거렸다. 비칠비칠 방으로 들어가 방바닥에 젓가락처럼 가지런히 누운 시부를 흔들었다. 남자가 창문을 열고 시부의 머리맡에 놓인 연탄 화덕을 밖으로 내갔다. 연탄재가 시부의 얼굴로 흩날렸다. 경찰이 와서 시부의 죽음을 확인하고 구급차를 불렀다. 구급대원이 시부를 수습하는 중에 딸그락 돌이 방바닥에 떨어졌다. 남자가 돌을 주우려 허리를 굽혔다.

-그냥 두세요.

외마디에 남자가 주춤 물러났다. 시부가 실려 나갔다. 남자도 구급대원을 따라 나갔다. 시부가 젓가락처럼 누웠던 곳에 놓인 돌을 손에 넣었다. 자연스럽게 손아귀에 빨려 들어왔다. 손아귀에서 삐져나온 돌

날을 보며 불끈 힘을 가했다. 상박근에서 하박근과 손아귀로 몰려간
힘줄기가 돌 끝으로 달려가 부들부들 떨었다.

빙어 인간

버드나무 그늘이 드리운 저수지에서 T가 발견되었다. 저수지는 둘레가 4킬로였다. T가 사는 아파트의 탁월한 조망인 저수지는 새벽과 저녁에 걷기 운동 장소였다. 출발점에서 백 미터마다 하얀 페인트로 표시하였는데 출발점으로부터 2킬로 지점에서 발견되었다. T의 아파트에서 가장 먼 곳으로. T의 아파트에서는 잘 보였다.

T는 늘 국방색 점퍼를 입고 다녔다. 여름에는 소매를 걷어서 입었고, 겨울에는 목깃을 세웠다. 국방색 점퍼로 발견되었을 때 T는 물에 잠긴 벤치에 걸터앉아서 오수에 빠져 있었다. 행인이 없는 한낮의 벤치에 햇살이 조물조물 놀고 있었다. 물속은 더욱 평온했다. 집에서 나간 지 십오 일이 지났고 실종 신고 후 7일 되었다. 실종 신고가 있기 전 8일 동안 T는 세상에서 지워진 존재가 되었다. 새치가 돋은 마흔다섯 살. 국방색 점퍼를 가족이 확인했다. 저수지 둑에 조팝나무 꽃이 하얗게 피었다. 조팝나무 독한 꽃향기가 발견을 방해하였다고 구경꾼 틈에서 말했다. 고개를 끄덕이면서도 허튼소리라는 표정을 지었다. 춘추복을 입은 고등학생 딸이 택시에서 내렸다. 구급차에 실리는 T를 보자 푹 쓰러졌다. 교실에서 책갈피를 넘겨야 할 손으로 입을 틀어막고 울었다. 끄덕이던 얼굴들의 눈시울이 젖었다.

십오 일 전. T와 술을 마셨다. T가 비둘기 굵은 눈알을 굴리며 게슴츠레한 눈으로 말했다.

−너도 내 입술 갖고 싶니?

T에게 쓰고 있는 편지를 계속 써야 하는가.

⋮

아홉 편의 단편을 묶은 창작집 출간기념식이 사월의 토요일 오후 다섯 시?

그 흥분이 여진으로 잔물결 치고 있겠군? 편지를 써야 한다는 통증에 시달리다가 아스피린을 복용하듯 펜을 들었네. 전자메일이나 카카오톡이 아닌 편지지라며 고리타분하다 비웃어도 괜찮네.

스마트폰으로 세상의 모든 것을 보고 듣고 체험한다고 해서 사람까지 디지털로 되어야 한다는 당연은 없지 않은가? 이윤과 손실의 셈은 디지털화됨이 효율적이겠지. 0이 아니면 1이라는, 이진법이 되어서는 안 되는 남편과 아내의 관계처럼 세상 누구와도 아날로그 관계를 고집하고 싶네. 0과 1 사이에 만리장성보다 더 무한한 관계가 가능한 것이 사람과 사람의 관계가 아닌가? 당신의 소설이 아날로그 신호의 범주를 벗어나지 못한 것처럼. 이제부터는 당신이 아닌 모든 사람에게 편지를 쓰기로 했네. 전자메일이 꼭 필요할 때는 어쩔 수 없으나 당신이 아닌 다른 사람에게도 봉투에 담긴 흰 종이에 주장과 포용을 담아 보내기로 하였네. 디지털의 급류에 허우적대는 것이 요즘 세대가 부르짖는 행복의 보편이라고 하지만 아날로그를 고집하려네.

자네는 소설을 쓰고 있잖은가. 노트북에다 훈글 문서로 소설을 쓴다고 해서 그것이 디지털일까?

⋮

T가 잠적하던 날. 햇빛이 T의 뇌에서 잔주름으로 출렁였다. 주름은 이랑을 만들었다. 현란한 녹색의 싹이 와드득 돋았다. 싹은 통제할 수

없는 방향과 줄기로 엉금엉금 자랐다. 싹을 비집고 들어온 햇빛은 가시엉겅퀴 몸피로 사마귀 앞다리로 T의 의식 세포를 긁었다. T는 어지러워 비틀거렸다. 시력이 초췌해졌다. 햇빛은 칼 든 미친년이었다. 미친년이 봄 들녘으로 비칠비칠 뛰어다녔다. 칼날이 번득였다. T의 뇌리 모서리가 마모되고 시선이 칼부림에 싹둑싹둑 잘렸다. 토막 난 시선이 허공에서 빛 여울로 반들거렸다. 사월 햇빛은 감당할 수 없는 점령군이었다. 빛을 과식한 개나리가 노랗게 짓밟히더니 태도를 새파랗게 바꾸어 저항했다. 조팝나무 꽃은 더미로 뭉쳐서 빛을 오물오물 삼켰다. 삼켜진 햇빛은 향기로 지독하게 피어났다.

　─세상이 간지러워.

　T가 갈퀴 손으로 허공을 긁었다.

　─눈동자가 빙빙 돌아. 추락하고 있어.

　T가 미친 듯이 웃었다. 이십 층 아파트 옥상에서 떨어지는 순간에 눈은 뜨고 있을까? 죽었어도 부릅뜬 비둘기 굵은 눈이 떠올랐다. T가 눈을 찡그렸다. 허공을 바라보았으나 시선이 닿는 목표가 없었다. 그래도 T는 허공을 계속 바라보았다.

　T는 눈을 깜박일 수도, 감을 수도 없게 되었다. 시선의 끝점에 사물을 달고 있는 것이 아니라 사물이 T의 동공으로 박쥐 떼가 되어 들어왔다. T가 비틀거렸다. 소주병으로 누구에게 보내는지 모르는 수신호를 휘저었다. 뭉툭한 소주병으로 허공에 칼질했다. 햇빛은 조금도 놀라지 않았고 오히려 T의 몸이 기우뚱거렸다. 빛이나 하늘은 상처가 나는 존재가 아니었다. 무적의 존재에 칼질하는 무모함에서 상처는 비롯되는 것이었다. T의 어리 미친 광기도 같은 맥락이었다. 오월 햇빛으로 더욱 드러난 T의 상처는 T가 만든 것이었다.

　─조팝나무 꽃향기에 취했어.

조팝나무 꽃향기 때문에 버티는 중이라고 말해야 옳았다.

－술이 너를 먹은 거야. 네가 술에 먹혔어.

T를 바라보는 망막에 어물어물 이물감이 느껴졌다.

－술이 사람을 어떻게 먹니?

T가 히죽 웃었다. 진짜 병신처럼. 정신이 적어도 육십 퍼센트쯤 이탈된 모습이었다. 바람이 녹색 잎을 흔들었다. 조팝나무 꽃향기가 코로 아득하게 들어왔다. 꽃 향에 취했다는 T의 말은 과장이 아니었다. 놓아 버린 정신의 절반은 꽃향기가 역할을 했다고 나름 판단했다. 소주 한 병으로 비틀거릴 T가 아니었다. 옆구리에 둘러맨 가방에 소주가 두 병이나 남았다. 노을이 깔리려면 아직 네 시간은 더 있어야 할 오후 한낮이었기 때문에 알코올과 생체리듬이 엇물린 탓도 있어 보였다. 노을이 깔리기 전에 가방 지퍼를 열고 머리를 삐죽인 소주 두 병을 마저 비울 것이고, 때맞추어 어두워지면 약간 비틀거리는 정도의 취기로 회복될 것으로 예측되었다. 술과 어둠이 동시에 어울리면 T는 취기를 지연시키며 즐길 수 있는 섭생을 터득했다.

T는 내장이 환히 드러난 빙어처럼 파닥거렸다. T를 조립하고 있는 나사가 헐거워졌다. 이죽이죽 웃으며 햇빛을 감히 쳐다보지 못하면서 T의 몸이 해체되고 있었다. 이때 어둠이 왔어야 했다. 어두우면 헐거워진 부품이 조립되었고, T는 죽지 않았다.

－술이 너의 몸속에서 꿈틀거리고 있어.

－술이 기생충이니? 어정어정 걸어가면 항문으로 몸통 흔들며 나오겠네?

－너를 조종하고 있어.

－조종? 너나 나나 조종당하며 살아왔는데 새삼스러울 게 무어 있니?

T가 시무룩해졌다. 조종당하며 살았다는 말을 뱉고서 혀에 이물질이 버석거렸다. 카악— 침을 뱉었다. 끝맺지 못한 편지가 떠올랐다. 곧 T가 조종될 것임을 어떻게 알았을까?

─세상이 주술을 읊고 있어. 와글와글 광신도들의 주절주절거림.

⋮

꽃의 흐드러지기가 닭벼슬 같으니 모르는 사람이 없을 것이며, 더구나 학창시절 화단에 꼭 있어야 할 꽃으로 봉선화와 맨드라미와 국화와 채송화가 아니었던가? 꽃을 본 적은 있으나 씨를 보지 못했다면 지금 화단에 나가서 눈으로 확인하는 것도 색다른 느낌의 시발점이 될 것이네. 갑자기 씨를 눈으로 확인하라니 생뚱맞다고 생각하겠지. 씨를 본 사실이 없다면 이 편지로 주장하는 것을 포용할 수 없네.

씨앗은 왜 있는 것일까? 물론 본능의 소산이지. 수컷이 암컷을 만나 교미하는 것은 종족 보존 본능이라는 것쯤은 다 아는 사실이지. 사람은 영악하고 간사하고 동물을 압도하는 능력을 보유해서인지 종족 보존 본능보다 쾌락과 사기와 처세의 방편으로 섹스를 한다네. 그런 범상치 않은 현상을 탐닉하는 일도 당신 같은 소설가가 아닌가. 동물 세계에서 강간은 존재하지 않으나 인간을 그렇지 못하네. 늙은 나무를 톱으로 절단하면 겉은 연륜과 웅장함과 괴력이 멋들어 있으나 속의 절반은 썩었어. 영험의 이면에 추악함을 감춘 인간이 얼마나 많은가. 문득 소설은 톱날이며 소설가는 인간을 감히 재단하려 톱니를 휘두르는 집행자라는 섬뜩함이 감도네.

알갱이가 작은 곡물을 좁쌀이라고 말하지. 맨드라미 씨앗에 비하면 거대한 존재라네. 좁쌀에 비할 수 없을 만큼 작은 알갱이라는 뜻이지. 수탉 볏처럼 흐드러진 꽃잎 아래 손바닥 펴고 꽃대를 가볍게 흔들어 보게. 여름 한낮 오수를 훼방하듯 기척만 주어도 되네. 꽃잎 깊숙이 숨은 씨앗이 손바닥에 비로소 모습을 보일 것이네. 좁쌀은 손바닥에 닿는 느낌이 있으나 씨앗은 촉감마저 만들어 낼 수 없는, 어찌 보면 존재라는 단어를 부여하기가 무색하다네.

좁쌀보다 깨알보다 그 어떤 존재보다 작은 본능의 소산. 시력을 돋구어 자세히 보게. 까만빛이 영롱할 것이네. 여름날 무더위가 압축된 광채. 요망하게 육감적인 꽃잎으로 팔월의 긴 한낮을 버티며 영글어 낸 소산이지. 그 작은 개체가 발아하여 일 미터는 족히 넘는 줄기를 만들고 흐드러진 꽃을 피울 수 있다니. 맨드라미 씨앗을 처음 보았을 때 불가능과 가능의 경계에 홀로 선 느낌이었다네. 그때의 내 기분을 지금 느낄 수 있다면 뇌리에 영롱한 광채가 생겨나고 결코 지울 수도 외면할 수도 없는 평생의 반려자를 얻을 것이네.

⋮

햇빛이 T의 볼에서 꼼지락거렸다.

－내숭 떨 거 없어. 소설 쓰면 다 젠틀맨이니?

알코올 삭는 얼굴에 햇빛이 이글이글 끓었다.

T는 십일 년 전에도 저수지에 빠졌다. T는 시를 쓰다가 저수지에서 실족하였다. 지방의 일간지에서 목요일에 독자의 시를 게재하였는데. T가 투고를 하였고 다섯 차례 선택되었다. T를 아는 문학회 총무가 입회를 권유했다. T의 시가 주옥같아서일까. T의 입회비와 연회비를 얻고자 함이었을까. 삼 년 후 총무의 안내로 서울 계간 문예지 신인상에 당선되었다. 백일장 예심도 하였다. 지방 일간지의 청탁으로 시가 게재되었다. 신춘문예와 상금이 걸린 신인문학상에 칠 년 동안 투고하였는데 단 한 번의 예심도 통과하지 못했다. T는 자신의 시가 심

사장 쓰레기통을 채우는 한낮 종잇장임을 자각했다. 어제의 시를 이튿날 읽자 시가 아니었다. 이미 뱉어 버린 말처럼 거두어들일 수 없는 단어가 수만 마리 허리 잘록한 개미가 되었다. 저항도 변명도 못 하는 자신을 깨닫게 되었다. 자각의 모서리에 이마를 찧는 그즈음. 사십 대 주부 신입 회원이 T에게 적극적이었다. 신입은 모임을 마치고 노래방 가는 소수에 낄 수 있음이 긍지와 기쁨이었다. T가 노래방에서 신입과 만취가 되었다. 신입은 T를 노래방에 버려둘 수 없었다. 자정이 넘은 시각에 모텔로 갔다. 신입은 얼굴이 작은데 몸이 오동통해서 귀여웠다. 마주 앉아 조곤조곤 대화를 나누면 만두가 생각나 침이 저절로 고였다. 침대에 흐트러진 신입의 알몸은 겉과 확연히 달랐다. 뽀얀 살에 검은 것이 뚜렷하게 도드라져서 침대에 놓인 전등처럼 눈부셨다. 마흔 살이 넘은 몸인데 방금 바람을 넣은 풍선처럼 매끄럽고 탄력 있었다. T는 취중에 겁이 났다. 감당해야 할 것이 갑자기 커져서 자신감이 작아졌다. 새로운 자각의 모서리가 생겼다. 이튿날 술에서 깬 T는 자신이 총체적으로 부실함을 알았다. 시를 쓰지 않기로 했다.

할미꽃 만발한 묘지에 걸터앉아 시집 한 권 분량의 시를 가방에서 꺼냈다. 가방 바닥에서 맑은 액체가 찰랑대는 소주병이 뒹굴었다. T는 시 뭉치를 가방에 넣고 소주를 꺼냈다. 정오를 지나는 햇살이 정수리에 죽창으로 꽂혔다. 소주를 마시고 덤불 꽃다지를 바라보았다. T는 속과 겉이 다른 조립용 장난감 로봇이었음을 깨달았다. 시를 불태웠다.

저녁노을이 살구를 붉게 물들였다. 신입은 아침이면 파랗게 매달려 있을 살구였다. T와의 만남은 밤이기 때문에 징검돌에서나 마주친 오발탄이었다. 시를 태운 T는 홰를 치며 기지개를 틀었다. 그건 위세였다.

이듬해 신년 아침. 조간신문에 T와 모텔에서 지냈던 신입의 시가 당

선작으로 게재되었다. 당선작은 방금 바람을 넣은 풍선처럼 매끄럽고
탄력이 있었다.

:

아홉 편의 단편을 묶은 창작집을 출간했던 유월의 토요일 오후 다
섯 시. 출판기념식 자리에서의 그 흥분이 아직도 가슴에 남아 있는
가? 시선이 집중된 얼굴이 맨드라미 꽃잎처럼 흐드러지게 상기되었
지. 입문 과정을 보아온 나로서 식이 진행되는 동안 소설집을 펼쳐보
았네. 작가의 표정을 살피는 것도 게을리하지 않았네. 평을 쓴 선배
소설가의 축사를 들을 때와 문학회에서 주는 축하 패를 받을 때와 교
회 중창단이 축가를 부를 때와 마지막으로 하객에게 답사할 때는 이
나라의 대표 소설가가 된 모습이었지.

사회를 맡은 L 시인이 약력을 간단히 소개할 때는 좀 어색한 표정이
었음을 부인하지 못할 것일세. 단편소설로 지방신문에서 공모한 문학
상을 받았음이 전부였으니 사회를 맡은 L 시인도 어쩔 수 없는 상황
이 아닌가? 축사에서 돈이 되는 장편소설에 주력해야 한다는 말이 터
져 나왔을 때 어금니를 물었어. 장편소설이 베스트셀러에 오르고 서
점마다 다투어 상단에 진열하고 문화부 기자가 취재를 구걸하는 광경
을 상상했겠지.

표정이 갑자기 돌조각처럼 굳어버린 것을 놓치지 않았다네. 돈이 되
는 장편소설을 말하는 순간 가족석에 앉은 아내를 바라보았고. 아내
도 약속이나 한 듯 바라보았지. 부부의 시선이 맞닿는 그 순간, 재빨
리 두 표정을 주시하였네. 응고되는 파라핀처럼 경직되는 순간을 놓치
지 않았어. 예상이 빗나가지 않았다는 확신을 잡고 잠깐의 환희에 젖
었네. 아내에게는 결코 달갑잖은 환희였네. 중학생을 집으로 불러서

과외를 하며 생계를 꾸리는 아내. 소설을 써서 가족을 부양하겠다며 선언한 전업 작가. 둘 사이의 드러내놓지 못하는 갈등이 교차하는 그 순간을 외발 든 고양이 시선으로 놓치지 않았네. 단편소설 아홉 편을 묶은 창작집 출판기념회를 거행하는 의도에 아내도 기꺼이 동참하였을까?

여하튼 오월의 토요일 오후 다섯 시부터 일곱 시 사이에 최고의 소설가가 된 황홀감에 젖었음은 분명하네. 아내의 눈초리를 애써 외면하면서. 실망스럽겠지만 출간기념회에 다녀온 후로 한동안 언짢아지는 심정을 어찌할 수 없었네. 술에 취하면 입버릇처럼 말하는 사랑의 대상에 대한 의구심을 떨치기 어려웠거든.

⋮

T가 블랙홀에 함몰되었다. 문학회 총무가 T에게 고민의 고깃덩어리를 던져 주었다. T보다 고깃덩어리로 살이 통통해진 애완견이 육 개월마다 고정적으로 순산하는 연회비가 필요했다. 시를 죽인 T에게 시의 부활을 말할 수 없었다.

T는 백일장 예심원이 되어 어린 학생의 이십 퍼센트가 산문을 선택하는 것에 나름 생채기가 생겼다. 산문의 탄탄하고 너른 바다에 그물을 치고 잔챙이는 걸러내고 씨알 굵은 황금 잉어를 건져 올린 것이 운문이며. 운문만이 세상이라는 바지랑대에 자신을 널어 말려야 독자의 군소리와 불평과 과도한 요구가 없다고 믿었다. 칼날에 맨발로 선 심장이 미세하지만 절박한 고동을 낼 것이며 날숨마다 향기가 나올 것이라고 믿었다.

T가 치유되지 않는 변비를 털어놨다. 믿었던 출판사에서 출판을 꺼려 애물단지가 된 원고를 서랍에 넣지도 못하고 책상에 펼쳐두지도

못하고 있다고. 도무지 시집을 가지 않으려는 혼기 훨씬 지난 딸을 곁에 두고 사는 느낌이라고. 애물단지를 넘겨다보는 아내의 시선에 자존심의 뿌리까지 흔들리고 있다는 것도. 출판사가 괘씸했다고. 시간이 지나면서 괘씸해야 할 이유가 성큼성큼 밝아지는 아침처럼 없어지더라고. 새로운 괘씸한 상대를 찾기로 했다고.

—변비 특효약이 세상에 왜 없는 거야?

T의 인내심이 짤똑짤똑 깎이는 몽당연필로 작아졌다. 며칠 전에 썼을 소설의 부분을 소주병에 주절주절 낭독했다. 끝머리를 기억하지 못한 T가 눈을 부릅떴다.

—소설이 열등감에서 시작된다는 말을 어떻게 생각하는가?

겨울비가 추적추적 내리는 이월의 토요일 오전. 출판사가 거부한 애물단지를 꺼내 주절주절 읽으면서. 스토리가 뒤죽박죽 헝클어진 것을 새삼 깨닫고서. 일부러 쓰기도 어려운 애물단지를 창조하였다는

—자괴감을 느껴 본 적은 없…었…는…가? 한 편의 소설을 탈고하고서.

T와 모텔에 간 사실이 있는 신입은 방금 바람을 넣은 풍선처럼 매끄럽고 탄력 있는 시를 연달아 내놓았다. 더 이상 신입이 아니었다. 모텔에 알몸으로 함께 누웠던 사실은 비밀이 되어야 한다는 눈빛으로 T를 바라보았다. 후로 T는 모임에 나가지 않게 되었다.

둥글고 화려하였으며 더구나 정신까지 초췌하게 하는 빛을 쏘아내기 때문에 블랙홀의 존재를 목격할 수 없을 뿐. 검은 숯덩이에서 이글이글 환희와 광란이 춤을 추듯 자근자근한 숨소리로 다가오는 자의 뒷머리에 블랙홀은 존재하였다.

⋮

빛의 소리를 듣고 산다. 이렇게 말하면 미쳤거나 좀 모자란 사람으

로 치부하겠지. 분명히 빛의 소리가 들려. 빛을 구성하는 입자인 빛 알갱이가 굴러다니거나 엄청난 속도로 날아가는 소리가 낚싯줄처럼 팽팽해. 장난기 잔뜩 머금고서 바닥에 앉아 조물조물 놀고 있을 때의 소리는 은은하기도 하지.

빛은 발성도 하고 장난기를 머금는 혀가 있음을 아는가? 심지어 표정도 있으니 살면서 보아 온 존재 중에 영악하기로 으뜸이 아닐 수 없지. 빛이 그렇게 한 곳에서 조물거릴 때 시간은 둥글기도 하다는 여유로움. 여울에 씻기는 자갈처럼 모서리를 깎으며 하루를 소진해 내는 힘찬 파동. 헬륨이 가득 들어차는 것처럼 팽배해지는 생기. 기막힌 순간의 감지가 부럽지 않은가?

빛의 알갱이가 만드는 소리를 청각으로 감지할 수 있다는 것은 눈으로 빛을 볼 수 있는 감각을 소유하고 있다는 의미가 아닐까? 노랗게 흩뿌린 점으로 산수유가 꽃 피었을 때 영암 월출산을 횡단하였네. 해발 팔백구십 미터 천왕봉에서 구정봉에 이르는 줄기에서 바람은 살인적이었고. 영암에서 불어오는 바람은 육십칠 킬로그램의 몸을 강진 방향으로 마치 싹둑 벤 나락처럼 꺾어 뉘려 했으니 걸음마다 사투였지.

바람을 눈으로 본 후 시력이 급격하게 좋아지더군. 물론 수정체의 탄력이 떨어져 눈 가까이 있는 아주 작은 물체나 글씨를 보려면 돋보기가 여전히 필요하지만 갓 따낸 천혜향을 베어 물었을 때 입안에 퍼지는 향처럼 시력에도 비슷한 것이 생겼으니, 그것을 뭐라 할까. 세상에 말로 표현하기 어려운 것이 도처에 널려 있으니 요즘에 새롭게 생긴 그것을 표현하지 못하고 있네. 갖가지 단어를 조합하여 비슷하게 얼버무리는 정도로 표현할 수도 있지만, 뜻밖에 찾아온 그것을 무의미하게 정리하고 싶지는 않다네. 빛의 소리를 듣는 신의 감각 기능이 있음을 깨닫게 한 그것을 간단히 얼버무리고 싶지 않아. 흠집 없이 동그란 것을 찌그러진 모습으로 왜곡하고 싶지 않아.

⋮

횡재하려는 놈과 이에 대항하는 자가 불행의 늪으로 동반 추락하는 주말 드라마를 보고 잠든 자정이 넘은 시각. T로부터 느닷없이 전화가 왔다. 소풍 날 달뜬 소년의 또박또박한 목소리가 전해왔다.

―빙어 인간 사냥 가자.

짜증이 났다. 잠자다가 전두엽에 우박이 우두둑 떨어졌냐고 핀잔을 주었다.

―산 채로 포획해야 해.

햇살이 저렇게 세상을 도드라지게 밝히고 있어도 숨어 있을 것은 꼭 숨어 있다고. 햇살에 내장까지 적나라하게 드러난 빙어 인간을 뒤집으면 숨겨 놓은 것이 있더라고. T가 캄캄한 밤에 햇빛과 도드라진 세상을 들먹였다. 깊은 밤중에 T는 오월 환한 세상을 켜 놓고 허공의 파란 캔버스에 조팝나무 꽃을 피우고 소주병을 휘저었다. T의 전두엽은 저수지로 걸어가던 오월 한낮이었다.

―거칠게 다루어서 뇌를 다치거나 입술이 찢어지면 안 돼.

빙어. 빙어 인간. T가 돌팔매로 던진 지느러미가 파닥거려 밤새 잠을 설쳤다. 날이 밝고서 초췌해진 눈을 간신히 떴는데 T가 찾아왔다. T는 정신이 또렷했다. 소주에 취해서 전화했을 것이라는 짐작은 옳지 않았다. 술에 취한 것이 아니라 빙어 인간 사냥을 위한 철저한 준비로 밤을 보냈다고 말했다. 손에는 돋보기가 들려있었다.

―빙어 인간. 그게 로또야. 조합만 잘하면 횡재하는 게야.

T의 마른 입술이 버석거렸다.

−무엇이 로또인데?

침을 입술에 바르며 물었다.

−문학상.

짧게 뱉은 T는 흥분을 억제하지 못해 혀가 말랐고 음색에 쇳소리가 묻어났다. 어젯밤에는 빙어 인간을 말하더니 문학상을 로또라고 말했다. 흥분의 열기가 내장에서 뭉글뭉글 뭉쳐 전두엽이 바글바글 끓고 있는 것이 아닌가? 생각의 타래가 엉클어진 것이 아닌가 의심이 들었다.

−빙어 인간의 내장 새긴 부호를 풀어야 해.

빙어 인간을 사냥해서 해부라도 하잔 말이냐? 핀잔을 주고 싶었으나 T의 형언하기 어려운 표정 때문에 참았다. 핀잔을 주었다면 즉시 미쳐서 정신병원으로 후송해야 할지도 모른다는 생각이 들었다. 전두엽에 엉클린 타래를 풀려면 그의 뜻에 동조하는 척해야 한다고 판단했다.

차라리 미쳐라. 미쳐야 문학상을 탈 것이라는, 어젯밤에 급조된 T의 신념이 옳은 것인지도 몰라. T의 미친 의도에 동조해 주기로 했다.

빙어 인간을 인정할 수 없어 T의 의도에 동조하지 않았다. 빙어 인간 사냥을 가자는 T와 동행할 수 없었다. 문학상을 해독하는 부호가 빙어 내장에 있다는 말을 믿을 수 없었다.

횡재의 사전적 의미로는 뜻밖에 재물을 얻음이다.

⋮

아홉 개의 트집일지, 아홉 번의 간섭일지, 아홉 작품에 대한 평일지 분간하기 어렵네. 평이라는 말에 기분 나쁘게 생각하지 말게. 평론가에게서 평론을 얻는다는 것. 우리 수준의 소설에서 쉽지 않음은 동감하겠지? 김윤식, 홍기삼, 유종호, 정호웅, 김화영 쟁쟁한 평론가의 눈독을 받아 본 작품이 이 나라 소설가의 몇 퍼센트나 될까? 트집이든 간섭이든 내가 관심을 가졌다는 자체에 고마워해야 하지 않을까.

문득 소설집을 읽기로 했네. 읽어야 한다고 나를 옭았다고나 할까? 읽지도 않고 트집 잡는다는 것은 사람을 뜨문뜨문 봄이 아니겠는가. 최근 오 년 넘게 동인지에 나란히 소설을 발표하지 않았는가? 고백하는데 자네 소설 읽지 않았네. 매월 쏟아져 나오는 월간지 계간지를 모두 탐독하기도 어려운데 동급이거나 하급의 소설을 읽어 줄 마음이 애초에 없었지. 소설가는 이기적인 존재이고 나 역시 그런 부류라고 생각하네. 동인지에 발표된 소설을 모두가 당연하게 읽었다는, 중생대 암모나이트 화석처럼 고루하고 딱딱한 생각에 갇혀 살고 있다는 자괴감이 들어도 우리만 그런 것은 아니지 않은가?

무엇을 말하고자 함인가. 이런 스토리를 왜 만들었는가? 물음표를 찍어 놓고 읽었네. 스토리와 겉도는 문장이 페이지 곳곳에 발목지뢰로 묻혀 있기를 내심 바라고 있었음은 부인하지 않겠네. 이런 면에서 아홉 편에 대한 평 보다는 아홉 개의 트집이라는 것이 자연스럽게 정돈되더군.

예감대로 실망 주지 않았어. 줄거리만 간신히 이어가는 초보 번역가의 번역소설처럼 매끄럽지 못한 문장들이 누덕누덕한 어설픔. 자신의 글을 쓰면서 어찌하여 다른 사람의 말을 옮기는 비루함을 자초하였을까?

누덕누덕한 어설픔도 삶의 한 조각임에는 분명하지. 허술한 옷을 입으려는 자 과연 몇이나 될까?

．
．

　T가 서점에서 문학상 수상 작품집을 샀다. 산 채로 잡아서 해부하지 않아도 파닥이는 창자를 드러내는 빙어 인간이 어디쯤 서식하는 것일까. 서점에서 사지 않아도 T의 책장에는 이미 문학상 작품이 꾸러미로 꽂혀 있었다. 신인상부터 문학 본상에 이르기까지 작품집이 분류되어 있었는데 T의 눈빛이 덕지덕지 묻어 있었다.

　친구와의 여행길에서 들었던 말이 가물가물할 때 기억을 되살리며 적었더니 신춘문예에 당선이 되었다고. 기억이 생생한 상태에서 썼더라면 소설이 아니라 기사가 되었을 텐데. 사실을 왜곡하는 기법을 터득했기 때문에 당선되었다고. T는 당선작의 뒷얘기도 줄줄이 꿰고 있었다.

　T의 책장에서 서성거리다가 빙어 인간의 서식처를 어슴푸레하게 짐작해 냈다.

　─해독된 부호는 가치가 없어.

　창밖으로 폐지를 수집하는 허리 꼬부랑한 노인이 지나갔다. 책은 나름의 두께로 꽂혀 있었다. T는 책을 마구 뽑아서 버릴 태세였다. 곧 버림당하는 순간이 온다 해도 책장에 온순히 갇힌 채로 책들은 나름의 글자와 색깔로 부릅뜬 눈을 깜박이지 못했다.

　신입에서 완전히 탈피한 그녀가 문학회 총무가 되었다. 저수지가 내려다보이는 찻집에서 총무와 모임에 나오지 않는 T가 마주 앉았다. 눈이 오지 않은 이월 초입의 한낮이었다. 사과 과수원의 검붉은 땅으로 메마른 바람이 지나갔다. 바람은 어디에서도 습기를 얻지 못했다. 저수지 얼음에서 서릿발처럼 얼어붙은 눈을 훑어도 메마르기는 마찬가지였다. 실내 가운데 피워 놓은 난로에서 주전자의 수증기가 곤두섰다.

올이 보송보송한 셔츠의 총무는 바라만 보아도 따뜻해 보였다. 얼굴도 온기를 가둔 풍선처럼 팽팽했다. 국방색 점퍼를 입은 T가 총무의 포동포동하고 말갛던 몸을 잠깐 생각했다.

−어쩔 수 없는 벽이라며 바라만 보고 있을 때 담쟁이는 말없이 오르고 있대요.

T의 생각을 쥐어뜯으며 총무가 말했다.

T는 도종환의 시 「담쟁이」를 떠올렸다. 시인이 되기 위해서 시인의 속을 해부하였구나. T가 속으로 중얼거렸다. 시인을 빙어로 볼 수 있는 마술이 있어야 시인인 것.

둘이 마주 앉았기는 했으나 지나간 날들의 비밀 껍질이 깨진다는 각자의 의미는 달랐다. 총무에게 비밀은 뿌리가 뽑히지 않는 종기가 되었다. 의식할 때마다 통증이 도졌다. 총무는 T가 껍질을 없애겠다고 선언할까 봐 조바심이 돋았다. 시종 부드럽게 웃어 주었다.

−한 뼘이라도 꼭 여럿이 함께 손을 잡고 올라간다. 푸르게 절망을 다 덮을 때까지.

T가 화답했다. 총무는 조바심을 조금 거두었다.

총무는 T처럼 잠적한 회비를 거두어들이는 첫 번째 시도에 성공했다. 지난날 알몸을 드러냈던 총무는 빙어가 된 기분에 사로잡혔다. 회오리가 느닷없이 불어 와서 총무를 불끈 들어 올리는 충격이었다. 총무는 찻집에서 나오다 저릿한 가슴에 손바닥을 얹었다. 올가미에 걸린 것처럼 목덜미가 가려웠다. 덜 녹은 눈을 버석버석 밟는 T의 주먹을 바라보았다.

．．

먹고 사는 돈이 간절히 필요하다고 토로하게나. 아내의 경직된 눈빛에서 해방되어야 한다고 부르짖게나? 왜 맨드라미 씨앗을 손바닥에 얹어 보라고 하였을까? 맨드라미 씨앗을 보아야 편지지에 담긴 주장을 깨닫고 포용할 수 있다는 괴설을 풀어놓고. 무엇을 주장했고 무엇을 포용하란 말인가? 소설은 허구의 세계이니 있음 직한 사실의 전달까지 영역을 확장할 수 있어 이야기꾼의 입담이 더 자유로운 게 사실이지. 세상의 사실이 좀 많은가? 평생 귀를 열고 듣고 혀가 닳도록 말해도 그 끝을 다 할 수 없는 것이 세상의 일. 이보다 더한 영역을 가졌는데 쓰기가 쉽지 않음은 무슨 궤변이란 말인가?

인간을 심심해서 못 견디는 존재라고 하였더군. 심심해서 못 견디는 존재라니. 원시시대 모닥불 곁에서도 그랬고 유비쿼터스 시대인 지금도 그러하다고. 인간은 심심하면 소멸이 되는 존재라고.

생계수단으로 삼고 있는 소설 쓰기란 무슨 행위인가? 원시시대 모닥불 오두방정을 책갈피에다 차곡차곡 숨겨두는 암호화 작업일까. 암호를 해독하는 과정에서 독자의 오두방정을 돌아보게 하여 자존심을 해부하게 하고 행동 일부를 변모시키는 작업일까. 거짓말과 과대포장과 악의의 음모와 반역을 서슴지 않는 상상의 창조일까, 소설가를 신과 같은 존재로 여겨도 무리가 없을까? 생각의 모서리에서 불면증이 모락모락 타오르더군.

소설이 입술이 되어서는, 난봉꾼의 음경이 되어서는, 청첩장이 되어서는 아니 된다는 것. 아니 된다는 것을 잘 알지만, 양심의 가책을 망각하고 한 번이라는 한 번쯤이라는 자기와 타협이라는 어불성설을 용납하고. 나는 타인이 아니야. 나는 영혼의 세계를 창조하는 예술가야. 내가 하는 것은 괜찮아.

그렇게 한번 저질러지면 뻔뻔한 일상이 되고 정의가 되는 것이 사람이니까. 소설을 입술로도 읊고 음경으로도 휘갈긴다는, 알량한 변신이 당신 자신의 판단으로는 가능은 하지만.

소설이 바람둥이의 혀에서 줄기로 술술 풀려나 러브체인이 되고 난봉꾼의 음경에서 끈적끈적 분출되어서는 아니 된다는 것. 축하객에 둘러싸인 순간은 모든 것을 망각하고 싶을 게야. 소설가는 소설로 말하고 소설로 고백하고 소설로 사랑하고 소설로 교감한다고? 축하의 패를 주던 소설가나 답례 인사도 그렇게 요약되었어. 혀가 아니라 거짓말이고 고백이 아니라 사기이며, 사랑이 아니라 간통이며 교감이 아니라 쾌락과 맥이 닿아 있다는 것을 부인할 수 없음이네.

소설은 신체기관이 될 수 없어. 먹고 배설하고 늙고 죽는 유기체가 아니야. 유기체는 분해될 수 있어. 소설은 일단 세상에 놓으면 불사조보다 더한 영원을 부여받는 것이야. 죽어도 오늘 출판된 소설집 갈피에 촘촘하게 박힌 것은 남아 있어. 독자들이 외면하고 있다는 서글픈 사연도 행간에 기록되어 있지만. 소설은 소설가를 흥분하게 하고 서럽게 하고 아프게 하고 자포자기로 이끄는 것도 사실이고. 독자에게 아픔과 서글픔과 기쁨과 심지어 자포자기의 충격을 주어야 할 소설이 부메랑이 되어 소설가의 목을 조이고 있지 않은가?

맨드라미 씨앗. 좁쌀보다 깨알보다 그 어떤 존재보다 작은 본능의 소산. 까만빛의 영롱함. 압축된 광채. 요망하게 육감적인 꽃잎. 긴 한낮을 버티며 영글어낸 소산. 그 작은 개체가 발아하여 일 미터는 족히 넘는 줄기를 만들고 흐드러진 꽃을 피울 수 있다니. 맨드라미 씨앗을 처음 보았을 때 불가능과 가능의 경계에 홀로 선 느낌이었다고 말했지?

단어를 조합하여 비슷하게 얼버무리는 비루함. 타인의 말이나 주워

꿰는 비루함에서 벗어나기에는 너무 왜소해졌어. 세상의 일 뭐든 가리지 않고 하마처럼 먹어대는 식성이 있다면 배설도 엄청나게 쏟아내며 다시 눈을 뜰 텐데. 경계에서 홀로 선 자존심.

빛이 내는 소리를 듣기 전에 빛의 알갱이를 눈으로 보았던 기억은 없을까? 물체가 눈앞에 없어도 그 모습을 표현할 수 있는 능력인 표상 능력이 생겨난 다섯 살쯤부터 요즘까지의 기나긴 기억을 더듬었네. 빛의 알갱이를 보여 준 기억의 회상이 가능할까? 기억이 내림차순으로 줄줄이 떠올랐고, 어떤 기억은 오 분 전에 있었던 상황처럼 생경하더군. 생경할수록 배경이나 사물은 빛이 바랬어. 스펀지에 먹물이 퍼진 것처럼 회색이었고, 사물과 나무와 사람은 흙바닥에 터진 홍시처럼 선명했다네.

T가 저수지에서 발견되었다. 소식이 없는 하루 만에 가족이 찾아냈다. 저수지에서 발견된 이력이 있기 때문에 가족은 쉽게 찾았다. 오월이 아니었고, 조팝나무 꽃 더미가 화사한 것도 아니었다. 폐부로 아뜩하던 꽃 향도 없었다.

T가 발견된 저수지 나무는 거친 바람에 허리를 꺾지 않았다. 조팝나무 꽃향기가 그윽하던 날. 햇살이 어리미친년으로 세상을 할퀴던 순간에 허리 굽혔던 것들은 이미 쓰러졌다.

T가 다시 왔다. 오월에 쓰러지지 못한 T가 호수로 어정어정 걸어갔다. 바람이 T를 밀었고. T는 이제 존재도 아니었다. T를 바라보거나 환영의 손짓이거나 바람에 흔들리며 시선을 보내거나 하던 봄날이 아니었다. 언 손은 흔들리지 않았으며 눈들은 감겼거나 외돌아 있었다. T가 걸어가며 보낸 시선은 차디차게 되돌아왔다. 그동안 누군가로 또는 어딘가로 보냈던 것들은 결국은 자신이 감내해야 함을 깨달았다.

저수지에서 T는 혼자가 아니었다. 어느 날 바람 몹시 부는 날 T는 자신은 자신뿐이었다. 독자에게 주어야 할 아픔과 서글픔과 기쁨과 심지어 자포자기의 충격이 부메랑으로 돌아왔다.

　-입술이 얼었어.

　T가 갈퀴 손으로 허공을 긁었다.

　-나를 보는 눈동자가 없어.

　T가 미친 듯이 소리 질렀다.

겨울에 핀 산목련

겨울방학이 시작된 지 벌써 열흘이나 지난 지금 까지 하늘만 빠끔한 벽지에서 훌훌 나가지 못하고 눌려 있는 나를 이 해할 수가 없었다. 창밖을 흘끔거려 건성으로 교과서를 읽어 내리면 서 아스팔트가 깔리고, 커피숍이 있는 시내로 달려가고 싶어 했던 그 충동을 고요하다 못해 괴괴한 산골마을의 구석구석을 둘러봐도 어디 에 꼭꼭 숨어 버렸는지 찾아낼 수가 없었다. 하늘 아래로 눈 덮인 산 이 병풍처럼 둘러져 흡사 하얀 병실 같은 마을에 나의 뇌리는 아예 뿌리를 내리고 있었다. 마땅히 또는 당연히 해야 할 업무도 없으면서 빈 곳간 같은 교정에 머무르는 요즘의 시간 보내기가 지루했다기보다 는 오히려 마음의 평화를 불려가는 나날이었다. 버스를 두 번이나 갈 아타고도 경운기에 실려 사십여 분이나 나무토막처럼 흔들려야 했던 부임 시절의 선잠이 아닌 단잠으로 이해의 끝머리를 보내고 있다는 믿 지 못할 사실이 신기했다.

믿기 어려운 푸근한 단잠에 항상 등장하는 사람이 있었다. 하얀 치 마저고리에 하얀 얼굴을 들고 잔잔한 표정의 애림이 어머니, 황 여인. 백색천사라고 해야 옳았다. 하얗게 내려 쌓인 눈이 마치 포근한 싸리 꽃잎처럼 깔린 꿈의 광장에서 그녀는 잠의 끝머리에 기억이 생생하게 나타났다.

아침마다 그녀의 목련 같은 미소에 함빡 취한 채 잠에서 깬 문밖에 는 하얀 나비들이 분분히 내려앉고 있었다. 하늘도 땅도 온통 나비춤으로 가득 메워져 있었다. 그녀의 미소가루 같은 눈을 맞으며 폐부 끝까지 알알해지는 공기를 들이마시는 아침이 상쾌했다.

나는 도기분교에서 일곱 명의 전교생을 위한 단 한 명의 교사로서, 분교장도 겸하고 있었다. 하늘로 날아 탈출하는 방법 외에는 사방을 둘러봐도 비집어 터볼 틈이 없는 철의 요새와도 같은 마을의 중점에 도기분교가 있었다. 고지대의 함몰지에 알둥지처럼 올망졸망 살붙인 열세 가구가 꾸역꾸역 피워 올리는 연기만이 유일하게 생명체처럼 살아 움직였다. 사람들은 쉽게 겨울 문밖에 나서지 않았다. 부잣집 앞마당만 한 운동장에 깔깔거리던 애들조차도 문밖 출입이 없었다.

전임 분교장인 김칠동과 나는 묘한 인연이었다. 나에게는 별로 유익하지 못한 만남이었다. 교대 선배일 뿐만 아니라 도기분교에도 선임자였다. 나뿐만 아니라 다른 사람에게도 내가 아는 한 그는 마이너스적인 존재였다.

발령순위를 결정짓는 성적이 애초부터 글렀던 나는 김칠동과 같은 무리와 격의 없이 어울려졌다. 시험은 인간평등과 기회균등을 보장해야 하는 민주사회에서의 필요악이다. 따라서 우리는 타인의 기회보장을 위해 과감히 양보한다는 합치된 신조로 김칠동에 휩쓸려 시험기간엔 술집을 근거지로 삼았다.

똑같이 술을 마시고 광란의 음악에 몸을 비틀며 밤을 꼬박 지새운 벌건 눈알로 학기말시험을 치렀다. 그런데 놀랍게도 김칠동은 학기당 평균 B 학점 이상을 따냈다. 김칠동의 경우와 같이 공부하지 않고도 학점을 따내는 천부적인 기질을 가련하게도 소유치 못했다. 무엇에 관하여 논하여라는 식의 과목은 얼토당토않은 내용으로 휘황하게 나열하여 학점 미달에서 벗어날 수 있었다. 계산을 해낸다든가, 모래밭에서 핀셋으로 진주알을 끄집어내듯 명확한 답을 요구하는 과목은 예외 없이 낙제였다. 자신의 앞가림을 못 하고 허황된 분위기와 명분에 마냥 자신을 내동댕이쳤던 한심했던 시절이었다. 성적표를 받아들 때마다 미래의 교사로서의 자질 여부를 의심하는 극심한 갈등에 몸서리치면서도 별수 없이 벌건 대낮 지하 술집이 치유책이었다.

천부적인 학점 따기 소질로 김칠동은 비교적 상위그룹의 발령순위를 획득하고 졸업했다. 그러나 줄을 잘 서야 하는 한국적 출세론에서 김칠동은 우를 범했다. 발령지 배정에서 그 알량한 성적으로 상위권의 순위자가 많이 몰린 도시지역을 신청하였다. 자신보다 발령순위가 상위인 경쟁자 중에서 겁을 먹고 지원을 포기함으로써 생길지도 모르는 그 틈을 비집고 들어가겠다는, 그다운 배짱이었다. 그러나 오산이었다. 입학원서를 들고 한차례의 경험을 겪음으로써 고양이 밤눈처럼 발달된 눈치와 투기가 그의 배짱을 용납하지 않았다. 정원에 밀려나 본인의 의사와는 전혀 무관하게 오지로 배정을 받았다. 그나마 배정된 지역에는 대기자가 다수 있었다. 줄서기의 꼬리를 잡고 말았다.

발령장을 고대하던 김칠동의 기다림은 가련했다. 자신이 물려준 전통을 귀하게 모시는 나를 비롯한 몇몇 동기들을 술좌석에 끌어모았다. 취기가 오를수록 달변을 토해냈다. 얼른 알아들을 수 없는 어떤 심오한 철학이론처럼 자신이 창출한 전통을 숭상하고 길이 보전할 것을 역설하였다.

대기 육 개월이 넘어서자 김칠동은 초조의 기색을 띠기 시작했다. 그것은 사지 멀쩡한 젊은이의 행동을 정지시켜버린 일종의 무력감 같은 것이라야 옳았다. 그런 김칠동을 접하면서도 결코 바람직하지 못한 사고를 버리지 못한 나는 그렇게 명청할 수가 없었다. 마지막 학기말 고사에서 사생결단의 각오로 임해야 함을 깨닫지 못했다. 동료들이 14학점의 수월한 수강을 할 때 나는 학기마다 가능학점 전부인 20

학점 내외를 신청해야 했다. 낙제한 학점을 보충해야 했으니까.

비록 낙제로 얼룩졌지만, 마지막 학기에 신청한 학점만 낙제를 면한다면 졸업할 수 있었다. 졸업과 동시에 발령서열에 끼는 교대 졸업자의 특권으로 몇 년이건 기다렸다가 발령을 받을 수 있었다. 그러나 마지막 시험 전날 나는 소주와 김칠동의 달변에 얽히고 말았다.

이튿날 잠에서 깨어났을 때 낯선 여자와 벌거벗고 나란히 누워있음으로부터 취중에 여자를 돈으로 잠시 샀다는 기억을 희미하게 더듬어 냈다. 흙탕물에서 빨래를 건져 쥐어짜듯 머리채를 흔들어 취기를 떨치려 했다. 취기에 찌들어 꾀죄죄하게 풀린 눈알로 바라본 나는 한심스러웠다. 이불을 젖혀도 가리거나 오릴 줄 모르는 여자의 벗은 몸이 가죽을 홀랑 벗겨낸 토끼처럼 노골적이었다. 소불알처럼 천장에 매달린 홍등에 여자의 몸이 푸줏간의 고깃덩이보다 더 역겨웠다. 비닐을 속에 깔아 부스럭거리는 이불의 퀴퀴한 냄새와 질 낮은 싸구려 화장품 냄새에 혼탁해진 뇌리를 굴려 시험을 봐야 했다.

졸업예정자임에도 불구하고 두 과목이나 낙제가 되었다. 또 다른 예견치 못한 후유증이 생겼다. 요도에 따끔따끔한 통증이 오더니 피고름이 팬티에 흥건하게 묻어났다. 임질이었다. 일주일 동안 작전을 수행하는 특수요원처럼 비뇨기과에 숨어들어야 했다. 지성인으로서의 치욕적인 페니실린 주사를 날마다 두 대씩 맞았다.

이듬해 이월 말에 김칠동은 갈망하던 발령장을 받았다. 줄서기에는 단단히 실패한 그는 지역 내에서 가장 오지인 도기분교로 짐을 싸 들고 내 곁을 떠났다. 떠나는 김칠동을 붙들어 축하와 이별의 술을 건배하고 돌아선 나는 학점 미달의 유급생으로 수강신청서를 손에 들어야 했다. 학사경고장까지 거머쥔 나는 바닥권인 학점의 관리를 목적으로 두 과목 외에도 재신청을 하여 8월에 미소하지만, 예정보다는 상향된 평균학점으로 졸업하였다.

졸업 후에 기약 없는 기다림이 시작되었다. 언제 꽁무니에 불을 달고 쏘아질지 예측이 불가능한 상태로 발사대에 장착된 미사일처럼 나날이 무기력해져 갔다. 그러나 시간은 말없이 내게 다가왔다. 이년 육개월 동안 발령대기 상태로 주변의 한심스럽다는 눈총에 벌집이 된 채 받아든 발령장에는 도기분교가 나의 첫 임지였다.

발전적이고 호혜적인 관계는 결코 아닌 김칠동과 도기분교를 맞교대할 것이라는 예측은 내성적이 형편없었기 때문에 가능했다. 악연은 소가죽처럼 질겼다. 도기분교를 맞교대하는 것으로는 인연의 끝을 가름하지 못했다.

고대하다가 받아든 발령통지서의 기쁨 뒤에 두려움이 진득하게 붙어 있었다. 이른 봄날에 나는 도시에서 뚝 떨어져 낯선 산골마을에 와 있어야 했다. 수천 피트의 고공에서 낙하산을 타고 떨어진 듯 두렵고 낯설었다. 한밤중에는 무섬증까지 느꼈다.

도기분교에 온 그 날부터 혼자였다. 마을사람들이 부임 첫날부터 이상하리만큼 냉담했다. 인정스럽게 얘기를 나누다가도 내가 접근하면 입을 닫았다. 다가가면 삽살개 송곳니에 닭무리처럼 흩어졌다. 가까이 간 내가 무안할 정도였다. 흡사 창살 없는 감옥과도 같은 분교의 숙직실 겸 사택에서 교무실로 괘종시계 불알처럼 오락가락하며 지루한 시간에 몸서리쳐야 했다. 마지못해 등교시키는 코흘리개들과 보내는 시간만이 유일한 공동생활이었다.

그런데 의연한 사람이 있었다. 산골사람답지 않게 희부연 피부의 여인, 황 여인이었다. 여인이 내 앞에 나타나지 않았다면 산등마다 볼연지처럼 불거졌던 참꽃이 지기도 전에 나는 산골마을의 정적과 냉대에 벌써 질식해 버렸을지도 모르는 일이었다. 아무리 많아 봐야 스물다

섯을 넘지 않을 그녀가 아롱아롱 내려앉는 봄빛을 받으며 분교에 거의 매일이다시피 찾아왔다. 돌이 갓 지난 어린애를 운동장이랄 것도 없는 분교마당에 풀어놓고 시소나 돌무더기에 하염없이 앉아만 있다가 해 저물 무렵에 집으로 돌아갔다. 벙그는 꽃망울을 눈알에 담아가려는 듯이 바라보다가 때때로 고개를 곧추세우고 누군가를 찾는 시선을 교무실에 보내왔다. 그녀의 범상치 않은 시선 방향을 처음 감지했을 때 나는 수업 중에 교무실로 달려갔다.

뒤뚱거리는 걸음으로 놀던 어린애가 쓰러져 울음을 내지르면 달려가 어루만지는 몸동작만이 내가 아는 그녀의 모두였다. 마을사람들과 단절된 관계였기 때문에 학부형과 담임 사이의 사무적인 얘기뿐이어서 그녀에 관한 신상을 물어볼 수 없었다.

나이 어린 학생들조차도 공부와 관련한 내용을 빼고는 선생인 나를 꺼려 했다. 오월이 다 지나서야 사사로운 대화가 조금씩 통하기 시작했다. 첩첩산중처럼 가려졌던 마을에 관한 정보가 조금씩 드러났다. 하지만 애들의 말에 불과했다.

아버지도 없는 계집아이를 데리고 혼자 산다는 것을 학생들의 입을 통해서 듣던 순간 가슴이 가볍게 떨었다. 더구나 백색천사처럼 아름다운 그녀가 말을 못하는 장애인이라는 말을 듣고서 안쓰러운 가슴을 문지르며 하루하루를 보냈다.

수업 중에 창밖의 그녀를 훔쳐보는 횟수가 잦아졌다. 학생들에게 책을 읽게 해놓고 슬쩍 밖으로 나와 가까이서 그녀를 훔쳐보기도 했다. 훔쳐보는 내 머리칼이 바람에 가볍게 흔들렸지만, 그녀는 언제나 시간 밖에 앉은 의연한 모습이었다. 그녀를 지켜볼 때마다 정지된 기나긴 협곡을 바라보는 착각을 느끼곤 했다. 기나긴 협곡에서 달려오는 기차 소리가 내 가슴속에서 우들우들 떨곤 했다.

그녀와 한마디의 말도 나누지 않고도 우리가 오래된 관계 같은 감정이 어느새 내 안에 자리 잡았다. 즐거움이랄 수도, 측은함이랄 수도 없는 미묘한 감정이 외로움에 몸서리 앓는 가슴속에서 잔털로 영역을 넓혀가며 튼실하게 자라났다. 잠을 청하러 이불 속에 누워서도 그녀를 떠올리려 안간힘 했다.

무엇이 토종냄새 물씬한 산골마을에 냉혹한 찬바람을 불게 했을까? 곱고 아름다운 젊은 나이에 남편도 없이 어린애를 데리고 날마다 분교에 나와 그 무엇에 홀린 듯 넋을 빼고 사는 여인은 어찌 된 연유인가? 그녀와 마을에 대한 궁금증은 토실한 검은 씨앗으로 상상에 민감한 나의 뇌리에 심어졌다. 그 씨는 억측의 싹을 무성하게 틔웠다.

여름방학이 왔다. 시내로 돌아온 나는 유배지에서 풀려난 환희로 밤잠을 설쳤다. 시간 가는 줄도 모르고 홍등이 휘황한 거리를 헤맸다. 상가의 쇼윈도를 둑 삼아 강물 줄기처럼 흐르는 인파에 묻혀 부딪히는 사람들의 어깨가 그렇게 좋을 수가 없었다. 극장에도 가고 분위기 야릇한 커피숍에서 팝송을 듣다가 요리도 먹어보고. 다시 찾은 내 세상에 나는 마냥 흥분해 있었다.

도기분교에서 집에 돌아온 지 닷새째 되는 날 김칠동을 만났다. 그는 괴변과 술잔을 아직도 버리지 못했다. 달라졌다면 여자를 가졌다는 것이었다. 곧 결혼할 사이라며 내게 서슴없이 소개했다. 제법 인물과 몸매가 있는 여자였다. 상대를 코앞에 앉혀 놓고 몰아지경으로 옮아매는 그의 세 치 혀에 포획된 물체로만 나는 간주했다. 나와의 얘기를 다소곳하게 지켜 듣다가 그만 가보라는 그의 말에 여자는 충실한 개처럼 말을 잘 들었다.

여자가 사라지자 그는 술을 퍼 넣기 시작하며 도기분교를 들먹거렸다. 그는 도기분교에서의 삼 년간을 마치 월남전에 참전한 착각으로 흥분해 있었다. 베트콩을 무참하게 사살하고 돌아왔다는 무용담처럼, 도기분교에서의 그의 일상을 장황하게 늘어놓았다. 각종 편법과 비리가 점철된 그를 바라보는 내 시선이 날카로워졌다. 송곳과도 같은 내 시선에 아랑곳하지 않고 그는 들떠서 계속 지껄였다.

도기분교의 선임자로서 덤을 곁들여 내게 늘어놓던 예기 중에 마을의 냉엄한 분위기는 그가 삼 년의 재임 중에 만들어낸 것이었음이 그의 입속에서 드러났다. 도기마을에서의 버러지와도 같은 행위 하나하나가 그에게는 대장부다운 걸작이라는 생각의 소유자였다. 그의 천부적인 괴변과 바르지 못한 행실이 천년의 고분과도 같은 마을에 냉랭한 기류를 불어 넣은 것이었다.

그는 마을사람들에게 안하무인격이었다. 차라리 군림하려 했었음이 옳았다. 자신이 도기와 같은 오지로 내몰렸다는 불쾌감으로 근무에 임했던 것이었다.

"까짓것 맘에 안 들면 그만둔다는 생각으로 마을에 입성하니까 마을사람들이 전부 마중을 나왔더라. 선생님이 새로 오셨다고 부임 첫날밤에 분교에서 조촐한 잔치가 있었지. 술잔을 주는데 체면도 있어 처음에는 사양하다가 마구 다 마셨지. 정신을 잃었다가 이튿날 아침에서야 내가 쬐끔 실수를 했다는 걸 알았어."

"선배님도 술 때문에 실수할 때가 있습니까?"

"한 명의 입학을 위해 마을사람들이 모두 모였는데 아침에 일어나 시계를 보니 열두 시가 넘었어. 간밤에 술에 취해서 그랬다는 걸 알고 있었으니. 실수랄 것도 없지."

마을에 입성했다는 용어를 사용하는 그로서는 실수였다는 생각을 결코 해낼 수가 없을 것이다.

"단 한 명이라도 입학식은 귀중한 의식인데. 열두 시에 입학식을 하긴 했나요?"

"준비도 안 됐고 처음이라서 관뒀지. 그때까지 기다리고 있던 사람들을 돌려보내고 곧 학생도 돌려보냈지. 집에서 담근 술이라선지 머리가 어찌나 띵한지 종일 취해 있었어."

부임 첫날부터 그는 마을 사람들에게 바람직하지 못한 꼴을 보였다. 그 후로도 그는 마을사람들의 눈 밖에 날 짓을 서슴지 않았다. 수업 중에 가까운 논밭에 뛰어가 술을 얻어먹기 일쑤였다. 그러니 학생들에게는 소홀할 수밖에. 공부하러 간 학생들이 종일 운동장에서 뛰고 있는 것을 마을사람들은 일밭에서 묵묵히 내려다보았다. 학생을 산으로 몰아 풀어 놓고 그는 잠만 늘어지게 잤다. 그래도 마을사람들은 안 본 척했다.

"첫해 여름에 초상이 났어. 육십 노인 내외가 황혼 무렵에 얻은 딸과 애지중지 살다가 영감이 먼저 세상을 떴어. 전부라야 장정은 열 정도밖에 안 되는 마을에 큰 애사였지. 이장이라는 사람이 와서는 송구스럽지만 장례일 좀 거들어 줄 수 없느냐는 거야."

"그야 손이 모자라니 찾아 왔겠지. 좋은 경험이 됐겠쑤?"

예전 같지 않게 비아냥으로 툭툭 내갈기는 나를 흘끔 그가 노려봤다. 그는 잠시 끊었다가 말을 계속 이었다. 그만하자고 해도 그치질 않을 얼굴빛이었다. 씰룩이는 어깨에 힘이 잔뜩 올라 있었다.

"참석은 할 수 있어도 상여는 맬 수 없다고 잡아뗐지. 대대로 우리 집은 천주교 신자라서 생각도 못 할 일이라고 넘겨버렸지. 그런데 느지막하게 얻었다는 딸이 어린 줄 알았더니 그게 아니었어. 스물셋이더라구. 소복에 창백해진 얼굴로 줄곧 소리도 안내고 눈물만 질질 짜는데, 성장한 딸이 안개를 타고 내려온 선녀 같더란 말이야."

"선녀?"

"그래 선녀야 선녀. 황씨 선녀. 그 선녀 이름이… 순분. 그래 황순분 이었지."

코앞에서 떠벌려대는 그의 입에 의해 그녀의 백옥같은 이름이 처음으로 내게 파고들었다. 그녀의 청초한 모습이 떠올라 정지화면처럼 머릿속에 머물렀다. 나는 김칠동에게 선녀가 아니라 목련꽃이라고 우기고 싶었다. 그러나 그와 말씨름을 할 기분이 못됐다.

"장례가 끝나고 그녀는 마을 앞산에 있는 묘에 자주 오르내렸지. 산골에는 여름이 짧더라구. 가을 문턱에, 우발적이었어. 안개가 자욱한 이른 아침에 산에서 내려오는 그녀를…."

술기에 서서히 좌초되는 의식 속에서 설마 하는 나의 기대가 무참히 쓰러졌다. 기어코 그의 입이 나를 실망시켰다. 가련한 여인. 그녀는 또 한 번 그의 술에 찌들고 구린내투성인 입속에서 짓밟히고 있었다.

산골인 도기마을은 지독한 안개에 묻히는 날이 많았다. 이른 새벽에 일어나 보면 마을은 안개에 소리 없이 점령되어 있었다. 해가 떠오른 뒤에야 마을은 안개로부터 해방이 됐다. 골에 자욱하게 깔린 안개는 사람들을 우주의 미아처럼 만들었다. 미세한 물알갱이는 공기처럼 떠서 나무 잎사귀와 사람들의 뺨을 부드럽게 어루만졌다. 이른 새벽에 운동 삼아 나갔던 그가 자욱한 안개를 헤엄쳐가듯 산을 오르는 그녀의 뒤를 밟아 일을 저지른 것이었다.

"그럼 애림인?"

"서너 달 지났지. 자고 있는데 누가 숙직실 문을 두드려 깨보니 순분이었어. 내가 그리워서 야밤중에 찾아왔는 줄 알았는데. 벙어리였어, 강제로 범할 때 소리도 크게 지르지 못하고 낑낑거리기만 해서 이상하다고 생각은 했었는데. 벙어린 줄을 그날 밤에야 알았지. 손가락을 배에다 쿡쿡 찌르며 끙끙거리는데 한참만에야 알았어. 애를 뱄다구.

내가 자기의 뜻을 알았다고 판단했는지 그때부터는 엎드려 찡찡 울어
대더라구. 머리를 급속도로 회전시켜 어찌 다른 방도가 없다는 내 처
지를 내세워 손짓 몸짓을 총동원해서 설득시켰어. 새벽녘에서야 빨개
진 토끼눈을 들고 그녀가 돌아갔어. 그리구서 잘됐는가 싶었는데 그
게 아니었어. 이듬해 봄에 할망구가 와서는 다짜고짜 어떡할 거냐구.
데리구 살라는 거여. 환장하것더구만."

그는 풀이 죽어 있었다. 처음 만났을 때의 그 씰룩이던 어깨가 딱딱
하게 굳어 있었다. 술을 벌컥벌컥 들이켰다.

"실은 그때 사귀던 여자가 있었어. 저울질을 아무리 해도 순분이는
안 되더라구. 벙어리만 아녔으면 그녀를 데리고 살았을 가능성도 컸
어. 잡아떼기로 맘을 굳혔지. 외딴섬 같은 산골마을이 내게 유리할
수 있다는 신념으로 딱 잡아뗐지. 본 사람이 없었구. 벙어리라서."

먹은 맘은 달랐지만 둘은 똑같이 갈증을 느꼈다. 술을 거푸 몇 잔
들이켰다. 갑자기 양심이 있어 보이는 그의 표정이 홱 바뀌더니 히히
거리기 시작했다. 술을 또 몇 잔 들이켰다. 굳었던 그의 어깨가 다시
느릿느릿 씰룩거리기 시작했다. 빛나는 전공을 세운 영웅 같은 말투로
그녀를 범하던 순간을 늘어놓으며 짐승처럼 히히거렸다. 그의 짐승 같
은 히히거림을 지켜보는 내 속에서 마신 술이 분노의 기운으로 역류
하며 솟구쳐 올랐다.

"도둑눔의 새끼. 버러지만도 못한 놈."

분노가 치밀었다. 고함을 지르며 자리에서 벌떡 일어났다. 나의 갑
작스러운 행동에 그가 말을 뚝 끊었다. 그의 풀린 시선을 되쏘아보는
내 주먹이 부르르 떨었다. 꽃다운 처녀에게 업을 씌워 놓고도 눈곱만
큼의 죄의식이 없는 그였다. 턱을 사정없이 갈겨주고 싶은 울화가 치
밀었다.

마을의 정중앙에 위치한 분교를 천리만리나 마을에서 떨어져 나가게 해놓고 당당하게 시내의 요지학교로 부임한 그였다. 밤을 홀딱 밝혀 술을 마시고도 B 학점 이상을 획득하는 그의 놀라운 실력이 또 한번 발휘된 것이었다.

그와 헤어진 나는 구토를 참아내지 못하고 보도블록에다 내용물을 죄다 토해내고 말았다. 이튿날부터 속이 메스꺼워졌다. 가슴이 답답해졌고 머리가 띵해졌다. 하숙도 못 하고 혼자 끼니를 지어먹는 아들을 위해 영양가 높은 어머니의 정성 어린 음식도 맛이 사라졌다. 탁탁한 공기 탓인지 가래가 목젖을 간지럽혔다. 문화도구가 즐비하게 널렸고, 사람이 많은 도시가 싫어졌다. 호흡하는 공기가 전부 불량스럽게 생각됐다. 득시글득시글한 병균들이 눈에 보일 것 같았다. 청결하기 이를 데 없는 변기에 오줌을 갈겨도 오줌색이 누르끄름한게 병자의 오줌 같아 보였다. 김칠동과 같은 무리들이 일제히 숨을 쉬고 있는 이 도시가 싫어졌다.

도기마을이 그리워졌다. 목련꽃 같은 자태의 그녀를 보고 싶었음이 옳을 것이다. 가족의 만류를 뿌리치고 일주일 만에 도기분교로 돌아오고야 말았다.

아이들이 없는 분교의 여름방학은 잡초들이 극성이었다. 열량이 누그러지는 일출 전과 일몰 전에 분교의 환경을 보살폈다. 한낮에는 교무실에 앉아 밖을 내다보며 시간을 보냈다. 황 여인도 애림이를 플라타너스 그늘에 다독거리며 앉아 있다 가곤 했다.

그러던 어느 날, 멀쩡하던 하늘에 검은 구름이 삽시간에 깔리더니 닭똥 같은 빗방울이 쏟아졌다. 느닷없는 빗줄기에 모녀는 플라타너스 밑동에 몸을 도사렸다. 빗줄기가 강한 탓에 모녀는 흠씬 젖었다.

조금의 생각할 틈도 없이 우산을 쥐고 뛰어나갔다. 멍충이처럼 한 개의 우산만을 들고 나왔음을 그녀에게 우산을 펴고서야 깨달았다. 우산을 급하게 펴서 그녀의 머리 위에 씌웠다. 비는 사정 없이 들이부었다. 빗방울 부딪는 소리가 요란했다. 우산에서 흘러내린 빗물이 목덜미로 떨어져 등줄기로 흥건하게 흘러내렸다.

빗물세례에서 벗어난 그녀의 젖은 얼굴이 희부옇게 아름다웠다. 요란하게 빗방울 부딪는 소리가 점점 귀에서 사라져 갔다. 그녀 앞에 섰는 나의 몸덩이가 아득하게 날아다니는 착각에 빠지기 시작했다. 가슴께로 진동음이 자지러지는 나의 의식이 민들레 씨앗처럼 붕붕 떠다녔다. 얼마나 그렇게 떠다녔을까. 비는 계속 한 치의 오차도 없이 똑같은 템포로 바닥을 자글자글 뜯어냈고.

"히히. 얼굴만 뽀얀 줄 알았는데. 살결도 백옥같더라고. 낄낄. 안개가 자욱한 산중턱에다 홀랑 벗겨서 눕혔는데 안개랑 여자의 살결이랑 전부가 우윳빛이더라고. 내 몸은 시커멓게 볼품이 없었지만 말야. 낄낄낄."

갑자기 김칠동의 흐느적거리는 모습이 징그럽게 떠올랐다.

"그런데 말야. 낄낄. 밤마다 그년의 몸뚱이가 떠오르는 게여. 환장하겠더구만. 뽀오얀 여자의 잘 다듬어진 몸이 천장에서 자꾸 내게 겹쳐오는 게여. 밤마다 환상으로 나타나서는 피를 쪽쪽 말리더라구."

난데없이 떠오른 불순한 기억을 얼른 지워 버리고는 심한 부끄러움을 느꼈다. 나의 불순한 회상을 모르는 그녀는 계속 땅바닥을 자근자근 누르듯이 시선을 내리깔고 있었고, 애림이는 그 말똥말똥한 눈빛으로 나를 쳐다보고 있었다. 아, 그런데 나는 애림이의 눈빛에서 김칠동의 환영을 목격하고 말았다. 순간 눈을 질끈 감았다가 다시 떴을 때는 차마 애림이를 똑바로 바라보기 두렵고 서글퍼서 고개를 먼 데로 돌렸다. 비안개가 산등성이로 우루루 몰려 오르고 있었다. 땅에 사는 생물들을 샅샅이 찔러죽일 듯한 빗줄기가 두 시간여 동안 넉넉히 내리고는 끝을 맺었다.

굵은 비가 멎자 그녀는 애림이를 앞세워 젖은 길로 걸어나갔다. 뒷모습을 지켜보는 나는 묘한 감정에 휩싸였다. 발걸음이 떨어질 때마다 땅바닥마저 걷어가는 듯한 허전함이 몰려왔다. 그녀는 고개 한 번 돌려주지 않고 야속한 몸놀림으로 분교를 벗어났다. 나의 냄새가 밖으로 뿜어지는 호흡을 가늘게 뽑아내며 그녀와 마주 섰던 순간이 뇌리에 자꾸 되살아나 그날 밤을 꼬박 설치고 말았다.

가을날,

그녀는 봄꽃을 여름내 지울 줄 모르더니 느닷없이 찬 서리를 맞고 있는 것일까. 청자하늘 아래로 찔레꽃 발갛게 주렁주렁 열린 늦시월에 아직도 함초롬한 봄꽃의 자태로, 잎 진 담쟁이 넝쿨 같은 사연으로 낙엽이 뒹구는 가을교정에 홀로 떠날 줄을 몰랐던 그녀가 나타나질 않았다. 얄궂은 산 그림자가 분교마당에 길게 누울 때까지 고달픈 세월을 견디는 산등바위처럼 묵묵히 분교를 지키던 그녀가 며칠을 두고 나타나질 않았다. 꺼질 줄 모르는 빛깔의 들짐승처럼 분교를 찾던 그녀가…. 그녀를 훔쳐보며 가을빛 노을처럼 무르익었던 나는 밀려오는 어둠 같은 허탈감에 묻히고 말았다. 밤마다 잠을 쉽게 이루지 못했다.

십일월로 접어들었다. 발걸음을 디딜 때마다 소스라치던 메뚜기도 사라졌다. 적당히 기분 좋게 불어주던 바람도 매서워졌다. 바람에 이끌려온 낙엽이 그녀가 있던 빈자리를 채웠다.

십일월의 중순 무렵에 마을에 큰일이 생겼다. 혼기에 이른 딸과 그 딸이 낳은 어린 손녀를 남기고 그녀의 모친이 세상을 뜬 것이었다. 고지대 산골이라 가을걷이도 벌써 마무리된 상태여서 다행이었다. 일손이 풀린 마을사람들이 모여들어 밤낮으로 불을 질러놓고 상가를 밝혔다.

초상 이튿날에 이장이 찾아왔다. 마을에서 따돌림을 받으며 거의 일 년을 마무리하는 시점에 이장의 방문은 굉장한 의외였다. 이장은 어렵게 말문을 열었다. 지팡이 없이 몸을 지탱할 수 있는 사내 전부가 모여도 모자란다며 간접적으로 도움을 요청했다. 독실한 천주교 신자라는 이유로 거뜬히 거절을 했던 김칠동을 떠올렸다.

소리를 질러댈 기쁨으로 쾌히 대답을 하고픈 감정을 누르고 진지하게 승낙했다. 이장은 고맙다는 인사를 연신 늘어놓으며 손을 잡아끌었다. 상가에 가서 저녁도 들고 술도 나누자는 것이었다. 마지못해 끌리는 내 몸속에서는 흥분이 살아 꿈틀거렸다. 토장국내 물씬한 순박한 이 마을 사람들이 그리웠었다. 그리워 가까이 다가가면 멀어지던 마을사람들이었다.

상가에 들어서는 나를 사람들은 하던 동작을 멈추고 멀쩡히 서서 바라만 봤다. 그런 갑작스러운 분위기에 나는 주춤할 수밖에 없었다. 상황을 알아차린 이장이 주춤 섰는 나를 낚아채듯 잡아끌었다.

집은 형편없이 작았다. 부엌과 방 두 칸으로 흡사 웅크린 고슴도치 모양으로 달룸한 집 한 채였다. 가슴높이의 돌담이 안채를 에워싸다가 입을 벌린 듯한 입구에서 왼쪽으로 별채가 있었다. 별채에는 늙은 소가 굵은 눈알을 꿈벅거렸고, 꺼적으로 입구를 늘어놓은 곳은 변소였다.

허리통 굵기는 됨직한 생참나무가 엇갈려서 끄실끄실 타고 있었다. 맨바닥에 놓였던 술상이 얼른 치워지고 멍석이 주르르 깔렸다. 상이 나왔다. 상에는 막걸리를 찔찔 흘리는 주전자와 시래깃국 한 사발과 하얗게 입을 벌리고 있는 사기 대접이 놓였다. 사기 대접에 막걸리가 줄줄 따라졌다. 대접이 큰 탓에 막걸리가 채워지는 잠깐의 순간이 꽤나 길게 느껴졌다. 분위기를 보아 저것을 다 마시고 또 몇 잔은 더 마셔야 할 것이라는 생각이 들자 겁이 더럭 치밀었다. 이장은 대접을 두 손으로 들고 단숨에 마셨다. 이렇게 마시는 것이라는 듯 턱 내려놓으며 마시기를 재촉했다.

마지못해 서너 잔을 들이키자 취기가 돌았다. 자리를 털고 일어났다. 어두워지는 배경으로 불은 낮보다 더 팔게 타올랐다. 불티가 허공으로 휘날렸다. 내가 가까이 끼어들자 사내들이 자리를 내줬다. 불티를 날리며 끄실러 오르는 불더미를 에워싸고 뜨거워지는 허벅지를 문질러대며 서로들 말이 없었다. 그들은 생나무가 타느라 피워내는 연기에 눈을 찡그리면서 연신 담배를 물었다.

불꽃이 확 피어나면 물러섰다가 사그라지면 불더미에 다가가면서 눈치껏 훑어봐도 그녀는 보이지가 않았다. 이장과 집안에 들어서는 순간부터 토굴 같은 부엌과 가끔씩 열리는 방안을 슬쩍슬쩍 훔쳐봐도 그녀는 보이질 않았던 것이었다. 마당을 이리저리 오가며 놀던 애림이마저도 날이 어두워지자 보이지 않았다.

토굴 같은 부엌에서 아낙들이 꼼지럭거려 내온 저녁을 먹고 시간이 한참이나 흘렀다. 초상 첫날에 밤을 지새워줬던 사람들이 모두 지쳐 있었다. 마을 아낙들이 돌아가고 술에 취한 사내들도 꿍얼꿍얼 자리를 떴다. 사방은 칠흑같이 어두웠다. 마당 한가운데서 허리를 시커멓게 태우고 있는 통나무들이 가끔씩 몸을 비틀었다. 이장이 타오르는 불더미 곁에서 꾸벅꾸벅 졸다가 툭 튀어나오는 불똥에 맞고는 벅적벅적 긁으며 계속 졸았다.

괴괴하게 고요했다. 생나무 껍질이 끄을리다가 불이 붙어 타면서 투둑투둑 몸체에서 떨어져 나갔다. 대접으로 들이켰던 술기가 가시자 추위를 느꼈다. 허리가 끊어진 통나무를 불더미 위에 올려 불의 氣를 키웠다. 시름시름 끄느적거리던 불꽃이 옮겨붙더니 나무 사이로 뱀의 혀처럼 널름거렸다. 김칠동에 짓눌려 버둥대는 그녀의 고통스러운 얼굴이 널름거리는 불꽃에 겹쳐 환상처럼 아른거렸다. 짐승 같은 김칠동의 얼굴이 불 속에서 이글거렸다. 머리를 쥐어짜듯 흔들어 환상을 떨쳐 냈다.

돌아가려고 몸을 일으키는데 그때 방문이 열렸다. 그녀였다. 방안에서 삐져나오는 빛을 등 뒤에 맞으며 그녀가 마당으로 내려섰다. 돌아가려고 몸을 일으켰던 내 몸이 얼어붙듯 붙박이고 말았다. 실로 한 달여 만에 다시 보는 그녀였다. 당목 저고리에 머리를 풀어헤친 그녀가 어둠 속에 빛을 발하는 목련처럼 보였다.

그녀는 고목처럼 섰는 나를 잠시 지켜보고 섰더니 부엌으로 들어갔다. 경직됐던 몸을 누그려 서너 걸음 집으로 향하는데 그녀가 부엌에서 나왔다. 주전자가 올라앉은 상을 들고나오다가 돌아가는 나를 보더니 그 자리에 서는 것이었다. 내 발걸음도 멈칫 서서 움직이질 못했다. 잠시 정적이 흘렀다. 그녀가 멈춰진 걸음을 먼저 움직여 불더미 옆에 상을 내려놓고 나를 쳐다봤다.

"선상님, 한 잔만 더 들구 가십죠."

졸던 이장이 한마디 던져왔다. 이장의 목소리가 갑자기 터져 나오자 내게 향했던 그녀의 시선이 거두어졌다. 이장이 막걸리를 따르더니 술대접을 내게 건네 왔다. 내가 술을 입에 대자 이장도 대접을 들었다. 숨을 끊어 쉬면서 반쯤 마신 술대접을 상에 내려놨을 때 이장의 술대접은 벌써 허옇게 속을 드러내놓고 있었다. 그런 모습을 지켜보는 그녀가 불더미 옆에 앉았다. 추슬러 올린 나무에 불이 붙어 불꽃이 제법 활기 있게 타올랐다.

"너무 괄게 타서 새벽녘엔 꺼지구 말것네."

이장이 타고 있는 나무토막을 흐트러 내렸다. 불똥이 줄지어 검은 하늘로 올라갔다가 재가 되어 머리에 검불처럼 내려앉았다. 불더미에서 이탈된 나무가 사그러드는 불꽃 대신에 눈알을 찔러대는 연기를 피워 올렸다. 나무를 흩트려서 불안하게 불꽃을 내던 불더미가 곧 평정을 되찾았다.

"선상님, 올도 다 갔습죠? 선상님을 개똥 보듯 하던 것이 우리덜로는 참말로 죄송하게 됐구만요."

통나무의 잘린 면에서 뿌시식 뿜어져 나오는 증기를 바라보며 이장이 말을 꺼냈다. 갑작스레 나와 관련된 얘기의 시작으로 당황이 됐다. 재빨리 뇌리를 굴려 점잖은 대답으로 응수했다.

"살기가 바쁘시니 틈을 내지 못하였겠지요."

이장과 나 사이에 말이 오고 가자 불더미에 시선을 묻고 있던 그녀가 가볍게 동요되는 것을 나는 알아차렸다.

"선상님도 알구 기실 껍니다. 떠나간 그 양반 때문에 마실의 꼴이 이러쿠롬 됐습죠. 입은 찢어졌어두 말을 맹글지 못하는 쟈도 꽃다운 나이에 청상과부가 되얏고…."

이장이 말을 끊고 껌껌한 하늘을 올려다봤다. 자신을 들먹거리는 줄 아는지 그녀는 시선을 불더미 속에 푹 박고 있었다. 그런 뒷모습에 겹쳐 김칠동의 느글느글한 얼굴이 떠올랐다. 나는 어떠한 말이라도 꺼낼 용기가 없었다. 내가 침묵으로 잠시의 시간을 끌었다. 그녀는 불더미에서 시선을 꺼내어 이장과 나를 번갈아 보며 형언키 어려운 표정을 얼굴에 그려냈다.

"쟈가 저런 꼴이 된 연유가 그 사람이라는 걸 알구부텀은 핵교를 웬수처럼 마실사람들은 생각했습죠. 그런디 정작에 그 양반은 떠나구, 선상님이 새로 오셨는데도 꼭 백힌 울먹이 쉽게 풀어지질 않아서 선상님만 외롭게 고생하셨습네요."

"저희들이 부족한 탓에 마을에 큰 폐를 끼쳤습니다. 항상 죄송하게 생각하구 있었습니다."

마을사람을 대표로 하는 이장의 솔직성에 나는 김칠동의 죄악까지 감내하고픈 심정이었다. 그녀가 나를 바라보며 진지한 표정을 지어냈다. 말을 알아듣지는 못하지만 내 심정을 꿰뚫고 있다는 기분에 휩싸였다.

"한번은 쟈가 날 찾아 왔습죠. 자기 따문에 분교선상님을 멀리하는 줄은 알아가지구, 그러지 말라는 뜻을 해내는디, 그땐 지가 쟈를 나무랐습죠. 분통하지도 않느냐구요. 그래도 눈물을 찔찔 짜면서 선상님께 너무 그러지 말라구 애원을 하더라구요. 사실, 여기 기시는 선상님은 뭔 죄가 있습니까?"

"또 일어나서는 안 될 일이지요. 학부형님들이 이해를 해주시고, 학생들을 보아서라도 너그럽게 대해주셨으면 합니다."

사실 그동안 서운했다는 말이 목구멍까지 치밀었으나 참았다. 이장도 나도 까매진 하늘로 시선을 돌렸다.

"말을 맹글지 못하는 쟈의 가슴은 어떻겠습니까요, 쟈의 뜻도 있구. 선상님도 겪어 보닝께 좋으신 분이구. 아무려두 배우신 양반이 너그럽게 이해를 해 주시구, 한마실사람입네 하구 맴을 잡수시면 지들도 고맙겠구만요."

고개를 돌리다가 갑자기 마주친 그녀의 눈동자가 새까만 빛으로 말을 하고 있었다. 만지면 부스러질 듯 가련한 그녀에게도 시선으로 말을 하는 용기가 있었다. 타오르는 불빛에 몸이 벌겋게 달았고 갈증이 왔다. 바닥을 허옇게 드러낸 사기대접에 불티가 내려앉아 있었다. 그녀가 대접을 거두어서는 부엌으로 갔다. 이장이 막걸리가 반쯤은 남아 있는 주전자를 흔들어 알코올을 골고루 희석했다. 주전자를 상위에 내려놓고는 이장이 손을 내게 내밀었다. 나는 주저하지 않고 불빛에 너울거리는 이장의 얼굴을 들여다보며 마주 잡아 쥐었다. 손금이 손등에까지 시커멓게 자라서 거북등 같은 이장의 손에서 까실까실한 감촉이 와 닿았다. 그 까실까실한 이장의 다른 손이 내 손을 덮었다. 그 까슬까슬한 감촉은 거짓을 모르는 사람일 거라는 믿음을 주었다. 어느새 그녀는 씻어온 사기대접의 하얗게 빛나는 웅덩이에 농도 짙은 막걸리를 콸콸 붓고 있었다. 이장과 나는 뿌연 막걸리가 찰랑찰랑한 대접을 동시에 들고 입으로 가져갔다.

막걸리를 들이켜다가 슬쩍 훔쳐보는 그녀의 얼굴에 가벼운 웃음이 흐르고 있었다. 도기마을에 와서 처음 보는 그녀의 웃음이었다. 그날 밤, 그녀는 불꽃에 발갛게 익어 핏기 있는 건강한 모습을 내게 보여주었다.

이튿날의 출상은 화해의 한마당이었다. 그녀는 어머니를 여읜 슬픔 속에서도 화해의 분위기에 흡족해하는 눈빛을 내게 여러 차례 보내왔다. 그녀의 모친을 묻고 내려온 해거름 녘에 나는 마을사람들과 어울렸다. 밤늦도록 얘기를 나누며 마을사람들도 나처럼 외로웠었다는 걸 알았다. 그녀가 수줍어 어쩌지 못하는 얼굴을 간신히 들고서 내게 막걸리 잔을 내밀었을 때 분위기는 절정이었다.

그날부터 마을은 새로운 분위기였다. 길고 컴컴한 터널에서 빠져나온 시원함으로 눈에 보이는 모든 것이 후련했다.

곧 겨울방학에 접어들었다. 도기마을의 겨울은 눈으로 시작되었다. 고지대의 저기온 탓으로 겨울의 물 성분은 무조건 눈으로 내렸다. 한 번 내린 눈은 여간해서 녹질 못했다. 첫눈이 땅을 감추면 차곡차곡 내리는 순서로 나이테처럼 연륜을 키우는 것이었다. 눈은 겨우내 산허리를 하얗게 덮어놓고 사계 중의 겨울 부분을 구역처럼 독점하고 있었다. 녹지 않고 쌓이기만 하는 눈의 중량을 이기지 못하고 나뭇가지들이 괴성을 지르며 여기저기서 찢어져 내렸다.

방학이 됐어도 본댁으로 돌아갈 생각이 아예 없는 나는 다시 찾은 단잠의 끝머리에 그녀를 매일 만났다. 곧잘 내리는 눈은 땅이나 질퍽거리는 귀찮은 존재가 아니라 그녀의 미소가루같이 아름다웠다. 꿈속에서뿐만 아니라 그녀는 생시로도 하얀 미소를 들고 분교를 자주 찾아왔다.

애림이와 그녀에게 손짓을 보내면 그녀는 빙그레 웃었다가 멋쩍은 표정으로 고개를 돌려 얼굴을 한참 동안이나 감추는 것이었다. 그래도 계속해서 손짓을 해대면 마지못해 교무실에 들어와서 불을 쬐다가곤 했다.

하얀 애기나비들이 춤추다 사라지고 청동하늘이 드리운 오늘도 그녀가 분교마당에 와 있었다. 나는 바싹 마른 송진나무만 골라 난로에 잔뜩 집어넣었다. 그녀가 교무실에 들어서기 전에 난로는 껍데기까지 벌겋게 달구며 팔게 타오를 것이다. 애림이를 앞세워 추워진 몸을 녹이러 들어올 그녀를 위해 따끈한 물을 데우는 것도 잊지 않는다.

힘껏 당긴 활대와도 같은 산골의 겨울 하늘에 걸린 해는 요즘에 부쩍 눈이 부시다. 그녀가 찬찬히 교무실로 걸어오는 분교마당에는 햇살에 녹아내린 하얀 나비꽃이 곱게 접은 날개로 은빛 햇살을 튕겨내고 있었다.

아내는 지금 서울에 있습니다

쑥국 꽃 무리로 무서리가 요 며칠 하얗게 내려앉
더니 기어이 눈발이 쏟아집니다. 계곡으로 겨울이 들이닥쳤나 봅니다.
소백산과 금수산 월악산으로 이어지는 소백산맥 줄기에 휘감긴 이곳
은 봄과 가을이 짧은 곳입니다. 추위에서 비켜나 봄인가 싶으면 어느
새 여름이었고, 서늘해진다 싶으면 겨우살이 준비를 재촉해야 하는
곳이기도 합니다.

눈이 내리고 있습니다.

산맥의 줄기를 타 넘는 바람이 가쁜 숨을 돌리려 잠깐 멈춥니다. 하
얗게 서려 굳은 산자락으로 흰설탕가루 같은 눈이 점령구역을 확장하
듯 쏟아져 내려오고 있습니다. 학생들이 고사리 같은 손으로 대청소를
하던 오후 무렵에는 제법 온화한 햇살이 내렸었는데, 청보리 빛깔 하늘
에 갑자기 구름이 오골계 깃처럼 몰려온 것입니다. 학생들을 귀가시켜
놓고 분교운동장으로 나갔더니 빗방울 몇 개 떨구다가 싸라기눈으로
바닥에 파르르 뒹굴기 시작합니다. 첫눈의 전주곡이지요.

아내가 몹시 보고 싶은 순간입니다.

아, 첫눈이 온다고 말해주고 싶음의 들뜸일 겁니다. 아내는 지금 서
울에 있습니다. 교무실로 들어와 서울로 전화를 했습니다. 아내도 나
처럼 초등학교 교사입니다. 개인 사정으로 일찍 퇴근했다는 동료 교
사와의 통화를 마치고 아내의 집으로 전화했으나 받지 않습니다. 서
울에도 첫눈이 오는지가 궁금했습니다. 첫눈이 오지 않았으면 하는

바람이 생기더군요. 그래야 이따가 통화가 되면 이곳의 첫눈을 얘깃거리로 아내와 장시간 통화를 할 수 있을 것 같아서였습니다. 저녁 짓는 연기가 하늘 밑동으로 달라붙자 싸라기눈이 송이 눈으로 변해버렸습니다. 성깔 난 시누이처럼 파르르 하던 싸라기눈이 부드러운 눈꽃으로 승화되어 내려앉고 있습니다. 아내를 가슴속에 생각함이 늘 그랬지만 오늘따라 보고픈 심정의 파편들이 저 무수한 눈송이와 견줄만합니다.

학교가 텅 비었습니다.

학생들은 각자의 집으로 들어갔습니다. 산골이라 눈이 오면 길이 끊기기가 일쑤였던지라 아이들조차 눈이 내리면 집으로 일찍 들어가는 것이 습관화되었습니다. 교사라야 전부 네 명에 불과하지만 세 명이 각자의 가족을 찾아 집으로 갔고, 이번 주말도 또 혼자입니다. 분교도 관공서라서 일요일에도 누군가 근무를 해야 합니다. 일직과 숙직이 아예 내 몫이 되었습니다. 교무실 난로에 불을 지펴야 할 것 같습니다. 장작을 넣은 다음 석유를 조금 뿌린 후 성냥불을 그어대자 쏴쏴 살모사 헛바닥 떨림 소리를 지르며 장작에 불이 붙기 시작합니다. 실내에 살모사 독 같은 화기가 퍼졌습니다. 조금 있으면 석유 냄새는 없어지고 장작이 괄게 타오를 것입니다.

아내도 이곳을 무척 좋아합니다.

좋아했었다고 말을 해야 옳을 것 같군요. 서울로 전출 간 지 벌써 육 년이 넘었으니까요. 이곳의 아름다운 산이며 골짜기며 남한강 물줄기를 아직도 좋아하고 있는지를 내가 판단하기에는 육 년이란 시간의 강폭이 있으니까요. 사실, 덧붙이자면 아내는 서울로 간 후 이곳에 단 몇 차례 밖에 오지 않았습니다. 아마 남편인 나를 찾아옴이 아니었던 것 같습니다. 한 점 혈육이던 내 어머니, 그러니까 아내에게 시어머니가 저세상으로 가셨을 때와 여름방학과 겨울방학에 한 차례씩 왔다 갔습니다. 설경과 물소리만으로도 더위를 잊는 이곳의 계곡을 해마다 두 번 정도는 찾았던 것 같습니다.

아내가 처음 왔을 때는 이곳에 매료되었다고 확신할 수 있습니다.

지금은 분교지만 당시는 학년마다 한 학급씩 학생 수가 오롯한 초등학교였습니다. 그러니까 교장과 교감이 있었고 교사도 여섯 명이나 되어, 소규모지만 교원조직을 형성하고 있었습니다. 부임 오신 선생님들은 전근해 온 아침에 의자에 앉으면서 전근 갈 날짜를 꼽기 시작했습니다. 이렇게 시골인 분교로 자청해서 온 선생님이 없었으니까요. 그러자니 신규발령이었습니다. 교장이나 교감도 승진해서 첫 부임을 하는 자리였고, 교사들도 교대를 졸업하자마자 교단에 서는 곳이었습니다.

아내도 이곳이 신규였습니다.

그해 겨울에 유독 눈이 많이 내렸습니다. 삼월 정기인사를 앞두고도 눈이 잔뜩 내렸습니다. 전근 가는 두 분 선생님이 제대한 병사처럼 눈길을 헤집고 나간 이튿날 두 분의 선생님이 후임으로 오셨는데, 아― 쌓인 눈보다 더 고운 선남선녀 한 쌍이었습니다. 생김새 준수한 총각 선생님을 따라온 여선생님은 선녀였습니다. 새롭게 오신 두 분 선생님의 이름을 가장 먼저 알게 된 사람은 나였습니다. 눈이 흠뻑 쌓인 길을 헤집어 교육청에서 발령공문서를 가져오는 것이 나의 임무 중 하나였으니까요.

차성규 선생님은 알오티시 출신으로 중위제대를 하고 바로 부임해서인지 머리도 짧은 게 남자다웠습니다. 새까맣게 윤이 나는 긴 머리의 김유나 선생님과 어울리는 한 쌍이었지요. 차성규는 이곳 지방 대학 출신이었고, 김유나는 서울에서 대학을 졸업하고 부임하였기 때문

에 그 두 사람이 무슨 애인 관계를 이미 맺은 것은 아니었습니다. 눈
이 쌓여서 생각조차 하얗게 표백될 정도인 이곳이 어떤 세상인지 남녀
는 알지 못했을 겁니다. 온 대지가 눈에 하얗게 덮여 있었으니까요. 그
때는 자신들의 앞날에 대한 혼돈도 조금은 있었을 겁니다.

라면이라도 하나 삶아야 할까 봅니다.

눈송이에 묻어 내려오는 어둠도 하얗게 오는 듯싶더니 그게 아니군
요. 어둠이 눈을 제압하고 있습니다. 어둠에 빛의 형체가 완전히 잡아
먹히기 전에 라면이라도 하나 삶아야 할 거 같습니다. 요즘에는 도통
잠을 이룰 수가 없어 저녁을 먹지 않으면 속이 쓰려 더한 불면에 시달
리거든요. 특히 오늘 같은 토요일에 선생님들이 집으로 간 날에는 그
불면을 치료할 약이 없습니다. 잠이 오지 않는 밤중에 교무실에 나와
대화를 나눈다든가 소주를 함께 마실 대상이 없기 때문이죠. 벌겋게
달아 있는 난로에 장작을 집어넣고 냄비를 올려놓으면 물은 금방 끓
습니다. 물이 끓는 동안 전화기를 들었습니다. 밖에 쌓인 저 정도라면
첫눈이라고 말하기에 충분한 양입니다. 아내는 아직 들어오지 않았습
니다. 이럴 때 아이 하나만이라도 있었다면 엄마가 없는 동안 아빠의
전화를 받아 줄 수 있을 텐데….

부부 사이에도 신분의 차이가 있을까요?

결혼하여 부부가 된 사이에도 결혼 전의 품위 같은 것이 계속 남아
있는 것일까요. 물론 삼강오륜에 부부유별이란 덕목이 있기는 합니다
만, 여기서 말하고 싶은 품위란 남편과 부인 사이의 어떠한 차이라는
것이 존재하느냐는 뜻입니다. 궁합이라는 개념과는 전혀 별개이지요.
쉽게 말해, 지금 아내와 나 사이에 정박해 있는 그 장애물 같은 거 말
입니다. 원시인들이 원숭이처럼 살 때는 성곽이라는 것이 존재하지
않았을 것입니다. 그러면 온달성과 같은 성곽은 왜 쌓았을까요? 당연

히 싸움에서 이기기 위해서일 겁니다. 싸움에 지지 않으려고, 전쟁에서 패하면 안 되기 때문에, 승전국에 끌려가거나 아니면 속국이 되어 그들의 종놈이 되기가 싫어서 성곽을 쌓았을 겁니다. 신분이 비천해져 삶의 질이 형편없어지니까 성들을 그렇게 많이 쌓았을 겁니다. 그런 성곽이 나와 아내 사이에 생긴 거 같습니다.

이곳에서 영춘면 방향으로 삼십 분 정도 걸어가면 온달산성이 있습니다.

늘 내 안에 정박해 있는 그 장애물. 이끼가 푸르게 살다가 가뭇하게 굳어 버린 온달성벽이 요즘 들어 꿈속에서 내 걸음을 멈추게 합니다. 아차, 물이 너무 끓어서 라면을 넣기에는 부족한 양이 되었군요. 조금씩 시작되는 위장의 쓰라림을 잠깐 더 견뎌야 합니다. 냄비에 물을 보충하면서 한 모금 마시면 조금은 누그러지겠지요. 라면을 끓이는 과정에서도 나는 아내와의 차이점을 발견했습니다. 끓는 물에 라면을 넣고 삼분 더 끓이면 먹을 수 있는 라면이 되는 것은 마찬가지인데, 다른 점이 있었습니다. 라면뿐만이 아니라 대부분의 일상의 습관에서 조금씩은 달랐습니다. 물이 끓고 있습니다. 라면 봉지를 개봉해서 넣고 속에 들어 있던 수프를 넣습니다. 아내는 라면 봉지와 수프 봉지를 가위로 곱게 자른 후, 냄비에 한 점의 흘림도 없이 차분히 넣습니다. 그런데 나는 라면 봉지를 뜯지 않고 반으로 쪼개면 봉지는 저절로 뜯어지고, 수프도 가장자리를 찢어서 넣습니다. 그러자면 라면 부스러기나 수프 알갱이들이 냄비 밖으로 흘려져 타는 냄새를 내고 말지요. 음식을 먹을 때도, 잠을 잘 때도, 함께 외출했을 때도 이런 소소한 차이점을 나는 매번 발견했습니다.

남자고 여자니까 그럴 수도 있을 거라는 생각을 안 해 본 것도 아닙니다. 또 나는 충청북도 단양 골에서 살아왔기 때문에, 아내는 서울에서 살았었기 때문에 문화적인 차이가 있다고 생각하기도 했었습니다. 그런데 이런 차이점에 대한 곰곰 생각들이 도롱뇽 알처럼 우무에 갇혀 똬리를 틀더니 한 마리의 도롱뇽으로 내 안에 살아 꿈틀거리기 시작하는 것이 아니겠습니까? 솔직히 말하자면 내 안의 성벽은 결국 내가 쌓은 것이 분명합니다. 그 도롱뇽이 점점 커져서 화석으로 굳어버린 모양입니다. 더 솔직히 말하자면 내 신분이 아내보다 미천하다는 울타리를 스스로 둘러버린 거겠죠. 아내의 직업인 교사가 신분상으로 크게 높다고 치켜세우는 것이 아닙니다만 나 또한 교사인데 그렇게 울타리를 스스로 세우고 자괴감에 빠질 필요가 있느냐, 혹시 소심증이 심각한 거 아니냐고 말을 할 수도 있겠지만, 그 연유를 알게 된다면 이렇게 된 내게 약간은 긍정적이지 않을까요? 나는 문화의 차이, 즉 살아온 지역이 신분의 등급을 만들 수는 없다고 생각하는 사람입니다. 서울에서 사는 사람들이 시골에서 온 아이들에게 촌놈이라는 말을 쓰던 시절이 있었지요. 나는 그런 사람을 증오합니다. 촌놈, 상놈의 놈이라는 뉘앙스가 달가울 리 없기 때문이죠. 지금도 아마 그렇게 말하는 서울 사람이 없지는 않을 겁니다. 피부가 검게 자랄 수밖에 없는 시골 사람이 촌놈이 되어야 한다면 서울 놈은 덜 익힌 통닭 같은 꼴이라고 말을 하겠습니다.

라면을 먹었더니 속 쓰림이 나아졌습니다.

아내가 지금쯤 집에 들어왔을까요? 밖에는 여전히 눈이 내려 쌓이고 있으니까요. 아내에게로의 전화는 조금 더 기다려야 할 거 같습니다. 초겨울 토요일의 저녁 밥숟가락을 홀로 입안에 넣을 때의 어지러운 심정을 잘 아니까요. 아내의 반대를 무릅쓰고 아이를 낳았어야 하는 건데.

온달이 싸우다 죽은 온달산성이 이곳에 있습니다. 배우지 못해 군복을 입어보지 못한 내가 한스럽습니다. 중학교라도 졸업한 친구들은 육 개월의 방위로 복무하면서 군복을 입었지만 나는 제1국민역에서 곧바로 민방위로 편입이 되었습니다. 그렇다고 내가 뭐 달린 게 부실하거나 신체에 결함이 있었던 것은 아니었습니다. 내가 내 안의 정신을 들여다본다든가 가늠해내는 것이 우스꽝스럽다는 것을 알지만, 사상적으로도 나는 건전하였습니다. 자유민주국가인 이 나라에 공산당이 발을 붙일 수는 없으며 또한, 침략으로부터 죽음을 무릅쓰고 이 땅을 지켜야 한다는 강건한 사상을 가진 청년입니다. 그런데 외부로 매겨질 수 있는 등급이 떨어졌기 때문에 나의 끓는 애국심과 굳건한 사상은 무시되었습니다. 원통하게도 가방끈이 짧았던 거였지요. 당시는 박정희 대통령이 유신군대를 부르짖어 배우지 못한 놈은 군에 입대하지 못했습니다. 못 배운 놈이 좀 단순하다는 걸, 가방끈이 모자라는 놈이 비교적 무식해서 맹목적으로 용감해질 수 있다는 걸, 박정희 대통령은 무시하는 오류를 범했습니다. 그러니까 할아버지의 할아버지가 심어 놓은 마을의 느티나무 고목처럼 이곳에 처박혀 있게 되더군요. 물려받은 땅떼기가 없을지라도 농부가 되어야 하는 운명이었지요. 버림받았다는 자괴감이 커져 나라에 충성할 필요가 없게 되었습니다.

때때로 온달산성을 찾아가곤 하였습니다. 나라를 위해 젊은 나이에 생을 마감한 온달이 장하기도 하였지만, 평강공주가 참 용하다는 생각을 떠올립니다. 학력이 대졸만 되었더라면 온달처럼 나라를 위해 살아야 하겠다는 의지가 내 안에도 소용돌이쳤을 겁니다. 사실, 나라를 위해서 무언가를 해야겠다고 각오를 하고 살아가는 사람이 몇이나 있을까요? 나라를 위해서라며 나팔을 입에 달고 다니는 사람의 절반은 사기꾼에 가깝다는 것쯤은 농투성이도 알고 있는 사실이 아닙니까?

눈을 외투처럼 덮어쓴 저 산들이 어둠에 저항하고 있습니다.

전화기로 다가가면서 내다본 밖은 마치 보름달이 뜬 밤과 같습니다. 눈은 여전히 내리고 있습니다. 산들이 차례로 앉아서 미동도 하지 않은 채 무언가에 대항하고 있습니다. 누군가가 엄청난 잘못을 저질러서 산들이 무저항 비폭력으로 맞서고 있습니다. 세상의 어지러운 것들을 받아내며 어둠에 함락되지 않으려 몸부림하고 있습니다. 그렇습니다. 산은 위대한 해결사입니다. 고통의 누각을 지탱하는 주춧돌처럼 고요하게 앉은 자태로 어지럽게 춤추며 휩쓸려오는 눈송이들을 받아내며 위대한 평정을 일으키고 있습니다.

여덟 시인데 아내는 아직 집에 들어오지 않았습니다.

정말 아이를 하나 낳았어야 하는 건데. 아내가 없을 때 수화기를 들어줄 아이가 없으니 아내의 아파트 불 꺼진 방에서 울리는 벨이 이곳의 내 처지와 같다는 생각이 듭니다. 결혼한 지 햇수로 십육 년에 이르는데 아이가 없습니다. 남편인 내게 결함이 있었던 것도 아니고, 아내가 석녀도 아닌데 우리는 아이가 없습니다. 유산을 시킨 적은 있습니다. 아이를 못난 것이 아니라 낳지 않은 것입니다. 아내의 의견을 존중해서였지요.

담배가 생각납니다.

아내를 얻고 끊은 담배입니다. 담배를 그만 피웠으면 좋겠다는 아내의 말이 누님의 인자한 충고로 들렸습니다. 내 운명을 결정해주는 조물주의 계시로 받아들였지요. 그때는 아내가 나의 전부였으니까요. 갑자기 얻은 아내였습니다. 정말 갑자기였습니다. 순리가 아니었지요. 자연의 섭리도 우리의 결혼을 예측하지 못했을 것입니다. 옥황상제도 내려다보시면서 어허, 저런 난데없는 인연도 있다고 무릎을 쳤을 것입니다. 이승에 관한 기록이 저승에 있다면 염라대왕도 어처구니없는 인연 때문에 기록을 수정하였을 것입니다. 갑자기 나의 여자가 된 아내를 뭐라 말로 표현을 할 수가 없었습니다.

소백산 줄기에 올라 본 적이 있습니까?

구름이 하얗게 깃을 펼치면 오랜 실어증의 묵은 바위들이 얼굴 부시는 소백산 천사백사십 미터의 정상에 서 본 적이 있습니까? 정상에 서서 가장 낮은 자세의 겸허한 눈으로 하늘을 비껴본 적이 있는 가슴으로는 그 심정을 알 겁니다.

카페에서, 홍등 빛 아래에서, 맥주나 양주를 홀짝이던 흔적의 가슴으로는 그 심정을 이해하려 하지 마십시오. 그런 가슴으로는 방자한 동정심밖에 없습니다. 방자한 동정심을 풀어놓고 돌아서면 조롱을 푸푸 쏟아내고 말 테니까요.

혹시 처가에 간 것은 아닐까요?

아내는 곧잘 집을 비웠는데 그때마다 처가에 있었다고 말하곤 하였습니다. 아홉 시가 넘었는데 아내가 갈 곳이라곤 그곳밖에 없다는 확신이 산나리 꽃대처럼 삐죽여 오르는군요. 처가에도 적막하기는 마찬가지일 겁니다. 자식을 모두 키워 여의 살이 보내고 노부부가 해돋이에 시무룩하였다가 노을에는 젖은 활기를 찾는 그런 집안이지요. 맏딸인 아내를 내게로 시집보내고 노부부가 요양원 같은 삶을 한다고 처제는 서슴없이 말합니다. 아내는 처제가 철딱서니 없다고 핀잔을 주곤 했어도 처제의 말이 옳다고 나는 자인합니다.

나를 사랑해 본 이력이 없이 시집왔음이 명백하니까요. 딸의 억지 시집을 보낸 부모 누구인들 억지 삶을 살지 않겠습니까만, 나 역시 아내를 맞이하리라곤 꿈에도 가늠하지 못했었습니다. 사고였습니다. 우발적이었지요. 즉흥적이라고 해도 좋습니다. 즉흥적이라는 단어로 접근을 시키니까 동물적인 냄새가 풍기는군요. 그렇다면 아내는 동물적인 사고를 당해서 나의 아내가 되었다는 귀결이 되는가요?

입을 함구한 표정은 주변의 분위기를 제압하는 마력이 있습니다.

말하는 눈, 말을 담고 있는 눈. 하고픈 말의 첫음절부터 마침표까지 담가 놓고 있는 호수와도 같은 눈. 감정이라는 망막에 잠겨있는 검은 동공, 그것이 눈빛의 참 의미가 아닐까요? 그 눈빛은 마음의 투영일 겁니다.

아내의 흡뜬 눈.

아내가 나를 바라보는 눈빛의 언어.

아내의 눈빛을 내 안에서 지워내지 못합니다.

여름이었습니다. 방학했지만 단 여섯 명의 교사들이 순번을 정해서 학교에 남아 근무해야 했습니다. 김유나 선생님은 집이 서울이었기 때문에 다른 교사들이 배려하였지요. 방학의 중간이 아닌 맨 나중의 순번을 가위바위보나 사다리 타기 등의 추첨이 없이 차지하였던 것이었습니다. 처녀이고 예쁘기도 남과 다르고 발령 동기인 김유나 선생님에게 유난스럽게 친절하던 차성규 선생님이 주도했던 탓이었습니다. 김유나 선생님은 차성규 선생님에게 매우 고마워했습니다. 그런 모습이 흡사 혼인을 앞둔 연인 같았습니다. 그들의 그런 꽃향내 그윽한 광경을 보면서 그들의 휴가를 조금도 넘볼 수 없었습니다. 그들은 교사였지만 나는 그들의 교육활동에 심부름꾼인 소사였으니까요. 중학교를 중퇴하던 어린 소견에는 몰랐는데 스물이 넘어서자 직책이랄 것도 없는 소사의 신분이 부끄러워지더군요. 김유나 선생님과 차성규 선생님이 오고부터 엇비슷한 동년배로서 그들이 무척 부러웠습니다. 내 앞에 그들은 소백산 연화봉에 앉은 파랑새였습니다. 산의 정상인 연화봉보다 더 날아오를 수 있는 날개를 가진 게지요.

표정으로는 아쉬워하면서 각자의 고향으로 돌아갔습니다. 학교에는 잡초가 키를 재는 빈 운동장과 얄궂은 소백산 달그림자만 남았습니다. 매복 병사의 화살촉 같은 매미 소리가 고막을 째는 날들이 이어갔습니다.

방학이 뱀의 꼬리 같이 기간의 폭을 오므릴 즈음에 전화가 왔습니다. 김유나 선생님이 내일부터 닷새간의 근무를 위해 서울에서 늦은 차를 탔다는 것입니다. 예전처럼 오토바이를 타고 남한강 강가의 큰 도로에 나가 있으면 됩니다. 지나가는 막 버스가 시커먼 계곡의 입구에 그녀를 내려놓기 때문이었습니다. 넉넉잡아 아홉 시면 도착하곤 하던 버스가 아직 오지 않고 있습니다. 달이 소백산을 제압하였던지 기슭에까지 그 부드러운 살을 비비고 있었습니다. 남한강 물줄기는 어둠에서도 자태를 드러내고 있었습니다. 음울한 표정 같기도 하였고 가늠해 볼 수 없는 미래 같기도 하였습니다.

버스가 예정보다 한 시간이나 늦은 열 시에 잠깐 정차했다가 곧 떠났습니다. 어둠에서 오토바이를 꺼내 시동을 걸자 그녀가 얼른 뒤에 올라탔습니다. 산 그림자가 얄궂게 웅크리고 앉아 무섬증이 뻗어 나오는 계곡으로 접어들자 오토바이는 덜컹거리기 시작하고, 그녀는 내게 몸을 잔뜩 붙여왔습니다. 그녀와의 몸 부딪힘. 몽롱해지는 의식. 어둠과 빛과 하늘과 달과 나와 그녀와 산자락이 하나로 반죽이 되는 듯한 몽롱함. 다리를 건너려 약간의 커브를 돌다가 우리는 나동그라지고 말았습니다. 오토바이 바퀴는 자신의 땅을 잃고 허공에서 겉돌아가고 있었고, 그녀의 긴 머리칼이 문어발처럼 내 얼굴을 거머쥐고 있었습니다. 아아, 그녀와 한 몸으로 뒤엉킨 것이었습니다. 그녀의 여린 묘목 같은 몸이 내 가슴에 올려져 있었으므로 두 팔만 오므리면 그녀를 포박할 수 있었습니다. 오토바이의 쓰러짐과 어머나- 외마디 비명이 잇단 아주 짧은 시간에 나는 마술에 걸린 듯 그녀를 꽉 안았습니다. 주춤 놀란 그녀가 고개를 들었습니다. 나의 의도를 알아차린 그녀가 몸부림을 쳤지만 여린 묘목 같은 몸으로는 어림이 없었습니다. 흠집 없는 보름달이 내게 마술을 건 듯 일을 저지르고 말았습니다. 겁간이었습니다.

새벽이 알싸한 공기를 소리 없이 몰고 왔습니다. 어제의 그 다리를 향해 걸어갔습니다. 꽁치 배때기 같은 논의 두렁에 걸터앉아 풀을 베고 있는 농부의 모습이 희부연 안개에 휩싸여 한없이 어질게만 보였습니다. 흙을 만지는 사람치고 어질지 못한 사람이 있을까요. 강 건너로 드러나는 금수산 자락이 한 폭의 그림 같았습니다. 경사가 조금이라도 인정이 있다 싶은 산자락이며 허리춤에 버짐 같은 비탈밭이 있고, 그 아래의 기슭에 올망졸망한 집들에서 아침을 짓는 연기가 피어올라 안개와 합류하고 있었습니다.

어제를 잊고 싶었습니다. 어찌 소사가 선생님에게 감히 그럴 수가 있습니까. 새벽공기를 폐부가 알알하도록 깊숙이 연거푸 들어 마셨습니다. 강물에 가까이 섰습니다. 어제의 어둠에서 본 강물의 모습이 아니었습니다. 알 수 없는 미래의 자태가 아니라 한 마리의 거대한 짐승처럼 계곡을 깔고 누워 있었습니다.

그런 강가에 그녀가 앉아 있는 것이 아니겠습니까?

나는 그 자리에 그저 발을 붙박고 말았습니다. 다가갈 수도 또 멀어질 수도 없는, 빈껍데기의 몸으로 서 있어야 했습니다. 새벽 강가의 고요. 내게 등을 돌리고 강으로 앉은 그녀를 고요가 지켜주고 있었습니다. 내가 자리에 붙박은 이유는 심란의 소용돌이를 강에다 묻고 있는 그녀를 지켜주기 위해서라고 그 순간의 나를 정리했습니다. 그녀의 고요를 보고 있는 동안 뇌리를 덮었던 액체가 하체로 적셔 내리고 있었습니다. 그 액체는 나를 송두리째 하나로 묶어 내리는 것이었지요.

액체가 발끝에서 나를 하나로 만들어버린 순간, 나의 의식이 송곳날을 허공에다 번득이면서 주술처럼 중얼거렸습니다. 아, 사랑이 바로 이런 것이구나. 억제와 체념의 둑으로는 그 출렁임을 결코 잠재울 수 없는 사랑.

얼마 후, 그녀가 고개를 돌려 나를 보았습니다.

그녀를 정면으로 바라볼 수 없었습니다. 천천히 걸어가서 문득 바라본 그녀, 그녀의 홉뜬 눈. 아, 울음 가득한 그 눈. 나를 응시하다가 젖혀진 곳에는 새벽의 백색 순결 덩어리가 늘어진 버들가지에 자욱하게 매달려 있었습니다.

그녀가 천천히 계곡의 안개 속으로 걸어 들어갔습니다.

그녀가 강가에서 멀어지자 고요도 걷혔습니다. 연화봉을 넘은 햇덩이의 빛살이 좔좔 쏟아질 때까지 그녀가 앉았던 자리에서 하냥 강물을 내려다보았습니다. 어젯밤 저지른 행위의 실체가 강물처럼 길게 누웠는데 어떻게 해볼 방도를 도저히 찾을 수 없었습니다.

오후 두 시 무렵부터 는개가 부슬거리기 시작했습니다.

학생들이 마구 떠들던 말들이 방향 없이 날아다니는 운동장에서는 천년 고분에서 숙성한 침묵이 모래알을 들추고, 그녀는 교무실에서, 나는 서무실에서 회색 덩어리로 굳어만 갔습니다. 어두워지면서 빗줄기가 굵어지기 시작했습니다. 빗줄기가 형벌처럼 나와 그녀가 바라보는 운동장에 내리꽂히고 있었습니다. 소백산 자락의 흔들리는 숲에서 날아온 바람이 가슴으로 휑한 소리를 냈습니다. 그녀는 교무실에서 나올 줄 몰랐습니다. 그녀가 화살을 겨냥하듯 응시하는 담벼락에는 푸른 즙액 뚝뚝 떨구는 담쟁이가 형벌의 빗줄기에도 깨어 있었습니다. 그 담벼락 위 느릅나무 꼭대기에 푸들푸들 손짓하는 초록빛의 새순 같은 아− 살아있는 그리움, 그녀의 새근거리는 숨소리가 내 귓가에 너울거렸습니다.

벌써 열한 시를 넘어서고 있습니다.

분교도 눈을 뒤집어쓰고 산의 한 자락이 되어 숨을 죽이고 있습니다. 저녁에 먹은 라면도, 난로 속의 장작도 그 기운이 사그라지고 있습니다. 아, 그러고 보니 눈도 멈추었군요. 아내에게 전화할까 망설여집니다. 멈춘 눈을 아쉬워하면서 다이얼을 돌렸으나 수화기를 들어주는 사람 아무도 없습니다. 아이를 하나 낳았어야 했는데, 그 아이를…. 그 아이. 우리의 아기.

시월이었습니다.

그 여름의 잔해들이 바닥으로 버림을 당하기 시작하였습니다. 여름 휴가에서 돌아온 차성규 선생님 곁에서 그녀도 가을을 맞고 있었습니다. 내 가슴에는 남한강 물줄로 누워 있는 그때의 그 일을 어쩌지 못하고 있는데 여름이 그 꼬리를 감추는 것이 아니겠습니까? 여름은 결코 지울 수 없는 하나의 실체였습니다.

그녀가 내게로 스스로 걸어왔습니다.

그리고 고개를 내게 들었습니다. 아이를 가졌다고. 그녀는 아이를 다섯쯤 낳았던 여자처럼 아주 침착했습니다. 아아, 여린 묘목 같은 그녀가 그 엄청난 말을 아주 담담하게 했습니다. "우리는 이 아이를 책임져야 해요." 그녀가 '우리'라는 용어를 사용한 시점이 내 운명의 전환점이었습니다. 아이에 대한 애착이었을까요? 내게다 순결을 잃었기 때문이었을까요? 나의 여자가 되었음을 그녀가 스스로 정리하였습니다. 잉태한 아이를 지키기 위해서라고 해야 옳을 것 같군요.

그날, 2학년 아이가 십 원짜리 동전을 천년의 보물처럼 아끼는 것을 보았습니다.

땟국물이 꼬질꼬질한 손바닥에 앉힌 동전이 광채를 발하고 있었습니다. 생산된 지 오래되지 않은 동전이었기 때문이었습니다. 아이는 길이길이 간직할 듯 소중하게 여겼습니다. 몇 안 되는 동급의 아이들이 굉장한 부러움으로 아이를 에워싸고 술렁였습니다. 아이는 그 동전의 십 원 가치보다 몇 갑절 더 소중하게 여겼습니다. 그때 아이에게 몰래 조소를 날렸던 기억이 지금도 생생합니다. 동전은 곧 보통의 십 원짜리가 될 게 빤하기 때문이었습니다. 그 아이의 손에 놓인 동전의 광채에 비교할 수 없는, 영원한 광채의 그녀가 내 아내가 된다는 것입니다. 오오 하느님.

그녀의 뜻을 따라 소사를 그만두었습니다.

공부하기 시작했죠. 그녀를 대하듯 그녀가 가져다준 책에 나의 모든 것을 쏟았습니다. 이듬해 봄에 고입 검정고시에, 가을에 대입 검정고시에 합격하고 2년제 교대에 합격하였습니다. 아아, 나도 그녀처럼 선생님이 될 수 있다니. 평강공주와 바보온달을 떠올리지 않을 수가 없습니다.

앵돌아진 차성규가 내게 냉갈령을 부리는 것쯤이야 얼마든지 감내할 수 있었습니다. 그녀가 한동안 괴로워하는 모습은 참기 어려웠습니다. 소사를 그만두던 날, 그녀가 나의 아이를 가진 내 여자라고 차성규에게 말했습니다. 콘크리트 벽에 머리를 짓찧는 그의 등에 그녀를 편안하게 해달라는 말을 던져놓고 학교에서 떠나왔습니다. 교대 합격을 통지받던 겨울, 우리는 이제 결혼을 할 것이라고 그에게 말했습니다. 차성규가 돌아온 봄에 이곳에서 떠나갔습니다.

그런데 그녀는 그 아이를 낳지 않았습니다.

여러 가지 이유가 있었겠지요. 내가 교대를 졸업하고 발령을 받을 때까지, 정식으로 혼인하기까지 우리의 떳떳하지 못한 관계를 사 년여 동안 그녀는 숨기고 싶다고 말했으니까요. 나와 그녀를 맺어준 그 미완성의 생명체는 석 달을 간신히 넘기고 우주에서 사라진 게죠. 우리는 그 아이를 책임지지 못한 거였죠. 나는 지금도 그 생명체에 머리 숙여 참회합니다. 생명의 움틈이 완성되기도 전에 꺾여 버렸다는 죄악 때문입니다. 또 석 달의 짧은 생명으로의 진행 체가 운명의 계시를 내리고 사라졌기 때문입니다. 사 년의 유예를 명령하고 우리의 혼인을 계시한 것입니다. 그 못다 핀 생명체에 머리 숙여 참회하고 두 손을 모은 채 감사하지 않을 수 없습니다.

새벽 두 시가 넘었는데 토끼 눈알처럼 또렷해지는 것이 아무래도 뜬 눈으로 밤을 지새워야 할 것 같습니다. 난로에 장작을 넣는데 배고픔이 명치를 참혹하게 후리는군요. 멈추었던 눈보라도 기가 올랐습니다. 불현듯 솟아나는 생각처럼 눈발이 유리창을 때리고 있습니다. 눈에 흠씬 두들겨 맞은 유리가 푸르스름하게 멍이 든 채 실내로 들어오려는 어둠을 막아내고 있습니다. 수신자를 찾아주지 못하는 전화기가 침묵 덩어리가 되어 내게 눈초리를 발산하고 있습니다. 아내에게 전화해서는 안 되는 시각이므로 그런 눈초리에 외려 내가 무안한 느낌입니다.

내가 심어 주지 못하는 아내의 꿈이 있다는 것을 느끼기 시작했을 때, 서울행을 예감했어야 했습니다. 바위틈에 숨어 핀 들꽃 한 줌에도 감동을 쉽게 하는 아내의 맑은 가슴에 내가 범접하지 못할 꿈이 있었던 겁니다. 아내만의 자리에 돋아 있는 꿈의 실체를 가늠하지 못하는 나는 서울행에 조금의 이의도 제기할 수가 없었습니다. 아내가 서울로의 전출에 성공했습니다. 그녀의 가족이 모여 사는 곳, 푸른 가로등이 있는 도시. 형광등이 넘쳐나는 거실에나 어울리는 살갗을 가진 아내가 비로소 제 자리로 찾아간 것이었습니다.

아내가 떠난 빈 산자락으로 봄이 성큼 달려왔습니다.

눈 녹는 산줄기가 오만하게 뻗지 않고 모나게 높지 않은 산. 유연하게 굽어서 이어지는 능선을 넘어왔습니다. 봄은 갑자기 나타난 이웃집의 처녀와도 같았습니다. 산자락으로 참꽃이 볼연지를 찍어 바르듯 붉어지기 시작하더니 연초록 잎이 대지 곳곳에 숨구멍을 뚫었습니다. 그러자 온 산하가 트인 숨구멍으로 쌔액쌔액 숨을 쉬기 시작했습니다. 땅 꽃 내음이 확확 번져왔습니다. 햇살이 좔좔 쏟아지면 그 빛을 먹는 함성들이 골짝마다 아우성을 질렀습니다.

그런데 참꽃이 어우러지고 새순들의 함성이 아우성인 온달산성에 급격한 우울함이 밀려왔습니다. 늘 정갈하게 비어 있는 콘크리트 농로에 지쳐 온달산성에 오르면 진드기처럼 달라붙는 그 침울과 무기력. 산 중턱에서 장끼 한 마리 후드득 날아오르지 않았다면 그 자리를 벗어나지 못했을 겁니다.

참꽃이 떨어지고 싸리 꽃이 언덕으로 하얗게 어우러지는 오월에도 아내는 오지 않았습니다. 벌떼처럼 돋아났던 억새가 키 재기로 우거진 숲에 숨어서 콘크리트 농로를 눈짓으로 쓸고 쓸었으나 마지막 행자는 어둠이었습니다.

단순히 서울로의 전출이 아니라 내 인생까지 송두리째 가져갔다는 것을 깨달았지만, 아내를 찾아 서울로 가면 모든 게 사라질 것 같은 예감이 점점 짙어졌습니다. 함께한 우리의 삶을 실수로만 여기고 있지 않을까 두려웠기 때문이었습니다. 서울로 가서 만난 아내의 눈빛 언어에서 예감의 실체가 드러나지 않을까, 공포에 가까운 두려움이 나를 옭아두고 있었으니까요.

나를 질기게 구속해 온 것은 변화에 대한 조바심이었습니다.

나의 아내가 되겠다고 선언한 순간에 생겨난 조바심이었습니다. 모든 것은 변합니다. 자연의 법칙이니까. 사람들은 변화를 기꺼이 받아들여 위안을 얻기도 하지요. 우리는 이 아이를 책임져야 한다며 다가 온 그녀를 카메라 셔터로 정지시키고 싶었습니다. 다가온 순간에 떠남이란 단어가 내 안에 찍혔기 때문이었습니다. 나와 아내를 둘러친 소백산 자락 품에서 변화를 거부한 채 영원을 구가하고 싶었습니다.

어느 날 갑자기 기척도 없이 다가와 있을 변화에 대한 조바심을 품고 살았는데 아내는 지금 서울에 있습니다. 알전구를 겨드랑이에 끼고 높은 산을 오르듯, 풍만한 풍선을 물밑바닥에서 가지고 놀 듯 아내와 함께 살아온 나날이 끝을 맺은 거였죠. 서울에 가면 변화의 폭이 악어 입처럼 벌어져서 나를 삼켜버리겠지요. 그녀가 서울에 있어서 내가 소백산 자락에 머무를 수 있다는 것을 요즈막에 깨닫고 있습니다. 그토록 아름답고 위대했던 소백산이 그녀가 떠난 계절마다 변화의 시늉만 내고 있음을 나는 잘 압니다.

소중한 것을 소중하게 대화하지 못한 것이 너무 많습니다.

이를테면 감정, 느낌, 심정과 생각들이 외부로의 표현과 일치하지 않는 그런 삶의 단편들. 사람들 모두가 그렇게 살고들 있다고 말들을 하지요. 하지만 나의 뇌리와 가슴과 시선이 늘 정박해 있는 소백산 자락에 층층이 퇴적된 그런 삶의 단편들을 감내하기 너무 버겁습니다. 내 안의 심정을 간추리지 못했다는 응어리가 만져지는 오늘 같은 밤에는 더욱 그렇습니다만 아내와 살아오는 동안에도 늘 그랬습니다. 보편의 부부 사이에도 이런 경우가 물론 있겠지요. 하고 싶은 말을, 품었던 생각들을 상황의 여과 없이 토로하며 살 수는 없겠지요.

혹, 부부라는 이름으로 서로를 구속하고 있는 것은 아닐까요?

그녀가 이곳으로 자주 오지 않음으로 보아 분명 그녀는 부부라는 명목 때문에 내게 구속당하고 있음입니다. 나는 결코 그녀를 구속하고 싶지 않습니다. 남편으로서 아내와 더불어 살고 싶을 뿐입니다. 그러나 그녀는 지금 서울에 있은 지 오래입니다. 아내의 일상생활마저

공유할 수 없는 남편이 되고 말았습니다.

아내와 나 사이에 들어찬 캄캄한 어둠을 걷어내는 스위치를 찾아 불을 켜야 하는데 그 스위치를 알 수가 없습니다. 아내와 나 사이에 무엇인가가 일어날 것이라는 예감 같은 것도 없습니다.

내가 나를 어느 날에 어느 곳에다 잃어버리고 생각의 중병에 걸린 도롱뇽처럼 웅덩이에 갇히는 것은 아닐까요? 저 산자락들이 내게 늘 와 닿는 건 잃어버린 나에 대한 그리움도 있음이라는 것을 요즈막에 깨닫습니다.

날이 밝으면 산자락에 오르곤 합니다. 햇덩이 아직 덜 깬 저 산자락에는 잠든 동안 까마득하게 잊은 듯한, 내게 아직 그리운 사람이 있습니다. 더운 김을 쌔액쌔액 뿜어내는 다박솔 곁가지에서 잃었던 나를 만날 수도 있기 때문입니다. 그러나 산에서 내려오면 가슴은 오를 때보다 더한 무게를 감당해야 합니다. 수액 맑은 오리나무에서 녹슨 못을 쑤욱 뽑아내듯 그리운 것들을 남겨두고 내려와도 가슴엔 어느새 벌건 녹물이 진창입니다.

어둠이 비칠비칠 밀려가기 시작합니다.

여전히 강에서 달려오는 바람에 곤두박질하는 눈송이들이 신음하고 있습니다. 태양이 떠오를 때까지 잠깐의 잠을 청해야 하겠습니다.

서로가 확신이 없는 사랑이라면 서로를 구속하고 있는 것이 아닐까요?

확신할 수 없는 사랑이라면 서로를 할퀴고 가는 창밖의 칼바람과도 같은 관계일 겁니다.

확신을 잡고 싶은 열망 때문에 잠깐의 잠도 이루기가 어려울 것 같습니다.

지금은 서울에 있는 아내. 전화를 걸기에 너무 초췌한 아침이 부스스 일어나고 있습니다.